乾嘉时期的“文人游幕与文学”研究

李瑞豪　著

北京大学出版社
PEKING UNIVERSITY PRESS

图书在版编目 (CIP) 数据

乾嘉时期的“文人游幕与文学”研究 / 李瑞豪著 . —北京：北京大学出版社，2020. 6

ISBN 978-7-301-31200-1

Ⅰ . ①乾… Ⅱ . ①李… Ⅲ . ①中国文学—古代文学史—文学史研究—清代 Ⅳ . ① I209.49

中国版本图书馆 CIP 数据核字 (2020) 第 025880 号

书　　名	乾嘉时期的“文人游幕与文学”研究 QIAN-JIA SHIQI DE “WENREN YOUMU YU WENXUE” YANJIU
著作责任者	李瑞豪　著
责任编辑	陈军燕　王长民
标准书号	ISBN 978-7-301-31200-1
出版发行	北京大学出版社
地　　址	北京市海淀区成府路 205 号　100871
网　　址	http://www.pup.cn　　新浪微博：@ 北京大学出版社
电子信箱	zpup@ pup. cn
电　　话	邮购部 010-62752015　发行部 010-62750672　编辑部 010-62767315
印 刷 者	天津中印联印务有限公司
经 销 者	新华书店
	720 毫米 ×1020 毫米　16 开本　16.5 印张　282 千字
	2020 年 6 月第 1 版　2020 年 6 月第 1 次印刷
定　　价	58.00 元

国家社科基金后期资助项目
出版说明

后期资助项目是国家社科基金设立的一类重要项目，旨在鼓励广大社科研究者潜心治学，支持基础研究多出优秀成果。它是经过严格评审，从接近完成的科研成果中遴选立项的。为扩大后期资助项目的影响，更好地推动学术发展，促进成果转化，全国哲学社会科学工作办公室按照“统一设计、统一标识、统一版式、形成系列”的总体要求，组织出版国家社科基金后期资助项目成果。

全国哲学社会科学工作办公室

序

幕府是中国古代官僚制度特有的一种组织形态，它起初是高级别的军事统帅麾下的谋士班子，后来王侯、藩镇、地方行政长官也设有不同级别的幕府，从东汉窦宪到晚清曾国藩，各朝各代都有一些著名的幕府，对当时的政治、军事乃至文化事业、文学活动产生了很大的影响。有关幕府及其与政治、文化关系的研究历来为学界所关注。唐代幕府与文学的关系，20 世纪 90 年代就有戴伟华教授《唐代幕府与文学》《唐方镇文职僚佐考》《唐代使府与文学研究》等著作做了开创性的研究，奠定了学术基础；汉魏六朝幕府与文学则有胡大雷《中古文学集团》、陈君《东汉文学研究——以文学与政治之关系为中心》等著作发其覆。宋代文学与幕府的关系近年也有一些论文发表。唯独清代幕府与文学的关系似乎较少为学界所关注。

是清代幕府的影响不大或与文学的关系不重要吗？肯定不是。尚小明《学人游幕与清代学术》和《清代士人游幕表》二书已将清代学术与幕府的关系做了很有开拓意义的研究，透过他的考论，也能清晰地看到幕府与清代文学的多重关系，看到游幕经历对文人生活和创作的影响。当然，清代不同时期，幕府揽士的情形和文士与幕府的关系是很不一样的。清代前期顺康雍三朝，文士与幕府的关系都不太引人瞩目；直到乾隆朝，文士入幕才成为重要的社会现象。论述乾隆朝的学术或文学若忽视幕府的影响，就会失去学术史与文学史研究的一个重要视角。唯其如此，我虽然对幕府夙无研究，在写《清代诗学史》第二卷的导论时，仍不能不勉力对乾隆间诗学与幕府的关系略作概述。这显然是个无法回避的问题。但限于识见，实在又难做深入的阐述。为此，当瑞豪来信说博士论文修订完毕、将付出版，希望我写个序时，我毫不犹豫地欣然承应。是啊，再也没有比自己不清楚的问题被弄清楚更让人高兴的事了，何况还享受了先睹之快呢！

本书的骨干是作者的博士论文，经多年修订而成书。快读一过，只觉得全稿六章从清代文人与幕府的关系、幕府中的文学活动到幕府对诗歌、骈文写作的影响，再到幕府与当时诗坛流派、文坛生态的关系，将乾嘉文学与幕府的关系方方面面都论述到了，几乎可以说题无剩义。其中关于游幕文人的话语方式、文人对游幕经验之表述、文人游幕与骈文的复兴、幕府与诗学思潮的关系、游幕文士的地域分布与流动，等等，都是由课题生发的独到论说，对清代文学研究多有启示。

正如作者一开始就强调的，清代幕府有着不同于往代的特点。幕僚没有官职，与幕主完全是一种雇佣关系。由于很多幕主本身就是有名的学者和文学家，如卢见曾、朱筠、毕沅、曾燠、王昶、阮元等，他们聘任的幕僚，或博通经术，或擅长诗文，像朱筠幕中就聚集了汪中、黄景仁、章学诚、洪亮吉等人，极一时之选，而朱筠与这些幕宾也谊在师友之间。陈文述《答问幕友》所谓“古有幕僚，今惟幕友”，说的正是这种情形。其间的文学交流和赋咏酬唱也成为乾隆朝文学史的重要组成部分。尤其是当我们将这些活动作为文学的日常状态来考察时，就打开一个观察、了解当时士人写作常态的窗口。本书作者运用丰富的资料为我们展示了幕府这一场域中各色人物的个性、才华、情感及彼此间的碰撞、沟通、欣赏和珍惜，一些事实、掌故于乾嘉学术、文学关系甚大，一些逸事佳话又让我们更亲切地感知那个特殊空间孕育的文学生活及其细节，让我们对清代文学与幕府的关系这个空泛问题获得清晰而具体的认知。这样的研究无疑是有价值的，也是当今的清代文学研究十分需要的。看了这本书，许多作家的人生经历和文学创作会让我们产生重新认识、理解和评价的欲求。

瑞豪为写作这部论文，在文献上显然是下了一番功夫的，对乾隆间比较重要的幕府都作了深入研究，故全书在规整的大框架下又有扎实、丰富的细部描述，较完整地勾画出乾隆朝幕府与文学之关系的各个层面。这是我读这部书稿的总体印象。如果一定要说还存在什么不足的话，那可能是有些地方未能对史料作紧扣幕府这特定场域的分析，有时也失之简略。这是近年在年轻学人的论著中经常看到的现象。随着古籍文献的大量影印，检索和搜集资料变得容易了，但如何使用资料、处理资料成为摆在我们面前的问题。这可能也需要随着专业知识和研究经验的积累逐渐成熟。

瑞豪几年前曾在中国社科院文学所访学，我忝为合作教授，有过一段时间的接触和交流。当时曾听她说在做曾燠幕府的文学，没想到是包括乾嘉两朝幕府和文学的研究。很遗憾没能早一点读到这部书稿，否则参考其中的论述，《清代诗学史》第二卷导论谈到幕府问题可以写得更周到充实一点。不过这点遗憾很快就会因《乾嘉时期的“文人游幕与文学”研究》的出版而弥补，用蒙叟的话说，日月出矣，则爝火熄与不熄都没什么意义了，呵呵。瑞豪勉之！

蒋寅 于华南师范大学清代文学研究中心

二〇一九年四月九日

目　录

绪 论

幕府制度在中国源远流长，文人游幕现象一直存在于从战国到晚清的社会中。从清初到清末，文人游幕现象都极为普遍，整个社会生活无不受到游幕的影响，政治、经济、军事和学术文化所受影响更为深刻。可以说有清一代幕府对社会的影响广泛而深刻。当围绕文人游幕展开研究时，清代纷繁复杂的文化、文学现象开始露出头绪，一条脉络便日益清晰起来，那就是，幕府是清代文人聚集、学术发展的重要场所，文人游幕影响了整个清代的学术与文坛。从文人游幕的视角去观察清代的文化、文学，将会得出不同于以往的结论。有清一代的学术流变、文坛变幻，与文人游幕密切相关。

第一节 清代的文人游幕

经过长期的发展、演变，文人游幕在清代呈现出新的面貌特点。王衍梅多年游幕，《幕学类要序》一文论述了幕府的渊源、发展与演变：

> 幕者，帷幄之统称。见《周礼·天官》《仪礼·聘礼》及《左氏传》。至《史记》，幕府则指兵门帷帐而言，其后遂为连帅之通称，若陈琳称"袁绍幕府"是也；从事其间者谓之宾，谢公称郗生"入幕之宾"是也。其后又为方镇之通称，昌黎《送温处士文》"罗而致之幕下"是也；亦谓之寮，"留守无事，多君子寮"是也；尊之则曰师，《送石处士文》"使大夫无饥其师"是也。宾之师之者，犹古称客卿称先生长者云尔，寮则其属也。今自制府中丞司道以下州郡县，受马币应是聘者，率呼之曰友。友于义何居？曰：以属则寮，以德则师，以礼则宾。寮近乎卑，师过乎尊，宾介于尊与卑之间，故曰友之云尔。友之云者，犹言同并出入而印须之赋匏叶也。每怪欧阳公称钱文僖善待士，幕府号天下之盛。顾未尝责以吏职，又其地多佳山水，竹林茂树，奇花怪石，终日赋诗饮酒于平台清池之上，以相取乐，岂其人皆从容中道，不动声色而优游自得若此哉？其素所蓄积使然也。①

---

① (清)王衍梅《绿雪堂遗集》，清道光二十年(1840)吴郡汪云任刻本，页19a—19b。

王衍梅勾勒出了幕府演变的大致情况，并指出了清代幕府制的重大变化：称谓的改变及随之而来的幕府内活动的改变。陈文述《答问幕友》一文所谓的“古有幕僚，今惟幕友”指的正是这种情况。[①] 虽然二人只是指出了主宾关系的变化，但这一称谓的改变却是幕府制度本质变化的体现，一字之差，前者是政府公职人员，后者则游离于政府之外。唐代幕府制度兴盛，藩镇割据的局面中，多有未能从科举之途入仕的士子进入幕府，入幕后，士人与幕主之间有主客关系，更有长官与佐僚的关系，士人可借幕府的辟署进入仕途。因此唐代的文人游幕，入幕就是入仕，清代的游幕文人却没有官职。清代的地方各级长官没有署授僚职的权力，文人入幕佐治，不过是官员私人招聘、为其私人做事的客、友。金兆燕《严漱谷先生七十寿序》曰：“自昔汉唐诸侯得以征聘贤才，署为丞掾，而英奇杰特之士遂多出于版职之中。少陵赠高达夫诗云：‘十年出幕府，自可持旌麾。’盖古之人以此为仕进之路，故怀抱利器者每辐辏于是焉。至于今则鞍马依人，闲置以老，自非经济足以盖也而爵禄不入于心者，鲜肯曳裾而投足焉。捷官之径一变而为大隐之乡，时为之也。”[②]金兆燕指出了从唐至清文人游幕出路的不同，幕府从“捷官之径”变为“大隐之乡”，有夸张之嫌，但清代的幕府确实不再是文人晋阶的主要途径。

清代幕友也有通过幕主的保举而做官的，但并非普遍情况，并且保举之权掌握在督抚大员手中，并非任何一位地方官员都可以保举幕宾。有清一代，幕友始终没有成为正式的政府成员，游幕文人始终以客、友的地位而存在，但清朝政府对官吏延请幕友是支持的态度。进入雍正时期，幕友的地位急遽上升。科举考试的内容与处理行政事务没有多少关联，因而那些由科举入仕的官员不得不通过延请幕友来协助其处理政事，国家也开始重视幕友。《清通鉴》雍正朝记载：“雍正元年三月初六谕吏部：乙酉（初六日）是日，吏部遵旨议定：各省督抚应将幕客姓名造册报部，勤慎无过者照应得职衔即用，无职衔者量给职衔，特疏举荐者从优议叙，如徇私保举，照徇庇例议处。”[③]但要求延请幕宾要谨慎，《清世宗实录》雍正元年三月乙酉谕吏部：“各省督抚衙门事繁，非一手一足所能办，势必延请幕宾相助，其来久矣。……嗣后督抚所延幕客，须择历练老成、深信不疑之人，将姓名具题。”[④]表达了对幕友选择上的

---

① (清)陈文述《颐道堂文钞》，《续修四库全书》1506 册，上海：上海古籍出版社，2002 年，页 650。

② (清)金兆燕《国子先生全集》，《清代诗文集汇编》344 册，上海：上海古籍出版社，2010 年，页 79。

③ 戴逸、李文海《清通鉴》，太原：山西人民出版社，2000 年，页 4。

④ 《清世宗实录》，北京：中华书局，1986 年影印本，页 114。

要求。宫崎市定《清代的胥吏和幕友》一文称:"雍正三年,诏命停止捐纳俸工银,官员可以领取俸禄,衙役可以领取工食银。……雍正帝决定给予文官可以称为职务津贴的养廉银;用于家属消费、幕友谢金、家人给予以及其他方面的多种开支项目。"①朝廷从财物方面对官员聘请幕宾提供资助。

由"幕僚"变为"幕友",随之带来了主宾之间关系的改变,幕主、幕宾在清代呈现出一种自由结合的关系。正如缪全吉《清代幕府人事述要》一文所言:"总之,游幕风气,宾主双方均不受何项法律之限制,故就理论而言,主有延揽任何人之自由,亦有拒绝任何人之自由。反之,于幕亦然,择馆与否,在于自决。此种自由结合实系幕制之特征。"②缪全吉认为,在官吏双方的对立中,游幕文人具有制衡双方的作用。"官吏双轨制之发展,官藉幕以检吏,吏仰幕以承行,游幕于其间,足以发挥制衡之作用。再者,幕利吏势以牵制官,又资官权以抑制吏。如此,官吏双方均欲争取之,则万里游幕得克仰食修脯,且进而能名动公卿,自居为奇货,因之,清代游幕风气之盛,诚为大势之所趋。要之,入幕之宾,不同于仕途之登庸,盖官幕之结合基于自由,其幕游种种特是幕府人事之起端;抑且为有清一代政治之微妙关系,颇具特色。"③"自由"是清代文人游幕的一个重要特征,幕友是由幕主用礼仪、修金私人聘请的,游离于官僚系统之外,非公职人员。幕主和幕友之间,幕宾合则留,不合则去,不具行政隶属关系,而是朋友。幕友的地位虽得到了政府的承认,但也受到种种限制。

称谓的变化也带来了幕府内文人活动的变化,王衍梅所谓的宋代钱惟演幕府"未尝责以吏职"正是清代游幕文人的一个特点,不必履行官吏的职责,多诗酒流连的活动,所以清代多有艺文幕府、诗人幕府,日常活动多是饮酒赋诗,游宴聚会。王衍梅敏锐地注意到,这种情况在宋代已经存在,钱惟演幕府即是一例。宋代的幕职官,与其说是僚属职官,毋宁说只是官长的文人朋友。游幕文人多干谒幕主,方回《瀛奎律髓》说:"庆元、嘉定以来,乃有诗人为谒客。……钱塘湖山,此曹什伯为群。"④到清代,这种现象更加普遍。考察清代文人的游幕活动,虽也有军功与治河,但为数已少,大部分文人从事刑名、钱谷、学术、文艺等文案活动,以诗酒活动调剂幕府内的枯燥生活。遇到风雅的幕主,诗酒聚会的活动更是暮暮复朝朝。

---

① 刘俊文主编《日本学者研究中国史论著选译》,栾成显、南炳文译,北京:中华书局,1992年,页524。

② 王戎笙编《台港清史研究文摘》,沈阳:辽宁人民出版社,1988年,页299。

③ 同上。

④ (宋)方回《瀛奎律髓》,上海:上海古籍出版社,1993年,页745。

关于幕友的来源，宫崎市定认为来源于家庭教师，《清代的胥吏和幕友》一文说：“其就职名就馆，长官给予的谢金称幕修、砚租、馆租等，其职业名佣书。因为馆是门馆，修是束修，所以幕友大概是由门馆先生即家庭教师发展而来。他们都是知识分子，因为生员要成为进士必须接受数次考试，所以主要因为经济理由而改变方向成为幕友者，数目甚多。这被称为绝意进取。有时也有作幕友很久后又参加科举而终成为进士者，像乾隆时期以名幕著闻的汪辉祖即是其例。”[①]并征引明代的情况加以证明：“明代内阁之握有实权，乃由三杨是天子的师傅而来；与之相类，幕友本来也是门馆先生——这在前面已经叙述过了，事实上幕友也确被长官当作先生来对待。汪辉祖《佐治药言》叙述乾隆初年的情况云：‘往余年二十二三，初习幕学，其时司刑名钱谷者，俨然以宾师自处。’”[②]宫崎市定对于幕友来源的考察局限于家庭教师，未免有些狭隘，全面考察清代游幕文人的情况会发现家庭教师只是来源之一。郭润涛《官府、幕友与书生——“绍兴师爷”研究》一书对幕府内的人才来源做了考察分析，认为幕府内主要人才来源还是士人阶层，即读书人。而读书人被郭润涛分为“士”和“准士”，即具有某种功名的读书人和没有功名的读书人。“作幕”是“读书不成”的读书人能够走的“岔路”中一条处境最好的生活道路。[③] 朱金甫《论清代州县之幕友》一文持相同看法，认为清代的幕友组成了长官的私人智囊和助手班底，这些幕友便是有功名和没有功名的读书人，家庭教师只是其中的一部分。[④] 清代游幕文人的来源相当复杂，有取得功名而无官职的读书人暂留幕府，更多的是无功名的读书人，多以游幕救贫。

清代著名的绍兴师爷汪辉祖提到绍兴多游幕文人的原因是游幕与儒业相近：“吾越业儒无成及儒术不足以治生，皆迁而之幕，以幕与儒近也。”[⑤]李因笃《复顾先生》曰：“因思丈夫具有血气，游客万不可为。入幕虽卑，犹自食其力。舍彼就此，亦云恶取其轻者耳。”[⑥]虽然入幕不是儒家观念中上等的职业，但自食其力。汪辉祖《佐治药言》说：“吾辈从事于幕者，类皆章句之儒，为童子师，岁修不过数十金；幕修所入，或数倍焉，或十数倍焉。”[⑦]章学诚屡次主讲书院，因不能摆脱困境而又屡次入幕，《黄仲则年谱》记载毕沅聘黄景仁

---

① 刘俊文主编《日本学者研究中国史论著选译》，栾成显、南炳文译，页514。

② 同上书，页515。

③ 郭润涛《官府、幕友与书生——“绍兴师爷”研究》，北京：社会科学出版社，1996年，页37。

④ 明清史国际学术讨论会论文集编辑组《第二届明清史国际学术讨论会论文集》，天津：天津人民出版社，1993年，页302。

⑤ （清）汪辉祖《双节堂庸训》，天津：天津古籍出版社，1995年，页68。

⑥ （清）李因笃《续刻受祺堂文集》，《清代诗文集汇编》124册，页180。

⑦ （清）汪辉祖《佐治药言》，北京：中华书局，1985年，页23。

入幕，光是由京城至西安的旅费就一次给了500两银子，并许诺还要再给500两。[①] 游幕提供了相对较好的日常收入，尤其是对科举落第的士人来说，没有希望通过科举进入仕途，却有机会在一定范围和一定程度上在幕府内实现自己的一些经世理想。但游幕多是权宜之计，读书人最终还是希望通过科举走向仕途。汪辉祖作幕的过程中还矢志于仕宦生活，不屈不挠地赶赴科场，最终总算成为进士，署知县。作为主要游幕来源的无功名读书人，也有以游幕广见闻者，或借游幕以治学者，但救贫是最主要的原因。取得科举功名而无官职的士人暂居幕府，能救贫，也能为以后的仕宦道路拓展人际交游的圈子。

清代的文人游幕与明代以来聚众讲学的风气不无关系。在满洲贵族确立起对全国的统治之后，不允许聚众讲学，明代讲学的风气便消失了。代之而起的是幕府内浓厚的学术氛围和幕主对学术文化的大力提倡，幕府便成为学术发展的重要方镇。一些幕主本身便是大学者，例如徐乾学、朱筠、毕沅、阮元等。一些满腹经纶又不能进入仕途的学者、文人自然被招引到幕府内，从事自己擅长的学术文化事业，并得以维持生计。汪辉祖《佐治药言》曰："吾辈以图名本就，转而治生。惟习幕一途与读书为近，故从事者多。"[②]入幕的职业与读书功名的事业较为接近，所以文人多乐意游幕。在游幕中，借助幕府的学术资源让学问精进，也扩充人际脉络，结交师友，提高自己的知名度。

如果入幕不能实现抱负或在收入不好的情况下，游幕文人多辞幕或辗转他幕。章学诚因在幕府不得志，便写信给邵晋涵，请求帮忙寻找另一容身之地。根据胡适《清章实斋先生学诚年谱》的记载，在乾隆三十七年(1772)，章学诚已经三十五岁，"二月，似因朱筠之介，应知州刘长城之聘，编摩《和州志》。春，有《与严冬友侍读书》：'皖江，足下旧游地也，风土人情，故自不恶。第武陵一穴，久为捷足争趋。邵与桐、庄似撰诸君相守终年，竟无所遇，文章憎命，良可慨也。锁院校文，生计转促。以此悒悒，思为归计。正恐归转无家，足下能为我谋一官书旧生业否？'"[③]章学诚在刘长城幕府无所遇，生计窘迫，便思转幕。对游幕文人辗转幕府的探究不能仅从文人之遭遇或性格上去解说，章学诚固有其落落寡合之处，但这并非章学诚一人之现象，而是有清一代游幕文人的普遍形态，大批文人处于这种状态中，在幕府之间辗转，也说明其时幕府之多，提供了文人选择的相对自由。

---

① 黄葆树《黄仲则研究资料》，上海：上海古籍出版社，1986年，页70。

② (清)汪辉祖《佐治药言》，页126。

③ 胡适《清章实斋先生学诚年谱》，台北：台湾商务印书馆，1980年，页27。

第二节 乾嘉时期的文人游幕

乾嘉时期的文人游幕与乾嘉学术紧密联系在一起，幕府成为学术话语传播及延续的空间。

时至乾嘉，政治稳定，经济繁荣，统治者以兴文教、尚经术体现它的盛世太平。乾隆帝厌恶宋学学者，提倡经学，《清高宗实录》载乾隆十年(1745)四月所发谕告：“夫政事与学问非二途，稽古与通今乃一致。”“将欲得贤材，舍学校无别途，将欲为良臣，舍穷经无他术。”①经学也借此以民间学术而获世人青睐。官府纂辑《古今图书集成》《四库全书》等大型的学术文化工程又造就和培养了一批优秀的学者，经典考证成为一种社会时尚。梁启超《清代学术变迁与政治的影响》曰：“稍为时髦一点的阔官乃至富商大贾，都要附庸风雅，跟着这些大学者学几句考证的内行话。”②陈居渊论朴学兴盛的原因时说：“经学在某种意义上不仅仅是一种名誉的象征，实际上已成为谋取功名的一种途径。正是因为在名利和地位的双重刺激下，一方面诱发了学者皓首穷经不辍的强烈热情，另一方面也使学者中普遍存有以经学显名，提高家族声望的自尊心理。”“经学不仅仅是一种纯粹的学术研究，而已具有衡量社会价值的功能。”③经史之学的附属价值大为增长，已不是纯粹的学术，而是附带了功名与利禄，能够提升一个人的名利和地位，成为衡量一个人价值大小的标准。关于乾嘉朴学的形成，学界多有讨论，但乾嘉学者不只是埋头于故纸堆而具有一定的现实关怀的看法越来越得到认可。④ 葛兆光在《中国思想史》一书中说：“因而，那些依傍经典而流传的注释、疏证、笺释却通过看似烦琐的形式，曲折地表达着他们的一些真实想法，在通过印刷出版和邮递交流的札记、函件中，沟通着一些互相认同的学者，使知识得以流通。特别是高官的幕府、贵人的家塾以及富商的家馆，更在某种意义上成了这种学术话语得以传播和延续的空间。”⑤清代学术、文学繁盛的局面中，幕府起到了极为重要的作用。整个乾嘉时期，文人游幕尤其普遍。周星誉《王君星鍼传》认为康乾年间：“下至卿相、节镇，开阁置馆，厚其廪饩，以海内之望，田野韦布，一艺足称，

① 《清高宗实录》，北京：中华书局，1986 年影印本，页 81。

② 梁启超《中国近三百年学术史》，北京：东方出版社，1996 年，页 29。

③ 陈居渊《清代朴学与中国文学》，南昌：百花洲文艺出版社，2000 年，页 127—128。

④ 余英时《戴震与章学诚》一书从学术思想发展的内在理路分析了乾嘉朴学的形成，张寿安《以礼代理》一书则从“以礼代理”的角度指出乾嘉学者多有思想的阐发与现实关怀。

⑤ 葛兆光《中国思想史》，上海：复旦大学出版社，2010 年，页 401。

无不坐致赢足。”[①]杜贵墀《画墁胜稿叙》云嘉道之际的幕府:“而身当嘉道之间,承国家极盛之余,海内富庶,名公巨卿类多风流,笃耆文学,乐与诸贤隽商略往还,不惮屈己下之,而财力赡给,又足以佐其优礼。故幕府常极一时之选,而博学高文之士借恣游览而广著述者,往往栖托其间。”[②]国家富庶,名公巨卿屈己下士,幕主多方延揽幕宾,主宾之间酬唱流连。

尚小明先生《学人游幕与清代学术》一书按学术的影响力梳理出了乾嘉时期卢见曾、朱筠、毕沅、谢启昆、曾燠、阮元六个重要的学人幕府,实际上乾嘉时期的幕府要多得多。有许多不知名的幕府,因幕主地位不高、人数较少或在学术上无所建树而未引起注意,但其时却都是游幕文人的栖身之地。不仅总督、巡抚、学政、盐政、大学士延揽幕宾,地方上的知县、知府、太守、刺史等官员也多聘请幕宾。京城的任兰枝幕府、睿亲王幕府、和硕亲王幕府、直隶总督方观承幕府、那彦成幕府、两江总督铁保幕府等都曾招揽不少著名的文人,留下了不少唱和诗篇及学术著作。

这一时期游幕文人数量众多,一个幕府内的幕宾少则十数人,多则数十人,乃至上百人。游幕地域相当广阔,几乎遍及全国。尚小明认为,“大体上,流向江苏、浙江、京师的游幕学人最多,直隶、陕西、湖北、广东、安徽、山东、河南等省次之,福建、四川、云南、江西、山西等省复次之,其他省份则少一些”[③]。此种流向除了自然环境、人文环境的因素之外,与经济发展状况也息息相关。江浙是当时的经济重心,盐业发达,出了不少大盐商,城市经济税收自然高于其他地区。同时,一些富商大贾以金钱赞助文人,附庸风雅的风气,也吸引着众多文人。就扬州来说,盐商就提供了经济上的巨大支持。马曰琯、马曰璐兄弟是富商巨贾,与卢见曾幕府关系密切,并且修筑小玲珑山馆供养文人修书吟诗。从乾嘉六个重要的幕主任职地来看,卢见曾、曾燠主要在扬州,朱筠在安徽,毕沅在陕西、河南,谢启昆在浙江,阮元在山东、浙江、广东。游幕文人肯定要追随着幕主,有影响的幕主任职地也多为经济、文化发达的地区。发达的经济、文化支持了文人的游幕,文人游幕反过来促进了地域的经济、文化发展。

国力鼎盛,乾嘉两帝都娴熟儒家经典,有较深厚的汉族历史文化意识,非常重视并提倡学术文化的发展,尤其是对中国古典文化的研究和整理。因为有了相对宽松的社会环境,地方在从事学术文化活动中的自主性大大增强。一些幕主为了显示儒雅,招揽幕宾从事编书、校书、刻书的学术文化活动,文

① 缪荃孙编《续碑传集》,台北:文海出版社,1973 年,页 18a。
② (清)杜贵墀《桐华阁文集》,《清代诗文集汇编》698 册,页 527。
③ 尚小明《学人游幕与清代学术》,北京:社会科学文献出版社,1999 年,页 33。

人多都参与其中。生逢盛世，游幕文人参与军政事务的较少，只是到乾隆后期社会问题日渐繁多，一些文人才参与到办理河、漕、盐、荒诸事之中。乾嘉时期，绝大部分游幕文人在幕府内的活动是修书、校书，参与诗酒唱和，帮助幕主襄阅诗卷、佐理翰墨，主要从事文事活动。清初处于军事征服时期，社会缺乏从事学术文化活动的良好环境，幕主多以武力起家，以立功为人生目标。而乾嘉时期的幕主经过科举考试走上仕途，从小就浸染着儒家经典文化，他们以立德、立言作为人生目标，所以只要有机会就主持风雅，修建书院，编纂书籍，以期青史留名。尚小明先生梳理的乾嘉六大幕府以卢见曾开始，以阮元作结。卢见曾幕府是乾嘉时期出现最早的一个、也是非常重要的一个文人幕府。康熙六十年(1721)卢见曾中进士，乾隆二年(1737)即出任两淮盐运使的官职，后来牵连入一些案件，被罢官流放。乾隆二十七年(1762)告老还乡。阮元乾隆五十一年(1786)中进士，历经乾、嘉、道三朝，是乾嘉时期最后一个重要幕府。之后重要的幕府从陶澍开始到曾国藩、端方、李鸿章等已经与乾嘉时期的幕府大相径庭了，时代的动荡让阮元之后的幕府无暇从事学术和诗酒酬唱，而转入经世致用的事功。乾嘉时期的开平盛世为幕府的学术、文学活动创造了很好的条件。安定的社会环境中，幕主渴慕风雅，而诗文作为他们表达情感和相互交往的工具，在诗酒唱和中自然成为重要的交流方式。虽然文字狱严酷，但这些幕主却正值腾达之际，作为风雅总持者前后承续，在乾嘉的诗坛文苑上形成重要的方镇。在长达几乎一个世纪的乾嘉时期内，幕府构成了绵延不断的系统和持续的影响力。这些幕主大都充任过乡试、会试正、副主考或各省学政，是直接调动科举考试机制这一杠杆作用以广收门生、制约诗坛文苑的代表人物。言乾嘉文坛，不能不观照由幕府组构而成的人文背景。钱泳《履园丛话》中所谓“诗人之出，总要各公卿提倡，不提倡则不出也”①，正是肯定了知名幕主对文学风气的影响。这些幕主中，不仅有督抚疆臣，阁部大僚，而且有朝野皆知为肥缺的漕总和盐运使。总持风雅，须有足够的财力。编刻选集或操主选政，既获高誉，广通声气，更能获得诗人才士的向慕，具有特殊的凝聚力。

文人游幕与学术的关系成为学者们感兴趣的话题，也有大量史料能够证明清代的学术与幕府关系重大。② 游幕文人借助幕府让自己学问精进、刊印著作。章学诚讲到幕府的编纂工作对自己撰写《文史通义》的帮助，《与孙渊如书》曰：“鄙人日与洪(亮吉)、凌(廷堪)诸君为中丞(即毕沅)编《史籍考》，泛

---

① (清)钱泳《履园丛话》，北京：中华书局，1979年，页206。

② 参见尚小明《学人游幕与清代学术》第三章中《幕府的大型学术工程》一节。

览典籍，亦小有长进，《文史通义》亦庶可借是以告成矣。”[①]也正是通过在毕沅幕府编纂地方志和《史籍考》，他逐渐形成了“六经皆史”的观念。在幕府内，不少文人确定了自己的学术方向。章学诚、洪亮吉、汪中都是致力于经史之学的著名学者，他们转变学术兴趣就是在朱筠幕府内。章学诚自述：“近从朱先生（筠）游，亦言甚恶轻隽后生枵腹空谈义理，故凡所指授，皆欲学者先求征实，后议扩从。”“先生学问之所以有成功，实由此时立志不错。”[②]在朱筠幕府里，“自少性与史近”的章学诚开始了致力于史学的努力。其《任幼植别传》提到在朱筠幕府得以见到学术名流：“余自乾隆丁亥，旅困不能自存；依朱先生居，侘傺无聊甚。然由是得见当世名流及一时文人之所习业。”[③]也在幕府内遇到与自己相契合的学者，“自是晋涵与先生论史契合隐微”[④]。洪亮吉虽然是因为朱筠欣赏其诗歌而被留在幕府，但他在朱筠幕府从辞章之学转向了经世之学。朱筠《子监生洪君权厝碣铭》一文说：“礼吉能诗歌，其貌温然而中英英有气。余读其所拟乐府，心奇之，留幕中。”[⑤]洪亮吉喜欢拟古、仿古的兴趣就是受了朱筠的影响，开始向“古”靠拢，由对“古”的兴趣开始研治经史，洪亮吉《椒花吟舫图序》曰：“始预宾僚，继焉问业。”[⑥]洪亮吉少工文辞，进入朱筠幕府转向经史之学，《常州府志·人物传》载：“时同幕府余姚邵晋涵、扬州王念孙、汪中、同县孙星衍，并敦向古学。亮吉因治经，熟精三史，学益宏博。”[⑦]受朱筠影响，由“工文辞”转为“敦向古学”。姚名达曾谈到幕主朱筠培植了幕府中的幕宾：“再就他培植后学而论，如戴震、王念孙、邵晋涵都曾在他的幕府，因他的揄扬而成名，汪中、黄景仁、章学诚、洪亮吉、吴兰庭、李威、武亿等，不但常在幕府，以成学问，且有长寄门下，相依为生，至二三十年之久的。当时学者，间接受其影响而有造就者姑不具论，仅数其门人著述，已极可惊。章学诚之史学，洪亮吉之地理学，任大椿之礼制学，钱坫之文字学，程晋芳、武亿之经学，黄景仁之诗歌，孙星衍之训诂学，江藩之传记学，汪中之诸子学，汪辉祖之姓氏学，皆卓卓有名，传于后世。而其始皆直接受朱筠之传授启发，方得有成。”[⑧]假如没有游幕经历，所提到的上述诸人就缺少了幕主的培植及为其扬名的机会。入幕府后，交游圈发生变化，游幕文人的观念、兴趣也

---

① （清）章学诚《章学诚遗书》，北京：文物出版社，1985年，页335。
② 胡适《清章实斋先生学诚年谱》，页18。
③ （清）章学诚《章学诚遗书》，页178。
④ 胡适《清章实斋先生学诚年谱》，页24。
⑤ （清）朱筠《笥河文集》，《清代诗文集汇编》366册，页599。
⑥ （清）洪亮吉《洪亮吉集》，北京：中华书局，2001年，页370。
⑦ （清）洪亮吉《洪亮吉集·附录》，页2353。
⑧ 姚名达《朱筠年谱》，上海：商务印书馆，民国二十二年（1933），页3。

会发生重大变化。法式善《洪稚存先生行状》提到洪亮吉在朱筠幕府的交游所带来的学问精进：“先生既居学幕，交江都汪中、余姚邵晋涵、武康高文照、高邮王念孙、会稽章学诚、兴化顾九苞、归安吴兰庭，学日进。”[①]洪亮吉《送邵秘校晋涵入都补官》曰：“逢君乃研经，逢君乃注史。”[②]显然深受邵晋涵的影响。出朱筠幕府后，洪亮吉又先后入过刘权、毕沅的幕府，这些幕府致力于修书治史，幕宾多为饱学经术的学士，洪亮吉结交了邵晋涵、王念孙、孙星衍、章学诚、严长明、吴泰来、钱坫等人，经史之学也大为长进。汪中的治学也与幕府紧密相关。汪喜孙《容甫先生年谱》记载：“时幕下多通儒，邵先生晋涵、王先生怀祖，洎先君俱以古经义小学相切劘，始与先生定交……先君治小学当在是时。是时所校书多述王先生说。”[③]汪中放弃辞章投身于经史，与幕府中幕友的影响分不开。就入幕文人普遍从辞章转向经史来看，幕府中浓郁的学术氛围起着至关重要的作用，幕主不自觉地影响着幕宾，幕友之间也相互影响。

对游幕文人来说，幕府生活也会对创作产生负面影响，方正澍的诗歌创作在幕府中不但无所长进，还有所倒退，陆元鋐《青芙蓉阁诗话》曰：“金陵方子云正澍早负盛名，继游秋帆制府幕中，过为奖借，子云亦高自矜诩，然其诗只长于七言八句，又往往流于宋、元纤秾一派，五言律不多见。”[④]因为幕主毕沅的过于奖掖，方正澍颇为自负，诗歌创作反倒停滞不前。举一例可见一斑。

本论文之所以选取乾嘉时期的游幕文人作为研究对象，第一，进入乾嘉时期，文人游幕兴盛起来，出现的重大幕府比较多。幕府内学术氛围浓厚，诗酒唱和很多。第二，乾嘉正逢盛世，生产发展，民殷物阜，人才因之辈出。幕府中的文学活动比较多，幕主也热衷于提倡风雅，幕府文人的诗文集等文学作品也较多，便于进行文学研究。乾嘉之前，清朝忙于削平三藩，幕府中的学术、文学氛围都不强，历经顺、康、雍三朝，政治趋于稳固，经济渐见复苏，“文治”亦随“武功”而日益强化。到乾嘉之后，清朝走向衰落，各地起义多，还有外来的入侵，幕府中政事繁多，无暇进行学术研究和文学创作，较多地提倡经世致用的事功。第三，乾嘉时期的文学创作很繁荣，是格调说、肌理说两派诗学体系交替行进的时期，也是性灵说主盟诗坛的时期。文坛有重大事件发生，门户纷立、各主一说，是宗唐宗宋相互辩难的年代。所谓的清代骈文复兴也发生在这个时期，游幕文人与这些事件紧密相关。

---

① (清)法式善《存素堂文集》，《清代诗文集汇编》435 册，页 402。

② (清)洪亮吉《洪亮吉集》，页 614。

③ (清)汪喜孙《容甫先生年谱》，附于《新编汪中集》，扬州：广陵书社，2005 年，页 11。

④ (清)陆元鋐《青芙蓉阁诗话》，《清诗话三编》，上海：上海古籍出版社，2014 年，页 2590。

第三节 文人游幕与文学

文人向来有“游”的精神，游幕不仅能够刺激创作的灵感，也让文人的视野投向更广阔的天地。清人姚椿为史善长的文集作序论及幕府对诗人的影响，《史赤霞遗集序》曰：

> 古之人才聚于幕府者为多，于诗人为尤盛。盖其见闻繁富，阅历广博，凡欣愉忧愤之情，身世家国之故，其于人已晋接，皆足以征性情而抒才藻。自风雅以来，行旅篇什唐宋以降，幕府曾辟之士，班班著见载籍者，大抵其客游之作居多也。①

陆元辅《燕游草序》曰：

> 诗必游而后工，必穷者之游而后尤工。盖士之局守一隅者，闻见浅狭，诗思不出数百里外。而富贵之游又多汩于名利，所作皆应酬冗长，不足以发抒性灵。惟穷愁之人蓄其所有而未得施于行事，因舟车所更涉，历揽山川之雄秀，城阙之壮丽，人物之英伟，古迹之苍凉，感其郁积，往往形诸歌咏，以写伤今怀古、思亲念旧、嗟老叹卑之意。性灵所寓，墨光照耀，洵非梔言蜡貌而为欢娱之词者之所可及也。②

游幕文人大多属于“穷者之游”，在游历中激发出种种人生感慨。从幕府生活对文人的影响而言，幕府生活增加了文人的阅历，广博的见闻刺激了创作的欲望，四方游幕的际遇赋予了文人更加多向的情感体验与生活阅历。孔尚任《平山堂雅集诗序》曰：“予来此数矣，凡入门而登之也，必悄然而悲，及登而望之也，必悠然而思。盖此地自足生人感慨。”③文人本就多愁善感，游览游历更直接地触发了人生的种种感慨。幕府中大量文士的存在，使得幕府与学术、文学的关系得以建立。

戴伟华先生在幕府与文学关系的研究上筚路蓝缕，成就卓著。戴伟华在20世纪90年代初就出版了《唐代幕府与文学》一书，④后将此书加以补充、删改，1998年出版为《唐代使府与文学研究》。⑤ 在著作中，作者对唐代的方镇使府制度做了考察，分析了使府中的文化氛围、文人以及使府文学的时代性

① （清）姚椿《通艺阁文集》，《清代诗文集汇编》522册，页319。

② （清）陆元辅《陆菊隐先生文集》，《清代诗文集汇编》61册，页374。

③ （清）孔尚任《孔尚任全集辑校注评》，济南：齐鲁书社，2004年，页1173。

④ 戴伟华《唐代幕府与文学》，北京：现代出版社，1990年。

⑤ 戴伟华《唐代使府与文学研究》，桂林：广西师范大学出版社，1998年。

和地域性，探讨了文人入幕和诗歌创作、散文小说创作的关系。虽然是研究唐代幕府与文学的关系，但对研究清代幕府和文学的关系具有启发意义，在幕府与文学的研究上具有里程碑的作用。尚小明《学人游幕与清代学术》一书中也提到学人游幕与诗歌创作的关系，认为有不少游幕诗篇具有很高价值，在反映民风民俗、表达民生疾苦方面极为突出，游幕诗篇还敢于揭露官场黑暗和腐败。尚小明提出了“幕府文学”的存在。作为一位历史学者，他把目光聚焦在学人、学术与游幕的关系上，没有展开对幕府中文学成就、文学作品的论述，但给予了高度的评价，并爬梳出了很多幕府作家的作品。颜建华的博士论文《清代乾嘉骈文研究》其中一章《乾嘉骈文与幕府》，①考察了乾嘉时期骈文作家的游幕活动，探讨了幕府的生存环境和学术环境对骈文创作的影响，幕宾的游历对骈文创作的影响，以及幕府中应用文体对幕宾骈文创作的影响。严迪昌的《清诗史》给予幕主毕沅、曾燠以公正的评价②，不但肯定了他们自身的文学成就，还对他们提倡风雅所营造的文学氛围给予肯定。

清代文人游幕成为普遍现象，出现了不少艺文幕府。郭润涛所作《清代幕府的类型和特点》一文，对清代艺文幕府的性质有专门论述：

> “幕”指官署。所以，只有与公事相关，才称之为“幕客”，而那些仅仅与私下的业余娱乐生活相关的宾客，只能算入“清客”或“食客”一流。只是这类人，在他的全部活动中，也有与公事相关的工作，而清代的公事倘从广义上看，含义是相当广泛的，由此，我们不妨将艺文幕府列为一类，并罗列在此。③

他同时注意到了“行政”与“艺文”难以分割：

> 地方行政官员的幕府中有两班从事不同工作（艺文和行政）的人，存在两个幕府。在“行政幕府”中，也存在“艺文”性质的幕府活动，即“刑名”“钱谷”“书启”等幕友，“公事”之余，也与主官作一些诗文唱和或著书、修志、教读的活动。每逢四时八节，主官例要礼宴幕友，就少不了酬唱应对；他们也要为主官代写一些他在社交中的酬唱诗文。因此，在地方官员的幕府中，“行政”与“艺文”两种类型的幕府是并存的。④

即便在专门的行政幕府中，艺文活动也从没有间断过。乾嘉时期文学风气较为浓郁，据严迪昌先生的看法，玄烨五十“万寿”即康熙四十二年（1703）

---

① 颜建华《清代乾嘉骈文研究》，浙江大学博士论文，2004 年。

② 严迪昌《清诗史》，北京：人民文学出版社，2011 年。

③ 郭润涛《清代幕府的类型和特点》，载《贵州社会科学》1992 年第 11 期，页 49。

④ 同上。

时的上谕，可视为诗文化统入“御览”的一个标志。① 据《圣祖仁皇帝实录》记载，康熙帝在其“圣诞”之日口谕群臣：“朕素嗜文学，尔诸臣有以诗文献者，朕当留览焉。”②乾隆又极力推崇文治武功，尤其喜好吟诗弄赋，意在收拢人心。不少文人为了求得进阶获禄，在创作诗歌时，极尽歌功颂德、粉饰太平之能事。作为渴慕风雅的文人学士，到处流连酬唱，在幕府中的文学活动相当繁多。嗜好文学的幕主、幕宾流传下了大量的诗文，幕主的嗜好也影响着幕宾们的文学兴趣。而有清一代各种各样的文学现象与游幕文人群体有什么样的关系？游幕文人怎样参与到时代的文学、文化的争论当中？这个话题非常有趣，也非常值得深入探讨。大量的文人游幕营造了幕府内的文化氛围，诗酒唱和调整了幕府内的枯燥生活，编书修纂活动保存了文化典籍，并使得幕主青史留名。这些选本、辑佚之作体现着幕府内文学创作的理论，暗示着对一种创作风气的提倡或反对。

清代文坛的繁荣离不开游幕文人群体的创作。著名的诗人、词人中有游幕经历的就有吴绮、孙枝蔚、唐孙华、李良年、邵长蘅、吴雯、查慎行、沈德潜、黄子云、鲍皋、赵文哲、王文治、吴文溥、钱维乔、方正澍、吴锡麒、赵怀玉、黄景仁、杨芳灿、吴照、王芑孙、吴鼒、石韫玉、钱泳、刘嗣绾、舒位、吴嵩梁、乐钧、郭麐、陈鸿寿、彭兆荪、陈文述、端木国瑚、邓显鹤、毛岳生、张祥河、舒位等等。戏曲家里有万树、裘琏、洪昇、廖景文、金兆燕、张埙、黄文旸、沈起凤、孔尚任等，小说家夏敬渠、曹霑、沈复、吕熊等也有游幕经历。以文章著称的姜宸英、戴名世、方苞、刘大櫆、胡天游、鲁九皋、吴德旋、包世臣、刘开、管同、姚莹等也有过或短或长的游幕经历，他们的创作或多或少都受到游幕生活的影响。有清一代，游幕诗人数量巨大，人才辈出，多种诗文集中，都能够见到反映游幕生活的诗歌，篇数之多，更是难以统计。

游幕文人在幕府内交流诗作，相互影响。吴嵩梁《石溪舫诗话》“乐钧”条云：“莲裳与予居同郡。……丙辰自粤东归，示余行卷佳什颇多，予议其七古长篇未免太尽，君谓非此发挥不透。予曰：‘唐人多短篇，宋人多长篇。唐人非不能长也，其旨贵蕴藉而不欲驰骋以竭其才；宋人非不欲短也，其笔易流宕而不能沉顿以养其气。好尽透而力量反不能尽透，能留有余于不能不尽，则无所不透不尽矣。’别后，再见于题襟馆，则向之长篇多所删改，所作则益精悍不可当。”③被吴嵩梁教导、启发之后，乐钧的诗风有所改变。“徐鏻庆”条：“阆斋才气不可一世，与予交于题襟馆，同赋《康山留客图》《银柞》《西溪渔隐

---

① 严迪昌《清诗史》，页 589。

② 《清实录·圣祖仁皇帝实录》，北京：中华书局，1985 年，页 139。

③ （清）吴嵩梁《香苏山馆全集·石溪舫诗话》，清道光二十三年(1843)刻本，页 1a。

图》，诸作并佳……前半篇有‘金支翠旌’等语。予谓与西溪不称，劝令删去。君曰：‘此李杜门面语，不可少。子诗只讲清真，故人或议其不能雄阔’。予曰：‘雄阔亦须因题而设，如《观海》诗亦可作渔隐图中句否？若以门面为李杜，不如清真为愈，奈何作英雄欺人语，为设者所弃乎？’君始折服。”①徐鏷庆才高气傲，却折服于吴嵩梁的一席话。吴嵩梁的诗学观念里，诗歌创作要转益多师，在继承中求变通，方不致落于窠臼。诗歌创作如果仅仅停留在形式上的摹拟，不管是学唐还是学宋，都只能导致诗歌苍白无力，空洞无物。这种见解与主张对幕府内的乐钧、徐鏷庆或多或少产生了影响，他们的诗风有所改变，技艺也有所提高。而幕主对文学的喜好又会影响到幕宾的诗文创作，反过来，幕主也经常受到幕宾的影响。洪亮吉认为幕主与幕宾之间相互可以不受影响，幕主、幕宾在创作上都应当保持自己的独立性：

> 杜工部之在严郑公幕府也，所作诗与郑公不同。杜牧之之在牛奇章幕府也，所作诗与奇章公不同。欧阳文忠公之在钱思公幕府也，思公学“西昆”，而文忠则学杜。陆渭南之在范石湖幕府也，石湖主清新，而渭南则主沉郁。故能各自名家，并拔戟自成一队。即明沈明臣、徐渭之在胡梅林幕府，梅林虽不作诗，然二君亦皆能各极所长。虽督府严重，尚各有脱略仪检，不可一世之概。惟吾乡邵山人长蘅，初所作诗，既描摹盛唐，苦无独到，及一入宋商邱幕府，则又亦步亦趋，不能守其故我矣。人或以其名重，尚艳而称之。吾以为其品既不及前修，则其诗亦更容论定也。②

这恰恰说明幕宾在幕府生活中很容易受到周围环境的影响，幕主也容易被幕宾影响，所以能够坚持自己独立意志的创作才显得可贵。《国朝先正事略》中《阮文达公事略》评价阮元引领风尚的作用：

> 一代之兴，必有耆宠魁垒之臣，若唐之燕许及崔文贞、权文公、李卫公。以经术文章主持风会，而其人又必聪明早达，扬历中外，兼享大年，其名位著述足以弁冕群才，其力足提倡后学，若仪征相国，真其人哉！③

作为提倡风雅的幕主，既要具备政治上的影响力，又要有主持风会的才气，这样才能把幕宾们聚集在幕府内，阮元正是这样一个幕主。一部分游幕文人本身就是当时文坛的风云人物，这是研究乾嘉时期文学不可忽视的一股暗流，他们影响甚至改变着当时的文学风气。

---

① （清）吴嵩梁《香苏山馆全集·石溪舫诗话》，页1a。

② （清）洪亮吉《北江诗话》，北京：人民文学出版社，1983年，页88。

③ （清）李元度《国朝先正事略》，台北：文海出版社，1967年，页1062。

文人游幕的兴盛，还催生了文学史上一种现象的繁荣：代作极多。翻阅游幕文人的诗文集，有不少诗文题目后标注“代”，尤其是文章，但并不注明代谁写。这需要通过幕主与幕宾文章的比对，才能知道是代哪些幕主所作。王芑孙虽然不是政府官员，但为朝廷草拟了不少檄文诏书，为大学士董诰及睿亲王等佐理翰墨长达十余年，《渊雅堂应奉稿自序》提到经常“私为诸公代手”“虽官不挂朝籍，而自乾隆五十年以后，朝廷有典礼文章之事，未尝不草笔”[①]。在草拟檄文诏书中实现自己的人生价值。钱大昕的儿子钱东壁以佐理翰墨出名，客游京师，《竹汀居士年谱》记载幕主刘竹轩对钱东壁“一见倾倒，邀入幕中，佐理文翰。凡有撰述，多出所拟，下笔千言，略不加点，于是都中有‘小钱’之目”[②]。代笔是中国古代社会一种独特有趣的文化现象，代笔之作既要模拟角色，又带有隐秘的个体体验，具有多维的情感体验与情感辐射。清代游幕文人最重要的工作是佐理翰墨，代笔极为普遍，清人文集中代笔之作比比皆是，一些文人别集中代作多达二百多篇。代笔背后是活生生的官场社交图谱与有清一代的文学生态。幕主的应酬文多由幕宾代写，乾嘉时期的骈文作者中，有不少佳作是代幕主写的。在编订诗文集时，作者又要回了著作权，署上了自己的姓名。焦循文集中代阮元写的文章都有所注明，如《代阮抚军撰杭州孔子庙碑》《代阮抚军撰陈元龙庙碑》《代阮宫保撰王善香观察墓志铭》等。汪中、洪亮吉代写的骈文有注明的，也有只注明一个“代”的。代笔文体主要有疏、启、祭文、寿序、序跋、题词等，有属于公文的，也有日常酬应的。数量巨大的代作是乾嘉文学史的一个构成部分，对代作的资料梳理和研究能更清晰地了解幕主与游幕文人之间复杂而微妙的关系。吴鼒为幕主曾燠代写《桐城张氏四世讲筵诗序》，在刊刻自己的文集时又编入其中，而在为曾燠的骈文作序时，却又举出此篇作为例子，赞扬曾燠的骈文才华。其中透露出的微妙复杂心理很值得玩味。

乾嘉时期的游幕文人中有主流的作家作品，也有非主流的作家作品。非主流的文学活动是一股潜流，需要不断地发现、研究，这样才能形成对文学史整体的认识，才有可能修正对文学史一些不全面的看法。文学史的发展演变当然随着主流的波动而向前推进，但主流总是与潜流、支流相伴而行，才能形成源源不断、勇往直前的巨浪大河。在整个文学史上，一些游幕文人只是普通人，但放在乾嘉时期的文坛上，他们的文学活动就不应该被忽视。游幕文人形成了相对稳定的团体，参与到了乾嘉诗坛宗唐宗宋的争论中，在与各个

---

① (清)王芑孙《渊雅堂全集》，页 286。

② (清)钱大昕《十驾斋养新录·竹汀居士年谱》，上海：上海书店出版社，2011 年，页 1。

文体流派的交往中，彼此相互影响着创作风格和文学理论。这些现象对于研究乾嘉文坛的文学风气、诗风文风的变化等都非常重要。游幕文人群体与当时的文学风气息息相关。

本论文的主要资料来源是年谱与诗文集，同时参阅大量笔记、诗话、词话、札记等，研究重心在诗文集上，通过他们的诗文创作来探讨游幕文人心灵史的隐秘光影，窥看乾嘉盛世中由于各种原因游幕的文人的精神状况，以期描绘出乾嘉时期文人游幕与文坛的关系。并利用年谱、笔记、札记、碑传、地方志等材料，使诗文研究与历史文化相结合。努力将文学和史学的研究相结合，而不只是侧重于史学的研究，在文化研究的基础上来进行文学研究，利用史学成果来解决文学史问题，使有关的文学研究深入一步。

第一章　乾嘉时期的幕主与游幕文人

游幕文人既富文采，又不乏政治抱负，乾嘉时期幕宾与幕主的交往表现为合则留、不合则去的自由关系。幕主礼遇幕僚，幕僚也很少抗主，在表面姿态上是一种具有平等意味的主客态势。但又不尽是纯粹的主宾关系，也多有知音见赏、习气相投、互敬互重的情感交流。

乾嘉时期文字狱之多是史上之最。从乾隆后期开始，文字狱的气氛弥漫于整个社会，不在于作者有没有悖逆之心和悖逆的意图，而在于诗文中不能有让人往"悖逆"处猜疑的话语。这样的氛围显然在一代人的心灵上笼罩了一层阴影。

在这种氛围下，知识分子丧失了话语权，葛兆光解析道："真正造成清代学术思想失语状态的，除了政治对异端的钳制，还在于皇权对于真理的垄断，'治统'对于'道统'的彻底兼并，以及这种道德制高点和合理性基础被权力占据之后，所造成的士人对于真理诠释权力和对于社会指导权力的丧失。"[①]士人丧失了对真理和道德的诠释能力，不能够与政治权力分庭抗礼，而"当皇权以普遍适用而且不容置疑的意识形态，建构了一种普遍的、绝对的、象征性的真理话语之后，它以'公'的名义迫使所有人接受，并且以同一性淹没了所有的士大夫，于是，丧失了真理诠释力和社会指导能力的，便在公共领域里失去了自己的立场，只能在'私'的方面表达自己个人的思考"[②]。"私"的方面很重要的便是诗文，可诗文天马行空的独特思维与写作方式又让文人动辄得咎。幕府内相对宽松与自由的气氛为文人写作提供了很好的环境，幕主身居高位又为游幕文人提供了保护伞。至少在乾嘉时期幕府是以较好的物质条件与优越的文化环境养护了游幕文人的诗心与灵气。

只要幕府中有文人幕宾，就有诗酒唱和。诗酒唱和调剂了幕府的生活，并且协调了幕府的人际关系。对诗坛来说，这是很好的切磋诗歌艺术的手段。幕府的诗酒唱和规模有大有小，少则数人，多则十数人，乃至数十人，形成以文会友的盛事。而作为一个群体的活动，总是比个人的活动更能影响社

① 葛兆光《中国思想史》，页400。
② 同上。

会风气，也更能反映其时的社会风气。

第一节　幕主：提倡风雅

乾嘉时期幕主的学识与爱好直接影响了幕府内的文化氛围，而盛世的升平局面又能够提供优游风雅的环境。幕主提倡风雅，幕府内便风雅大盛。

一、风雅与为政

幕主弦歌之化的儒家观念与乾嘉盛世歌舞升平的需要，让幕主们都乐意做风雅的官吏。洪亮吉说：“诗虽小道，然实足以觇国家气运之衰旺。”①乾嘉时期的幕主们很明白这个道理，并企图以实践证实这个道理的反命题：幕府内的诗酒酬唱证明着幕主为政的美好。风雅有助于为政，为政要提倡风雅。这是幕主们的共识。

幕主们希望自己的诗文能够传之于后世，因而以诗酒酬唱来显示自己为政的贤明。幕主卢见曾就表现出继承风雅非他莫属的责任心，其《感旧集补传序》曰：

> 自古一代之兴，川岳钟其秀灵，必有文章极盛之会，以抒泄其菁英郁勃之气。其发为诗歌，朝廷之上用以鼓吹休明，即散见山林槃涧之间，片璧碎金都堪宝贵。而又必有人焉，为之别裁伪体，彰微阐幽，以论定一代之作，而使之必传于后。②

在《石溪舫诗话》中，吴嵩梁记载了如下会面的情景，他追随谢启昆与赵翼、冯应榴见面：“苏潭中丞于嘉庆丁巳开藩浙江，予在幕府。暇日，则擢舟西湖，往往经旬不返。冯星宝方伯、赵云菘观察适来访。予与中丞约放鹤亭，舍舟步行，入南屏观司马温公所书家人卦摩崖，稍倦，枕石而卧，既寐，有侍立其侧者，出一笺，则中丞以诗见招，且云冯、赵两公待予已三日矣。是日，主客皆盛衣冠，而予野服匆匆入座，科头纵谈，持住僧及从吏咸窃讶之。”③诗酒氛围何其浓厚，以诗见招，畅论古今，无比风雅。

幕主毕沅不仅学习古人聚会酬唱的风雅，也相信自己的风雅会成为后人学习的典范。在与幕宾宴游赋诗时，毕沅写下《三月四日钱萚石、辛楣两前辈、编修赵云松、曹来殷、沈景初、庶常褚、左莪、吴冲之、中翰王兰泉、程鱼门、

---

① （清）洪亮吉《北江诗话》，页106—107。

② （清）卢见曾《感旧集补传》，民国年间（1912—1949）铅印本，页5a。

③ （清）吴嵩梁《香苏山馆全集・石溪舫诗话》，页6a。

赵损之、汪康吉、严冬友、陆健男、沈吉甫诸同人重展上巳修禊陶然亭，即席有作》一诗："曲水□[①]序兰亭诗，古人风雅今人师。往来人事递今古，后之视今亦犹斯。"[②]想到了后人对自己的效仿。毕沅醉心于风雅的心理从他的《纪梦诗》可以读出来："生前树勋业，死后留文章。"[③]勋业与文章并重。

幕宾们认为只有政通人和才会有提倡风雅的心情。孙星衍为王复的诗文作序，《晚晴轩稿序》曰："授简时自摄提刑移官历下，日在案牍堆中，得秋塍书，知方刊所为诗如干，卷成索序于予。知非政成人和，不暇及此。"[④]如果不是政通人和，不会有闲心写诗。乐钧与幕主谢启昆唱和，《闻谢蕴山方伯迁山右，为诗寄之》："风承唐魏多勤俭，诗与间阎写性情。玉树阶前应更长，政闲好听读书声。"[⑤]正因为政通人和，才有闲情读书，才有风雅酬唱，这应该是幕宾与幕主共同的想法。事实也正是如此，乾嘉之后，幕府内无暇唱和，政事纷纷。外敌入侵，各地农民起义此起彼伏，何来诗酒唱和的闲情？幕宾们也认为官吏爱慕风雅，将文章与政事结合起来，才会有美政。

孙星衍为曾燠幕府的唱和集《邗上题襟集选》作序，提出了"仕优则学"：

> 世之为政者或以货利溺心，或以虚无废事，深居则多拥蔽，偏听又不择人，目不视古今成败之书。幕僚胥吏皆得持权以侮之，则吏治荒，不独风雅坠矣。蒙昔权臬山左亲核爰书，不延宾佐，亦以公余整理旧业，以视前辈之文章政事，诚不能企及万一。然知古人"仕优则学"及"不殖将落"之言，不敢以一行作吏废此事也。其集中诸作者各写性灵，不涉摹仿，奄有唐宋元名人格调所长，信足继长庆松陵诸集酬唱之盛，则读者自得之。[⑥]

孙星衍认为作为官吏不应废弃文章，只有多抒写性灵，才会让吏治更加清明。一旦文章被废弃，那么灵性也将被堵塞，官吏沉溺于世俗之中，政事就不可能清明起来。

幕宾的言论不必全部相信，自有阿谀之词在内，而幕主的政绩如何，也需要历史学家的考论。[⑦] 诗酒唱和的风雅固然有闲情，但未必是政治清明，为

① 原文中此处没有空格，根据诗作的内容及写作格式，应该是漏刻了一个字。

② （清）毕沅《灵岩山人诗集》，清嘉庆四年（1799）经训堂刻本，页 11b。

③ 同上书，页 15a。

④ （清）王复《晚晴轩稿》，清刻本，页 1a。按，孙星衍文集中未见此篇。

⑤ （清）乐钧《青芝山馆诗集》，《续修四库全书》1490 册，页 481。

⑥ （清）孙星衍《邗上题襟集选》，清嘉庆六年（1801）两淮官署刻本，页 1b—2a。

⑦ 据裘毓麟《清代轶闻》记载，毕沅的政绩极不好，载有姚姬传先生曰："戮毕沅之尸，庶足以谢天下"的话。但毕沅幕府内诗酒雅会极多。"然好儒雅，广集遗书，敬重文士。孙渊如、洪稚存、赵味辛诸名士，多出其幕下。尝岁以万金遍惠贫士，人言宋牧仲后一人，信不虚也。"

政的劣迹不会被风雅酬唱所掩饰。但就乾嘉幕主对风雅的渴慕来说，对社会氛围、文坛却有诸多共享，良好的文学氛围由此产生，也为文人雅士的文学创作提供了良好的环境。

二、幕主的文学素养

洪亮吉辗转于多个幕府，《北江诗话》中他如此评价几位幕主的诗：“朱学士筠诗，如急电怒雷，云雾四塞。”“毕宫保沅诗，如飞瀑万仞，不择地流。”“阮侍郎元诗，如金茎残露，色晃朝阳。”“曾都转燠诗，如鹰隼脱钩，精采溢目。”①这些幕主的才华虽然不及欧、苏，但都有着很好的文学素养。尚小明《学人游幕与清代学术》中提及的乾嘉六大幕主在诗坛都有一席之位。舒位《乾嘉诗坛点将录》中称卢见曾为“摸着天卢雅雨”，毕沅为“玉麒麟毕秋帆”，谢启昆为“轰天雷侯夷门”，曾燠为“云里金刚曾宾谷”，阮元为“小旋风阮云台”②，虽为别号，但能看出几位幕主在诗坛上的地位。卢见曾不仅留有诗文集，而且主持了《国朝山左诗钞》等地方性诗文集的大型纂修活动。谢启昆留下五百多首咏史诗。朱筠虽为乾嘉朴学的领袖，留有《笥河诗集》二十卷。毕沅留存有《灵岩山人诗集》四十卷。曾燠、阮元为骈体文家，有大量诗文传世。

李斗《扬州画舫录》对卢见曾为官扬州的记载如下：“公工诗文，性度高廓，不拘小节，形貌矮瘦，时人谓之‘矮卢’。”③朱筠是汉学家，年长后以朴学著称，工于诗文，文学素养非常人所及，但诗文非其所重。江藩《朱笥河先生》记载朱筠：“博闻宏览，于学无所不通。说经宗汉儒，不取宋元诸家之说；十七史、涑水《通鉴》诸书，皆考其是非，证其同异；泛览诸子百家，而不为异说所惑；古文以班、马为法，而参以韩、苏；诗歌出入唐宋，不名一家。”④朱筠从小就有写诗天赋，“十五作诗文，才气浩瀚，老儒见之咋舌”。“京兆尹武进蒋炳，邀刘文定公纶、程文恭公景伊、钱文敏公维城、庄侍郎存与及其弟学士培因，设宴招先生及文正公饮，试以‘昆田双玉歌’。诗成，诸公叹赏不绝，于是京师有‘竞爽’之目。”⑤关于诗歌写作，朱筠对性情、诗境、遣词之间的关系有细腻真切的见解，“朱竹君学士曰：‘诗以道性情。性情有厚薄，诗境有浅深。性情厚者，词浅而意深；性情薄者，词深而意浅。’”⑥若不是体会到诗歌创作的个

---

① （清）洪亮吉《北江诗话》，页 4。

② （清）舒位《乾嘉诗坛点将录》，宣统三年(1911)刻本，页 5b—6a。

③ （清）李斗《扬州画舫录》，北京：中华书局，1960 年，页 228。

④ （清）江藩《国朝汉学师承记》，北京：中华书局，1983 年，页 67—68。

⑤ 同上书，页 62。

⑥ （清）袁枚《随园诗话》，北京：人民文学出版社，2006 年，页 45。

中三昧，不会有如此细腻的论述。

翁方纲《树经堂诗集总序》一文以“清雄迈世”“前无古人”赞赏谢启昆的诗。[①] 谢启昆的咏史诗取得了一定成就，留名于诗史。阮元《谢苏潭咏史诗序》评价谢启昆的咏史诗曰：“有唐一代，惟周昙、孙元宴积数十百首。然皆断句，罕见律篇。未有上下一千六百四载，胪叙五百二十六人，扬清风以作诵，激浊流而成讽，如苏潭先生之以律咏史者也。”[②]谢启昆用律诗咏史，有独到之处。

幕宾史善长对毕沅的诗文取径与成就如此评价：“文选泛览秦汉唐宋诸大家，穷其正变；诗取眉山，上溯韩、杜，出入玉溪、樊川之间。盖甫入文坛，已独树一帜矣。”[③]袁枚居然把毕沅和吴梅村并列，《随园诗话》中不但记载了毕沅的诗，还认为：“吴中诗学，娄东为盛，二百年来，前有凤洲，继有梅村；今继之者，其弇山尚书乎？”“秋帆尚书抚陕时，有《上元灯词》十首，庄重高华，是金华殿上语。一时幕中学士文人，俱不能和。”[④]称誉甚高。

李桓《国朝耆献类徵初编》记载曾燠：“性尤嗜诗，至老不辍，自汉魏六朝三唐两宋以及近世闻人专集、汇集皆悉研究，辨晰其得失。……其为诗顾深悉民间疾苦，微言激射，顿挫沉郁，绝无珠翠罗绮之气染其笔端。”[⑤]曾燠的诗歌也得到当时及后来者的高度评价。吴嵩梁《石溪舫诗话》中提到曾燠的《赏雨茅屋诗集》，以“清才”称曾燠，并认为清才看似容易实难达到：“所著有《赏雨茅屋诗钞》，命意必高，炼格必峻，选材必雅，结响必沉，而以挺脱夭矫之笔出之，浑灏流转之气行之，精思独运，众美必臻。梦楼翁尝与论诗，以简斋为奇才，予为艳才，君为清才。予谓清字似易实难，当为诗家第一妙谛。”[⑥]曾燠幕府也以诗人幕府著称。

阮元学问渊博，兼采汉宋，不以诗文见长，但龚自珍《阮尚书年谱第一序》对阮元的文学成就仍然评价极高：“公日奏万言，自裒四集，以沉思翰藻为本事，别说经作史为殊科，是公文章之学。”[⑦]清中期的骈散之争中，阮元提出“文笔”说，幕府内宾从与桐城派相争，为骈文争正宗地位，清中期的骈文复兴离不开阮元的贡献。

幕主在文学上都有一定的造诣，乐于提倡风雅。而能够主持风会，需要

---

① (清)谢启昆《树经堂诗集》，《续修四库全书》1458册，页283。

② (清)阮元《揅经室集》，北京：中华书局1985年影印本，页737。

③ (清)史善长《弇山毕公年谱》，同治十一年(1872)镇洋毕长庆重刊本，页3a。

④ (清)袁枚《随园诗话》，页389。

⑤ (清)李桓《国朝耆献类徵初编》，台北：明文书局，1985年，页519。

⑥ (清)吴嵩梁《香苏山馆全集·石溪舫诗话》，页15b。

⑦ (清)龚自珍《龚自珍全集》，上海：上海人民出版社，1975年，页227。

足以担当的才学。官场忙乱繁复，在政事之余，提倡风雅，执着于诗文创作，并求精、求新，实属不易。要为政，又要风雅，如果没有足够的才华，怎样能让幕府内的唱和兴盛起来呢？幕主只能落得叶公好龙的结局而已。王文治《灵岩山人诗集序》就体会到了毕沅的难处，给予理解与赞扬：“若乃擢巍科，登显仕，数十年扬历中外，百僚待其师资，苍生待其抚鞠，此虽亲铅椠、近卷帙，或有所未暇，而况摘隐抉微，形诸歌咏，探奇境于古人所未能到，阐密义于古人所未及见，恢廓渟深，日新富有，不亦难哉？不亦难哉！”①而曾燠就在主持风雅的才华上很是焦虑，担心“主不如客”，他认为唱和需要主宾才华相当，历史上酬唱“主胜于客”的只有“坡门”，自己才华不如宾客。曾燠《邗上题襟集序》曰：“《题襟集》出越岁，而赠答燕游之作又已成帙，余惟汉上一编，其主客之功力悉敌也，其后仿为题襟者，如西昆酬唱，同文馆唱和，南岳唱酬，月泉吟社，玉山名胜，荆南唱和，海岱会诸集，虽众音繁杂，间有高下，而约略计之，其主客各亦相当，惟坡门酬唱，主胜于客耳。若前乎汉上松陵集，高氏三宴诗，不且强客压主耶？余本薄殖，又早从簿书，未能肆力于风雅，徒以性之所近，周旋诸作者间，盖怯战久矣。主不如客，夫何待言？”②曾燠最佩服的是苏东坡一门的酬唱，“主胜于客”，而自己却“主不如客”，没有才华，也没有时间和精力。不乏谦虚的成分。章学诚认为曾燠太过谦虚，提倡风雅的意义极其远大，幕府雅集唱和具有“群”的作用。章学诚《跋邗上题襟集》曰：“夫文章自在天地，藉人发挥之耳。人才分则不足，合则有余。著述秘则力微，公则功巨。”③看到了曾燠提倡风雅的功绩。

三、课士、爱士

对于幕主来说，除了需要幕宾管理刑名、钱谷、佐理翰墨外，还需要幕宾纂修地方志、诗文集，参与诗酒唱和。以幕主的文学素养及对诗歌的痴迷程度，他们欣赏诗坛杰出的作者，愿意资助他们，这不仅仅是赢得好名声，还让幕主从诗人的朋友、知己的角色转变为文坛的主持者，并成为诗歌的催生者，参与到时代的文坛中，而不只是作为官员，作为文坛的读者。当一群杰出的诗人聚集于幕府中，一次次雅集唱和，就催生出了文坛的新秀，引领了文坛的方向。提倡风雅留下的不只是身前名，还有身后流芳千古，获得不朽的声名。当然幕主课士爱士，不乏知音见赏、性情相投的情感要素。詹肇堂对风雅唱和的赞誉中就流露出幕主让人知晓自己风雅的心理，《秋禊诗・宾谷先生招

① （清）毕沅《灵岩山人诗集》，页1a。
② （清）曾燠《邗上题襟集》，清嘉庆间（1796—1820）刻本，页1a。
③ （清）章学诚《章学诚遗书》，页323。

集九峰园》:“明日城中传盛事,招得一群诗酒仙。先生此会垂永久,客亦附公期不朽。”[1]主客都有借着诗酒唱和远播声名、以期不朽的想法。

幕主课士、爱士的材料广见于各种记载。李斗《扬州画舫录》说卢见曾广交天下文士:“公两经转运,座中皆天下士,而贫而工诗者,无不折节下交。后赵云崧观察吊之,有诗云:‘虹桥修禊客题诗,传是扬州极盛时。胜会不常今视昔,我曹应又有人思。’其一时风雅,可想见矣。”[2]《清史列传·卢见曾》称他:“爱才好士,百余年来所罕见。”[3]叶衍兰在朱筠像赞中说:“一时名士皆从之游,学者以不得列门墙为憾。”[4]江藩《国朝汉学师承记》说朱筠:“提倡风雅,振拔单寒,虽后生小子一善行及诗文之可喜者,为人称道不绝口;饥者食之,寒者衣之,有广厦千间之概。是以天下才人学士从之者如归市。”[5]章学诚《朱先生墓志铭》记载朱筠不仅提拔士人,还因材施教,培养各种人才:“及既见止,爽然自忘。宏奖士类,后生小子,一艺之长,或未及然者,假借称誉,过于所试。虽得汰许之诮,不自屑也。前后从游凡数百人,因材施教,拓越畦畛,风旋霆回,勾甲萌拆,比于树艺,无论拱把以至百围,咸达其性,无有夭阏。”[6]所以李威《从游记》说四方学者咸愿归朱筠的江南幕府:“先生在江南,广延知名士居幕下,四方学者争往归焉。”[7]

王昶《官阁消寒集序》称毕沅幕府广泛搜罗人才:“盖河间中丞一时风雅总持,东南宿望英才半在幕府。”[8]毕沅对洪亮吉、黄景仁、孙星衍等人青眼相加。洪亮吉《书毕宫保遗事》记载毕沅厚资聘请宾客:“公爱士尤笃,闻有一艺长,必弛币聘请,惟恐其不来,来则厚资给之。”[9]阮元更是号称“得士之盛”,对士人爱护、提拔。钱泳《履园丛话》云:“阮云台宫保以嘉庆元年提督浙江学政,诸生中有长于一艺者,必置高等,赏叹不已,是以人材蔚起,小学奋兴,为一时之盛。”[10]钱泳认为朴学的一时兴盛离不开阮元的爱士,但实际上阮元幕府不仅有汉学家,也有宋学学者。方东树极力反对汉学,但他仍悠游于阮元幕府。《赐谥文达原任太傅大学士阮公乡贤录事实》说阮元:“兴学校士,振拔

---

① (清)詹肇堂《心安隐室诗集》,《清代诗文集汇编》379册,页607。

② (清)李斗《扬州画舫录》,页232。

③ 王钟翰点校《清史列传》,北京:中华书局,1987年,页5838。

④ (清)叶衍兰、叶恭绰《清代学者像传》,页200。

⑤ (清)江藩《国朝汉学师承记》,页68。

⑥ (清)章学诚《章学诚遗书》,页491。

⑦ (清)朱筠《笥河文集》,页406。

⑧ (清)严长明《官阁消寒集》,北京:中国书店,1982年影印本,页1。

⑨ (清)洪亮吉《洪亮吉集》,页1037。

⑩ (清)钱泳《履园丛话》,页217。

真才。督学时，士有一艺之长，无不奖励，能解经义及工古今体诗者，必擢于前。总裁会试，合校二三场文策，积学之士多从此出。论者谓得士之盛，不减于博学鸿词之科。”①将阮元对人才的搜罗比之于博学鸿词科笼络的士人。郭麟《送芸台少宗伯入都》称赞他：

两浙輶轩录，千秋文选台。清贫能养士，早达独怜才。
只眼看千古，虚心待后来。文星芒角正，遥指近中台。②

幕主课士、爱士，风雅大盛。李斗《扬州画舫录》载卢见曾：“筑苏亭于使署，日与诗人相酹咏，一时文宴盛于江南。”③沈起元《运使卢雅雨七十寿序》曰：“凡名公巨卿，骚人词客至于其地者，公必与选佳日，命轻舟，奏丝竹，游于平山堂下，坐客既醉，劈笺分韵，啸傲风月，横览古今，人有欧、苏、渔洋复起之恭。”④金兆燕《呈卢雅雨都转》对卢见曾主持风雅唱和的场面有细致的描绘：

幸舍栖迟春复秋，逢人便道此间乐。
官梅亭畔百花妍，戏谱新词付锦筵。
剪烛尹班常永夕，披襟孔李竟忘年。
祝延今日逢高会，满堂丝管鸣仙籁。
暖室春生列障中，晴霞光闪重帘外。
天教风雅著耆英，胜地江山倍有情。⑤

曾燠在扬州府署辟题襟馆与宾客酬唱。汪中《邗上题襟集序》谓曾燠：“先生精力绝人，五官并用，旦接宾客，昼理简牍，夕诵文史，部分如流，觞咏多暇，绰乎神仙中人也。广陵胜地，四方贤达之所凑，园林台沼之胜甲于淮东，燕游唱和不日则月。”⑥钱泳《履园丛话》记载：

南城曾宾谷中丞以名翰林出为两淮转运使者十三年。扬州当东南之冲，其时川楚未平，羽书狎至，冠盖交驰，日不暇给，而中丞则旦接宾客，昼理简牍，夜诵文史，自若也。署中辟题襟馆，与一时贤士大夫相唱和……较之西昆酬倡，殆有过之。⑦

幕主的爱士与提倡风雅极大地影响着文人雅士的创作，对一个地方的风

---

① （清）张鉴等《阮元年谱》，北京：中华书局，1995年，页241。
② （清）郭麟《灵芬馆诗集》，《清代诗文集汇编》485册，页77。
③ （清）李斗《扬州画舫录》，页228。
④ （清）沈起元《敬亭文稿》，清乾隆间（1736—1795）刻本，页55b。
⑤ （清）金兆燕《国子先生全集》，页220。
⑥ （清）曾燠《邗上题襟集》，页1a。（《新编汪中集》中未见此篇。）
⑦ （清）钱泳《履园丛话》，页215—216。

气也影响极大。陈文述叙述他的诗歌创作深受幕主阮元的影响："余束发受书，资质椎鲁，未尝学诗。嘉庆丙辰，仪征阮伯元先生视学浙江，见余试作，谓余曰：'子之文扬、班俦也，诗亦可及高、岑、王、李，若之何其不学也？'余家无藏书，又里闬无师友之助，因先生言始有向学之志。"①朱筠离开安徽幕府二十年后，他培养的士人成长为当地著名的学者，洪亮吉《书朱学士遗事》曰："先生去任后，二十年中，安徽八府有能通声音训诂及讲求经史实学者，类皆先生视学时所拔擢。夫学政之能举其职者，不过三年以内士子率教及文风丕变而已，而先生之课士，其效乃见于二十年后若此。"②章学诚《跋邗上题襟集》认为幕府提倡风雅有助于文献的保存：

> 使君犹谦挹自牧，言古人佳会主客功力相敌，而于斯集则推重诸宾，自谓不如，聊藉以自励耳。是故使君谦德，亦见汇众流者未有不渊蓄其怀者也。然余因使君之说，更请进一解焉。夫文章自在天地，藉人发挥之耳。人才分则不足，合则有馀。著述秘则力微，公则功巨。刘安合八公之徒撰辑《鸿烈》内外诸篇，实周秦以后之伟制，此非一人聪明手足所能为也。今则但知刘安氏书，何从分主客哉。且《鸿烈》之书历久如新，而当日淮南宾客所为词赋见于汉志者凡八十余篇，今不能无存逸，岂文有优劣哉？盖分之不足合之有余之明效也。③

此论极有洞见。雅集唱和具有"群"的作用，刺激了诗歌创作的产生。相较于个人的私密著述，幕府内公开的著述更有益社会文化的进步，大量的诗文著述也易于保存，能为后世珍藏文献。

乾嘉盛世的大环境中，幕府内文学创作氛围浓郁，留下了大量的唱和诗。幕府内培养的文人活跃在乾嘉文坛上，促进了乾嘉文坛的繁荣。龚鹏程在《文人的社会形象》一文中说："中国社会，自唐朝以后，基本上是个文人社会，文人阶层是社会的主导力量，文人是社会上最重要的一类人，整个社会也呈现出一种文学崇拜的气氛。"④日常生活中文学氛围越来越浓，诗歌成为生活的一部分。幕府内的雅集唱和对诗歌创作的日益生活化起到了促进作用。

第二节　幕府内文化氛围的变迁

学术、艺文、事功是乾嘉时期幕府的主要职能，不同时期幕府的职能有所

---

① （清）陈文述《颐道堂诗选》，《续修四库全书》1504册，页506。

② （清）洪亮吉《洪亮吉集》，页1034。

③ （清）章学诚《章学诚遗书》，页323。

④ 龚鹏程《中国文人阶层史论》，兰州：兰州大学出版社，2004年，页319。

侧重。从卢见曾、曾燠与阮元的三个幕府中可以看出乾嘉时期幕府内文化氛围的变迁。

一、从学术转向艺文:从卢见曾到曾燠

比较卢见曾与曾燠两个重要的幕府,可以看出从乾隆鼎盛期到嘉庆初年幕府内氛围由学术向艺文的转变。

卢见曾的幕府在乾隆早期,曾燠的幕府在乾隆晚期和嘉庆时期;卢见曾与曾燠都嗜好诗文,有很好的文学素养。卢见曾留有《雅雨堂诗文遗集》,曾燠著有《赏雨茅屋诗集》《外集》。二人都提倡风雅,爱才好士,都曾在扬州任两淮盐运使,并各主政扬州两次。乾隆初年,经过卢见曾的提倡,扬州文风盛极一时。卢见曾以后,无有力之人提倡,曾燠起而继卢见曾之志,扬州文风又兴盛一时。二人都为扬州的繁华与文化繁荣做出了贡献。待曾燠离去,一切又暗淡下来。郭麟《灵芬馆诗话》曰:“扬州自雅雨以后数十年来,金银气多,风雅道废。曾宾谷都转起而振之,筑题襟馆于署中,四方宾客,其从如云,今所传《邗上题襟集》是已。”①乾隆二十二年(1757),卢见曾在扬州主持虹桥修禊,七千余人参与修禊唱和,诗集编次得三百余卷。曾燠在扬州修筑题襟馆,风雅大盛,扬州诗坛盛极一时,《邗上题襟集》《续集》《邗上题襟集选》等唱和诗集广为流传。

两个经历相似的官员,两个极为相似的幕府,在乾隆前期与嘉庆初期却展现出各异的面貌,能从中看出时代变化导致幕府功能转换的痕迹。

就幕宾来说,卢见曾幕府不乏诗人、画家、剧作家。著名的诗人有钱载、陈撰、厉鹗、王又朴、沈廷芳、严长明、王昶、陈皋、陈章、汪棣等。诗人兼剧作家金兆燕长期客于卢幕,著名的《旗亭记》就是他应卢见曾之请而作,当时扬州的园亭集联及大戏词曲皆出其手。“扬州八怪”的成员也多有游于卢见曾幕府内者,根据李斗《扬州画舫录》的记载,郑燮、李葂、金农、高凤翰等都是卢见曾的座上客。但乾隆初年正是汉学兴起的时候,卢见曾延请了很多汉学家。在他的幕府中,对后世影响最大的,不是诗人,而是汉学家。程廷祚、沈大成、王昶,还有最著名的惠栋与戴震都曾客于卢幕数年,并在幕府内完成了具有影响力的文献著述。乾隆十九年(1754)至二十二年,惠栋在卢见曾幕府校阅诸多文献,《尚书大传》《李氏易传》《乾凿度》《高氏战国策》《郑氏易》《唐摭言》《文昌杂录》《郑司农集》《匡谬正俗》《北梦琐言》《封氏闻见记》等。戴震于乾隆二十二年入卢幕,在幕府内大约四年,为卢见曾校正《大戴礼记》等书

① (清)郭麟《灵芬馆诗话》,《续修四库全书》1705册,页378。

籍。沈大成以诸生屡就幕府征，乾隆十九年(1754)入卢幕，与戴震曾经同处一室，戴震《沈学子文集序》称沈大成："于古人小学训诂，与其所以立言用相告语者，研究靡遗。""绳尺法度，力追古人。"①沈大成与惠栋等人一起为卢见曾纂辑《国朝山左诗钞》。王昶乾隆二十一年入卢见曾幕府，与惠栋、沈大成交游，极为钦佩惠栋之学，与沈大成手抄惠栋所著书，并加以校正，精于《易》及金石之学，著成《金石萃编》。金兆燕记述程廷祚在卢见曾幕府内奋力著述："戊寅冬，与先生(指程廷祚)同客两淮都转之幕，先生居上客右，操槧著书……先生著书等身，从未屈柔翰为他人借面，即传奇游戏之作，亦必自抒胸臆，独有古今，则先生于文字之际，犹未似其时命之乖蹇也。"②卢见曾为幕宾提供了治学环境，幕宾借助幕府内的书籍及便利的条件展开学术研究。虽然卢见曾幕府频繁地诗酒唱和，但幕宾最主要的作为还是在汉学著述上。所以卢见曾幕府的主要贡献在于学术，不在于对诗坛的引领。在幕宾的帮助下，卢见曾主持刊刻了不少学术书籍。《雅雨堂丛书》中存有十种，据法式善《陶庐杂录》载："德州卢氏雅雨堂十种：李氏鼎祚《易传》十七卷附《释文》一卷，郑氏《周易》三卷，郑氏《周易乾凿度》二卷，郑氏《尚书大传》四卷附《郑司农集》一卷，《大传补遗》一卷，卢文弨《续补遗》一卷，《考异》一卷，高氏诱《战国策》三十三卷，卢辩注《大戴礼记》十三卷，《封演闻见记》十卷，王定保《摭言》十五卷，孙光宪《北梦琐言》二十卷，颜师古《匡谬正俗》八卷，庞元英《文昌杂录》六卷，刻于乾隆二十一年，皆世间罕见之本，卷帙宏富，楮墨精好，洵足珍秘。"③另外，根据《雅雨堂文集》所载各个刻书序，卢见曾还刊刻有宋代赵明诚《金石录》、元潘苍崖《金石例》、明王止仲《墓名举例》等。保存了古典文献，推动了汉学的兴起与发展。卢见曾还注意保存地方文献，主持刊刻了《国朝山左诗钞》，共收山东籍作家六百二十名，诗作五千九百余首。

与卢见曾的幕府相比，曾燠幕府在汉学研究及著述上几乎没有作为，但以诗人幕府著称。乾隆五十八年曾燠到扬州做两淮盐运使，之后一直主政扬州十几年，后由两淮盐运使升任湖南按察使。道光二年(1822)受命任两淮盐政，再次来到扬州。两次主政扬州，前后的幕府氛围也有所变化，但曾燠幕府大致以诗人为主，几乎没有汉学家。时人对曾燠有"热官冷做"之称，称赞他以淡泊的态度对待自己的名利地位。这可能只是曾燠塑造的一种形象，或者一种处世的姿态。但从他与幕中诸君的唱和可以看出其文人敏感的一面。曾燠适逢盛世，又仕途亨通，但他内心潜藏着文人敏感、脆弱、多愁的一面。

① (清)戴震《戴震文集》，北京：中华书局，1980年，页165。
② (清)金兆燕《国子先生全集》，页70。
③ (清)法式善《陶庐杂录》，北京：中华书局，1984年，页87。

曾燠能够与幕中文人时时唱和，必然是在他与文人有共同点的基础上，这个共同点便是当曾燠脱下幕主的身份徜徉于诗文的世界中时，他们能够达到的心灵共鸣。

根据史料记载来看，曾燠幕府的幕宾几乎都是诗人，幕宾的活动也几乎没有离开诗歌。吴嵩梁、乐钧、郭麟、彭兆荪、陆继辂、邓显鹤、黄文旸、王友亮、吴鼒、吴锡麒、王芑孙、杨伦、宋葆淳、蒲忭、李保泰、吴照、钱楷、刘嗣绾、顾日新、何元、陈昙、彭泰来、毛岳生、章学诚、王嘉禄、蒋知让、金学莲、蒋征蔚、黄郁章、詹肇堂、吴煊、钱东、胡森、陈燮、黄道开、张彭年、喻宗泰、胡翔云、储润书、何锦、俞国鉴、郭堃、团维墉、平畴、顾仙根，基本上是一个由诗人构成的幕府。卢见曾幕府罗致了乾隆鼎盛时期的一大批有名的诗人，曾燠幕府则延揽了乾嘉之际的一大批著名诗人。卢见曾幕府有戴震、惠栋、沈大成等汉学家，而曾燠幕府则基本没有汉学家，幕中活动主要是诗人间的酬唱，留下了一部很有名的酬唱集——《邗上题襟集》。幕宾彭兆荪等协助编选的《国朝骈体正宗》影响巨大，收骈文四十三家，一百七十三篇。

曾燠幕府内的活动围绕着诗酒唱和进行。根据《邗上题襟集》的内容看，曾燠与幕宾的活动就是游山逛水、送客、怀古，举行秋禊、消寒、赏花等聚会，仅消寒会就举行了六次。另一部主宾的联句集《题襟馆联句诗》便是消闲的产物，主宾闲来无事，联句为乐，消磨时光。联句一般十人左右，长达百句以上。联句的对象是全羊、铜像、庙宇、铜鼓等。难怪严迪昌先生对曾燠幕府颇有微词，《清诗史》中认为这种唱和是空虚的闲逸。唱和集与联句诗里不乏好诗、好句子，但严先生所诟病的“闲逸”的确是曾燠幕府唱和的基调。“闲逸”表达的可能是政通人和的闲情逸致，也可能是无所事事的空虚。此种消闲一方面固然是乾嘉之际歌舞升平的体现，另一方面也是社会大变动之前的酝酿与沉寂。

虽然雅集唱和不断，但在修禊、消寒的规模上，曾燠幕府无法与卢见曾在乾隆二十二年(1757)举行的虹桥修禊相比，规模小得多，人数也少得多，只不过曾燠幕府的诗酒唱和活动更加频繁。卢见曾举行修禊，大邀天下文士，曾燠举行的唱和活动主要是与相得的幕宾。卢见曾举办的集会显得热闹气派，曾燠幕府的集会就显得有些萧索了。陈玉兰论述寒士郭麟赴曾燠主持的酬唱会时的感受说：“郭麟至邗上后，认识到风雅消歇，不复从前了。次年(嘉庆十年，1805)暮冬，曾燠等组织题襟馆‘消寒六会’，郭氏与焉，同集者有吴谷人等，皆一时名士。然岁暮的六次诗集期间，往还唱和之题颇给人意象萧索、寒气弥漫之感。”[①]虽然名士云集，然萧索之气已经弥漫开来。道光二年(1822)，曾燠受命任两淮盐政，再次来到扬州，在任四年有余。陈文述《王井未传》载此时的扬州“以盐务积疲，非曩日殷振可比”，曾燠“幕中仅有三五旧雨”[②]，不复有昔日盛况。扬州自康熙初从战乱中复苏以来，经过一个半世纪的商业繁荣与文风兴盛，到嘉庆末年终于走向衰落。

卢见曾生逢考据学兴起之时，虽提倡风雅，幕府内的文化氛围却是以学术为主。曾燠幕府处于乾嘉之际，盛世太平，考据学虽如日中天，幕府内却没有兴趣追随，而以消闲为主，但是萧索之气却已弥漫于盛世之中。

二、从艺文转向学术、事功：从曾燠到阮元

曾燠幕府与阮元幕府几乎同时并存，曾燠年稍长，阮元与曾燠多有交往。曾燠《赏雨茅屋诗集》中有《真州城西汪氏荣园废址，有美人石，阮芸台中丞访之，易名“湘灵峰”，伊墨卿太守作歌索和》《阮芸台宫保寄赠新制春绿砚，以诗谢之》《阮宫保寄贶西洋新制灯檠，赋谢》等诗，詹肇堂《竹垞图》一诗序曰：“图为阮云台中丞自浙中购得之，今以遗宾谷先生。”[③]阮元赠送曾燠砚台、图画等物，两人相互诗歌赠答。嘉庆三年九月，阮元经过扬州时受邀参与曾燠题襟馆的诗会，作七古一首。

与曾燠幕府相比，阮元的幕府不但重学术，而且重事功，艺文在幕府内只是充当调剂而已。时代的变化也反映在幕府的氛围变迁上。与卢见曾、曾燠一样，阮元乃进士出身，身居高位，并且历官乾、嘉、道三朝。与卢见曾、曾燠二人的仕途相比，阮元几乎没有遭遇挫折，他先后任山东及浙江学政，以及浙江、河南、江西巡抚，又任湖广、两广、云贵总督，一生历兵部、吏部、户部、工部侍郎，最后拜体仁阁大学士。不但仕途上一帆风顺，学术著述也非常丰富，学问渊博，为时人称赞，今天的学者仍然认为阮元是清代汉学的重镇。阮元所至之处必提倡学术研究，主持风雅。督学浙江，修《经籍籑诂》；巡抚浙江，立诂经精舍；巡抚江西，刻《十三经注疏》；总督两广，立学海堂，刻《皇清经解》。其幕府有一百二十多位文人，是清代规模最大的一个幕府，会聚了乾嘉之际以至道光初期几乎所有在野在朝的一流汉学家以及众多知名的诗文作家。阮元幕府的鼎盛时期是在嘉庆元年(1796)任浙江学政以后才逐步出现的，比曾燠幕府稍晚两三年。与曾燠幕府的诗酒唱和不同，阮元幕府致力于事功，幕宾从事兴利除弊、赈灾济困、剿匪安民、兴教助学等活动。嘉道年间正值多

---

① 陈玉兰《清代嘉道时期江南寒士诗群与闺阁诗侣》，北京：人民文学出版社，2004年，页78。

② (清)陈文述《颐道堂文钞》，页10。

③ (清)詹肇堂《心安隐室诗集》，页627。

事之秋，阮元作为封疆大吏，必须处理各种事务。

阮元也把赏识的诗人引入幕府，对两浙诗人多有优待，其中有端木国瑚、童槐、陈文述、陈鸿寿、吴文溥、顾廷纶、朱为弼、张鉴、邵保初、方廷瑚等，阮元打算为他们刊刻诗集。这些诗人都以诗才名当时，与阮元多有唱和。另有江苏诗人黄文旸、孙韶、陆耀遹，广东诗人曾钊、仪克中等也被引入幕府。但阮元对“行谊”和“文艺”的看法如下：“取士之道，宜先行谊而后文艺，顾文则易知，行难骤考，当若何观察以得其实欤？”①“行谊”在“文艺”之先，重在行动、实践，文艺在其次。诗人在幕府内只是闲暇之余的调剂而已。

阮元大力提倡经学，段玉裁、焦循、臧庸、顾广圻、江藩、李锐、陈寿祺、严杰等汉学家都在阮元幕府内。这些汉学家主要从事编书、校书工作。段玉裁嘉庆六年(1801)至八年(1803)在阮元幕府，主持了《十三经注疏校勘记》。焦循数次出入阮元的幕府，与李锐共治经史，晚年主要研究《易经》。焦循与李锐、凌廷堪在幕府内被称为“谈天三友”，他们一起为阮元校勘《十三经注疏》。陈寿祺一生主要致力于《尚书》和《诗经》的研究，嘉庆六年至八年应阮元之邀，至杭州敷文书院及诂经精舍讲学，协助阮元编纂海宁《海塘志》及《说郛》。陈康祺《郎潜纪闻二笔》曰：“萧山毛西河、德清胡朏明所著书，初时鲜过问者。自阮文达来督浙学，为作序推重之，坊间遂多流传。时苏州书贾语人：‘许氏《说文》贩脱，皆向浙江去矣。’文达闻之，谓幕中友人曰：‘此好消息也。’”②可见阮元对经学的提倡对当时的学风产生的重大影响。

但阮元对经学的研究与乾嘉考据学已大有区别，学术界一向以折衷汉宋来评价阮元，实际上阮元的汉学研究已经将义理学容纳在内。虽然还在强调返回原典，寻求原意，但是已经是在义理的指导下进行的考据，并非为考据而考据。他在为自己资助出版的今文经学创始人庄存与文集撰写的序言《庄方耕宗伯经说序》中指出：“(庄)不专为汉宋笺注之学，而独得先圣微言大义于语言文字之外，斯为昭代大儒。”③清楚地表明阮元对于义理的推崇。道光三年(1823)，阮元六十寿辰，龚自珍撰《阮尚书年谱第一序》，不仅颂扬阮元在文献考证研究领域的造诣，还特别提到他在义理、辞章上的显赫建树。龚自珍在总结了阮元在训诂、校勘、目录、典制、史学、金石、数术、文章、性道、掌故诸方面的成就之后评价说：“凡若此者，固已汇汉、宋之全，拓天人之韬，泯华实之辨，总才学之归。”④钱穆《中国近三百年学术史》论阮元：“犹及乾嘉之盛，

---

① (清)阮元《揅经室集》，页574。

② (清)陈康祺《郎潜纪闻初笔二笔三笔》，北京：中华书局，1984年，页633。

③ (清)庄存与《味经斋遗书》，光绪八年(1882)阳湖庄氏刊，页1a。

④ (清)龚自珍《龚自珍全集》，页227。

其名位著述，足以弁冕群材，领袖一世，实清代经学名臣最后一重镇。”[1]作为经学的最后重镇，阮元及其幕宾的研究也预示着时代的转折，钱穆在《中国近三百年学术史自序》中说：“嘉道之际，在上之压力已衰，而在下之衰运亦见，汉学家正统如阮伯元、焦里堂、凌次仲，皆穷途将变之候也。”[2]

与卢见曾幕府致力于学术不同，康乾盛世之后，阮元的时代，社会危机已经显示出来，考据学的弊端日益明显，并且已经面临着西学的挑战。阮元虽致力于考据学，但同时注重经世致用。幕府内除了经史之学以外，对算学等也有钻研。焦循应用数学的原理来解释《易经》，撰有《算学记》《群经宫室图》。李锐与阮元商榷纂辑《畴人传》，是我国第一本最近乎科学史的著作，记载了天文算法方面的科技人物和创造发明。从远古到清初的算家以及西洋学者都被收录在内，四十六卷，二百八十人。嘉道之际，西方科学技术已经显示出了优越性。阮元对天文、算学和地理等科学技术内容有着浓厚的兴趣，对西学表现出开明的态度，并不盲目排斥西方的科学技术，在天文历算方面承认其优越性。但他仍深信古典儒学的完善性，以及由复古而治今的可行性，相信能在古书中找出“超胜之道”：“学者苟能综二千年来相传至步算诸书，一一取而研究之，则知吾中土之法之精微深妙，有非西人所能及者。彼不读古书，谬云西法胜于中法，是盖但知西法而已，安知所谓古法哉？”[3]这又显示出清儒的迂腐性，虽然隐隐感受到了社会的危机与变动，但还是要回归经典，从经典中找到圣人之道，这是他们投身于经典考证的重要精神支柱，但经典未必都是正确的，即便都是正确的，也不一定能应对当下的状况。

据郭延礼《龚自珍年谱》记载，阮元与今文经学家龚自珍有着深厚的交谊。[4] 乾隆五十七年(1792)龚自珍出生时，阮元已经二十九岁。道光三年(1823)龚自珍作《阮尚书年谱第一序》，序中赞扬了阮元的武备，但指出英国名为贸易，实则侵略。道光十六年(1836)，龚自珍撰《赠太子太师兵部尚书两广总督谥敏肃涿州卢公神道碑铭》，是替阮元撰文，明确指出英国是利用鸦片战争走私对我国进行经济侵略。可以看出，阮元对当时的社会应该有着透彻的了解。龚自珍以辛辣地揭露时弊、抨击时政而著称，阮元与他交情深厚，不可能不了解他对社会的认识，但阮元没有行诸文字。作为乾嘉汉学的最后重镇，阮元虽留心经世致用之学，但不可能提出革新政治与社会的主张。幕宾虽然在其影响下也开始关注陌生的西学，开始把目光从经学转移到实际生活

---

① 钱穆《中国近三百年学术史》，北京：商务印书馆，1997 年，页 478。

② 同上书，页 1。

③ (清)阮元《畴人传汇编》，扬州：广陵书社，2009 年，页 568。

④ 郭延礼《龚自珍年谱》，济南：齐鲁书社，1987 年，页 6,66,186。

上，可是一旦时代的大变动到来，这一切都无济于事。

从卢见曾到曾燠以至阮元幕府文化氛围的变迁，可以看到乾嘉朴学的兴起、繁荣以至衰落，可以窥见乾嘉盛世日趋没落的背影，可以看到幕主在社会的变迁中做出的行为及心态的调整，而这些都影响着幕府内的游幕文人。幕府内的氛围和当时的社会、政治环境紧密相关，清王朝的兴衰交替也反映在幕府内氛围的变迁上。

第三节　游幕文人的个性

古代文人本就具有狂傲、怪异的性格，游幕生涯使这种品格畸形发展，很多游幕文人寿命都不长。黄景仁三十五岁卒，高文照活了三十八岁，汪光爔四十二岁，洪震煊四十五岁，李锐四十八岁，王复五十岁，汪中五十一岁暴卒，胡虔五十一岁，凌廷堪五十二岁，戴震五十三岁，邵晋涵五十三岁，彭兆荪五十三岁，武亿五十四岁，史善长五十四岁，吴文溥五十四岁，王衍梅五十四岁，吴照五十六岁，严长明五十六岁，焦循五十七岁。相较于清代一千多名游幕文人来说[①]，这些或许只是偶然巧合，但反观几位幕主，却宦途显要，生前名高，大多年登大耄。卢见曾活了七十九岁，王昶八十三岁，曾燠七十二岁，阮元八十六岁，毕沅六十八岁，谢启昆六十五岁，只有朱筠仅得中寿，活了五十三岁。游幕文人的短命或许与他们的怪异性格和艰辛的生活境遇有着不能阻断的关系。遍观文人的游幕历程，以“怪”“奇”著称的非常之多，在幕府中留下了不少奇奇怪怪的事迹。

饱读诗书的游幕文人都颇具才华，并恃才傲物。胡天游被称为“一代奇才”，一生都在游幕中度过，在为人、为诗方面都与世不谐。袁枚《胡稚威哀词》曰：“吾与稚威同荐鸿词。初见，谓曰：‘美才多，奇才少，子奇才也。年少修业而息之，他日为唐之文章者，吾子也。’”[②]胡天游个性鲜明、张扬，在狂狷之中流露出不同凡响的远见卓识，写出众多的骈文佳作，形成了独特的风格。黄景仁以才人知名，被誉为李白再世，袁枚《哭黄仲则》诗：

> 叹息清才一代空，信来江夏丧黄童。多情真个损年少，好色有谁如国风。
>
> 半树佛花香易散，九天仙曲韵难终。伤心珠玉三千首，留与人间唱

---

① 根据尚小明《清代士人游幕表》（北京：中华书局，2005）的统计，清代有 1364 名游幕文人，但实际上数量远不止这些。

② （清）袁枚《小仓山房诗文集・文集》，上海：上海古籍出版社，1988 年，页 1441。

恼公。①

在一代才子袁枚眼里，黄景仁是一代清才，黄留下的诗篇都是锦绣珠玉。蒋士铨《题施生晋诗本并柬黄生景仁》说："才大士多嗟不遇，情深人每善言愁。"②黄景仁因才大与情深，所以不遇的感慨更深切，也更易于表达他的苦闷深愁。汪中的才华得到幕主朱筠的赏识与爱护，在自己离任以后，还把汪中推荐给幕主冯廷丞，《容甫先生年谱》记载："朱学使筠荐先君于冯兵备廷丞。书云：'汪生，通人也。其学知经传之义，而达于史事。又善为古文词。筠在江南，尚或为之所；筠去，恐遂穷以死。其才当为世爱惜之。'"③焦循屡入阮元幕府，《赠方铁珊序》自述才华："予生平所好较杂：十几岁时好呼卢，觉天下事莫胜乎此；既而好饮酒，又若酒胜；既而为诗为古文，亦如呼卢与酒也。其为诗，始为李贺，则若诗莫贺若；既而为白，为韦、柳，为元道州，为皮、陆，为杜少陵，皆如学贺时。既移诗之好于古文，与周、秦则外汉、魏，与汉、魏，则外唐、宋，及入唐、宋之中而索之，而久之，又觉唐、宋人之文，周、秦、汉、魏有未若也。……夫执一而不变者愚也，立乎此以外乎彼者偏也。"④在对自己怪癖的嘲笑中，也是将自己多方面的才华展现出来。秦瀛撰《王惕甫墓志铭》记载王芑孙："南城曾君宾谷都转两淮，延君为乐仪书院山长，君常寓扬州之榑园。宾谷好宾客，日与君辈赋诗饮酒为乐。""君状貌短小而心雄气盛，怀用世之略。老而坎坷，徒以诗古文名，非君志也。"⑤王芑孙以诗文知名，但诗文非其志。法式善《梧门诗话》载："王铁夫芑孙早岁称诗，累踬场屋。偶来辇下，一时公卿大夫重其才，咸与订交。孝廉顾疏放自喜，视名位泊如也。辛亥春，在刘石庵督学幕中，石庵既为书'楞伽山房'额及《楞伽经》第一偈，又为铁夫室人鲁墨琴贞秀书'写韵轩'额及《沉香山子赋》。"⑥被袁枚称为"奇才"的还有孙星衍，《随园诗话》云："余常谓孙渊如云：'天下清才多，奇才少。君，天下之奇才也。'渊如闻之，窃喜自负。"⑦《清稗类钞》记载孙星衍满腹才华，但与王芑孙一样，不愿以诗文终身，"孙渊如，名星衍，能诵全部《文选》，而所撰骈文，绝不摭拾《文选》字句。诗有奇气。三十以后，一意研经。袁子才谓渊如逃入考据，盖不欲以文人自囿也。"⑧正因为怀有经世之心，游幕与文艺非其本志，

① （清）袁枚《小仓山房诗文集·诗集》，页769。

② （清）蒋士铨《忠雅堂集校笺》，上海：上海古籍出版社，1993年，页1658。

③ （清）汪喜孙《容甫先生年谱》，附于《新编汪中集》后，页13。

④ （清）焦循《焦循诗文集》，扬州：广陵书社，2009年，页317。

⑤ （清）钱仪吉等编《清代碑传全集·集补》，上海：上海古籍出版社，1987年，页1536。

⑥ （清）法式善著，张寅彭等编校《梧门诗话合校》，南京：凤凰出版社，2005年，页424—425。

⑦ （清）袁枚《随园诗话》，页218。

⑧ （清）徐珂《清稗类钞》，北京：中华书局，1984年，页3880。

这些游幕文人才会在幕府中做出一些奇奇怪怪的事情，给人留下狂怪的印象。之所以被称为狂怪，也不过是傲视权贵、行为怪异，与世落落寡合。

游幕文人以气节自励。龚萼《答姜云标》一信曰："窃以为幕而贫，清且贵也，幕而富，浊且贱也。良田美宅，肥马轻裘，仅只快于遗事，必致贻祸于没世，曷若以贫始者以贫终，仍不失本来面目之为愈。"①"君子固穷"的儒家思想在游幕文人心中是很坚固的。端木国瑚两次入阮元幕府，《冷庐杂识》载："青田端木鹤田舍人国瑚，天才颖异，以诗赋受知于阮文达公。官归安学博十余年，后以精究地理为禧尚书恩所荐，万年吉地工成，特赐中书，加六品衔。持品高介绝俗，在京师不事干谒，萧然斗室，惟以著述自娱。相国某慕其名，招之不往，以此浮沉冷宦，不得迁擢而卒。"②吴锡麒多次成为曾燠幕府的座上客，宁愿清贫地生活也不愿奔走权贵之门，《冷庐杂识》载吴锡麒："钱塘吴谷人祭酒锡麒，官京师时，耽情《骚》《雅》，不屑奔走权门，以故品望日高，而生计日薄。尝贻友人书云：'弟藏身人海，终日闭门，亦谓软红不到，而釜中鱼长，甑里尘生，几欲服却粒丹，行食气法，修到太虚真人地位。'又云：'自唱还云之曲，本拟有田可种，藉奉晨昏。无如饥来驱我，遂复入春明之梦。两年羁绊，一步不移。大抵生平好作冷人，天故以冷待之。破帐纸窗，索索然若时有西风吹到，不自知砭肌消骨也。'读之可想见清寒风味。"③胡天游自小任气好奇，博览典籍，虽才华横溢，但丰才啬遇，令人感慨，以至于陆以湉在《冷庐杂识》中将胡天游比作其前辈徐渭，足见其狂怪。

《清代学者像传》如此形容孙星衍："恃才傲物，目无余子，浅学者动遭讥詈，同辈不能堪，欲群殴而攻之。"④汪中更是出了名的怪人，凌廷堪作《汪容甫墓志铭》说："所极骂者一二人，皆负当世盛名，人或规之，则应曰：'吾所骂皆非不知古今者，盖恶莠恐其乱苗也。若方苞、袁枚辈，岂屑屑骂之哉！'其傲兀类如此。然于学术知条理者，未尝不推挹之。忆甲辰岁，阮伯元詹事方弱冠，余偕之访君，君与谈论，颇折服，越数日治具招焉。伯元畏其好骂，谢不往，君深恨之，遂成仇隙。然每与余论及当代学人，终为伯元屈一指也。呜呼！即此可见君之虚怀好善，非徒以谩骂警世骇俗者矣。"⑤这是一则有趣的材料，凌廷堪虽然一再为汪中的狂名辩护，但年轻的阮元还是被汪中的狂态给吓住了，谢绝汪中的赴宴之邀，因此又让汪中怀恨在心。以阮元之学识、胸

---

① （清）龚萼《雪鸿轩尺牍》，长沙：湖南文艺出版社，1987年，页136—137。

② （清）陆以湉《冷庐杂识》，北京：中华书局，1984年，页100。

③ 同上书，页289。

④ （清）叶衍兰、叶恭绰《清代学者像传》，上海：上海书店出版社，2014年，页246。

⑤ （清）凌廷堪《校礼堂文集》，北京：中华书局，1998年，页320。

怀尚且畏惧汪中之好骂，别人对汪中的畏惧、嫉恨可想而知。为汪中的狂名辩护的不乏其人。王念孙序《述学》云："直谅多闻，古之益友，其容甫之谓与！"[①]《容甫先生年谱》载，"卢学士文弨祭先君文云：'君实不狂，而众曰狂；皮里春秋，泾渭分明。'"[②]不管卢文弨怎样为汪中的"狂"辩解，认为众人只看表面，没有看到汪中"不狂"的本质，但汪中的行为确实异于常人。汪灼《与方晞原老丈书》论到汪中之怪："独怪天钟容甫以有用之才，而少病于狂，短于行，宜终年落魄，世故有欲杀之者。吾独怜其才，属诗人仲则黄君招之来歙，以道义化其夙习，既同处既久，一旦豁然。知审去就，慎取舍，立卓然不可夺之志。而其狂不加于君子，而加于小人。则世之龌龊小夫，无论其不足以知容甫，不足以容容甫；即使其回面易心，以求欢于一日，而容甫虽千金不顾也。"[③]这是为汪中之怪做辩解，虽然汪中之狂针对小人，不针对君子，但毕竟行为处世异于众人。

黄景仁的儿子黄乙生在为黄景仁作的年谱中对汪、黄二人的性格理解很准确。"按容甫与先生处境及性格，多类似处。容甫少孤，事母至孝，家贫，奔走四方，以笔札供菽水，性狷峭，与众落落难合，于世沉郁无所遇。"[④]王昶《黄子景仁墓志铭曰》提到黄景仁之狂："风仪玉立，俦人争慕与交。仲则或上视不顾，于是见者指以为狂。"[⑤]这种狂名带来的是穷困与窘迫，杨芳灿在寄给洪亮吉的诗中对黄景仁的狂名与落魄寄予了深切的同情，《忆洪大稚存即用甲午长至日见寄韵》：

> 同时才举推黄童(仲则)，修躯玉立双青瞳。
> 兴酣伸纸作长句，复见李白生山东。
> 男儿漂泊文焉用，休说狂名古今重。
> 枉草千言石阙铭，未经一献河清颂。
> 少岁功名已让人，穷途文采空惊众。
> 塞雁江鱼两寂寥，春鸥秋蟀相催送。
> 三载怀中字尚新，灯前展读重酸辛。
> 忆君咫尺无由见，况是燕台落魄人。(时仲则淹留都下未归)[⑥]

黄景仁虽然才华横溢，被认为是李白再生，但辗转漂泊，才华与狂名成为

---

① (清)王念孙《述学序》，附于《新编汪中集》后，页60。
② (清)汪喜孙《容甫先生年谱》，页15。
③ 黄葆树《黄仲则研究资料》，页170。
④ 同上书，页37。
⑤ 同上书，页9。
⑥ 同上书，页138。

人生的缠累，在人生的穷途末路上，空叹一腔激情与才华，与功名无缘，惟有清风明月与之为伴。以狂名著称的黄景仁，倒是让杨芳灿充满了无限辛酸，这里有对才华狂名的爱护，也有惺惺相惜的味道。

孙星衍作《武亿传》，记述武亿在朱筠幕府的作为：“三应礼部试，皆报罢，因游朱学士筠之门。时学士负海内文望，门下士多一时贤俊，阔达不羁之才，亿尽与交游，而独以文章气谊相勖厉，学士雅重之，为延誉。然性朴直，不喜干谒。惟布衣履跷，就日下书肆购异书，所得金石古文，皆为考证，学日益进。”[①]李威《从游记》记述章学诚在朱筠幕府的疏狂：“及门会稽章学诚，议论如泉涌，先生乐与之语。学诚姗笑无弟子礼，见者愕然，先生反为之破颜，不以为异。威侍先生饮，酒酣，每进言于先生，力争不已。继之以哭，举座踧踖不安，先生亦谈笑自若，绝无忤怒之色。”[②]章学诚在幕主朱筠面前的傲慢与无礼让朱筠的学生李威相当不满。孙渊如与洪亮吉都从幕府走向了仕途，但狂怪的个性仍然在他们的为官生涯中有所体现。《郎潜纪闻初笔》赞扬孙星衍不攀附权贵的气节：“盖和方当国，朝官多趋走其门，先生独不往来，和衔之，故有是举。顾旧例鼎甲散部，可奏请留馆，即改官亦可得员外郎。时和掌院事，欲先生面谒，先生卒不往，毅然曰：‘天子命，何官不可为？某男子，不受人惠也。’卒以主事分刑部，出为兖沂曹济道，权臬事，告归。……夫际乾嘉全盛之时，卓卓如两先生者，幸捷巍科，犹不能久于馆职，岂天上玉堂，果不许文人厕足与。”[③]孙星衍因为不攀附，被和珅衔恨，仕途遭遇挫折。

狂怪的文人对自己的狂态是有所觉醒的，乐钧《同白庵兰雪夜话》叙述了他与吴照游幕中由疏狂到倦游的过程：

> 二君少俶傥，意气塞九州。驱车向京国，长揖交王侯。
> 何曾计毁誉，况复论恩仇。怀珠聊自媚，饰椟将安求。
> 狂名竟远达，壮岁俱倦游。[④]

青年时期，意气风发，在京城与王侯卿相交游，不计毁誉恩仇，以为凭着自己的才华学识可以在仕途畅通，然而多年过去了，徒留狂名，与功名富贵无缘，对游幕充满了倦怠。黄景仁在诗中多次觉悟到自己的狂，《前调・送容甫归真州》：“今日世态波涛，才名瓦砾，无我疏狂处。”[⑤]终于明白世间容不得他

---

① （清）孙星衍《孙渊如先生全集》，上海：商务印书馆，民国二十四年（1935），页234。
② （清）朱筠《笥河文集》，页406。
③ （清）陈康祺《郎潜纪闻初笔二笔三笔》，页40。
④ （清）乐钧《青芝山馆诗集》，页22b。
⑤ （清）黄景仁《两当轩集》，上海：上海古籍出版社，1983年，页445。

的疏狂，《和容甫》："修辞富华实，秉操逾圭璋。翻使一国中，抚掌嗤其狂。"[①]狂名得到的只是众人的嘲笑与奚落。

游幕文人多为科举失意者。胡天游，雍正七年(1729)副榜贡生。乾隆元年(1736)荐举博学鸿词，丁忧不赴。次年补考，以病罢试。又次年中顺天副榜，考授州同衔，但迄未选官。十余年后，应举经学，又为忌者中伤而废。终生落拓，最后客死太原。黄景仁，十六岁应童子试，三千人中考第一名，此后屡考不中。汪中"为诸生十余年，屡试于乡，不售。"[②]十九岁应试列扬州府署第一，之后屡试不售。二十四岁参加省试，"是科主司点定其文，已中式矣，不审何以被落。先君寻病怔忡，遂不就省试。"[③]郭麐，《冷庐杂识》称："少有神童之目，一眉白如雪。屡试不售，橐笔江湖，诗名噪一时。"[④]后游于曾燠幕府。刘嗣绾也在曾燠幕府游幕多年，《冷庐杂识》载刘嗣绾："天才藻发，早岁入成均，与莫宝斋侍郎齐名。年过四十，始以第一人捷南宫，朝野皆以大魁期之，而刘则以闱作未佳惭憾成疾，殿试时，书卷潦草，遂不得鼎甲。"[⑤]虽然游幕，但科考仍然是文人念念不忘的目标。朱筠赏识章学诚的才华，但认为他与科举功名无缘，但章学诚很不甘心，《章实斋年谱》记载："始学文章于朱筠。朱先生一见许以千古。然语及时文，则云：'足下于此无缘，不能学，然亦不足学也。'先生曰：'家贫，亲老，不能不望。'"[⑥]虽然朱筠劝阻章学诚放弃科考，但章学诚难以释怀。不管是不屑于科举，还是不得志于科举，很多游幕文人都是因为科场失意才游幕于各个幕府之间。作为传统的读书人，他们的人生目标自然是学而优则仕，但生活所迫，从事幕业。许多文人是"屡试不中""久困场屋"，虽然作幕，但没有打消科举考试的念头。在为人作嫁的游幕生活中，游幕文人有一种价值上的失落感，时时感到主体的失落、价值的失落。著名的绍兴师爷汪辉祖就是在作幕多年后又通过科举进入仕途的，他在作幕期间仍努力温习科考试题。王芑孙是一个例外，他屡次失败后主动放弃了科举考试，秦瀛《王惕甫墓志铭》说他："年二十一补博士弟子员，时江苏前后学使并有人伦之鉴，尤推重君。而君顾不屑为时俗科举文字，独有志古人之学，纵横上下，穷其源流而思与之并。"[⑦]科考失意，不得已而游幕，用以救贫。《清

---

① (清)黄景仁《两当轩集》，页75。

② (清)凌廷堪《校礼堂文集》，页319。

③ (清)汪喜孙《容甫先生年谱》，页6。

④ (清)陆以湉《冷庐杂识》，页43。

⑤ 同上书，页388。

⑥ 胡适《清章实斋先生学诚年谱》，页16。

⑦ (清)钱仪吉等编《清代碑传全集·集补》，页1536。

史列传》载黄景仁：“母老家贫，后无所赖，将游四方觅升斗为养。”[①]《清史列传》载程晋芳：“赀尽，官京师至无以举火。（到西安）将谋诸毕沅为归老计。”[②]

接纳并与这些以怪著称的幕宾结下很深的友情更能证明幕主为政的清明与招贤之能，所以幕主都能够包容并呵护这些文人，也借此显示自己的招贤纳才的精神。容纳并笼络这些游幕文人的方法便是结交其心。朱筠对黄景仁爱护有加，李威《从游记》：“武进黄景仁，夙负才名，落拓来京师，从先生游。常以老母在籍，不能养为忧，先生乃为区画举家入都。既至，于所居之西，赁屋数椽以处之。告诸名士爱才者醵金若干，月馈薪米。岁暮，则为老母制寒衣。于是景仁得从容翱翔日下，名益起。及先生再出视学，景仁复漂泊远游，老母南归，家徒四壁如故。”[③]正是在朱筠的赏识、帮助下，黄景仁才得以在京师声名鹊起。吴鼒《寄呈都转宾谷先生十三用前韵》：“我至频倒屣，我醉履落帻。礼法容疏狂，此意古今泣。”[④]对于曾燠礼遇自己的疏狂感激涕零。怪人汪中一生落魄，但对幕主冯廷丞赞扬有加，《大清诰授通议大夫湖北提刑按察使司兼管驿传冯君碑铭并序》：“中自依有道，逮一星终。愧以下材，遇赏君子。始则穷鸟投怀，实蒙忘分与年，流言不信。既而绻缱从公，共涉夷险，凡所披陈，无不意尽。尝恐朝露有期，将使老母弱女，累君高义。而一辞祖道，遽至抚棺，遂以衰疾余生，哀述旧德。天道人事，其何可量?”[⑤]凌廷堪在幕主谢启昆死后的祭文中也表现得一往情深，《祭广西巡抚谢苏潭先生文》：“昔我从师，负笈担簦。羞涩空囊，失路广陵。感公邂逅，引作友朋。（乾隆丁未，翁覃溪师招廷堪往南昌，始遇公于扬州。）彭蠡如镜，长风偕乘。计公之年，长我二十。许为同门，时相讲习。奖之掖之，如恐不及。师承文章，约共编辑。（时公拟仿任天社选《山谷精华录》例，辑覃溪师诗为《学古编》，要余共为之。）”[⑥]谢启昆不仅是把凌廷堪当作幕宾来看，更是看作朋友与知己。

孙星衍因为狂怪而被同僚嫉恨，但毕沅对他青眼相加，洪亮吉《书毕宫保遗事》记载毕沅对孙星衍的爱护：“余与孙兵备星衍留幕府最久，皆擢第后始散去。孙君见幕府事不如意者，喜谩骂人，一署中疾之若仇。严侍读长明等辄为公揭逐之，末言：‘如有留孙某者，众即卷堂大散。’公见之不悦，曰：‘我所

---

① 王钟翰点校《清史列传》，页 5942。

② 同上书，页 5885。

③ （清）朱筠《笥河文集》，页 407。

④ （清）吴鼒《吴学士诗集》，《续修四库全书》1487 册，页 329。

⑤ （清）汪中《新编汪中集》，页 478。

⑥ （清）凌廷堪《校礼堂文集》，页 325。

延客,诸人能逐之耶？必不欲与共处,则亦有法。'因别构一室处孙,馆谷倍丰于前,诸人益不平,亦无如何也。"①毕沅不但不驱赶狂怪寡合的孙星衍,反倒给予了更好待遇。但洪亮吉歌颂毕沅"好士"的同时也对毕沅提出了一些批评,从中可以窥见幕主笼络游幕文人有时并非全因为文人的才干,还可能是为了自己有"好士"的声名。洪亮吉《将赋南归呈毕侍郎六十韵》:

公乎称好士,一世冀盼睐。……偶道一士奇,名已入夹袋。
严冬十丈雪,深夜理茶焙。爱此说士甘,足若蹲两敦。
吾乡数蒙庄(炘),屈节近作悴。钱生(坫)亦经彦,急欲及锋淬。
宾筵有时开,灿若列采绘。殊源复千派,到海一一汇。
孙郎才偏奇,近苦性隔碍。人为推甲子,星或入计孛。
非公鉴其实,世视若弃秽。新年陈华灯,列坐视魂礧。
行牵歌袖急,几至酒德悖。维公善调剂,谐语息众怼。
前时别公去,感激欲倾肺。公无虑其狂,狂实侍公爱。
鄙人最无能,才足守水碓。童年承母训,勤学掌亦淬。
今来秦楚大,拒可列鄘鄁。公也待士钧,一一勤劳徕。
轩寮皆周行,阙物即颁赉。为开轩楹东,点入山半黛。
感今得知己,生世可不悔。虽然受恩深,益不揣冒昧。
一言愿陈公,好丑非一概。公虽仁覆物,曲木勿姑贷。②

与一味歌颂幕主的爱才好士不同,洪亮吉赞颂了毕沅的好士,表达了对他知遇之恩的感激,但也劝诫毕沅,不是所有的"士"都值得去爱,不能为了爱士的名声而不分好丑。对于毕沅的宽容、爱士给予赞扬,心怀感激,但也劝毕沅不要良莠不分。在《祭毕尚书师文》中,洪亮吉记叙了毕沅对文人的爱护,但仍认为一味地"好士"导致了毕沅的失败:"公之爱士,出于至诚。孔既傲吏,郦亦狂生。谈经贾服,作赋衍衡。兼收并蓄,宾坐纵横。""亮吉夙蒙国士之知,久处宾僚之位,狂瞽时陈,而公不怼。敢缘恩义,敬设几筵,以头抢地,以口呼天。乌乎！东里子产,明明有言,夫子而死,吾其已焉。"③洪亮吉认为毕沅后来获罪,原因在于用人出现错误,被幕僚蒙蔽而冤枉受死。这是洪亮吉的一面之词,但可以看出乾嘉时期幕主接纳、包容幕宾的风气。

爱好风流的幕主与狂怪的幕宾之间也留下了不少风雅趣事。

《清代轶闻》载汪中与毕沅的趣闻:"毕秋帆抚陕西时,知先生名而未之见

---

① (清)洪亮吉《洪亮吉集》,页1037。

② 同上书,页559—560。

③ 同上书,页401。

也。一日，先生忽以尺书报之，毕公拆视，乃笺纸一幅。上仅书四句：'天下有中，公无不知之理；天下有公，中无穷乏之理。'毕公阅竟大笑，即以五百金驰送其家。先生之旷达，宫保之礼贤，时两称之。"[1]未必真有其事，但幕主之风雅与幕宾之狂傲却可见一斑。《朱筠年谱》载武亿在朱筠幕府过年的情形："武亿馆先生家，除夕，先生谓亿曰：'客中度岁，何以破岑寂？'亿曰：'但求醉饱而已。'乃遗以二彘肩，一鸡一鹜，蒙古酒一斗，及汤饼馎饦诸物。亿闭户恣啖，食尽酒倾，至晚。先生曰：'醉饱矣，更有他求乎？'对曰：'哭！'先生亦曰：'哭！'乃放声大恸，比邻惊问，先生大笑而去。"[2]其风雅若此。朱克敬在《儒林琐记》中记载武亿新年之际号啕大哭的原因："性迂僻，善哭。尝游京师，主大兴朱筠家。除夕，筠馈彘肩、蒙古酒，亿尽食之。食已，大哭，主宅惊怪。筠疑亿久客思家，急慰问之，亿曰：'无他，远念古人，近伤洪亮吉、黄景仁不偶耳。'"[3]武亿在除夕之际想起古人的落魄与洪亮吉、黄景仁功名不就才大哭的。朱筠非但不怪，并与之一起大哭。朱筠在大哭中表达的是与武亿共同的想法吗？寄人篱下的幕宾与仕途通达的幕主情感共通之处是什么？或许就是文人喜好风雅这一点。

章学诚是曾燠的幕宾，二人诗酒唱和，曾燠《赠章实斋国博》写章学诚之奇丑：

章公得天秉，赢绌迥殊众。岂乏美好人？此中或空洞。
君貌颇不扬，往往遭俗弄。王氏鼻独齄，许丞听何重？
话仿仲车画，书如洛下讽。又尝患头风，无檄堪愈痛。
况乃面有瘢，谁将玉彘砻？五官半虚设，中宰独妙用。
试以手为口，讲学求折衷。有如遇然明，一语辄奇中。
古来记载家，庋置可充栋。歧路互出入，乱丝鲜穿综。
散然体例纷，聚以是非讼。孰持明月光，一为扫积雾？
赖君雅博辨，书出世争诵。笔有雷霆声，訇訇止市哄。
续鉴追温公，选文驳萧统。乃知貌取人，山鸡误为凤。
武城非子羽，谁与子游共？感君惠然来，公暇当过从。[4]

曾燠以夸张、幽默的笔法描绘章学诚相貌的丑陋，在看似嘲笑、挖苦中，却是对章学诚学识、才华的肯定与欣赏。在戏谑揶揄中，可以感受到曾燠与

---

① (清)裘毓麟《清代轶闻》，北京：中华书局，1989年，页382。

② 姚名达《朱筠年谱》，页81。

③ (清)朱克敬《儒林琐记》，长沙：岳麓书社，1983年，页41—42。

④ (清)曾燠《赏雨茅屋诗集》，页25。

章学诚亲密的朋友关系，可以想见幕府内平日的嬉笑风雅。幕宾在幕府内也以诗酒风流为己任，钱泳《履园丛话》载吴泰来在毕沅幕府的风雅时日："长洲吴竹屿先生名泰来，字企晋，为吴中七子之一，中乾隆庚辰进士，与秋帆尚书同年。二十七年，召试，进内阁中书。先生意致萧闲，才情明秀，作诗一本渔洋，著有《砚山堂集》十卷。五十二年，尚书为河南巡抚，延先生为大梁书院山长。余时亦在幕中，与洪稚存、方子云、徐阆斋辈饮酒赋诗，殆无虚日。未几卒。"①在闲散的岁月中，诗酒风流。

游幕文人疏狂、怪异，而幕主以宽容与欣赏呵护了游幕文人的心灵，他们才得以在幕府中诗酒唱和或者专心于学术研究。

第四节　幕主与游幕文人的关系
——以卢见曾与"扬州八怪"为例

从乾嘉时期幕主对文人狂怪性格的保护中，可以见出超越主宾的知音见赏、资助提拔的朋友关系。但个体的遭遇总是因人而异的，幕主也并非诗文中呈现的形象那样完美。刘大观《与曾宾谷都转书》赞扬了曾燠的爱才好士之后，又对曾燠的固执、暴躁提出批评："独是泾渭太明，崖岸太高，人之才行不可尊意者，则名纸入门，日久不报；诗笺投户，或令反掷，抑亦过矣。""又闻阁下一事抵牾，怒征词色，无稍从容含蓄之气。"②也许这才是真正的曾燠，但曾燠是否认同呢？曾燠作《答刘松岚观察书》为自己辩解，刘大观惶恐地回书道歉，但之后刘大观就没再出现在曾燠幕府，二人也不再有任何交游，显然刘大观被曾燠幕府驱逐了。在众多幕宾笔下好才爱士的曾燠不肯接受刘大观的批评，刘大观的直言批评也将自己摒弃于曾燠的交游圈子之外。

通过卢见曾与"八怪"的交往我们可以窥见乾嘉时期幕府中幕主与幕宾的关系，看出主宾之间彼此选择、遇合、分离的动因和过程，看到幕府的吸引力及对当时的文化繁荣做出的独特贡献。

既然被称为"扬州八怪"，即以怪著称。他们的怪异风格不仅表现在书画上，而且在行为上也与世隔膜，不谐于俗。留给后人的印象便是傲骨铮铮，远离权贵名利，史料记载上也总是"使酒骂座，目无卿相"。然而，考察两淮盐运使卢见曾与扬州八怪中的人员的交往，便会对之前的印象产生怀疑。"八怪"不仅与官员交往密切，成为卢见曾幕府的座上客，甚至和卢见曾有着至死不

---

①　(清)钱泳《履园丛话》，页151。

②　(清)刘大观《玉磬山房文集》，《清代诗文集汇编》438册，页470。

渝的友情。不肯与权贵合作的“八怪”为何与卢见曾关系如此密切？卢见曾幕府与“八怪”的交往对当时扬州的文化繁荣有何影响？

“扬州八怪”不是八位画家，也没有一个组织。乾嘉时期没有“扬州八怪”这一称谓，清末才有这个叫法。金农、郑燮、高凤翰、李葂是其中较为活跃的成员。另外还有黄慎、陈撰、边寿民、汪士慎、罗聘等。卢见曾任两淮盐运使期间，大力招揽四方名士，马朴臣《出塞集序》曰：“四方名宿怀文抱道，与夫一技一能之士奔走若赴玉帛敦盘之会，曰欧、苏复出矣。先生政事之暇即与诸君击钵刻烛，飞笺酒翰于山亭水榭之间，诸君或钦手慑气，先生顾谦让不遑，适馆餐者乐忘归，度无不倾囊倒箧而赠也。”①“扬州八怪”即在被招揽之列。《扬州画舫录》载：“郑燮……往来扬州，有‘二十年前旧板桥’印章。与公（卢见曾）唱和甚多。”“高凤翰……公荐为泰州分司，工诗画，善书法，称三绝，后与公同被逮，抗辞不屈，事因以得白。”“李葂，字啸村，安徽人，能诗画，公之高足也，尝为公作《虹桥揽胜图》。”②根据尚小明的《清代士人游幕表》：“陈撰，两淮盐运使卢见曾上客。”“高凤翰，乾隆三年至五年（1738—1740）应江苏布政使徐雨峰之邀，客其苏州官署，又尝为两淮盐运使卢见曾宾客。”“金农，久为两淮盐运使卢见曾上客”。“郑板桥，乾隆元年（1736）顺天学政崔纪邀入幕，又为两淮盐运使卢见曾座上客。”③卢见曾于乾隆二十年（1755）和二十二年举行过两次虹桥修禊，汪士慎、黄慎、边寿民、罗聘等都参与其中。

卢见曾追慕先贤，渴望留名后世，《重修四贤祠记》曰：“夫读公之书，抚公之遗民，而不以公之治为治，非学也；以公之治为治，而不列公于祀典，尤非崇德报功之道。”④效仿欧阳修、苏轼，改建过扬州的安定书院。据王昶《湖海诗传》载：“（卢见曾）夙慕其乡王阮亭尚书风流文采，故前后任两淮运使各数年，又值竹西殷富，接纳江浙文人，唯恐不及。”⑤对“扬州八怪”的接纳是卢见曾风雅之举的一部分。

一、“八怪”在扬州的落寞

乾嘉时期的扬州，是重要的经济文化中心，文人墨客汇聚于此。商业大潮席卷社会生活，诗文、绘画等高雅艺术也面临着日益世俗化的趋势。“扬州八怪”就是艺术日益世俗化情境下的产物，画家们形成了一个特殊的团体。

① （清）卢见曾《雅雨堂诗文遗集》，《续修四库全书》1423 册，页 523。

② （清）李斗《扬州画舫录》，页 232。

③ 尚小明《清代士人游幕表》，页 74，页 76，页 78，页 80。

④ （清）卢见曾《雅雨堂诗文遗集》，页 484。

⑤ （清）王昶《湖海诗传》，《续修四库全书》1625 册，页 548。

他们靠卖画为生，是职业画家，属于当时艺术界的一批自由职业者，既非民间没文化的画工，也非供奉宫廷的画家。而自由职业者的身份带来种种生活的困窘，面对扬州的满目繁华，他们却体会到了繁华中的艰辛与绝望。

金农《书和靖先生集后》如此评论林和靖："不婚不宦失津涯，身后高名动慕嗟。毕竟有人庐舍侧，俸钱治墓服缌麻。"①高人逸士在金农眼里如此世俗。《新编拙诗四卷手自抄录，付女儿收藏，杂题五首》曰："古调泠泠造渺微，玉池清水自生肥。流传若待官三品，谁重襄阳是布衣。"②认为官位与诗名往往同步高升，揭示了乌纱与诗歌在当时的关系。这种结论并非完全错误，但能反映出金农窘迫的心态。《自题画马》曰："龙池三浴岁骎骎，长抱驰驱报主心。牵向朱门问高价，何人一顾值千金？"后有感慨："设有良骥，不但伯乐难逢，要求各有所能者亦未易得也。予用曹韩法画此一匹，所为若灭若没之形，今之世，何人妙解而识之哉？画毕为之慨然。"③金农将自己比作千里马，希望遇见伯乐，不埋没自己的才华，可是伯乐难遇，明主难待。《感春口号》："莫怪撩衣懒轻出，满山荆棘较花多。"④因为害怕荆棘，所以不外出。边寿民《赠西唐五十初度》把画家们穷困潦倒又孤高傲世的生活刻画了出来："猿鹤孤踪不易同，到今谁复问穷通。七条弦上知音少，三十年来眼界空。每欲放怀还藉酒，不言生计转如蓬。相交相爱垂垂老，朝夕过从风雨中。"⑤为生计辗转如飘蓬。

郑板桥迫于生计，三十一岁到扬州卖画，《署中示舍弟墨》一文说："学诗不成，去而学写；学写不成，去而学画。日卖百钱，以代稼穑；实救贫困，托名风雅。"⑥虽是自嘲，亦是事实。其诗《扬州》曰："繁华一刻人偏恋，呜咽千年水不流。借问累累荒冢畔，几人耕出玉搔头？……尽把黄金通显要，惟余白眼到清贫。可怜道上饥寒子，昨日华堂卧锦茵。"⑦留恋扬州的繁华，也看尽世道沧桑。在黄金显要的扬州，画家们更多地体会到了白眼清贫。靠卖画度日，在扬州的生存极其艰难。

也可以看出，"八怪"不仅有清高孤傲的一面，更有生存压力下寻求权贵资助的内在动力。希望得到赏识，能够摆脱人生困境，但寻求无果，郁郁不得志，满心愤懑，便会行为怪异。在诗文集中，将孤傲的一面以夸张的形式展现

---

① (清)金农《冬心先生集》，《续修四库全书》1424 册，页 546。

② 同上书，页 573。

③ 卞孝萱主编《扬州八怪诗文集三》，南京：江苏美术出版社，1996 年，页 172。

④ (清)金农《冬心先生集》，页 555 。

⑤ 卞孝萱主编《扬州八怪诗文集一》，南京：江苏美术出版社，1985 年，页 59。

⑥ (清)郑板桥《郑板桥集》，北京：北京师范大学出版社，1993 年，页 310。

⑦ 同上书，页 16。

出来。许齐卓《蛟湖诗钞序》说黄慎：“当其意有不可，操缣帛郑重乞请者，亦矫尾厉角，掉臂弗孤也。”[①]黄慎《短歌》诗曰：“嵇康燃灯，照此魑魅；耻与争光，理琴灭燧。”[②]是一种不与世人为伍的姿态。金农《孤蝉》：“枵腹无全饱，枯形非一朝。遗荣守清节，不共侍中貂。”[③]流露出对贫穷的无奈坚守。陈撰《偶兴》：“飘瞥年华去莫扳，心期如铁自坚顽。二分明月楼头月，十里平山槛外山。世事可嗟羊髀熟，此身难得水云闲。朝来闭阖拥炉坐，又报公车人过关。”[④]表现的是冷眼世事、心志自坚。这种姿态的坚定性以及内心的真诚性无法判断，但这种心态及随之而来的怪异行为带来的人生冷暖只有自己知道，陈撰《杂咏》曰：“生平作事笑离奇，冷暖归来只自知。十载桐花谁为扫？孤高久惜凤凰枝。”[⑤]尝尽世态炎凉，内心彷徨无助。

而卢见曾的出现，改变了“八怪”的人生境遇。幕府内的文化氛围及礼遇让他们与卢见曾的关系超越一般的主宾关系。

二、“八怪”与卢见曾的交往

（一）郑燮与卢见曾的交往

郑板桥在“八怪”中最为有名，王文治《为吴香亭题郑板桥画竹》称其狂怪：“板桥道人老更狂，弃官落拓游淮扬。”[⑥]乾隆元年郑板桥中进士，却无缘官场，乾隆二年(1737)回到扬州，入卢见曾幕府，两人谈论诗文甚为相得。乾隆四年，卢见曾被牵连入盐商案件，遭罢官，郑板桥作诗送别，“郑燮为卢雅雨书七言律诗轴”。[⑦]《送都转运卢公(讳见曾)》曰：“一从吏议三年谪，得赋淮南百首诗。”“历尽悲欢并喧寂，心丝袅入碧云层。”“何限鹓鸾供奉班，惭予引对又空还。旧诗烧尽重誊稿，破屋修成好住山。自写簪花教幼妇，闲拈玉笛引双鬟。吹嘘更不劳前辈，从此江南一梗顽。”[⑧]充满感激与惆怅。可以想象，在扬州的时日，卢见曾对郑板桥多有提携。郑板桥将自己的落拓与卢见曾的不幸交织在一起。

卢见曾出塞归来之后回到扬州，多年之后与郑板桥重逢。卢见曾《扬州杂诗》曰：“一代清华盛事饶，冶春高宴各分镳。风流间歇烟花在，又见诗人郑

---

① 卞孝萱主编《扬州八怪诗文集二·蛟湖诗钞》，南京：江苏美术出版社，1987年，页1。

② 同上书，页14，页68。

③ (清)金农《冬心先生集》，页556。

④ (清)陈撰《玉几山房吟卷》，四明丛书第四集，民国二十五年(1936)刻本，页2a。

⑤ 卞孝萱主编《扬州八怪诗文集二·蛟湖诗钞》，页68。

⑥ (清)王文治《梦楼诗集》，同文图书馆石印本，民国五年(1916)，页5b。

⑦ 郭味蕖《宋元明清书画家年表》，北京：人民美术出版社，1982年，页345。

⑧ (清)郑板桥《郑板桥集》，页67—68，页186—187，页188—189。

板桥。"[①]对再次见到郑板桥充满欣喜。而郑板桥此时刚被罢官，从山东回到了扬州。乾隆十八年(1753)，卢见曾再次到扬州，出任两淮盐运使，并于二十二年(1757)主持大规模的虹桥修禊活动。郑板桥不仅积极参加虹桥修禊，还作了大量唱和诗颂赞卢见曾，《再和卢雅雨四首》曰："才子新诗高白傅，故园名酒载青州。(公山东人)""莫以青年笑老年，老怀豪宕倍从前。张筵赌酒还通夕，策马登山直到巅。""关心民瘼尤堪慰，麦垅青葱入望中。""皂隶解吟笺上句，舆台沾醉柳边城。"[②]《和雅雨山人虹桥修禊》曰："甘泉羽猎应须赋，雅什先排禊帖中。""词客关河千里至，使君风度百年清。"[③]歌颂修禊的盛举，歌颂卢见曾的诗作、风度，以及天下归心的威望。郑板桥在诗歌中还升华了虹桥修禊的意义，认为卢见曾举行修禊活动并非只是召集一些文人学士风雅唱和，而且是真正的"关心民瘼"。这种赞扬固然有提升卢见曾形象的作用，也是对执政者仁民爱物品德的歌颂，但真实性如何呢？卢见曾的风雅之举和关心民瘼有多大关系呢？至少在虹桥修禊的风雅中读者是无法知晓的。

那么郑板桥所写是不是违心之语？或者是应酬之语？在《范县署中寄舍弟墨第五书》中他批判当时的诗歌题材："近世诗家题目，非赏花即宴集，非喜晤即赠行。满纸人名，某轩某园，某亭某斋，某楼某岩，某村某墅，皆市井流俗不堪之子，今日才立别号，明日便上诗笺。其题如此，其诗可知；其诗如此，其人品又可知！"[④]显然他是不屑于酒席宴会之类的应酬之作的。而且他一直主张作诗要有真气，《潍县署中与舍弟第五书》曰："(本朝)歌诗辞赋，扯东补西，拖张拽李，皆拾古人之唾余，不能贯串，以无真气故也。"[⑤]

然而，郑板桥在《再谕麟儿》中说："余壮年傲气亦盛，而对于胜我者，却肯低首降服。见佳文爱之不肯释手，虽百读不厌。"[⑥]现存郑板桥诗集中赠给卢见曾的诗歌有十二首，根据他的书信来看，并非应酬之作，而是对卢见曾充满了真切的情感和由衷的佩服。情感是真诚的，呈现出来的事件却未必是真实的。情感会遮蔽清晰的认知，诗歌又会把情感加以夸张。在情感上，郑板桥与卢见曾的交往是真诚的。

(二) 李葂与卢见曾的交往

卢见曾与李葂说得上是患难之交。在李葂去扬州之前，他们已经开始交

---

① (清)郑板桥《郑板桥集》，页349，页342。
② 同上书，页187。
③ 同上。
④ 同上书，页342。
⑤ 同上书，页349。
⑥ (清)郑板桥《郑板桥文集》，成都：巴蜀书社，1997年，页53。

往。雍正十三年(1735),两人已经开始唱和。卢见曾自江宁府被调往颍州府,在赴任途中作《自江宁调治颍州江上作》,李葂与之唱和,作《和雅雨夫子自江宁调至颍州原韵作》。从李葂《啸村近体诗选》中与卢见曾的酬赠诗来看,二人交往非常密切,有《题雅雨夫子〈借书图〉二首》《和雅雨夫子移桐种竹二首》《陪雅雨夫子邓尉山看梅》等诗。卢见曾《扬州杂诗》之七曰:“才名谁似杜樊川,楚客清词皖上传。心折阿房终下第,那能不愧武陵贤。(怀宁李葂举博学鸿词不第。)”①赞扬李葂的才气,也哀叹他的遭遇。李斗《扬州画舫录》提及李葂,说他是卢见曾的高足。李葂《雅雨夫子重莅淮南喜赋》也说自己“久托门墙”:“谢公花墅春风满,董相书帷化雨香。半壁一时称快事,不才况久托门墙。”②足见交往时日之长。卢见曾举行虹桥修禊,李葂为修禊活动作《虹桥揽胜图》。

卢见曾被下狱,李葂悉心照料,不避嫌疑,不计后果。《题雅雨夫子〈出塞图〉》曰:“纵无罪赎功当立,一出关来事已传。”③李葂认为卢见曾无罪戍边,对他充满了同情。卢见曾戍谪塞外期间,李葂时时寄函诗存问,《汪履方道人陪雅雨夫子出塞暂归,问讯无恙,即候兴居》:“榴花照眼柳依依,酒社诗坛迹渐违。三十月中书信断,八千里外道人归。”④怀念卢见曾幕府的诗酒风流。卢见曾第二次到扬州做官,李葂仍然是穷苦落魄。卢见曾帮助他刊刻了诗集《啸村近体诗选》,在《李啸村三体诗序》中,称赞李葂的诗作,并叙及二人深厚的友谊:

> 余闻啸村诗名于胶州高西园凤翰。时西园方以县丞试用于皖城,啸村皖人也。余为六安州牧,每至省必与两君盘桓。后五年转运扬州,大会名士于平山堂,时啸村与西园俱在座,赋诗怀古,意气遒上。及余被逮,西园亦挂弹章,啸村留扬州不去,与予两人相依。后余徙塞外,啸村又时时以诗相问讯,啸村之笃于友谊如此。⑤

卢见曾以朴实而真切的文字叙述二人之间的温情与友谊。《题李啸村寄到新诗问讯南闱消息》曰:“可得青云生骥足,真怜绮思进竿头。锥无地立囊应脱,笔有花开梦未收。”⑥预见并期待着李葂有一天终会显露他卓越的才华。乾隆十六年(1751),皇上南巡,卢见曾推荐李葂接驾。李葂奉诏试诗,得

---

① (清)卢见曾《雅雨堂诗文遗集》,页 422。
② 卞孝萱主编《扬州八怪诗文集一 · 啸村近体诗选》,页 300。
③ 同上书,页 296。
④ 同上书,页 298。
⑤ (清)卢见曾《雅雨堂诗文遗集》,页 471。
⑥ 同上书,页 425。

到赏赐。

（三）高凤翰与卢见曾的交往

卢见曾与高凤翰是挚友兼同乡，极为推重高凤翰。卢见曾是山东德州人，高凤翰是山东胶州人。沈荣昌《南阜诗集序》说高凤翰“一生坎坷，得雨峰、雅雨两巨公知遇”①。高凤翰做官、升迁都是由于卢见曾的提携。

雍正八年(1730)，卢见曾任六安州州牧期间推荐高凤翰做安徽歙县县丞。卢见曾为高凤翰诗集所作的序清楚地提及此事，《南阜诗集序》：“西园……工书画，尤豪于诗，酒酣耳热，挥洒烟云，往往千言立就，文名籍甚，具经济才，则世罕知者。余牧六安州时，西园举贤良以一等记名发安徽省试用，余荐其才于抚军程公元章，委署歙县令。”②雍正十一年(1733)，卢见曾又推荐高凤翰泰州分司。

当然，卢见曾被罢官、流放，高凤翰当然也就落魄起来。卢见曾叙述经过：“乾隆丙辰，余转运两淮。西园方以县丞委管泰壩，称掣历俸满，应叙升矣。会仪征县缺出，具禀荐于两台，制府复尚书称闻其才名。会有构余于制府者，乃转以结党为余罪，列凤翰款。……对簿日，西园抗辩不屈，本款得白。而已病废不可复用。”③卢见曾这年吃官司，高凤翰被牵连。有人将高凤翰列为卢见曾一党，《清代学者像传·高凤翰传》载：“被人诬以赃款，卢雅雨适都转两淮，营救甚力，诬者径指为党。”④卢见曾作《丙辰高西园凤翰与余同被劾，赋以寄之》抒发愤懑之情：“自古荐贤膺上赏，不知对簿有何辞。怜才惟羡凌云客，狗监偏能识不羁。”⑤乾隆二年(1737)，“山东卢见曾在两淮盐运使任，被控植党营私落职”。“山东高凤翰被诬控党附卢见曾，逮系扬州狱，旋得释，愤作‘不妨李固终成党，到底曾参未杀人’诗。”⑥足见二人关系之亲密。

卢见曾罢官后，高凤翰仍然不离不弃。乾隆三年，卢见曾还在被流放中，高凤翰作二人的合像，“山东高凤翰旅居吴门，图己与赃吏卢见曾合像，题作《物外合踪图》”⑦。乾隆五年，“高凤翰客镇江，至扬州晤卢雅雨，寓居董子祠”⑧。在卢见曾戍边期间，高凤翰作了多首诗歌表达怀念之情。《为雅雨山人题〈出塞图〉》《即日再别雅雨公》《闻鸡再送雅雨山人出塞图》等等。

---

① (清)高凤翰《高凤翰诗集》，青岛：青岛出版社，1989年，页6。

② 同上书，页4。

③ (清)卢见曾《国朝山左诗钞》，清乾隆二十三年(1758)，雅雨堂刻本，页1。

④ 叶衍兰、叶恭绰《清代学者像传》，页150。

⑤ (清)卢见曾《雅雨堂诗文遗集》，页430。

⑥ 张慧剑《明清江苏文人年表》，上海：上海古籍出版社，1986年，页1049。

⑦ 同上书，页1053。

⑧ 郭味蕖《宋元明清书画家年表》，页346。

但直到高凤翰去世，二人却一直没有机会再相聚。乾隆八年(1743)，卢见曾官复原职，乾隆十四年(1749)，高凤翰去世。卢见曾悲痛不已，作《哭高二西园诗》悼念。袁枚《随园诗话》中记载了二人的友情，提及这首诗：“山人落魄扬州，适卢守永平，贫不自聊，乃以书告急；卢尚未答，而山人化去矣。卢哭云：‘巫咸不为刘贲下，邑宰谁迎杜甫来？’”[①]《哭高二西园诗》全诗如下：

乞米鸿归笺正裁，俄闻诀去岂胜哀。
巫咸不为刘贲下，县宰谁迎杜甫来。
落落清华兰社尽，堂堂著作玉楼开。
年来衰老愁伤逝，况是凋零仅剩才。

最风流处却如痴，颠米迂倪未是奇。
再散千金随托钵，已残右腕更临池。
渊源挥麈谈元地，孟博囊头对簿词。
见说淮南传故事，遗文争患少人知。[②]

同情其身世，叹惜其才华。对于高凤翰坎坷潦倒的一生，以悲痛的笔调表达悼念。其中的真切情谊，早已超越了主宾，而是知己密友。

(四) 金农、黄慎、边寿民、陈撰、汪士慎、罗聘与卢见曾幕府

卢见曾乾隆二十年(1755)三月三日在扬州举行虹桥修禊，四月招集诸名士二十余人集虹桥观赏芍药，金农、郑板桥、黄慎、边寿民、汪士慎、罗聘等人参与其中。《随园诗话》有记载：“卢招人观虹桥芍药，诸名士集二十余人，独布衣金司农诗先成，云：‘看花都是白头人，爱惜风光爱惜身。到处百杯须满饮，果然四月有余春。枝头红影初离雨，扇底狂香欲拂尘。知道使君诗第一，明珠清玉比精神。’卢大喜，一座为之搁笔。”[③]金农在聚会中所作诗乃《观虹桥芍药赴卢雅雨之招》，赢得一时声誉。《金农年谱》载乾隆二十年六月，金农为卢见曾作花果册。[④] 黄慎在虹桥观赏芍药时作七律《卢雅雨盐使简招，并示〈出塞图〉》记载了聚会的场景：“东阁重开客倚栏，醉中出示《塞图》看。玉关天迥驼峰耸，沙碛秋高马骨寒。经济江淮新管钥，风流邹鲁旧衣冠。只今重对扬州月，笑索梅花带雪餐。”[⑤]并赞颂卢见曾的文雅风流。

---

① (清)袁枚《随园诗话》，页551。
② (清)卢见曾《雅雨堂诗文遗集》，页430。
③ (清)袁枚《随园诗话》，页96。
④ 卞孝萱主编《扬州八怪年谱上》，南京：江苏美术出版社，1990年，页243。
⑤ 卞孝萱主编《扬州八怪诗文集二·蛟湖诗钞》，页47。

《清史列传·卢见曾》中记载陈撰也是卢见曾幕府的座上客；卢见曾还为边寿民作诗《题边寿民泼墨图小照》，赞扬其清高傲世："腥羶枉自诳交游，倒屣逢迎苦未休。惟有三山高咏客，孤筇终不指扬州。"①

（五）卢见曾被罢官

卢见曾卷入的盐商案，至今学界没有一个定论。按照沈起元在《出塞集序》中的说法，卢见曾是由于得罪了商人被诬而罢官："（卢见曾）起家进士，不十年由县令而府而道，而至两淮盐运使，有殊绩。淮商习骄蹇，疾其整峻，利不能动，则中以蜚语，致被诬去官，而有坐台之行。襆被萧然，远役穷塞。"②但有学者认为卢见曾确实贪污，并在盐务问题上弄虚作假。

卢见曾被流放边疆，"八怪"的成员聚于天宁寺，与卢见曾饯别。据丘良任《卢见曾及其〈出塞图〉》一文所载，③卢见曾九月出塞，在出发前的四月，高凤翰等布局作《卢见曾出塞图》，"洞庭叶芳林写照，昆山张珩主人物"。画面乃塞外行旅的景象，侍从在前后，卢见曾乘马前行，旁侧是塞外的穹庐风物，天空雁行。图成后，附有卢见曾、郑板桥、马曰琯、高凤翰、李葂等十几人的诗跋。卢见曾自题有诗，小序曰："承恩出塞，南阜绘图送行，扬州诸故人将赋诗以赠，口占留别，即用自题。庚申夏五雅雨山人卢见曾识。"郑板桥题诗其上，高凤翰有题识与诗。

卢见曾被罢官，"扬州八怪"的一些成员再次陷入落魄之中。

三、交往的意义

郑板桥《与卢雅雨》一信向卢见曾推荐一位画家傅雯："窃念本朝风雅一席，自新城王公以后，六十年来，主者无人，广陵绝响，四海同嗟。天降我公，以硕德峻望，起而继之，且又居东南之胜地，掌财赋之均输，书生面目，菩萨心肠，爱才如命，求贤若渴。宜海内文士，天下英奇，来归者如晨风之郁北林，龙鱼之趋薮泽也。我公玉尺在手，因材而量，凡有一艺之长，不使无门向隅，登之座上，洗其酸寒。"④称赞卢见曾的爱才惜才，对卢见曾资助有一艺之长者充满感恩。

对于"八怪"来说，由于卢见曾的礼贤下士，他们从落魄的画家成为幕府的座上客，对卢见曾抱着精神上的知遇之恩。与卢见曾的交往首先是得到物质上的帮助，郑板桥所谓的"洗其酸寒"正说明了画家困窘生活的改变。卢见

---

① （清）卢见曾《雅雨堂诗文遗集》，页 434。

② （清）沈起元《敬亭文稿》，页 21b。

③ 丘良任《卢见曾及其〈出塞图〉》，载《故宫博物院院刊》1983 年第 2 期，页 43—48。

④ （清）郑板桥《郑板桥文集》，页 93。

曾的资助在帮助他们摆脱物质困窘的同时，还给他们提供了很好的交游场所，以及展示才华的平台。卢见曾幕府内文人墨客数量巨大，平山堂、虹桥等各处的诗酒酬唱，让他们结识了更多的文人，改变了交游的圈子。相似的趣味与境遇让他们成为生死之交。这些重要的朋友促使他们在思想与艺术各方面都发生了变化。

而对于卢见曾来说，他和“八怪”的成员首先是精神上的知己之情。他与郑板桥、李葂、高凤翰等曾患难与共。扬州与扬州故人作为永恒的温暖留存在卢见曾的记忆中。离别扬州，对扬州故人诸多思念，《雅雨堂诗文遗集》中写给扬州故人的诗有很多首，《承恩出塞留别扬州诸故人》：“多情应信扬州月，直送征轮到塞垣。”①《告休得请留别扬州故人》：“为报先畴墓田在，人生未合死扬州。”②《答扬州诸故人问近况》：“惟有扬州旧明月，关情不改曩时新。”③

但卢见曾作为一个好风雅的地方官，他招揽文人墨客的举动却具有特别的文化内涵。尤其是不谐世俗的“八怪”成员成为他幕府的座上宾，无疑能让他留下礼贤下士的好名声，昭示他清明的政绩，也直接证明了为政者的人格魅力。而“八怪”的成员在当时已经具有一定的影响。卢见曾与“八怪”的交往也为后来扬州的主政者树立了文化典范。之后曾燠幕府多次举行修禊、消寒，诗酒酬唱、聚会游玩，不无卢见曾的影响在内。

乾嘉时期扬州的文化繁荣离不开卢见曾与“八怪”。卢见曾好风雅，画家需要资助，盐商有资助的财力与愿望，卢见曾以自己的地位与对文化的酷爱将盐商、官方与民间三方联系起来，促进了文化的交流与亲和。盐商马曰琯、马曰璐兄弟修筑小玲珑山馆，招集文人雅士。卢见曾与之交往密切。在马曰琯的《沙河逸老小稿》中有诗作《和雅雨先生留别淮南故人原韵》《四月七日，雅雨先生雨中招集苏亭》《题雅雨先生出塞图》《春日陪雅雨先生登竹西亭》《听雅雨先生谈塞外风土，同人共赋》等诗，记载了与卢见曾的友情。从诗作时间来看，卢见曾与马曰琯持续了一生的交情。马曰琯作诗赞美卢见曾的美政与风雅：“乃知树美政，文字时料理。”“追庐陵，继玉局，词翰升堂真当足。”④“八怪”的成员被卢见曾介绍、引荐到小玲珑山馆，得到二马兄弟巨大的资助。方盛良《扬州“二马”与扬州八怪交游考略》⑤一文考察了盐商“二

① （清）卢见曾《雅雨堂诗文遗集》，页452。

② 同上书，页441。

③ 同上书，页458。

④ （清）马曰琯《沙河逸老小稿》，北京：中华书局，1985年，页95。

⑤ 方盛良《扬州“二马”与扬州八怪交游考略》，《文献》2003年第4期，页151—158。

马”与“扬州八怪”的交游，但是卢见曾起到的引荐作用却没有提及。胡晓云的《卢见曾年谱》提到了卢见曾与二马兄弟的交往，卢见曾刻书曾得到马曰琯兄弟丛书楼的支持，马曰琯死后，卢见曾作诗悼念。[①] 实际上卢见曾与“二马”的关系要比文中提到的还要密切得多。卢见曾《哭马嶰谷主事》曰：“淮阳老友从今尽，金石遗文谁更搜。名士共悲东道主，高情常在借书楼。”[②]正是藉由卢见曾，这些文人才得以结识马曰琯。“扬州八怪”的一些成员经卢见曾介绍引荐，进入小玲珑山馆，大量诗画作品在此产生，清代文人书画的新天地得以开拓出来，扬州的文化事业也得到了繁荣。

因为开拓了文人画，“扬州八怪”被载籍史册，而卢见曾的功绩也应该被记住，如果不是他不以世俗偏见来看待“八怪”，反而结交为知己、给予资助，“八怪”的画家生涯还要遭遇更多的生存危机。幕主卢见曾以财力和心胸支持了“八怪”成员的创作，为扬州文化的繁荣做出了贡献。

---

① 胡晓云《卢见曾年谱》，兰州大学硕士论文，2006年。

② （清）卢见曾《雅雨堂诗文遗集》，页435。

第二章　乾嘉幕府内的文学活动

游幕文人在幕府内佐理翰墨，编选、辑佚诗文集，公事之余更有不少诗酒唱和的活动，正是通过这种方式得以实现他们的话语权力。佐理翰墨不仅得以果腹，还能够展现个人才华；编选、辑佚诗文集保存了文献典籍，诗酒唱和则在乾嘉文坛上留下了不少诗文，使幕主得以成为一个地区的文坛盟主。

第一节　乾嘉时期游幕文人的话语方式

葛兆光认为清代士人使用三种不同的“话语”。一种是在公众社会中使用的“社会话语”，一种是在学术圈子里使用的“学术话语”，还有一种是在家庭、友人之间使用的“私人话语”，它是呢喃私语或浅斟低唱，人人会说但不宜公开，满足心理却不通行，最多形之诗词。道德说教一方面渗入生活，一方面凭借权力，成了一种“社会话语”，人们在公开的场合、在流通的文字当中总是使用这种类似于社论或报告式的“社会话语”。① 在游幕文人的活动中，可以明显地看出话语分裂与合一的情况。在社会话语、学术话语与私人话语之间，游幕文人频繁地变换着角色。社会话语是人人都会讲的，而幕府内的学术气氛与诗酒唱和的氛围则让游幕文人在学术话语与私人话语之间徘徊。

在福柯看来，一切话语都是权力的话语，而一切权力都是话语的权力。游幕文人的话语权力来自文字表达方面的才华，正是这种才华赋予了文人藉文字以实现自我价值的权力。金安清《水窗春呓》曰：“往时官场承平之际，上下皆重文字，凡贺禀贺启，皆骈俪绝工，一记室，修有千金者。即才学之士，得以遨游公卿，得高价。”②官场交往，离不开词翰，乾嘉盛世更是如此，才学之士以才华游幕于官府之中。幕主藉翰墨在官场交游，游幕文人亦藉此谋生，并展现才华，某些时候还可以在文墨中实现自己的经世抱负。

但乾嘉时代的特殊之处在于游幕文人不能不会讲学术话语。梁启超说：“乾嘉以来，家家许郑，人人贾马，东汉学烂然如日中天矣。”③《清稗类钞·经

① 葛兆光《中国思想史》，页 397。

② (清)金安清《水窗春呓》，北京：中华书局，1984 年，页 44。

③ 梁启超《清代学术概论》，北京：中国人民大学出版社，2004 年，页 118。

术》有专门一条作“乾嘉间考据之学极盛”，袁枚作《考据之学莫盛于宋以后，而近今为尤，余厌之，戏作放太白嘲鲁儒一首》诗嘲笑曰：“东逢一儒谈考据，西逢一儒谈考据。不图此学始东京，一丘之貉于今聚。”[①]从袁枚对考据学的冷嘲热讽中可以见出当世考据之盛行。孙星衍则反对考据成风的说法，《答袁简斋前辈书》曰：“至阁下谓考据者为趋风气，则又没人之善。汉廷诸儒，多以通经致高位，唐亦以射策取士。后世试士，第一场用四书文，试官之空疏者，或不以二三场措意，然则从事于考据者，于古或有干禄欺世之学，于今必皆笃行好学之士，世人方笑其学成而无用，阁下又何以为趋风气乎？”[②]孙星衍从考据学在当代不能干禄的角度加以辩驳，认为考据只是笃行好学之士所为。时文才是所有读书人进入仕途的敲门砖，考据学只是读书人必备的一个工具。考据学的功用不能与时文相比，这种辩驳缺乏说服力。以今日眼光去考察，考据学之兴盛在当时的确已形成一种风气。科举考试的内容不再诗文取士，而是以经学为主，考据学的内容不就是经史吗？在乾嘉氛围下，考据还成为一种身份的象征，意味着拥有渊博的学识，以此种身份能够进入一个考据学的社交圈子。辞章不能带来功名，经史之学却带来了名利和地位。经史之学附带了功名与利禄，并且用来衡量一个人价值的大小，已不是纯粹的学术。刘师培在《清儒得失论》一文中贬斥孙星衍、洪亮吉等人时，便认为他们从事朴学并非本身爱好，而是趋贵显之所好，一眼看到了朴学所附加的功名利禄价值。

幕府在某种意义上成了这种学术话语得以传播和延续的空间，充当了保护知识话语的作用。梁启超讲道：“清儒既不喜效宋明人聚徒讲学，又非如今之欧美有种种学会学校为聚集讲习之所，则其交换知识之机会，自不免缺乏。其赖以补之者，则函札也。”[③]除了函札，幕府也提供了类似的场所，幕府中聚集了一批以考据为重和以考据为荣的士人群体。幕主作为政府官员，对于成为主流的乾嘉朴学是追随的态度。《筱园诗话》载：“朱竹筠、翁覃溪，北方之雄也。记问淹博。朱讲经学，不长诗文。”[④]李威《从游记》对朱筠的学术成就赞扬有加：“高邮王怀祖，深明六书七音之旨，旁通训故考据，一时贤士谈古学者，皆弗及也。避祸天长，闻先生能为人排难解纷，跋涉往见，先生敬礼之。时从问字质疑，未尝以前辈体貌自居。为飞书当路，护持其家尽力。江都汪容甫，才学通敏，冠绝江南北。素傲睨，好诋议人，辄招时忌，无能合其意者，

---

① （清）袁枚《小仓山房诗文集·诗集》，页733。

② （清）孙星衍《孙渊如先生全集》，页90—91。

③ 梁启超《清代学术概论》，页101。

④ （清）朱庭珍《筱园诗话》，《续修四库全书》1708册，页29。

乃负笈从先生游。先生亦礼遇之有加，歉然常若弗及之也。”①朱筠更多时候是作为一个学派的领袖而存在，幕宾都以问学的姿态存在于幕府。《清代朴学大师列传》载戴震：“施教京师，而传者愈众。声音训诂传于王念孙、段玉裁，典章制度传于任大椿。既凌廷堪以歙人居扬，与焦循友善，阮元问教于焦凌，遂别创扬州学派。”②作者认为阮元创立扬州学派离不开幕宾凌廷堪、焦循的帮助。

钱竞《乾嘉时期文艺学的格局》一文认为：“如果说考据训诂曾经是义理之学附庸的话，那么到了乾嘉时期，它已经摆脱了依附地位而自成强大的一足，无论义理之学，还是文章之学都不得不敞开自己的门户，接收容纳它在学术上的影响。”③所谓考据学被文章学的接收容纳，并不是文章学敞开门户，而是辞章被动地遭到考据学主流价值观的挤压，考据学姿态强势，潜移默化地向各个领域输入自己的思维方式。外在因素方面，考据学附带了世俗的价值，文人可以沽名钓誉，所以自觉不自觉地向考据学者所提倡的言论靠拢。不管是否对乾嘉朴学感兴趣，文人在幕府内浸染着乾嘉朴学的风气，都有意无意地向乾嘉朴学靠拢，他们不得不适应新的学术规范。孙星衍、洪亮吉、汪中都从一开始的好辞章转变为著名的经史学家。他们在朱筠幕府改变了兴趣，确定了学术方向。在朱筠幕府里，“自少性与史近”的章学诚确定了致力史学的目标。洪亮吉在遇见幕主朱筠之后，由“辞章”转向“经史”。朴学考据吸引了当时的精英人才和智力资源，文人纷纷转向，把热情投注于经史之上。而乾嘉朴学的大潮将不适合朴学的文人也卷入了这种转向中。

乾嘉时期诗歌创作的一个重要的现象，即学人和辞章关系密切，“幼事词藻”让学人从小就会辞章。在掌握了经史之学后，便将之引入诗歌创作，堆砌大量典故，显示渊博的学问。诗歌是士大夫文人生活中不可或缺的一部分精神内容，也是最能表现个人性情的一个领域。用葛兆光“三种话语”的说法④，而诗歌的领域里，学术话语渗透入私人话语，私人话语的空间被压缩得越来越小，结果便是辞章与经史杂糅。私人话语从来都不会消失。诗文写作本就是游幕文人生活的一部分，交流、表达情感都少不了诗文。这是士大夫文人生活中不可或缺的一部分精神内容，也是最能表现个人性情的一个领

---

① (清)朱筠《笥河文集》，页406。

② 支伟成《清代朴学大师列传》，长沙：岳麓书社，1986年，页139。

③ 钱竞《乾嘉时期文艺学的格局》，《文学评论》1999年第3期，页60—70。

④ 葛兆光《中国思想史》认为，清代士人存在着话语分裂现象，文化人使用三种不同的话语。一种是在公众社会中使用的“社会话语”，一种是在学术圈子里使用的“学术话语”，还有一种是在家庭、友人之间使用的“私人话语”，而诗词属于“私人话语”。

域。除了曾燠幕府内幕宾几乎全为诗人外，其他学人幕府都是学术活动与诗文活动一起展开的。卢见曾幕府不仅有戴震、惠栋这样的汉学家，也有高凤翰、钱载这样的诗文家，朱筠幕府内的洪亮吉、章学诚、孙星衍既是学者，也是著名的诗人，毕沅幕府的严长明、程晋芳、王复等人也是学者兼诗人，阮元幕府学者济济，很多是学者兼诗人。游幕文人中的学者几乎都写诗，而游幕文人中的诗人也都或多或少地懂一些乾嘉考据的知识。

清人郑献甫《著书说》打比方说："总之，语录如画鬼也，无论是否，皆可以欺人；考据如画人也，小有参差，即不敢示人；词章如画意也，无论工拙，皆自谓过人而已。"①意即语录式的话语是"画鬼"，无论画得好不好都可以瞒过世人，考据式的话语是"画人"，有一丁点差错就不敢拿出来示人，而文人写诗词，就好比"画意"，没有固定的评判标准，无论好坏自己都觉得有过人之处。游幕文人靠"画人"的技术显示学问知识，又靠"画意"的才能参与诗酒风流。幕主给游幕文人开辟了一个相对安全的私人空间，并非是有了思想空间，而是避免了直接面对皇权。游幕文人的话语方式在文字狱、乾嘉学术与诗歌传统的交互作用下，呈现出社会话语、学术话语与私人话语变换与交错的形态。他们以编选、辑佚诗文集以及诗酒唱和表达他们的话语权力。当然，这种话语权力是靠幕主给予的，在幕主的组织下，他们参与到学术与文学活动中。游幕文人的话语方式与游幕心态相联系。除了表现出文人的文学才华以外，还包含着日常游幕生活的经验，也包含着随着游幕经历而逐渐培养出来的语言使用的特殊心态。正如严迪昌《清诗史》所说："艺术个性上的'窘'而不雄肆开阔，恰恰是心态上冷落的同步表现。"②

第二节　编选、辑佚诗文集

古代典籍的整理、研究是幕府内重要的事务之一，修书、著书、校书便是幕宾们经常参与的活动，幕府内所编选书籍大多为经史、方志、诗文集。

一、幕府内编选、辑佚的诗文集

卢见曾很注重保存古典文献，主持刊刻了不少典籍。有组织幕宾编纂的地方性文人诗集《国朝山左诗钞》。也刊刻一些文人别集的校注，方世举考订《韩昌黎诗集编年笺注》，总共十二卷，卢见曾为其订正之后，于乾隆二十三年

---

① (清)郑献甫《补学轩文集》，台北：文海出版社，1974 年，页 672。

② 严迪昌《清诗史》，页 907。

(1758)刊刻流传，章学诚评价它为“攻韩集者不可不备之书”。乾隆二十二年，卢见曾刊刻了栋所注的十卷本《渔洋山人精华录训纂补》。卢见曾还刊刻同时代文人的诗集，李葂的《啸村近体诗选》三卷，有乾隆二十一年雅雨堂精刊本，汪应铨《容斋诗集》四卷，有乾隆二十年雅雨堂精刊本。乾隆二十四年，卢见曾组织刊刻了金兆燕的《旗亭记》二卷以及朱夰的《玉尺楼传奇》二卷。作为山东人，卢见曾对山东名人王士禛与赵执信的著作也多有刊刻，王士禛编撰《感旧集》十六卷，生前没有刊行，卢见曾于乾隆十七年(1752)梓行。赵执信所著《声调谱》《谈龙录》，卢见曾将其刊行为《声调前谱》《后谱》《续谱》三卷，与《谈龙录》一卷合刻。

毕沅幕府修有灵岩山馆，是毕沅与幕宾聚会的地方，灵岩山馆刻书多种，《吴会英才集》《乐游联唱集》是流传下来的著名诗集。《吴会英才集》选辑毕沅同时代江浙一带文人的诗集，但所选诗人几乎都是毕沅的幕宾。《乐游联唱集》是毕沅为官陕西时与幕宾在乐游原上游玩时的联句诗。曾燠幕府内所刊刻的几乎全为诗文集。唱和诗集有《邗上题襟集》《续集》《题襟馆消寒联句诗》，随着唱和诗的增多，曾燠幕府也将《邗上题襟集》续了又续，目前看到的版本就有《续集》与《续集》之后的《续集》，并有选本《邗上题襟集选》。可以说这几个版本是考察有清一代幕主与幕宾之间诗酒唱和活动最典型、材料最丰富的诗集。《江西诗徵》是曾燠出于彰显自己家乡江西的文化而编选的江西文人诗集。所选诗人从陶渊明开始一直到曾燠时代的江西诗人，其中的诗人很多都无甚名气，但因为是江西人，就编选了进去。《西江诗话》是曾燠的叔父曾廷枚编选的诗话，曾廷枚虽为曾燠叔父，但在幕府内的活动与幕宾无异。曾燠在刊刻这部诗话时署上了叔父的名字，若为幕宾所编，可能署名仍是曾燠。曾燠幕府还有两部重要的骈文选集，即《国朝骈体正宗》与《八家四六文钞》，基本囊括了从清初到清中期骈文家的作品。从中可以看出清中期骈文复兴的情况，也能看出骈文观念在清中期的演进。阮元是汉学家，但也大量引进文学之士，并打算为幕宾中的十位浙江诗人刊刻《官斋十子集》，后未果。但《淮海英灵集》与《两浙輶轩录》两部皇皇巨著辑录了清初至乾嘉时期江浙两省诗人的大量诗作，不仅保存了地方文献，对研究清代文学也具有重要意义。《淮海英灵集》七卷，嘉庆三年(1798)刊行，汪光爔、陈焯、陈文述、阮鸿等编纂；《两浙輶轩录》五十卷，嘉庆六年(1801)刊行，吴文溥、朱文藻、朱为弼等编纂。这些人皆为阮元的幕宾。

从这些诗文集的编纂、辑佚来看，仅靠幕主一人是无法完成的，大量的工作是游幕文人完成的，但最后的署名都是幕主。法式善《陶庐杂录》叙及毕沅所刻书籍时曰："其校正多出洪稚存、孙渊如之手。"①这些诗文集必然是得到幕宾的大力协助才得以刊刻的。幕宾在编选、辑佚诗文集的过程中也为后来的著作积累了材料。《焦循年谱新编》载："先生在浙，为阮侍郎辑《淮海英灵集》，于黄北垞《吴梅查诗集》中，得张孝女事，先生为之太息感动，急录诸《广陵诗事》卷中。"②余英时概括了幕府编纂对章学诚形成"六经皆史"观念的作用："通过方志和《史籍考》的编纂，他逐渐建立了'以史概经''以今代古'的理论根据。这个理论最后则凝聚在'六经皆史'这一中心命题之中。"③

二、诗文集叙录

为这些诗文集做一叙录，可以看出编撰的体例与意图，能够了解游幕文人为文献保存与文学研究做出的贡献。

（一）《感旧集补传》

王士禛撰，卢见曾补传，十六卷，乾隆十七年(1752)刊刻。卢见曾曾经拜谒过王士禛，《乡园忆旧录》载："昔郭华野总治与渔洋同在座，雅雨谒见，郭谓渔洋曰：他日继君者此人。渔洋颔之。"④

卢见曾序曰：

> 先生之存也，是集亦仅有其序而未流传其书，讵意殁后四十余年，犹为宗工之所购求珍秘以转授于予。马君秋玉又不期而遇于京邸，不忘久要慨然任剞劂之事，此盖有天焉，非人之所能为也。于是不远千里，延淄川老友张孝廉榆村至署，采集故实，以长夏簿书，余昃秉烛操觚，仿遗山以下各诗选之例，人系之以小传，而述所缘起，如右以贻之。至集之名《感旧》，则先生有取于曹子桓之言死生契阔之情，自序言之尽矣。抑予官扬州日，忆平山、虹桥为先生修禊赋冶春之地，亦尝与诸名士觞咏其间，虽文采风流未足后先辉映，然当时高怀逸韵犹仿佛遇之于琴尊林壑之间，乃忽忽十余年已成往事。此予叙述兹集，亦不觉忽焉感旧，喟然而三叹也。⑤

卢见曾提及为《感旧集》补传的原因，乃是无意间获得全本，又得到盐商马曰琯的资助，于是延请了幕宾张元采集故实，可见并非卢见曾一人为之补

① (清)法式善《陶庐杂录》，页127。
② 赖贵三《焦循年谱新编》，台北：里仁书局，1994年，页127。
③ 余英时《戴震与章学诚》，北京：读书·生活·新知三联书店，2000年，页61。
④ (清)王培荀《乡园忆旧录》，济南：齐鲁书社，1993年，页89。
⑤ (清)卢见曾《感旧集补传》，民国年间铅印本，页5a。

传。张元，山东淄州人，乾隆十六年（1751）客于卢见曾津门幕。张元《刻感旧集后序》：“今岁夏五于历下接公手札，谓今已得是书，将系以小传付梓，邀余佐成其事。而余亦窃幸及见是书之得行于世也。”“余今且老矣，尚及从事编纂，观厥成书，一释向者闻而未见之憾，且附名编末以闻于世，是又余之所深幸也。”①张元为能一睹《感旧集》并从事编纂工作深感荣幸，而卢见曾在为《感旧集》补传的同时，也是在彰显自己为官扬州的风雅。

《凡例》叙述了此书的体例：“今依抄本序次，共厘为十六卷，补遗各诗，汇载每大卷之末者，各附正选之后，如虞山《读吴梅村艳诗有感》四首，入补遗者一，今仍叙于第三首，庶不失作者之意。”②作传的方式是“述而不作”，只采集材料，不作改编。“是集所载，皆先生同时师友，故原本但列名字。先生之殁距今才四十年，已多湮没不传，传之后世不知其人何以逆其志，今为各补小传。其采集诸书述而不作，从《明诗综》之教也。书法亦依本例，官衔则书其著者，宠遇谪遣之有关于诗与人者，亦书，余俱从略。”但是对于原书中的错误给予修正。“是集辗转抄写，讹误颇多，宋编修蒙泉尝订正之，复委榆村之孙采余、子谦以校雠之役。再三过，尚有阙疑。玲珑山馆藏书充栋，所与稽者厉樊榭鹗、陈授衣章，皆博雅君子，幸重检阅而后授梓，毋致有鲁鱼亥豕之伪，是则余所深望也夫。”③不仅有张元，还有宋弼、张元的孙子采余、子谦参与了编撰过程，又有厉鹗、陈章做了最后校正。这部补传汇聚了众人的心血。

（二）《国朝山左诗钞》

署名卢见曾，六十卷，乾隆二十三年（1758）刻。每页署有“雅雨堂”字样。

卢见曾序曰：“渔洋《感旧集》遍及海内知交故旧，而于山左或缺略未备，先生尝以为憾。今距先生之殁又四十余年矣，孟子曰：‘诵其诗，读其书，不知其人可乎？’是以论其世，元遗山《中州集》人列一小传，欲读者因其遭遇出处以得其诗之兴会所寄。钱牧斋《列朝诗选》、朱竹垞《明诗综》亦递相祖述。余近刊渔洋《感旧集》，为之补传，每叹遗文散失，姓氏无征。吾乡文献及今不为搜辑，再更数十年零落澌灭尽矣。此后死者所大惧也。窃不自揆属同里宋蒙泉弼、平原董曲江元度及诸同人遍搜昭代之诗，上自名公巨卿，下及隐逸方外，莫不毕载，厘为六十卷，每人各附小传，具列乡里出处，间缀名流评陟，以备一代之诗史，以昭我朝风雅之盛。”④为了保存文献才编撰的《山左诗钞》，缘起则是刊刻王渔洋《感旧集》时而痛感文献零落，实在可惜。卢见曾提到的

---

① （清）卢见曾《感旧集补传》，页1a。

② 同上书，页2a。

③ 同上。

④ （清）卢见曾《国朝山左诗钞》，页5b。

编撰者有宋弼及董元度，二者都是卢见曾的幕宾。宋弼，山东德州人，卢见曾在两淮盐运使任上聘其为幕宾。董元度，山东平原人，卢见曾两淮盐运使期间聘其为幕宾。王培荀《乡园忆旧录》记载宋弼的选录标准："先生名弼，宗法渔洋，所取大都清醇雅正，一切纤侧怪谲，概置不录。"①惠栋、王昶诸人也都参与了《山左诗钞》的编纂工作。"其间参订，若纪晓岚、惠定宇、王兰泉、严东有诸先生，皆天下闻人。又借书于黄昆圃、马秋玉两先生。阅五年而成书，宜为巨观，非后来所能及。"②而据卢见曾所说"诸同人"，显然又不只是这几个幕宾所为。

《山左诗钞》的体例是先附作者小传、轶事、名流对作者的评价，然后是诗钞。如："高珩，一百五十一首。珩，字葱佩，号念东，晚号紫霞道人，淄川人，明崇祯癸未进士，本朝历官吏部侍郎，左迁再起为刑部侍郎，予告归，有《栖云阁集》。渔洋《高公神道碑铭》：'公，左迁太常寺少卿，进左副都御史，一日，召见，从容问群臣才品孰可大用，公对曰……'。"《国朝山左诗钞》几乎囊括了清初至康熙年间山东的所有诗人，对山东的文献保存、地方诗歌研究具有重要意义。《乡园忆旧录》认为此书有功于桑梓："雅雨闻见宏富，博征远引，足以论世知人，虽未有诗者，每附见焉。极意搜罗，为功于桑梓巨甚。"③

（三）《旗亭记》

署名金兆燕，二卷，三十六折，乾隆二十四年（1759）刊刻。《旗亭记》不是诗文集，而是一部戏剧，为便于论述，暂放入诗文集。故事来源于唐传奇中薛用弱的《集异记》，加以改编，内容便是唐代三位诗人高适、王昌龄、王之涣旗亭唱诗的风流佳话。

乾隆二十三年金兆燕进入卢见曾两淮盐运使幕府，并客此十载。卢见曾为《旗亭记》作序，叙及创作的缘起："全椒兰皋生矜尚风雅，假馆真州，问诗于余。分韵之余，论及唐《集异记》旗亭画壁一事，谓古今来贞奇侠烈逸于正史而收之说部者不一而足，类皆谱入传奇双鬟，信可儿能令吾党生色，被之管弦，当不失雅奏，而惜乎元明以来词人均未之及也。兰皋唯唯去，经年复游于扬，出所为《旗亭记》全本于箧中，余爱其词之清隽而病其头绪之繁，按以宫商亦有未尽协者，乃款之于西园，与共商略，又引梨园老教师为点版排场，稍变易其机轴，俾兼宜于俗雅间，出醉笔挥洒胸臆。虽素不谙工尺，而意到笔随，自然合拍。"④金兆燕在卢见曾幕府，卢见曾提起唐传奇旗亭画壁的一则故

① （清）王培荀《乡园忆旧录》，页89。

② 同上。按，严东有，即严冬有、严长明，袁枚《随园诗话》中写为严冬友。

③ 同上。

④ （清）金兆燕《旗亭记》，清乾隆二十四年（1759）雅雨堂刻本，页36b。

事，惋惜没有人将之谱曲，金兆燕于是作戏剧《旗亭记》，虽然辞采清新，却不协于音律，经过梨园教师的修改才让戏班开始演出。可以看出，对于戏剧创作，金兆燕一开始没有任何经验，而之所以创作则是因为卢见曾的感慨。金兆燕显然并不善于写作戏剧，只是为逢迎卢见曾才创作剧本。金兆燕《程绵庄先生莲花岛传奇序》中叙述自己不能专心学术的痛苦：“兆燕少无学殖，日抱简牍为诸侯客以糊其口。戊寅冬与先生(程廷祚)同客两淮都转之幕，先生居上客右，操椠著书，而兆燕不自知耻，为新声，作诨剧，依阿俳谐，以适主人意。……先生著书等身，从未屈柔翰为他人借面，即传奇游戏之作，亦必自摅胸臆，独有古今，则先生于文字之际，犹未似其时命之乖蹇也。”[①]与程廷祚专心著书、自抒胸臆相对照，金兆燕对自己的行为有所羞愧，他为了谋生计，不得不逢迎幕主，以“不自知耻”来形容自己的羞愧。但卢见曾并没有强迫金兆燕创作，是金兆燕自己为逢迎幕主而作的，这正是游幕文人在幕府内的痛苦之处。

（四）《吴会英才集》

署名毕沅，二十四卷，一千五百八十九首诗，乾隆五十年刊刻，为江苏文人诗集合刊。共收录方正澍二卷二百零六首、洪亮吉二卷一百一十四首、黄景仁二卷一百四十一首、王复二卷九十九首、徐书受二卷一百零四首、高文照一卷九十二首、杨伦一卷八十三首、杨芳灿二卷八十七首、顾敏恒二卷一百三十首、陈燮二卷一百六十五首、王嵩高一卷七十八首、杨揆一卷七十四首、徐嵩一卷五十五首，石渠一卷四十八首，孙星衍一卷四十七首、王采薇一卷六十六首。每人诗集前皆有对诗人的简单介绍、对诗作的评价。

毕沅序曰：“以余所知，若集中诸子皆一时之俊也。而或入直为明，或出为牧令。诗人之遇又迥非汉之冯衍、赵壹，唐之□□□□□可比。故其诗亦皆无憔悴婉笃之旨、哀思感激之音，则所遇之遇然也。夫吴会持东南一隅耳，而人才之盛已如此，则自此以外以及余之所不知者又当何如乎？余故乐为编而序之。”[②]正如毕沅所言，《吴会英才集》所选诗人诗作都是他所熟悉的，大部分是他的幕宾的诗作。方正澍，安徽歙县人，乾隆五十年至五十二年(1785—1787)在毕沅河南巡抚幕，作《河南新乐府》六章记录毕沅的政绩。乾隆五十三年至五十八年(1788—1793)在毕沅湖广总督幕。洪亮吉，江苏阳湖人。乾隆四十六年(1781)夏至乾隆五十年春客毕沅陕西巡抚幕，乾隆五十年春至乾隆五十三年夏客毕沅河南巡抚幕，乾隆五十三年冬客毕沅湖广总督

---

① (清)金兆燕《国子先生全集》，页70。

② (清)毕沅《吴会英才集》，清道光间(1821—1850)刻本，页1a。

幕。黄景仁,江苏武进人,乾隆四十六年(1781)秋客于毕沅陕西的巡抚幕,毕沅欣赏其《都门秋思》而留于幕府。王复,浙江秀水人,乾隆四十八年入毕沅陕西巡抚幕,乾隆五十年随毕沅至河南巡抚幕,参理文檄,办理河工。杨芳灿,江苏金匮人,乾隆五十一年(1786)秋及乾隆五十二年春客毕沅河南巡抚幕,为文酒之会。陈燮,江苏泰州人,是毕沅任陕西巡抚时的座上客。王嵩高,江苏宝应人,乾隆五十二年佐毕沅湖广总督幕。孙星衍,江苏阳湖人,乾隆四十五年底至乾隆五十年初客毕沅陕西巡抚幕,乾隆五十年春至乾隆五十二年春客毕沅河南巡抚幕,深受毕沅赏识。这部诗集的一个独特之处是:选入了女诗人的诗作。王采薇是孙星衍的妻子,可以见出当时江南女性的诗歌创作已经得到一些文人的肯定,也能见出毕沅作为一介官员并不迂腐,思想相当开明。

至于编选这部诗文集的目的,毕沅说是为了彰显国家之盛:"今我国家承平亦百余年之久,御制之富冠于古今。自钦定一集至于四集,鸿文伟构,既炳若日星,薄海外中咸视为准的。于是士之生其间者,亦皆能和其声以鸣国家之盛。"①借着彰显国家之盛,毕沅也要彰显自己的文化功绩。

(五)《江西诗徵》

署名曾燠,九十四卷,附论诗杂咏五十四首,国朝补遗一卷,嘉庆九年(1804)刊刻,赏雨茅屋藏版。卷一是陶渊明,卷二至卷四是唐诗,卷五至卷二四是宋诗,卷二五至卷三八是元诗,卷三九至六四是明诗,卷六五至八四是清诗,卷八五、卷八六是名媛诗,卷八七至卷九〇是释子诗,卷九一是道流诗,卷九二是杂流、名妓、无名氏的诗,卷九三是仙灵、鬼怪的诗,卷九四是歌谣、谚语、谶记、散句,后面附有曾燠的论诗杂咏五十四首,国朝补遗一卷。

为了保存江西的地方文献,曾燠组织编选了这部地方诗集。曾燠《序》曰:"今江西布政使司领府十三直隶州,一厅二州,县七十六。其地负江瞰湖,襟吴带越,控引楚粤,文物甲东南。自欧阳、曾、王氏并起,当宋之盛。而虞、范、揭氏继踵。元世天下,言文章者归之江西,其诗自汉魏以降,流传绝少。洎乎唐宋,作者代兴,其间乘世而显几何人?随世而晦几何人?与世沉浮又几何人?"②曾燠是江西人,虽然长期在外做官,但很想保存家乡的文献。《序》曰:"燠承南丰之后,生盱江之上,从先公游宦。少长四方,忝冒登朝二十余年,居家日少,不克与父老子弟寻求黎献。虽于乡先生之文辞无能遍观而尽识也,顾尝有志学诗,涉猎差广,因是网罗囊籍。每遇乡人士君子藏本,渝

---

① (清)毕沅《吴会英才集》,页1a。

② (清)曾燠辑《江西诗徵》,清嘉庆九年(1804)赏雨茅屋刻本,页1a—1b。

墨敝纸，辄从购得。岁久积多，略为比葺，断自彭泽先生迄乎燠所逮见，得作者若干人，凡诗若干首，厘为九十四卷，锓板行之，曰《江西诗徵》。”①

在关于“江西”这一地域上，曾燠有明确的划分。《例言》曰：“江西疆域历代沿革不同，分合靡定，是编谨遵《大清一统志》所分郡县为断。江西郡县有古名而今异者，如钟陵、昭武、富州、安成之类，未便以今没古，唐则唐名，宋则宋名，悉仍旧纪。特注明某地即今某地，兼用史家注家之例。”②对于江西诗人，曾燠也有辨析。“江西历代诗人，土著而外，有迁来者，有徙去者，概行收入。徙去而年代过远及流寓不终者不录。”③全书采用的是编年体体例。“是编以编年为体，序次先后均按列代年纪，不以郡县分编。编年次序专以科第为据，其无科第者或依其父兄，或依其师友。其无可依者，或诗题、诗语有可取证，即据以为次第。若绝无可考，则从原采之本约次时代，未敢率意倒置。”④陶渊明作为全书的开端，也是江西诗人的祖师，格外受重视。“是编惟陶诗全录，余如宋之欧、王、黄，元之虞、范、揭，篇什繁富，限于卷帙，未能尽收。谨择其精者以百首左右为率，其他诗可成家未经传刻及传刻未广者，亦或多至百首，庶几阐幽之义。诸诗见于各本亦多有异同，惟陶诗于某句某字下注一作某云云，余皆择善本校定，不能兼载。”⑤

全书的体例在例言中也有说明：“是编仿殷璠《河岳英灵集》、元好问《中州集》各为小传，列于姓名之后。”⑥此书的可贵之处是对歌谣谚语也加以收录，“歌谣谚语，诗之流也。音本天籁，义关风俗，太史所采转在于斯。谶记或纪地灵，或寓吉祥，既叶声韵，并堪编缀。”⑦

（六）《国朝骈体正宗》

署名曾燠，选四十二家一百七十篇骈文，嘉庆十一年(1806)赏雨茅屋刻本。

清中期两部重要的骈文选集都出自曾燠幕府。吴鼒嘉庆二年至三年(1797—1798)客于曾燠幕府，他的《八家四六文钞》刊刻于嘉庆三年，曾燠主持、彭兆荪协助编纂的《国朝骈体正宗》刊刻于嘉庆十一年(1806)。清初及清中期骈文创作的状况在这两部选集中基本得到了呈现，骈文观念的演化也有

---

① （清）曾燠辑《江西诗徵》，页 1b。
② 同上书，页 2b。
③ 同上。
④ 同上书，1b。
⑤ 同上书，2a。
⑥ 同上书，3a。
⑦ 同上书，5a。

所反映。

《八家四六文钞》共四册，选有袁枚、曾燠、刘星炜、洪亮吉、孔广森、吴锡麒、孙星衍、邵齐焘八家。其中选吴锡麒最多，五十四篇，有上下两册，其次是袁枚二十五篇，洪亮吉十五篇。《国朝骈体正宗》选四十二家一百七十篇，弥补了《八家四六文钞》的缺憾，基本囊括了从清初到中期骈文家的作品。选洪亮吉最多，十五篇，吴锡麒十二篇，袁枚十二篇，孔广森十篇，当时很有名的胡天游和汪中分别选了十一篇和三篇，曾燠幕府内的幕宾彭兆荪十二篇，刘嗣绾八篇，乐钧六篇，吴鼒二篇，王芑孙一篇。《国朝骈体正宗》选吴锡麒的作品虽非最多，但仅次于洪亮吉，而与袁枚数量相当。汪中的骈文也很有名气，且质量上乘，但只选了三篇。从地域来看，二者所选作家几乎都为江浙人。《八家四六文钞》八家中，孔广森是山东人，曾燠为江西人，其余六人均为江浙人。《国朝骈体正宗》共选四十二家作品，其中江苏二十一人，浙江十三人，安徽四人，江西一人，北方籍作家只有孔广森、王太岳、朱珪三人。

彭兆荪嘉庆九年至十二年(1804—1807)客于曾燠幕府，协助曾燠编选《国朝骈体正宗》，陈起荣为彭兆荪作《南北朝文钞跋》曰："娄东彭甘亭先生夙精骈俪之学，曾为曾宾谷都转选辑《国朝骈体正宗》，久已风行海内。"①彭兆荪也提及过此事，《与姚春木书》曰："尔近佐辑《骈体正宗》一书，欲以矫俳俗，式浮靡。中间进退权衡皆系所主裁断，仆虽观成仅司校勘，且鄙文滥厕，尤不便置喙其间。然意旨所存，盖可略述：大要立准于元嘉、永明，而极才于咸亨、调露，文匪一格，以远俗为工；体无定程，以法古为尚。"②可见彭兆荪参与了编选的过程。全书基本囊括了从清初到清中期骈文家的作品。从中可以看出清中期骈文复兴的情况，也能看出骈文观念在清中期的演进。

(七)《淮海英灵集》

署名阮元，二十二卷，八百六十二位诗人。嘉庆三年(1798)刊刻。全书拟分十集，尚缺三集，阮元提到书的取名，《淮海英灵集序》曰："效遗山中州十集之体，录为甲乙丙丁戊五集，又以壬集收闺秀，癸集收方外，虚己庚辛三集以待补录。曰淮海英灵者，宋高邮秦少游尝名其集曰《淮海》，唐殷璠选唐诗亦曰《河岳英灵集》矣。"③设置为十集，后面三集等待后人补录。阮元是江苏仪征人，这部诗集专门搜辑的是江苏文人的诗。嘉庆三年(1798)，阮元任浙江学政时，有感于"广陵耆旧零落百余年矣"，"乾隆六十年，自山左学政奉命

---

① (清)彭兆荪《南北朝文钞》，清光绪二年(1876)刻本，页1a。

② (清)彭兆荪《小谟觞馆文集》，《续修四库全书》1492册，页646。

③ (清)阮元辑《淮海英灵集》，清嘉庆三年(1798)小琅嬛仙馆刻本，页1a。

移任浙江，桑梓非遥，征访较易，遂乃博求遗籍，遍于十二邑”[①]。乃录扬州十二邑先贤的诗作，汇为《淮海英灵集》，以期保存淮海一地诗坛耆宿之文献。身为江苏仪征人，出于浓厚的桑梓之念，辑录乡贤诗作、保存耆旧文献。

阮元作《淮海英灵集凡例》曰："助元编辑诸友为乌程陈无轩（焯）、秀水赵兰生（蕙棻）、钱塘陈云伯（文杰）、青田端木子彝（国瑚）、甘泉焦里堂（循）、家叔北渚（鸿）；助元征诗诸友为仪征团椒墩（维墉）、汪庆人（荣怀）、程中之（赞和）、魏公（赞皇）、定甫（赞宁）、一亭（赞普）、汪晋蕃（光曦）、方静也（仕杰）、薛二川（溶）、王东山（文泗）、李艾塘（斗）、江都叶文光（观廷）、史寿庄（椿龄）、张既堂（维桢）、甘泉张筱轩（观海）、黄伊宣（洙）、朱春槎、欧阳制美（锦）、焦里堂（循）、季蕃（征）、李滨石（钟泗）、黄秋平（文旸）、徐□（元方）、王东楹（授）、谢成蔚（开基）、江郑堂（藩）、高邮夏澹人（味堂）、沈方钟（钫）、王伯申（述之）、宝应刘端临（台拱）、建临（台斗）、朱休承（士彦）、兴化黄药领（骍）、泰州陈理堂（燮）、缪善夫（承钧）、通州刘仙培、泰兴季廉夫（尔庆），此外尚有遗忘。"[②]可以看出，是游幕文人承担了编纂的任务。

（八）《两浙辅轩录》

署名阮元，四十卷，嘉庆六年（1801）刊刻。辑录了清代江苏、浙江 3133 名诗人，诗歌 9241 首。是阮元在浙江巡抚任上组织幕宾编写的浙东、浙西的诗歌总集，所录诗人从顺治至嘉庆初年，为清代江浙诗集。嘉庆三年书成，刊刻于嘉庆六年。杨秉初、俞宝华等人搜辑了《两浙辅轩录》未收之诗人诗作，于嘉庆八年上呈阮元，阮元主持刊刻为《两浙辅轩录补遗》。《补遗》十卷，选诗人从清初至乾隆年间。录入浙江十一府诗人 1120 人，诗歌 1981 首。

阮元《两浙辅轩录序》曰："余督学浙江时，辑《淮海英灵集》成，盖江淮间一郡之诗采录尚易，欲辑江苏一省之诗则力有未能。继思余督学于浙，乘辅轩采风非力之所不能为也。爰访遗编，求总集遍于十一郡。自国初至今得三千余家，甄而序之，名曰《两浙辅轩录》。"[③]辑录的诗人从国初到阮元的时代。《两浙辅轩录凡例》曰："分任采访诸人如仁和邵志纯、海宁俞宝华、萧山顾一麒、萧山孙度、平湖钱仁荣、鄞县袁钧、东阳楼上层各有所采。汇萃成帙，参校补采诸人，则浦江戴剑溪（殿海）、仁和朱阆斋（文藻）、汤点山（礼祥）、嘉兴吴澹川（文溥）、李香子（富孙）、吴江郭频伽（麟）、钱塘陈曼生（鸿寿）、陈云伯（文述）、朱闲泉（壬）、仁和蒋蒋村（炯）、海宁陈晴岩（传经）、乌程张秋水（鉴）、石

① （清）阮元辑《淮海英灵集》，页 1a。

② 同上书，页 1b。

③ （清）阮元辑《两浙辅轩录》，光绪十六年（1890）浙江书局刻本，页 1a。

门方铁珊(廷瑚)、会稽顾郑乡(廷纶)、平湖朱椒堂(为弼)也。又戴太仆(璐)、法祭酒(式善),亦于京邸校阅一过,多所订正。"[①]正是幕宾承担起了编纂的任务。吴文溥《南野堂笔记》卷九、《两浙輶轩录》卷三八记载吴文溥校订《两浙輶轩录》。阮元《定香亭笔谈》卷二、《揅经室二集》卷八、《清史列传》卷七二《朱文藻》都记载了朱文藻编《两浙輶轩录》。阮元《定香亭笔谈》卷四、《揅经室四集・诗》卷七《题朱椒堂西泠话别图》记载朱为弼订正《两浙輶轩录》。

陆以湉《冷庐杂识》曰:"阮文达公督学浙江时,裒集十一郡本朝已故名人诗为《两浙輶轩录》,凡三千一百三十三人,诗九千二百四十一首。胡书农学士之尊人葑唐上舍涛《古欢书屋》诗亦采入录中。学士赋诗以志云:'天教浙水启龙门,文士泉台尽感恩。一代登楼操选柄,千秋覆瓿慰吟魂。家无书集名难假,才偶同时例不存(条例凡诗无专集及生存者不入选)。甲乙编排微意在,续修留待后贤论。'""国风从此补三吴,尚有羲娥未摭无。一品集繁存爵里(条例凡名公巨卿集足单行者,只选有关出处数诗以存梗概),四灵家小辑《江湖》。艺林采备他年志,诗派分添此日图。感极樗材荷培养,更蒙捃拾到潜夫。"[②]胡书农对阮元充满了崇敬与感激,胡书农的父亲已经作古,但在九泉之下也感激阮元,可见《两浙輶轩录》搜辑范围之广,囊括诗篇之多。

从幕府内编选、辑佚的诗文集来看,有如下几个特点:第一,幕宾都参与到了编书、辑佚的行列,没有幕宾的协助,很难完成这样资料浩繁的编纂工作。第二,幕主都有很强的文献保护意识,所编选的诗文集搜辑范围很广,例如《国朝骈体正宗》《两浙輶轩录》等。第三,幕主都有一些地方意识,保存自己家乡的文献,一方面是对家乡的情感所在,宣扬家乡的文化,另一方面也是希望自己青史留名。第四,幕宾参与到了编选的行列,选幕宾的作品也很多,例如《国朝骈体正宗》《吴会英才集》等。第五,编选、辑佚的目的是彰显盛世的文化,也彰显幕主为政的功绩。第六,诗文集的署名一般都是幕主的名字。

第三节　诗酒唱和

曹植《公宴诗》曰:"公子敬爱客,终宴不知疲。"用这句诗来形容幕府内的风雅极为恰当。对于幕主来说,唱和是一种文化策略。对于幕宾来说,唱和是竞赛诗才,推销自我,文人藉着唱和与幕主交流情感、切磋诗艺。诗酒唱和是幕府内一项重要的活动,不仅调剂幕府生活,也给文人提供了展现才华的

---

① (清)阮元辑《两浙輶轩录》,页 2b—3a。

② (清)陆以湉《冷庐杂识》,页 217。

舞台。而频繁地参与诗酒唱和活动也训练、提高了文人诗歌创作的技能。注重流传声名的幕主，在享受饮宴与唱和的同时，也特意刊刻、保存了唱和诗集，让今人能够从唱和诗集中重构当时饮宴的盛况与主宾相得的情形。《随园诗话》载胡天游：“稚威以旷代才，受知于大宗伯任香谷先生，其待之之厚，不亚于令狐相公之待玉溪生也。馆于其家。八月五日，宗伯指庭前葡萄曰：彼实垂垂矣，若能以侪淮险韵刻划其状，当令某伶进酒为欢。稚威刻烛二寸，成四十韵，一时传诵。”[①]可以见出幕府内诗词竞赛的氛围，幕宾靠诗词才华在幕府内可以获得优越感。

游幕文人的唱和诗放在第三章研究，本节重点描述幕府内诗酒唱和的外在条件，并对唱和诗集做一下梳理。

一、诗酒唱和活动

中国文人自古就有群集饮宴的传统，但清朝对文人的这些行为采取限制政策，顺治十七年(1660)正月，清廷发布诏令，严禁“私交、私宴”。如果违令私相交结，庆贺升官举行宴会，或无故设宴应酬，长夜歌唱，都要指名纠举，从重治罪，更不能结社订盟。文人雅集聚会虽然被限制，却并没有停止，仍有文人在家宅之内结社相聚吟诗，到乾隆后期，文人的聚会也不再限于家宅之内。而幕府内的诗酒之会不但不受清廷诏令的限制，还能昭示幕主政通人和的政绩，显示对人才的招揽、优待。虽然与政事无关，诗酒盛会却是幕主都很重视并积极组织的一项活动。

集会唱和的内容五花八门，有赏花、咏物、题图、棋弈、投壶、消寒等室内的唱和，也有咏景、游山、探奇、怀古、迎来送往等室外的游览休闲。集会唱和的时间多在公事之余，季节转换、逢年过节的时候，唱和便会增多，遇有幕宾离开、有新鲜事发生、幕主家有喜事等，也多有唱和。而几乎在所有的幕府里，十二月十九日苏东坡的生辰、六月廿一日欧阳修的生辰，都有纪念苏轼和欧阳修的集会唱和活动。可以说，幕主和幕宾都发掘着一切可以唱和的契机，不仅留下风雅的声名，也形成了一个凝聚力极强的交游圈。

卢见曾为官扬州，与幕宾流连于扬州的山亭水榭之间，歌咏不断。他令人在象牙骨牌上刻画扬州二十四景的名称和图画，并设计出行令的方法，聚会的时候就将扬州二十四景牙牌全部放在一只方盘中，每人依次摸牌，以所得之景，作诗唱和。扬州既有美景，又有历史，即便如此，《扬州画舫录》还记

① (清)袁枚《随园诗话》，页13。

载卢见曾:“筑苏亭于使署。日与诗人相酬咏。”①苏亭是他与幕宾专门唱和的地方。《随园诗话》记载:“乾隆戊寅,卢雅雨转运扬州,一时名士,趋之如云。其时刘映榆侍讲掌教书院,生徒则王梦楼、金棕亭、鲍雅堂、王少陵、严冬友诸人,俱极东南之选。”②朱筠幕府的椒花吟舫是他会见幕宾、共同吟咏的地方,朱筠死后,幕宾还作《椒花吟舫图》来纪念他。胡适《章实斋年谱》记载章学诚在椒花吟舫唱和的事情:“是年,先生已寄居朱筠家,在日南坊李铁拐斜街之南。先生自述云:学诚下榻先生邸舍,时时相过,若程舍人晋芳,吴舍人烺,冯大理廷丞,及君(蒋秦树雍植)为燕谈之会。宴岁风雪中,高斋欢聚,脱落形骸,若不知有人世。”③在诗酒唱和中仿若置身世外,忘却了尘世的烦恼。毕沅在陕西西安为官时,华清宫故址、乐游原、终南仙馆是其与幕宾经常游玩、唱和的地方,西安古都的历史与名胜为他们的唱和提供了素材。后来毕沅迁到河南开封做官,在梁园旧址建嵩阳吟馆,专供幕宾吟咏。钱泳《履园丛话》对谢启昆与幕宾的酬唱有所记载。“先生官浙江布政使时,余时在转运使幕中,蒙先生垂眄,往来甚密。著有《补史亭诗》《浙东小草》《蓬峦轩草》诸刻。所交皆一时名士,如胡蕖君、沈磐谷皆在幕下,唱和甚多。”④谢启昆着迷于学术,但幕府内饮宴唱和却从不间断。曾燠两次为官扬州,其幕府的题襟馆闻名遐迩,乾嘉文人诗文集中多有对题襟馆的歌咏。彭兆荪《小谟觞馆文集》卷四有《题襟馆记》,洪亮吉《更生斋文乙集》卷三有《题襟馆记》,王芑孙作《题襟馆记》曰:“廨西有隙地数方,前转运使置之不问,君至,劈除溉扫,筑精舍焉,名之曰题襟馆。馆前后罗植花药,蓄白鹤五六。”⑤吴锡麒《题襟馆消寒联句诗序》描述题襟馆:“题襟馆者,都转曾公与客赋诗之所也。数椽新葺,八窗洞开,遥承汉上之风,小占扬州之月。”⑥王芑孙《与谷人夜饮题襟馆因赠宾谷二首》曰:“平山烟月家家好,诗到题襟始胜场。”⑦题襟馆成为当时诗人汇集的地方,也成为检阅诗作好坏的场所。曾燠筑题襟馆,专门招揽文人。而扬州的平山堂、康山草堂、紫藤吟榭、蜀冈、筱园、清燕堂也是他们经常聚会的地方,九峰园是修禊的地方。阮元的幕府内多学者,但也有专门的建筑来诗酒唱和。在杭州时,使署西园有定香亭,供众人聚会,幕宾端木国瑚还吟《定香亭赋》名噪一时。在济南时阮元将衙署内的四照楼改为学署八景,与学署

① (清)李斗《扬州画舫录》,页 228。
② (清)袁枚《随园诗话》,页 140。
③ 胡适《清章实斋先生学诚年谱》,页 16。
④ (清)钱泳《履园丛话》,页 152。
⑤ (清)王芑孙《渊雅堂全集》,页 348。
⑥ (清)曾燠《题襟馆消寒联句诗》,清嘉庆间(1796—1820)刻本,页 1a。
⑦ (清)王芑孙《渊雅堂全集》,页 188。

一湖相隔的小沧浪亭是他与文士诗酒悠游的地方，并留下了《小沧浪笔谈》一书。各地的名胜景观之处是幕主与文人吟咏流连的地方，幕主也多有专门的建筑来招揽文人吟咏，所选用之地多风景优美，幽静有情调。

吴锡麒为曾燠作《赏雨茅屋诗集序》曰：

> 若宾谷都转，处淮扬靡丽之区而淡于嗜欲，依然寒素，又能拨烦剖剧，游刃有余。公事余闲，时与宾从赋诗为乐，辟题襟馆于署后，周植花木为唱和之所，过江名士蹑屐而趋。抉择既精，造诣益上，屈指官斯土者，自国朝以来无虑数十辈，而若风吹网，所过无闻，独宾谷挟其纵横跌宕之才，以雄视乎当世，令人爱之慕之，比于香山、六一、玉局诸老，不其伟与？①

吴锡麒对于曾燠举行的文会唱和充满由衷的赞扬，将之比为白居易和欧阳修之流。题襟馆不仅招揽了名士，也给曾燠留下了好名声。《清朝野史大观》也称：“南城曾抚部燠，今人称为曾都转，以公宦辙留扬州最久也。虹桥竹西，宾从文宴之盛，远踵韩、欧、刘、苏诸公，近接栎园、渔洋、雅雨诸老辈，盖几几乎海内龙门矣。”②可见当时曾燠举行诗酒宴会的名声之大，与韩愈、欧阳修、王渔洋、卢见曾等人相提并论。钱泳《履园丛话》中记述吴泰来在曾燠幕府诗酒风流，最后在幕府安闲地死去，这对于一个游幕文人来说是一件风雅的事情。王昶在秦蕙田、卢见曾、阿桂、阮元等人的幕府做过幕宾，自己为官一方，也招集幕宾为诗酒之会。王昶《官阁消寒集序》曰：“乾隆丁酉冬，予为通政司副使，职事清简，暇辄与钱阁学萚石、朱竹君、翁覃溪、陆耳山三学士、曹中允习庵、程编修鱼门举消寒文酒之会，曾自七八人至二十余人，诗自古今体至联句诗，余岁率一举都下，指为盛事。”③记述了自己与幕宾、朋友诗酒唱和的盛况。

幕主修建景点、修复祠墓，最终促成一次次诗文活动的盛事：立碑镌铭，修祠撰记，分韵赋诗，每一次聚会都是一次为了文字的重大仪式，卢见曾重修竹西亭、四贤祠等处，为此举行过多次饮宴集会。而每一次聚会也是传播声名的最好时机，所以又反过来刺激幕主热衷于这些事情。钱泳《履园丛话》载：“毕秋帆先生为陕西巡抚重修马嵬驿，伊墨卿太守在惠州重修朝云墓，陈云伯大令在常熟重修河东君墓，皆民事之不甚急者，而易于传播，人人乐道之何耶？如阮云台宫保提学山东重修郑康成祠，于浙江重修曝书亭，巡抚江西

① （清）曾燠《赏雨茅屋诗集》，页 1。

② 《清朝野史大观》，上海：上海书店影印本，1981 年，页 31。

③ （清）严长明《官阁消寒集》，页 1。

重修玉茗堂……孙渊如观察在山东重修闵子墓，并访义士左伯桃、羊角哀墓于范县之义城寺东，则又在毕秋帆诸公上矣。”①这些官员重修古迹、墓碑、祠堂等，虽不是民之急需，却能流传美名。《清朝野史大观》称：“毕秋帆尚书开府武昌，幕下宾僚，多一时方雅之士。会重修黄鹤楼成，江都汪中为之铭，歙县程瑶田书石，嘉定钱坫篆额，过客登楼，叹为三绝。”②毕沅重修黄鹤楼，汪中、程瑶田、钱坫以各自的才华为毕沅的风雅锦上添花，幕主幕宾俱留下美名，毕沅幕府也留下一段佳话。

朱筠《椒花吟舫小集序》曰：

> 乾隆丙戌子月之四日，程中书鱼门、冯评事君弼过余椒花吟舫，因设酒，与及门蒋编修、秦树章生实斋、蔡生子嘉偕饮，中夕纵谈，罢去。越日，君弼为序，序其事，其意大略言贤豪相知之难得，而此会之可乐为不易也。余谓人生虽百年耳，其间朋友相与酒食为征逐者，岁岁而有，而君弼独殷殷于此会而见之于文辞，徒以之数人者，不喜为世间声气之附合，而慨然有似于古人相与聚处劝勉箴规以为乐，故序之，以识夫月日而异时，亦可以考见而追忆焉。
>
> 然余以为古人未易道也。夫古人岂所号酒徒者？徒放然群居酣嬉淋漓，索索无用于世而谓之友哉？其相从而讲习之者，既有其本，其相得而措施之者必有其实，其或无所用，退而相与乐其群者，必有其故，然其中有时与命焉。所谓时与命者，天也。吾闻不贪乎天者，然后可以不失乎己，不失乎己然后谓之君子。夫苟能内不失乎己而外不贪乎天，以此为友，斯其所以友者，澹澹然至乐也。一时相会，合相从而友而其后也，散而之于四方，皆皎然不欺其志者也。而要自今日可以信之。③

朱筠记述了与程晋芳、冯君弼、蒋征蔚、章学诚、蔡子嘉偕饮畅谈的诗酒之会，并认为此会之难得不仅在于宴会的诗酒唱和，更在于唱和的诸人都是不喜附和世间声气的人。朱筠在这里将自己置于官员的身份之外，而与众文人处于同一情境中。在诗酒之会的群集中，需要有时与命，才能将声气相投的文人聚集在一起。诗酒宴会被置于时与命的高度，可见朱筠对众文人的赏识与重视。胡天游《满江红·溧阳公置酒设乐》描绘在任兰枝幕府内饮宴的情景：

---

① (清)钱泳《履园丛话》，页616。

② 《清朝野史大观》，页7。

③ (清)朱筠《笥河文集》，页485。

其一

啸取凉风，吹不动，明河案户。人好在，胡床东阁，清樽北府。明月不随团扇去，笛声偏入清溪古。更流萤、阵阵点轻纱，花阴路。

痴拄颊，官休误，狂扪虱，谁频顾。有纵横潦倒，风流倾吐。府主一生羊叔子，参军千古桓宣武，愿低昂、奋袖起称佳，为公舞。

其二

如此良宵，问不乐，复胡为者。况相对，彭宣堂后，灌夫门下。世事谁将腰鼓杖，兴来几杀摴蒲马。但人生、对酒自当歌，深陶写。

金管切，银筝泻，宜便串，齐高下。正清江裂石，行云一罅。丝竹解伤名士少，关山可长英雄价。任旧人、不是米嘉荣，题诗且。①

歌舞翩翩，丝竹袅袅，如此良宵，宾朋满座，对酒当歌，诗酒风流。在金管银筝的吹奏中，幕主与幕宾抒发着各自的人生感慨。蒋因培《文信国遗砚·曾公席上作》描述了曾燠幕府上看文天祥遗砚而作诗的情景：“鸣蝉嘒嘒昼阴阴，宾从传观共赏心。我庆石君遭际好，又书封事又题襟。”②江之纪《南城师席上作》记载了曾燠幕府唱和的画面：“渊渊衙鼓送斜曛，冉冉名香隔幔焚。觞政分明觇雅化，肴烝蕴藉想高文。清谈催落天边雨，酒气蒸成海上云。我是门生工议膳，不教韩子笑飞蚊。”③

引用哈贝马斯的公众领域理论来看，幕府内的饮宴唱和具有欧洲文学沙龙和咖啡馆的性质。在哈贝马斯看来，私人领域是必然王国和瞬间世界，相反公共领域是自由王国和永恒世界。这是因为，私人领域还受求生的欲望和获取生活必需品之劳动的制约，而公共领域则完全摆脱了这些制约，为个性提供了广阔的表现空间。因此，如果说私人领域还让人有些羞涩的话，那么公共领域则使人引以为豪。只有在公共领域中，人们才能把一切事物看得真真切切，公民才能进行平等对谈，从而把事物表达出来，并使之形象化；彼此无差别的人才能通过争论，把最好的衬托出来，使之个性鲜明。在幕府的诗酒宴会中，幕府提供了一个展现才华的公共领域，游幕文人通过在公共领域内的平等对谈充分展现了中国古典诗歌的艺术魅力。所谓平等，不是指社会地位和政治地位上的均衡，而是指单纯作为“人”的平等，亦即抽取掉贫富和身份差距而仅仅作为自然人的平等。即在饮宴时大家展现作诗才华的机会平等。萧瑟《布尔特曼和哈贝马斯》：“公共领域是一个社会生活的领域，在那

① (清)胡天游《石笥山房集·诗余》，《清代诗文集汇编》279册，页263。

② (清)蒋因培《乌目山房诗存》，《清代诗文集汇编》489册，页776。

③ (清)江之纪《白圭堂诗钞》，《清代诗文集汇编》514册，页478。

里，人们可以对他们所关心的问题进行自由的、平等的、理智的讨论，而不必受制于政治权力、习惯势力和传统观念。"①在写诗竞才的角逐中，众人是平等的，也只有这个时候，游幕文人才摆脱了习惯势力和一些观念的束缚而努力表现自己的文学才华，幕主也摆脱了官员的身份，而与游幕文人一起成为悲秋伤春的文士。幕宾也往往藉饮宴唱和崭露头角。《随园诗话》记载："卢招人观虹桥芍药，诸名士集二十余人，独布衣金司农诗先成，云：'看花都是白头人，爱惜风光爱惜身。到处百杯须满饮，果然四月有余春。枝头红影初离雨，扇底狂香欲拂尘。知道使君诗第一，明珠清玉比精神。'卢大喜，一座为之搁笔。"②金农在这次聚会中脱颖而出。《随园诗话》还记载一则陈文述因赋诗获团扇的故事："阮云台学士提学浙中，尝制团扇一柄，自写折枝于上，命多士咏之。钱塘诸生陈文杰赋《团扇词》一篇，末句云："歌得合欢词一曲，想教留赠合欢人。"③学士大加称赏，批其旁云："不知谁是合欢人？"即以团扇赠之。陈文杰便是陈文述。

袁枚《扬州转运卢雅雨先生招游虹桥集三贤祠赋诗》曰："非公扶大雅，我辈何由遭。""三贤在何处，一贤今在兹。""平山有时倾，此会无时忘。"④袁枚并没有游幕于卢见曾幕府内，只是参加过其间的聚会而已，但袁枚表达的正是幕宾的想法：若不是卢见曾提倡风雅，幕宾们怎能展露才华？卢见曾召集聚会是要纪念先贤，但先贤俱往矣，卢见曾才是当世之贤人。山川也会有倾倒的一天，这非凡的集会却永留心间。

二、唱和诗集叙录

目前流传的较为知名的幕府诗歌唱和集有《邗上题襟集》《乐游联唱集》《官阁消寒集》《晋砖酬唱录》等。

（一）《乐游联唱集》

署名毕沅，乾隆四十七年（1782）夏五月开雕，西安节署藏版。联句作者有毕沅、吴泰来、严长明、钱坫、洪亮吉、孙星衍。全集以联句的形式刊刻。

孙星衍《澄清堂诗稿卷下》中有《忽鼎歌毕中丞席上分赋》一诗，题下有注曰："诗本分赋，乐游集刊为联句。"⑤孙星衍在《乐游联唱集》中的联句正是这首诗。看来最初并非联句，而是在宴席上众人分韵赋诗，但在刊刻时编为了

---

① 萧瑟《布尔特曼和哈贝马斯》，《读书》1996 年第 10 期，页 46。
② （清）袁枚《随园诗话》，页 77—78。
③ 同上书，页 831。
④ （清）袁枚《小仓山房诗文集·诗集》，页 312—313。
⑤ （清）孙星衍《孙渊如先生全集》，页 397。

联句诗。联句诗比分韵赋诗更能显示出角才斗智的才华。

乐游即乐游原，乃一黄土台塬，位置在西安市南郊大雁塔东北部、曲江池北面。由于河流侵蚀而残留在渭河三级阶地上，形成了梁状高地。塬面长约4公里，宽200米～350米，高出两侧平地10米～20米，最高处海拔467米，登上它可望长安城。乐游原得名于汉代。因为风景秀丽，秦汉时代曲江池一带就颇负盛名。汉宣帝时，在此处建有乐游庙，以庙得名，此处被称为乐游原。乐游原是人们游玩的好去处。同时因为是高地，便于观览风光，文人墨客经常来此题诗吟咏。李白留下了《忆秦娥》：“乐游原上清秋节，咸阳古道音尘绝。”李商隐更有著名的《乐游原》诗：“向晚意不适，驱车登古原。夕阳无限好，只是近黄昏。”乐游原既有名胜古迹，又有历史文化的留存。毕沅任陕西巡抚，便经常与幕宾到乐游原上游玩。而题名为《乐游联唱集》，并非在乐游原上完成，更多的还是在毕沅的诗酒之会上完成的，但联唱内容都与乐游原有关。

杨芳灿序曰：

> 《乐游联唱集》者，我灵岩夫子与同幕诸公之所著也。夫子文章圭臬，神化丹青……乃若荣河九曲，龙门竹箭之波；神岳三峰，玉井莲花之掌。考遗经于太学，尚有残碑；寻故物于昭陵，惟余石马。温泉荒址，骊宫旧墟，韦曲风花，灞桥烟水，莫不陈之华简，纬以雄辞。今风古辙，当歌对酒之余；远迹崇情，范水模山之外。以至蠡钟篆鼎，断瓦零缣，品题华实之毛，搜罗水陆之产。如承天之识威斗，如文成之辨哑钟，可以补子云之《方言》，可以废郇公之《食宪》。探幽索隐，殚见洽闻；银涌而金鸣，鸾歌而凤舞。兰荃之气，同岑而共馨；甕㕒之珍，量谷而且溢。般垂齐巧，千寻构凌云之台；夔牙并时，九变叶咸池之奏。①

杨芳灿以华丽的骈文记述了毕沅幕府在乐游原诗酒唱和的情形。

《乐游联唱集》上卷为古体诗：华岳联句一百韵、龙门联句、昭陵石马联句、周忽鼎联句、集终南仙馆观董北苑潇湘图联句；下卷为近体诗：开成石经联句、华清宫故址联句、上巳前五日同人观桃杜曲联句、重修灞桥纪事联句、同人集环香吟阁分赋联句四首（秦阿房宫镜、汉未央宫瓦、隋兴国寺塔、唐景龙观钟）、石拱轩小集赋得关中食品联句八首（华山薯蓣、司马监笱、秦岭石发、沙苑蒺藜、南星驿酒、花马池盐、芦关黄羊、丙穴嘉鱼）。都是对乐游原上文物、山水、风景的歌咏。

---

① （清）毕沅《乐游联唱集》，乾隆四十七年（1782）刻本，经训堂丛书，页1。

（二）《官阁消寒集》

署名严长明，乾隆四十八年（1783）刊刻，实是毕沅幕府内的宾主唱和。王昶序曰："今来西安，道甫（严长明）侍读复示消寒之集，则分题门韵，略如予辈都下所为。盖河间中丞一时风雅，总持东南，宿望英才半在幕府，而竹屿舍人复主席关中书院，园林钟鼓，相与更唱迭和，故其工若此。夫西安四方冠盖所卫，节使之署，文武兼资，书疏填委，疑若京卿之清简，而乃能从容文酒，诗不拘体，体不拘格，往往驰骋上下，出怪奇以相角胜，殆少陵所云'游泳和气，声韵浸广者欤？'"①这样的消寒集有什么意义呢？"读是诗也，区寓之隆平，政事之易简，宾主之盛而能文，皆于此稔之。斯集虽小讵可忽诸？今者秋将中矣，或岁晚务闲，从中丞后与诸君子唱于唱喁，继京洛之旧游以续兹集，其事不尤可幸欤？时道甫以序见嘱，因为道遭际之盛，且寄示习庵于京师。"②正是为了昭示盛世隆平、政通人和、宾主多才的目的才刊刻这本唱和诗集。

全书只有四题诗，《十一月十七日集中丞静寄园登澄观台望终南积雪分韵》《二十六日集环香堂同赋庭中花木四首》《二十九日为苏文忠公生辰，中丞集同人设祀终南仙馆，赋诗纪事，即题陈洪绶画像之后》《二十四日集纸窗书屋，同赋岁事四律》，唱和者为毕沅、洪亮吉、吴泰来、王思济、朱璿、吴绍显等人。

（三）《晋砖酬唱录》

署名谢启昆，嘉庆二年（1797）刻。胡虔《晋砖酬唱诗序》曰："嘉庆丁巳三月，予于浙江藩署土中得之，拓其文于册，笔画古厚可爱，苏潭先生赋诗纪事，因识其后。"③钱泳在《履园丛话》中记载了这块砖的来历：

> （晋永平砖）嘉庆丁巳岁，南康谢蕴山先生为浙江布政使，辟东园屋，得永平砖八块，先生大喜，定为晋惠帝时物。遂名之曰八砖书舫，赋诗纪之，一时和者，至数十家。或以为明永平厂所造，非晋砖也。先生怒曰："尔辈嗜古家，每以穿凿附会为长，区区瓦砾，何足深究耶！"④

这是一则很有趣的材料。嘉庆二年，谢启昆至杭州任浙江布政使，在修筑院宇时得到八块古砖，谢启昆即定为晋惠帝时的砖，于是召集众幕宾吟咏这块古砖，主宾唱和，留下了《晋砖酬唱录》的唱和集。有喜欢考古的人认为此砖并非晋惠帝时的东西，而是明代的砖，谢启昆便十分生气，认为区区瓦砾

① （清）严长明《官阁消寒集》，页1b。

② 同上。

③ （清）谢启昆《晋砖酬唱诗》，清嘉庆二年刻本，页1a。

④ （清）钱泳《履园丛话》，页47。

不足深究。可见谢启昆在这里只是好古，寻找与宾客唱和的机会，对于这块砖到底是哪个年代的并不在意。对于破坏他雅致的人，便以怒气回报。

这部唱和集便是吟咏这块古砖的，除了有幕主谢启昆的诗之外，还有谢启昆的朋友阮元的诗，其余的便是幕宾张曾谊、张映玑、秦瀛、谢振定、侯凤苞、钱泳、王聘珍、王廉青的诗。对于谢启昆与众幕宾们来说，这块砖是明代的还是晋代的并不重要，它带来的风雅唱和才是主宾追求的结果。

三、《邗上题襟集》的结集与价值

乾嘉时期幕府内最为重要的一部唱和诗集便是曾燠幕府的《邗上题襟集》，乾嘉时期有名的文人几乎都参与其中，结集过程也非常复杂，有不同的版本，是乾嘉时期幕府内主宾唱和的最佳版本，也是窥看乾嘉时期幕府唱和的重要文献。

曾燠幕府最盛时期乃是其任两淮盐运使的十余年间，具体来说，就是乾隆五十八年(1793)至嘉庆十一年(1806)，《邗上题襟集》的刊刻与流传便是曾燠提倡风雅的最直接成果。郭麟《灵芬馆诗话》曰：“扬州自雅雨以后数十年来，金银气多，风雅道废，曾宾谷都转起而振之，筑题襟馆于署中，四方宾客，其从如云。今所传《邗上题襟集》是已。”①主宾唱和，结集为《邗上题襟集》。

王昶《湖海诗传》讲到曾燠的诗歌：“而擘纸挥毫，散华落藻，揽题襟馆诗两集，遂觉烟月争辉，江山生色。”②这里提到的“两集”，应是《邗上题襟集》和《邗上题襟续集》。《贩书偶记》载：“《邗上题襟集》一卷，《续集》一卷。南城曾燠辑。乾隆六十年(1795)至嘉庆二年(1797)两淮官署刊。”③王澄《扬州刻书考》记载：“《邗上题襟集》一卷，《续集》一卷，两淮盐运使曾燠辑。清乾隆六十年两淮盐运使刻本，《续集》嘉庆二年刻本。”④据目前的记载来看，似乎只有《邗上题襟集》和《续集》各一卷，但是法式善《陶庐杂录》卷三载：“《邗上题襟集》《续集》《后续集》无卷数，南城曾燠辑。始于乾隆癸丑，陆续付雕。皆其朋好唱酬赠答之作，颇称繁富。”⑤据法式善的记载是有《后续集》的，刊刻年代从乾隆癸丑(五十八年)已经开始了，而不是孙殿起、王澄所谓的乾隆六十年(1795)。《邗上题襟集》的版本及流传到底是怎样的呢？

---

① (清)郭麟《灵芬馆诗话》，页378。
② (清)王昶《湖海诗传》，页297。
③ 孙殿起《贩书偶记》，上海：上海古籍出版社，1999年，页532。
④ 王澄《扬州刻书考》，扬州：广陵书社，2003年，页73。
⑤ (清)法式善《陶庐杂录》，页84。

（一）版本叙录

所谓《邗上题襟集》，实际上包括《邗上题襟集》和《邗上题襟续集》（以下简称《续集》）。目前保留的版本有二册本和六册本的《邗上题襟集》，都包括《续集》。另有刊行的《邗上题襟集选》和《题襟馆消寒联句诗》。《邗上题襟集选》是对《邗上题襟集》和《续集》进行整合以后的选本，《题襟馆消寒联句诗》是曾燠与幕宾消寒会的联句诗，与《邗上题襟集》《续集》关系不大。这几个本子均为两淮官署藏版。

汪中《邗上题襟集序》曰："同时作者清思奋发，逸足争驰，曾不逾年，积而成帙，名曰《邗上题襟集》，取义柯古，惟其称也。"[①]序作于乾隆五十八年十月（1793）。根据现存的《邗上题襟集》，其中有胡翔云的《乙卯秋重赴维扬，复谒宾谷都转》，乙卯秋是在乾隆六十年，那么目前保留的《邗上题襟集》的刊刻时间应该不在乾隆五十八年，有两种可能：第一种，汪中作序的《邗上题襟集》乾隆五十八年已经编辑好，但没有刊刻，至乾隆六十年才刊刻，其中增添了一些诗歌；第二种，乾隆五十八年，汪中作序的《邗上题襟集》已经刊刻，但是今天见不到流传的本子了，今天保存的《邗上题襟集》是在原来的本子上增加或者删除了一些诗歌的。曾燠序《续集》曰："《题襟集》出越岁而赠答燕游之作又已成帙。……且不敢没诸家之美，故复梓是编而行之。"[②]曾序作于嘉庆二年（1797），"越岁"应该是一年多，可以确定《邗上题襟集》刊刻流传是在乾隆六十年，不在乾隆五十八年。《邗上题襟集》最后一首是李保泰的《读题襟集赋呈》，在《邗上题襟集》刊刻之前李保泰已经阅读过了。结合汪中的序，可以推测，在《邗上题襟集》刊刻之前，曾燠的宾朋中已有小范围流传，刊刻时增加了一些诗歌，例如一些歌咏《邗上题襟集》的诗歌。

在二册本《续集》中有法式善的《寄题邗上题襟集兼怀宾谷都转》、王友亮的《读邗上题襟、济上停云两集录寄宾谷都转》、陈廷庆的《八月朔夕读宾谷都转邗上题襟集中有七月七日与吴谷人先生、徐阆斋、吴退庵兰雪、詹石琴、陈理堂、胡香海宴集康山草堂古今各体诗，复阅汪容甫前序，不觉怅然于怀，因依近赠李观察对酒歌体寄呈，兼简味庄观察、起山孝廉》、余鹏年的《读邗上题襟集呈宾谷都转》、武燕亭的《读邗上题襟集赋呈宾谷都转》、赵翼、刘锡五的《读邗上题襟集奉简》、刘嗣绾的《读邗上题襟集遥寄宾谷先生》，显然他们已经见过《邗上题襟集》，可以肯定，在《续集》刊刻之前，《邗上题襟集》的单行本，已经有刊刻流传，但刊刻时间在乾隆六十年（1795），不是乾隆五十八年。

---

① （清）曾燠《邗上题襟集》，页1b。

② 同上书，页1a。

法式善所谓的“始于乾隆癸丑年，陆续付雕”，应该是创作时间开始于乾隆癸丑，而非刊刻时间。

目前留存下来的《邗上题襟集》和《续集》创作时间是乾隆五十八年(1793)七月至嘉庆二年(1797)冬天。章学诚跋六册本《续集》曰：“盖自乾隆癸丑下车至嘉庆丁巳五年之间”，[①]乾隆癸丑即乾隆五十八年，嘉庆丁巳即嘉庆二年。根据《邗上题襟集》第一首的《秋禊诗》及第二首《康山留客诗》中“七月七日”的字眼，可以肯定唱和时间开始于乾隆五十八年秋天，《扬州画舫录》卷七载：“乃以七月朔越三日，会宾客于邗水之上，秋禊是举……”[②]七月开始唱和。而根据《续集》中唱和诗歌的题目“丁巳秋”(丁巳，嘉庆二年)、“消寒会”等字眼可以确定结束于嘉庆二年冬天。

曾燠为二册本《续集》作序是在嘉庆二年四月，章学诚跋六册本《续集》在嘉庆二年九月。吴锡麒序《题襟馆联句诗》在嘉庆丁巳冬。《邗上题襟集选》二册，孙星衍序于嘉庆六年(1801)九月二十四日。这几个本子刊刻的时间先后应该为：乾隆六十年《邗上题襟集》—嘉庆二年四月前《续集》(二册本)至同年冬《续集》(六册本)—嘉庆二年冬《题襟馆联句诗》—嘉庆七年《邗上题襟集选》。

目前保留下来的刊刻本《邗上题襟集》《续集》是合编在一起的。在刊刻《续集》时，把《邗上题襟集》一起刊刻，合编在了一起。

(二) 二册本与六册本

二册本与六册本中，《邗上题襟集》的诗完全一样，《续集》则差别很大。二册本中下册是《续集》，只有六十一题，不包括六册本中五、六册两册的诗。六册本《续集》有一百一十九题。二册本《续集》第一首是《袁简斋前辈八十生日以诗为寿》，第二首是《西溪渔隐图为宾谷都转题》，六册本《续集》第一首是《西溪渔隐图为宾谷都转题》，第二首是《袁简斋前辈八十生日以诗为寿》。二册本中上册有汪中序于乾隆五十八年，下册有曾燠序于嘉庆二年。六册本除了有汪中序和曾燠序外，后有章学诚嘉庆二年九月的跋以及冯集梧的跋。

章学诚在《跋》中所谓“盖自乾隆癸丑下车至嘉庆丁巳五年之间”，显然是把《邗上题襟集》和《续集》作为一个整体来说的。《邗上题襟集》从诗歌的题目就能明显地看出时间，吴嵩梁《癸丑七夕前三日，自都门南归，道经扬州，将谒宾谷先生，以此诗奉柬》，癸丑是乾隆五十八年；曾廷枚《甲寅暮春将归里，留别侄宾谷》，甲寅即乾隆五十九年；胡翔云《乙卯秋重赴维扬，复谒宾谷都

---

① (清)曾燠《邗上题襟集》，页1a。

② (清)李斗《扬州画舫录》，页172。

转，未旬日，又归泾川，留句呈正，即用梦楼太史暮秋寄怀原韵》，乙卯即乾隆六十年(1795)；谢学崇作《乙卯秋从家大人过邗上呈宾谷夫子》，是乾隆六十年秋天。时间从乾隆五十八年秋到乾隆六十年秋天两年的时间。《扬州画舫录》卷七曰："癸丑秋，曾员外燠，转运两淮，修禊是园。……转运莅扬州，旦接宾客，夕诵文史，部分如流，觞咏多暇，著有《邗上题襟集》《秋禊诗》载其中。至于北郊诸名胜，转运燕游唱和，如《十一月望日黄建斋邀游平山堂，夜饮湖上，即席和韵奉答》《谷日蜀冈探梅，用昌黎人日城南登高韵》《康山留客》诸诗，皆传诵一时。"[①]除了《谷日蜀冈探梅，用昌黎人日城南登高韵》不见流传外，其余几首都在《邗上题襟集》中。《谷日蜀冈探梅，用昌黎人日城南登高韵》在流传中丢失或者在后来刊刻时换了题目。

二册本《续集》以《袁简斋前辈八十生日以诗为寿》开端，袁枚的八十岁生日在乾隆六十年三月二日，《秋湖觞芰诗》序中有嘉庆丁巳闰月，有蒋立中诗《丁巳秋至扬州谒都转年伯，留榻衙斋，感呈三首》，即1797年秋天。《邗上题襟集》和《续集》的创作时间是从乾隆五十八年秋到乾隆六十二年秋，但时间并不是连续的，而是交叉的，《续集》的唱和时间并非紧接着《邗上题襟集》，唱和的开始时间早于《邗上题襟集》结束的时间。

二册本《续集》中唱和赠答的作者与《邗上题襟集》大致相同，以詹肇堂、吴煊、胡森、蒲忭、郭堃这些人为主，二册本的《续集》中出现了蒋知让、何锦、吴鼒、黄郁章等一些新的作者，《邗上题襟集》中的吴锡麒、吴嵩梁、吴照、胡棠等重要作者则消失了。六册本的《续集》比二册本《续集》多出储润书、黄文旸、鲍之钟一些新人，吴嵩梁、吴照、胡棠再次成为重要的作者。由此可以看出曾燠幕府幕宾的流动情况，可以推测出二册本与六册本刊刻的时间非常接近。六册本《续集》多出的五十八题中，有秋湖觞芰会和六次消寒会的唱和之作，有《舍利》和《吴白庵邓尉探梅图》的咏物之作，唱和人数很多，是重要的唱和之作。

《题襟馆联句诗》一册，十八首。有吴锡麒序于嘉庆丁巳冬，后有吴鼒序。前十七首的联句者为：曾燠、吴鼒、蒋知让、胡森、吴嵩梁、黄郁章、詹肇堂、陈燮、郭堃、俞国鉴、何锦、张彭年，最后一首是王昶、陈廷庆、杨之灏、吴煊、王蔚宗、蒋征蔚。十八首基本上全是咏物：浮山禹庙、梁天监铜造像、射策、食全羊、京口三山、火浣布等。根据联句作者和吴锡麒作序的时间可以推测《题襟馆联句诗》是六册本《续集》中几次消寒会的产物。

① (清)李斗《扬州画舫录》，页172—173。

（三）《邗上题襟集选》

《邗上题襟集选》二册，是孙星衍对《邗上题襟集》和《续集》做的节选本，序于嘉庆六年(1802)九月二十四日，书中有孙星衍对诗歌的评点。《邗上题襟集选》中一些诗是在六册本《续集》刊刻之后写的，其中胡森的《曾大夫邗上题襟馆旧有铁箫一枝，嘉庆戊午六月，予从扬州市买得宋代瓷箫，辄送馆中，效元人顾仲瑛以玉鸾配杨铁崖龙故事，主客并纪以诗》，其中嘉庆戊午是嘉庆三年，六册本的《续集》嘉庆二年已经刊刻流传了。

法式善《陶庐杂录》曰："《邗上题襟集》《续集》《后续集》无卷数，南城曾燠辑。始于乾隆癸丑年，陆续付雕。皆其朋好唱酬赠答之作，颇称繁富。"①根据目前保留下来的六册本来看，看不到《后续集》，《邗上题襟集》和《续集》的卷数可以确定，应该是《后续集》没有卷数。可以肯定，在《邗上题襟集》《续集》后，曾燠幕府还刊刻过《后续集》，《后续集》在流传中丢失了。要不然《邗上题襟集选》中的那些诗无从解释。法式善和曾燠交往密切，在《存素堂诗初集录存》中多有与曾燠相互赠答的诗歌，如《寄曾宾谷》《赠曾宾谷运使》等。嘉庆元年法式善作《曾宾谷运使寄邗上题襟集至》，此时收到的诗集是《邗上题襟集》，不包括续集。法式善在嘉庆四年作《宾谷运使既和西涯图诗，并示邗上题襟诸集跋后》里面提到的是"诸集"，不是两集。嘉庆六年法式善作《秦良玉锦袍歌》，这是曾燠和幕宾在嘉庆元年至二年间唱和过的题目。在现存的《续集》中也存有法式善的诗：《寄题邗上题襟集兼怀宾谷都转》《寄题西溪渔隐图》《宾谷先生以六月二十一日集平山堂为欧阳文忠公设祀赋诗，甚盛举也，率赋二律奉寄》，法式善见过《后续集》应该实有其事。王昶为《湖海诗传》作序是"嘉庆癸亥中秋"，即嘉庆八年，他提到的是"两集"，可见他没有看到《后续集》。

《邗上题襟集选》对《邗上题襟集》和六册本《续集》及《后续集》进行了整合、编选，比如《题宾谷先生西溪渔隐图》，《邗上题襟集》中有王文治、袁枚、詹肇堂、徐嵩、吴嵩梁、汪中、胡棠、乐宫谱、胡森九人的诗，六册本《续集》中《西溪渔隐图为宾谷都转题》有陈奉兹、蒋知让二人，《西溪渔隐图为宾谷都转题》杨伦一人，《题宾谷先生西溪渔隐图》吴鼒一人，《邗上题襟集选》选了王文治、徐嵩、吴嵩梁、陈奉兹、杨伦、吴鼒六人的诗。其中所选二册、六册本中没有的诗，应当是六册本《续集》刊刻后诸人的唱和诗，如《康山草堂听姚芗汀弹琵琶歌》，有曾燠、吴锡麒、蒋知让、詹肇堂、张彭年、何锦六人，《绩女祠》有曾燠、詹肇堂、蒋知让、俞国鉴、蒋征蔚六人，增加了蒋征蔚，之前的集子里没有出现过

① (清)法式善《陶庐杂录》，页84。

这个人，只在《题襟馆联句诗》里出现过一次，唱和的幕宾没有大的变动，但是《邗上题襟集选》中有新增的郭琦、阮元、金学莲的诗作。

孙星衍的评语都比较简单、概括，比如“工切”“兴会淋漓”“超脱”“蕴藉”“挺拔”“跌宕”“华妙”“鲜新”“秀韵”“笔势苍莽”“浑脱”“婉妙”“气遒骨劲”等用语。对曾燠的诗则评价为像老杜，评《人日游焦山诗》“雄阔而深细，非老杜不办”，评《题退庵忆别图》有“中唐风格”，评《长至后四日题襟馆消寒小饮》“真情真气，不徒貌袭少陵”，评《安东渡河有感》“合杜陵次山为一手”。孙星衍很能把握住曾燠诗歌的特点，如评《题宫娥乞巧图》“细丽雅与题称”，《新雁》“深情绵缈而气格甚遒”，《送退庵之粤西》“气遒骨劲”，《简斋前辈赠所藏文信国公绿端蝉腹砚，赋谢四十四韵》“此诗纯用中锋，详而不冗，直而不平，放得步开，把得滑定”。评价颇中肯綮。

曾燠是幕主，《邗上题襟集选》选曾燠的诗较多无可厚非，但只要众人唱和的诗，有吴嵩梁在，必选吴嵩梁，可见孙星衍对吴嵩梁诗的偏爱，也可知当时吴嵩梁诗作的影响之大。

（四）《邗上题襟集》唱和的内容

从《邗上题襟集》及《续集》中能够看出幕主曾燠与幕宾的日常生活、娱乐情况，能了解到幕府内风雅唱和的细节。

唱和诗大体分这么几类：第一类，聚会游玩的诗。曾燠招饮，宾客当场赋诗；游山玩水，归后作诗唱和；尤其是冬天会举行几次消寒会，在欧阳修、苏东坡的祭日也召集众人作诗纪念。这类诗有《秋禊诗》《十二月十九日致祭坡公作》《正月二十五日梅花岭作》《游慧山饮第二泉有感》《人日游焦山诗》《三月二十九日邀客筱园看芍药》《花朝前二日宾谷先生招饮题襟馆》《秋湖觞芰诗》《宾谷夫子招集题襟馆看菊》《题襟馆种梅名以其姓为韵消寒第一集》等。第二类是咏物诗。主宾总是寻找作诗唱和的契机，所以唱和诗中咏物诗最多。所咏之物种类繁多，有曾燠所藏的古玩、众人不常见的东西，如《银槎诗》《赵忠毅公铁如意歌》《镜中鱼鸟歌咏西洋玻璃器》《舍利》；有咏画图的，如《题宾谷先生西溪渔隐图》《汪梅村访道图》《题周文矩明皇击梧图》《题黄贳生虹桥泛月图》《题宫娥乞巧图》《简斋太史属题十三女弟子西湖受业图》《题顾宏中画韩熙载夜宴图》《吴白庵邓尉探梅图》等；有咏自然景物的，如《白莲诗》《寒月》《黄叶》《新雁》等；有咏古迹的，如《宝应县景贤书院诗二十韵》《梁溪诗冢》《吕母冢》《蟂矶灵泽夫人祠》《绩女祠》。第三类是纪事诗。和咏物诗一样，纪事诗也是寻找作诗的契机，记录幕府内发生的事情，或是对一些事情有所感触。如《送黄贳生北上公车》《康山留客诗》《十一月望日，黄立之邀游平山堂，夜饮湖上，即席有作，并柬宾谷运使》《送退庵之粤西》《宾谷先生筑题襟馆成，赋诗纪事》《种竹》《都转戒作诗》《康山草堂听姚芗汀弹琵琶歌》《聘鹤篇》等。

另外一类很重要的唱和诗是相互赠答的诗，有幕宾之间的，如胡森的《赠何岂匏》，蒋知让、陈燮的《苦荼僧诗赠吴竹虚》等。最多的还是曾燠与幕宾的酬赠之作。如陈燮、汪溥的《呈宾谷先生》，储润书、蒋因培、蒋知让、吴鼒的《呈宾谷都转》，陈燮、汪庚、蒋坦、杨伦、胡棠的《题襟馆四章呈宾谷先生》，韩袭祥、顾仙根的《呈都转宾谷先生》，吴照的《宾谷先生辱题小像次韵奉答》《宾谷先生枉驾寓斋赋诗奉呈》等六首，吴嵩梁的《寄怀宾谷先生》等六首，蒋知让的《次韵酬宾谷先生》等五首，蒲忭的《景贤楼下榻呈宾谷先生》等三首，王文治的《同谢芗泉漕使游焦山，有怀宾谷都转，即次拟游焦山不果，来韵奉寄》等三首，胡森的《江上寄怀宾谷都转》等四首，王友亮的《宾谷都转招饮赋谢》等三首，曾廷枚的《甲寅暮春将归里，留别侄宾谷》等三首，胡翔云的《留别宾谷都转》等二首，另有陈廷庆、张涛、汤藩、谢学崇、周厚辕、李保泰、钱楷、武燕亭、王昶、黄郁章、史善长、詹肇堂、法式善、吴煊、何锦、吴鼒、袁枚、胡棠、贾崧、蒋立中、刘嗣绾等人和曾燠的赠答诗。这些作者中袁枚、法式善是曾燠的朋友，曾廷枚是曾燠的叔父，其余均为幕客。游幕文人的心态在这些投赠诗中流露出来，他们哀叹自己的怀才不遇，渴望知音，希望得到曾燠的赏识，也由衷地抒发对曾燠知己之情的感激。可见曾燠与游幕文人之间并非主奴关系，他们还建立了一种超越宾主的朋友和知己的关系。

因为投赠诗多，曾燠回赠的诗也就多，《酬蒋伯生》《赠尤荫》《赠章实斋》《寄题法梧门祭酒诗龛图》等，这些诗大多是题图、赠答、次韵，属于交游诗，能够了解到曾燠的交游情况。也有一些非酬赠的诗，如《重过白沙翠竹江村》《题句曲女史佩兰图》《安东渡河有感》《郁州山吟》《九龙涧古松》等。《邗上题襟集》《续集》《邗上题襟集选》中的一些诗歌也出现在曾燠的《赏雨茅屋诗集》中。

在曾燠之后，扬州题襟馆的诗酒唱和仍不曾间断，后来的淮南书局刻有《题襟馆唱和集》，晚清营业书目中有《题襟馆唱和集》，高雄图书馆现在藏有《题襟馆消夏唱和集》，但这几个集子已经与曾燠幕府无关了。

第三章　文人游幕与诗歌创作

张九钺《健松草堂诗钞序》以自身经历说明了游幕文人在诗歌创作方面奇才之多：

> 余尝谓古今人才多出幕府，自应、刘、陈、阮后，颜、谢、鲍、庾，唐之少陵、义山、牧之，宋之欧阳、苏、陆，其尤著者。士抱不世才奇于数，既不能屈首场屋，就有司绳尺，又不甘槁项黄馘，抱一经死牖下，于是旅食四方，借笺奏牍檄以抒其汲古经世之志。而生平沉郁苍凉之气，则时时跌宕于诗歌。余往来南北幕府三十余年，见奇才恒夥，益自信此言为至论。[①]

诗文写作是游幕文人必备的能力之一，幕府内浓郁的文化氛围又刺激他们发展自己诗文写作的潜力，平生不平、苍凉之气，增加了诗歌的深度与韵味。幕府成为文人诗词文赋写作的自由竞技场，诗文才能又反过来增加了文人的优越感与知名度。他们的得意与无奈，浮躁与孤独，辛酸抑或欢愉的心影历程在诗歌中呈现出来。

第一节　雅集宴饮诗

雅集宴饮的最佳状态，便是凉月好风的天气，志同道合的酒友，谈笑风生的氛围。或对月赏景，或品茗观书，或文酒相聚，或闲坐清谈，其时最好的娱乐项目便是诗歌。王昶《馆阁消寒集序》曰："良以予辈遭际升平，故得从容退食，以文墨相娱戏。"[②]幕府内的雅集宴饮不仅与节令、礼俗等相关，也是日常生活的一部分。

雅集宴饮参与人数少则三五人，多则几十人。王昶《官阁消寒集序》曰："曾自七八人至二十余人，诗自古今体至联句诗。"[③]也有卢见曾虹桥修禊唱和者达七千余人的，但较为少见。宴集的时间有固定的，如节假日、欧阳修和苏轼生辰忌日、消寒消夏等。卢见曾、毕沅、曾燠等人的幕府在欧阳修、苏轼

---

① （清）张九钺《陶园文集》，道光七年（1827）刻本，页 8b。

② （清）严长明《官阁消寒集》，页 1。

③ 同上。

的生辰都要举行纪念活动，消寒消夏更是常见。洪亮吉的《官阁围炉集》中从消寒一集到消寒九集。更多的雅集宴饮是偶发的，方正澍《子云诗集》中有《秋日喜竹屿先生至大梁，弇山夫子招集嵩阳吟馆，联句并寄述庵先生，即用其送行诗韵》，是因为新的幕宾到毕沅幕府中来，大家聚会联句。毕沅《灵岩山馆诗集》中《终南仙馆丛菊盛开，邀冬友、竹屿、友竹、石亭、献之宴集》，毕沅招集幕宾雅集是因为菊花盛开。曾燠与幕宾同作《三朵花词》，是因为筱园芍药有一茎三朵之瑞。《邗上题襟集选》中曾燠与众人同作《聘鹤篇》《寓鹤篇》，则是因为题襟馆内所养之仙鹤与扬州另外一处的仙鹤结成了伴侣，于是众人以之风雅娱乐。也有幕主的生日、得一字画、游玩、遇到新鲜事等契机，幕主幕宾便雅集唱和。比如阮元得陶陵鼎，送置焦山，于是邀众幕宾赋诗唱和。固定的雅集唱和固然不少，而空闲时刻偶发的雅集在幕府内更是常态。

宴饮赋诗自然少不了美酒佳肴、丝竹管弦。吴锡麒《康山草堂听姚生弹琵琶歌，同曾宾谷、陈理堂、黄相圃、蒋师退、詹石琴、胡香海、张又镬、何岂匏、徐阆斋、家兰雪作》：“此堂自昔宾客多，此堂惯听琵琶歌。”“曲终一吸三百觥，大笑文士徒虚名。”[①]毕沅幕府祭祀苏轼时，自制迎神送神之曲，令伶人吹玉箫铁笛演奏。但综观幕府内的宴饮，虽有乐，却没有舞，也很少见到宴饮场面上的其他游戏活动，比如射覆、博弈等。这些雅集活动可以说大多就是文字宴会，最主要的娱乐便是赋诗。也偶见有召妓的，乐钧《六月廿一日，小石上人招同诸公于平山堂为欧阳文忠公作生日，余以苦热不往，为补此诗寄答小石兼柬诸公》：“宴客有花复有妓，风流太守欧阳公。”[②]表面上说的是欧阳修，应该也是他们雅集的情境。吴锡麒《游真州西溪诗序》记述曾燠举行宴会的情景：“时嘉庆丁巳七夕后一日也。夫妙妓传花之乐，羽衣吹笛之欢，并皆政事余闲，风流相赏。”[③]妙妓传花，羽衣吹笛，热闹非凡，但在唱和诗歌中这种现象极为少见。也许是一种常态，文人写作时把它忽略掉了。更可能的是众多文人聚会，只以文字斗智。

一、创作形式

聚会赋诗往往是即席赋诗，同题共作。相同的题目，有分韵、不限韵赋诗、次韵和诗、分字赋诗、联句诗。近似于文字游戏，多是为了怡情悦志。

最常见的是分韵、分字赋诗。毕沅《灵岩山人诗集》中有《邀友人石湖看荷花，分得杯字》，即以“杯”字为韵。曾燠幕府的《题襟馆种梅各以其姓为韵

---

① (清)吴锡麒《有正味斋诗集》，清嘉庆十三年(1808)刻本，页4a。

② (清)乐钧《青芝山馆诗集》，页592。

③ (清)吴锡麒《有正味斋骈体文》，清嘉庆十三年刻本，页9a。

消寒第一集》中，举行消寒会，即以各自姓氏为韵分韵赋诗。有时候以两句诗来分韵的，例如《长至后四日题襟馆消寒小饮会者十四人以“刺绣五纹添弱线，吹葭六琯动飞灰”一联分韵》，十四人各得一字为韵，从立意、选韵两方面对诗歌进行限制。也有时候大家用同一个韵，如程晋芳《勉行堂诗集》中载卢见曾招集看花的《转运使雅雨先生招集三贤祠看桂花同限秋字》，朱筠招饮的《四月十三日笥河太史招同人吕氏宅观古藤，归饮撷英书屋，同用三字》，乐钧《青芝山馆诗集》中的《东坡先生生日，宾谷都转以异石作供，同用坡集中〈仇池石〉韵》。分字赋诗，则所赋内容不同，《邗上题襟集》中记载曾燠幕府的两次消寒会，《消寒会分赋》：曾燠得泛雪、雪桥，王文治得酿雪、雪海，詹肇堂得咏雪、雪塞，陈燮得留雪、雪圃，张彭年得扫雪、雪林，元松崖得雪堠，蒲忭得雪岑，黄道开得雪江，胡森得望雪，程甸堂得雪村，继昌得雪蓬，郭堃得听雪。《消寒分咏》：曾燠得煨芋，詹肇堂得醉蟹，郭堃得冬笋，张彭年得腌菹，俞国鉴得乳酥，何锦得冻腐。各自根据所分得的字来赋写相应的内容。

不限韵赋诗也很常见。即席之作，题目相同，不限韵脚，自由书写。曾燠幕府雅集极多，唱和集中多有不限韵之作。乾隆五十八年(1793)，曾燠召集众人在扬州南园举行“九峰园秋禊”，场面宏大隆重，但唱和诗却同题不限韵。相较于分韵、分字、次韵，不限韵赋诗自由度较大，便于即席之作，也能更好地展示才情。

次韵和诗往往是幕主先赋诗，众幕宾次韵和之。卢见曾举行虹桥修禊，便是卢见曾作诗，众人次韵，得七千余首诗。程晋芳《勉行堂诗集》中有《次韵笥河学士同人陶然亭对雪，过余寓斋小饮作》，乐钧《青芝山馆诗集》中有《三月三日虹桥修禊，宾谷都转用前韵示同座诸公，次韵奉呈》。《邗上题襟集》中载有《宾谷都转示瓜洲大观楼记所见诗，次韵奉呈》，是曾燠出示自己的诗作，幕宾次韵和作。也有幕宾作诗，幕主与其他幕宾次韵和之的。如《邗上题襟集》中就载有曾燠、王文治、詹肇堂三人的《次韵答快亭》，快亭即幕宾蒲忭。

联句诗含有角采斗智的情趣，在幕府内很受欢迎。幕府内的联句诗多是跨句联：一人出上句，第二人作第二、三句，第三人对第四、五句，循环往复，又叫作“辘轳体”。在有限的时间内，特定的场合，根据题旨，每人一句或几句地凑成一首诗。接力赛似的一棒棒传下去，带有竞赛的意味。接力者需要先弄懂他人写的上句，然后根据上句的意思完成一个对偶句的下句，并且要使句意完整，还要写出下一个对偶句的出句，让下一位接力者来完成对句。一般是幕主出上句，幕宾作第二、三句，下面的幕宾对第四、五句，另一个幕宾对第六、七句，依此类推，联句有的多达几百句。阮元《小沧浪笔谈》载：“山左地土高燥，不宜种梅。曹州人间有养成者，多以编柏护花，名曰柏墙；予与江定甫、焦里堂在临清试院，曾赋盆梅联句云……。”①《焦循年谱新编》：“嘉庆元年(1796)三十四岁。正月人日，浙江学署同人射鹄子于西园，即事联句。”②洪亮吉《卷施阁诗》中存有《集终南仙馆观董北苑潇湘图卷联句》，是洪亮吉在毕沅幕府内与幕主毕沅及幕宾吴泰来、严长明、钱坫、孙星衍联句所得。《邗上题襟集》中有《古赤刀联句》，另有《题襟馆消寒联句诗》，毕沅幕府有《乐游联唱集》。杨芳灿《乐游联唱集序》曰：“以至蠡钟、篆鼎、断瓦零嫌，品题华实之毛，搜罗水陆之广……。”③这固然是在陕西乐游原上的活动，但联句诗未必有这么多的内容，更多的时候联句诗表达的内容与主题没有大的关系。作联句诗时大家注意的是用韵的规范和诗歌的韵味，不管是乐游原的山水还是断瓦篆鼎，他们只是联句的一个契机。风雅的氛围和诗歌的韵味才是他们追求的东西。联句诗比次韵更加刺激，对作者的才学、功力都是一种考验，成为幕府内文人打发时光、逞才斗智的最佳选择。

不管何种形式的赋诗，总会有一些好诗流传下来。雅集宴饮提供了文人们争巧求奇的动力，正如吴锡麒《题襟馆联句诗叙》说到宾主间同题酬唱：“千言互洒，一字争功”，“可谓勾心斗角，剖毫析厘者。”④雅集唱和中的诗歌，尤其是联句诗属于众人集体创作，但展现的是个人才华，却不是集体的智慧，在相对轻松自由的氛围中提高了诗歌写作的技巧。但作者众多，内容更是难求同一，一些即景之作流于应酬，语意重复，无甚新意，更有甚者沦为文字游戏。但不管何种形式，赋诗的过程总是快乐的，在写的过程中，他们已经达到了以诗歌相娱的目的。

二、题材内容

就题材来说，雅集与宴会诗歌具有鲜明的日常性，游览、品茶、赏花、闲坐、饯别等等。在特定的较隆重的聚会场合，有时候会限定某一特定题材，例如咏画、咏某一物件、咏某一事件、咏某一人物等等。但更多的时候是随意的聚会，要寻找写诗的契机，如赏花、赠别等。《邗上题襟集》中有《宾谷夫子招集题襟馆看菊》，《官阁消寒集》中有《二十六日集环香堂同赋庭中花木四首》，王又曾《丁辛老屋集》中有《卢雅雨招同鞠未峰、蒋春农、金棕亭、家孟亭集筱园看芍药，即席送未峰游楚》，吴锡麒《有正味斋诗集》中有《七月七日宾谷都转招同徐阆斋、詹石琴、陈理堂、胡香海、家退庵、兰雪集康山草堂饯余还京

① (清)阮元《小沧浪笔谈》，北京：中华书局，1985年，页108。

② 赖贵三《焦循年谱新编》，页126。

③ (清)毕沅《乐游联唱集》，页1a。

④ (清)曾燠《题襟馆联句诗》，两淮盐署藏板，清嘉庆间(1796—1820)刻本，页1a。

师，用其赠别原韵》。从题材能看出雅集宴饮是幕府生活的一种常态，诗歌作为茶余饭后的调剂给沉闷的生活带来刺激与娱乐，一次次的雅集宴饮又反过来催生了诗歌的日常性。

咏物历来就是唱和诗词热衷的题材，幕府内的雅集宴饮更是将咏物这一题材发挥到极致。洪亮吉《卷施阁诗》卷四中有《周忽鼎联句》，由毕沅、洪亮吉、孙星衍、吴泰来、严长明共同所作；《开成石经联句》则由毕沅、钱坫、洪亮吉、严长明、张复纯、孙星衍所作。《邗上题襟集》中有曾燠与幕宾唱和的《银槎诗》《西溪渔隐图》《古赤刀联句》《赵忠毅公铁如意歌》《镜中鱼鸟歌咏西洋玻璃器》《舍利》《白莲诗》《寒月》《黄叶》《新雁》等。物品有古玩、图画、自然景物、古迹等。陆继辂《崇百药斋文集》卷二《定香集》中有在阮元幕府唱和的《咏秋桑和阮侍郎师》《鸳鸯湖和阮侍郎》等诗歌。幕府内每年举行的修禊和消寒会，吟咏所赋也是咏物诗居多，借物品来寻找吟诗唱和的契机。例如在曾燠幕府内，以赏物而宴集的就有《赵忠毅公铁如意歌》《简斋前辈赠所藏文信国公绿端蝉腹砚赋谢四十四韵》《银槎歌》《镜中鱼鸟歌咏西洋玻璃器》等。在诗歌中，物的存在成为生命的一种刻度与一种深度的记载，不同的时光、不同的心境被记录下来。琴棋书画、奇石古玩、日月风光记录了幕府中的闲暇时光，品酒烹茶、谈禅说理，彰显着一种文人趣味。物作为文人士大夫生活的背景而存在，浸润着文明滋养的美感。闲散时光中，青瓷白釉，土木竹石，花鸟鱼虫，悠远绵长，生生不息。对所咏之物的选择显示着优雅而有情趣的生活。

雅集宴饮诗有对雅集宴饮盛况的描绘，有对欢乐时光的眷恋，有对幕主的赞扬，也时时流露出自我的优越感。沈廷芳《虹桥修禊诗次卢抱孙运使韵四首》："轩开名士宜游历，诗入浓春惬倡酬。壁有纱笼应感旧，渔洋韵事喜重头。"[①]金兆燕《又次卢雅雨都转虹桥修禊韵四首》："花光夹岸拥仙舟，觞咏良辰竞逗留。一自江滨开郑驿，顿令海内识荆州。清樽到处金衣劝，好句成时锦篹酬。莫怪画桡喧极浦，风流都转作遨头。"[②]这是虹桥修禊的盛况。吴锡麒《曾宾谷都转(燠)招游湖上》记叙与曾燠和同仁游玩的快乐："清气今朝满薜萝，鸥凫如迓使君过。冶春未换诗人局，明月先催水调歌。画许卧游摇艇入，山容平视隔江多。欧苏一例同民乐，莫负东风避绮罗。"[③]吴照《黄立之邀游平山堂，夜饮湖上，戏柬宾谷运使》："蜀冈爱有先贤迹，邗上欢逢我里亲。"

① (清)沈廷芳《隐拙斋集》，清乾隆二十二年(1757)则经堂刻本，页8a。
② (清)金兆燕《国子先生全集》，页216。
③ (清)吴锡麒《有正味斋诗集》，页1b。

“今日醉翁年更少，江山重见咏歌新。”[①]叙写主宾聚会的相得与幕主曾燠的雅兴。焦循《云台学使招同马秋药比部、徐惕庵太守、颜连生教授、孙莲水、江定甫两文学小沧浪亭雅集》：“荻肥船路狭，柳静马声遥。”“还家话晨夕，盛事耀江乡。”[②]有对聚会时环境画面的诗意描绘，也有对阮元风雅之举将传为佳话的赞扬。

《邗上题襟集》中有一首《秋禊诗》，共有八人共同唱和赋诗，幕主曾燠及幕宾徐嵩、詹肇堂、吴锡麒、吴煊、吴嵩梁、胡森、吴照。曾燠首先作序，阐明秋禊的时间和目的：“乃以七月朔越三日，会宾客于邗水之上，秋禊是举。”并率先作诗：

> 昨得兰亭春禊砚，便思招客兰亭游。
> 兰亭去此一千里，春禊故事知谁修。
> 扬州虹桥亦名胜，冶春词句今传讴。
> 渔洋遗韵继者少，百有余岁空悠悠。
> 今年三月动佳兴，颇乏知己相赓酬。
> 曷来名士少长集，江天雨霁开凉秋。[③]

开篇表明追随兰亭修禊的风雅情怀和遇见知己难得长集的愉悦心情，吴锡麒的诗重在写景。“昔贤属春日，千载兹安命。重阴开木末，送此孤云飞。既妙天机托，安见商节非。觞咏落今日，修竹弥依依。”[④]吴煊作诗表达此会将传播久远：

> 紫云一片黑光腻，制文恰写兰亭字。
> 峰连者峄独者蜀，主人染翰面如玉。
> 水边千朵万朵莲，岩畔一丛两丛竹。
> 人言此会仿永和，但得其意乐亦多。
> 古来贤者举动必传播，即如魏公芍药永叔荷。
> 会逢其适宁知他，禊取祓濯秋亦可。
> 秋月澹澹秋无波，吾曹可以为君歌，主人颜开欢曰诺。[⑤]

詹肇堂《秋禊诗》则表达出对主宾名声永久传播而不朽的期许：

---

① (清)吴照《听雨斋诗集》，《清代诗文集汇编》440册，页52。
② (清)焦循《焦循诗文集》，页70。
③ (清)曾燠《邗上题襟集》，页1b。
④ 同上书，页2a。
⑤ 同上书，页2a—2b。

兰亭之人今邈矣，续会兰亭效颦耳。
秋禊古来无传人，可传之人自公始。
公新得砚何处洗，扬州城南砚池水。
……
明日城中传盛事，招得一群诗酒仙。
先生此会垂永久，客亦附公期不朽。
羊刘如我亦成诗，却胜兰亭多罚酒。①

有盛会将传遍扬州城的骄傲，有对宾主将名声流传的期许，还有得予此盛会的优越感。徐嵩的《秋禊》诗歌颂曾燠："知君今年三十四，右军修禊三十三。公长一岁应兄事，前日公携春禊砚。新诗扬州忽传遍，今朝又作秋禊会。"②可以得知，在举行秋禊会之前，曾燠还组织过春禊会，并且春禊所作的诗已经传遍扬州，诗人之作固然有夸张成分，但此集会的目的在于传播主宾的诗歌文字却是达成共识的。

围绕秋禊，诗歌不限韵，幕宾们自由发挥，选取不同角度，各有侧重，抒发的情感相近却又不同，虽多应景之意，但也不乏自我的本色。能够看出，幕宾们把赞扬曾燠的风雅作为主题，秋禊的景色、情状都是为衬托曾燠的风雅而存在。而且把曾燠举行的秋禊和东晋永和九年(353)王羲之参加的兰亭修禊相比较，赞扬曾燠的风雅有过之而无不及，甚至认为曾燠所作的序比王羲之的《兰亭集序》还要好。果真如此吗？显然不是。比起王羲之《兰亭集序》对生命的思索，对人事的解悟，曾燠的序简单而苍白。七月三日举行秋禊之后，七月七日又送别几位幕宾，举行康山宴会，大家同赋《康山留客诗》。曾燠序曰："七月七日同吴谷人、徐阆斋、吴退庵、兰雪、詹石琴、陈理堂、胡香海宴集康山草堂，时谷人先生将入都，阆斋适武昌，退庵、兰雪拟归里，而香海有真州之行。"③曾燠开头，以诗留客，表达离别的惆怅心情，将要离别的宾客当然会表达对曾燠的感激和不想离开的情绪，吴锡麒作诗："主人送客且留客，骊歌未唱情拳拳。"④"江山宾主如此少，令我欲去仍留连。"⑤徐嵩曰："前人送客公留客，客有远行行不得。"⑥陈燮曰："公才磊落今南丰，量珠束雪双旌红。"⑦詹

---

① (清)詹肇堂《心安隐室诗集》，页 607。
② (清)曾燠《邗上题襟集》，页 3b。
③ 同上书，页 5b。
④ 同上。
⑤ 同上书，页 6a。
⑥ 同上书，页 6b。
⑦ 同上书，页 5b。

肇堂曰:“命酒高朋饮,传笺上客才。”[①]吴煊曰:“商量纵仿溪山好,难写当筵离别情。”[②]吴嵩梁曰:“曾公倜傥公后身,酷爱名山比名士。扬州无数好园林,跌宕此中须我辈。”[③]与其说是离别,不如说是借离别表达对幕主的感激和赞扬幕主的品德。藉着离别,在表达悲伤的同时,也是一次展现诗才的机会。

聚会的喧嚣与欢乐也让人想象到众人散去的冷清与孤独,诗歌中便也不断呈现出人生感慨。焦循《乙卯闰二月三日小沧浪亭修禊》:“盛会值孙谢,风咏追沂雩。聚散岂有常,及时宜嬉娱。”[④]人生聚散无常,要及时行乐。黄景仁则在宴饮中抒发自己无尽的感伤。《三月十三日沈既堂先生座中十二人合年五百岁分韵得少字》有对幕主“系惟主人贤,高义云日皦”的歌颂,也有对自己“我辈客天涯,聚散枝上鸟”的感慨。[⑤] 黄景仁在朱筠幕府作有《乙未除夕前五日笥河先生偕集陶然亭分韵得影字》,在热闹的宴集中却感叹:“裹身热尘中,百法不化冷。”[⑥]雅集宴饮诗中,黄景仁也叙写聚会的繁华奢丽,也奉承幕主的风雅之举,如在王昶幕府作有《王述庵先生招集蒲褐山房观刘贯道兰亭褉饮图作歌》,赞颂王昶“永和觞咏谁能继?蒲褐山房夜高会”[⑦]。在程世淳幕府作《雪中饮四照楼即席呈程端立学政》:“斯游直可韵千古,暖寒会上真儿嬉。明朝定发郢中唱,敢以寸铁当雄师。”[⑧]也是对幕主风雅之举的奉承,但他总能将自己的身世之感一并融入其中。有对宴集繁华的沉迷,也有沉迷醒来的悲伤。有对幕主的奉承,也有对自己的哀叹。《十六夜宴沈太平座即呈同座诸子》:“清江月出管弦愁,刺史华宴最上头。一串歌珠圆可拾,几堆香雾漫难收。天涯我辈同欢笑,明日浮云有去留。谁向此时弹别曲,一声河汉泪先流。”[⑨]由宴会的热闹繁华过渡到自己的伤感,在热闹中感叹自己的身世飘零。《十四夜宴程澄江学使者座》:“但使人生皆此夜,不知何处是它乡。”“此间行乐岂欢所,且开笑口呼杯来。答刺稜登一声歇,楼前惟有茫茫月。”[⑩]很有李白《将进酒》的味道,喧闹的场所,举杯唤友的应酬,而喧嚣的间歇却让

① (清)曾燠《邗上题襟集》,页 7a。
② 同上书,页 7b。
③ 同上书,页 8a。
④ (清)焦循《焦循诗文集》,页 39。
⑤ (清)黄景仁《两当轩集》,页 253。
⑥ 同上书,页 288。
⑦ 同上书,页 332。
⑧ 同上书,页 369。
⑨ 同上书,页 88。
⑩ 同上书,页 364。

诗人清醒地感受到了永恒的孤独，一切都将散去，唯余茫茫的月光陪伴着失落的自己。这是热闹尽兴中刹那间的一个冷战，是带着优越感行乐时猛然间对自己尴尬处境的觉察与体认。

雅集宴饮诗的内容可以用曾燠所作《乐元淑青芝山馆诗集序》概括乐钧骈体文的内容："或芜城吊古，或蜀冈怀人，或悲芍药之余春，或爱芙蓉之初日。神采焕发，烟墨横飞。"①没有任何政治色彩，而多审美的人生感受。虽也由雅集宴饮衍生出对生死荣衰等问题的思考，但多是有意为之，而非从胸臆中流出，所以不免有几分矫揉之情；既非孤芳自赏，而是博人欢心，又不免带一些斧凿之迹。然而从雅集宴饮诗能看出乾嘉诗坛文人的心态与情怀。刘师培在《清儒得失论》中批评王、施、二宋的正是这种情境，乃"亦风雅好事，主盟坛坫，以游宴饰吏治"，"曾燠、卢见曾以文学饰簿书，宾礼华士，粉饰承平"②。从雅集宴饮诗能看出来，幕主虽为一方大吏，却以汲引后进、主持风会为己任，文人事功心也大为弱化，闲情逸致、诗酒情怀占据了生活的大部分时间。严迪昌先生《清诗史》中说：

> 到曾宾谷的年代，无论是"九峰园"秋禊，还是"赏雨茅屋"雅集，缙绅诗人或一部分寄食的寒士似显得很放松，"风流不让永和年"，其实，这乃一种近乎麻木的放松或实属空虚的闲逸。时过境迁，镜花水月，在历史上几乎没留下什么痕迹。功利、好名和乞食、攀附相互为依存，艺术心魂何以寄托？最终能不似水东流？③

在严先生看来，曾燠幕府内的这些雅集唱和乃空虚的闲逸，所作诗歌缺乏艺术心魂，都将速朽。虽有偏见之嫌，却也道出了雅集宴饮的喧嚣与浮躁。诗句中都是热闹非凡的场景，是一种唤起优越感的场景：来的都是名流，而名流都是自己的吟朋诗友，他们或联句，或弹琴，或饮酒，总之是一种风雅的生活场景，绝非俗人可比。在风雅闲逸的氛围中，士人的理想、救世情怀已被抛却，代之以诗意的优雅、淡淡的哀愁和一点末世的颓废感。葛兆光《中国思想史》一书中分析："连文化与真理都不再是士人阶层的专利，反倒成了皇权用来批评知识阶层的话语的时候，知识阶层已经不再有自己独立的空间，整个社会被一整段空洞、教条但是又绝对、高调的真理话语笼罩，人们无法逃逸在这种官方认可的语言外，甚至也无法置身于国家的体制之外，可能还会相当真诚地被这种话语所折服，真心诚意地歌颂这种官方语言和国家体制，以及

---

① （清）曾燠《赏雨茅屋外集》，《续修四库全书》1484册，页231。

② 刘师培《中国近三百年学术史论》，上海：上海古籍出版社，2006年，页156、157。

③ 严迪昌《清诗史》，页639。

‘四海升平’‘天下一家’的时代。”[①]生逢乾嘉盛世，游幕文人抛却了事功的追求，无法逃逸在官方认可的语言之外，雅集宴饮反倒提供了相对宽松自由的环境，虽带着游戏心态写诗，但也不乏真情、激情的流露。海德格尔说：“日常共在的世界或日常生活世界是一个全面异化的领域，一种非本真的存在状态。”[②]雅集宴饮或可说是对日常生活的逃逸，其中的诗歌活动让诗人回到短暂的本真状态中。

三、雅集宴饮诗的得失

《文心雕龙》批评建安文人“述酣宴”之作“志不出于滔荡”[③]。但黄宗羲《汪扶晨诗序》提出宴饮诗具有“群”的功能：“观风俗之盛衰，凡论世采风，皆谓之观。后世吊古、咏史、行旅、祖德、郊庙之类是也。孔子曰：群居相切磋。群是人之相聚。后世公燕、赠答、送别之类是也。”[④]孔子说诗，曰：“诗可以兴，诗可以观，诗可以群，诗可以怨。迩之可以事父，远之可以事君。”雅集宴饮诗正典型地体现出诗歌“群”的功能。龚鹏程先生《饮食：饮馔的文学社会学》一文提出要重新认识宴饮类诗歌：“可能诗之可观可群，比其可以言志抒情更为根本、更为重要。起码昭明太子的看法即是如此。对于公燕、祖饯、酬唱之类诗，我们也应有新的认识。”[⑤]唱和诗一直存在，却一直受到诟病，又一直普遍使用，这是一种极不正常的文化现象。历代诗评家几乎一致地对唱和现象予以严厉批评。袁枚批评唱和诗易失于应酬，梅曾亮批评唱和诗逞才使气。但是围绕唱和诗展开研究时，却会发现唱和诗是清代文坛最重要的文学现象之一，唱和现象贯穿了整个清代诗坛，文人游幕影响了诗坛的走向和政坛的风云变幻，而幕府最重要的文学活动就是雅集宴饮。受清代学风影响，清代的唱和诗既合意又合韵，在追和时有严格的限制。幕府中的联句诗带有突出的游戏性质和竞技意识。唱和诗中反映出清代民俗的细节及风俗变迁，也与诗坛的唐宋之争等诗学命题紧密相连，唱和活动对诗风、流派的形成有重要影响。在雅集宴饮诗里，一些集团、流派的政治理念与文学思想有着真实地呈现。

雅集宴饮能激发出写诗的兴会，形成浓厚的创作氛围，集体创作的难度

---

① 葛兆光《中国思想史》，页 395。

② 〔德〕海德格尔《存在与时间》，陈嘉映、王庆节译，北京：生活・读书・新知三联书店，1987 年，页 213。

③ （南朝）刘勰《文心雕龙・乐府》，周振甫译注，南京：江苏教育出版社，2006 年，页 133。

④ （清）黄宗羲《南雷文定四集》，康熙年间刻本，页 87。

⑤ 龚鹏程《中国文人阶层史论》，页 374。

和挑战性对诗人是一种极好的训练。归庄《吴门唱和集序》曰："诗本以娱性情，将有待于兴会。失兴会则深室不如登山临水，静夜不如良辰吉日，独坐焚香啜茗不如与高朋胜友飞觞痛饮之为欢畅也。"①群朋畅饮更能激发写诗的兴会。在满足群居嬉戏、朋友交流的同时，幕府内的雅集宴饮成为诗友间以诗接纳的一种创作环境，对诗人形成新的写作刺激。游幕文人长期浸润于书本中，本就具备诗文写作的能力，一次次的风雅集会刺激了他们诗歌创作的潜能，不管是学者还是才子，在幕府内都留下大量的唱和诗歌。风雅的幕主又多喜欢奖掖能诗之士，在以才学相标榜的乾嘉时期，文人的知名度却与诗文之才紧密相连。洪亮吉、黄景仁都是因为诗歌之才被幕主朱筠留在府署内，黄景仁在幕府内的名气就是他诗歌方面的才华。雅集宴饮往往是同题共作，同中有异，既同又异。同一题目，却因不同的人生处境、不同的艺术趣味、不同的创作角度而展现出不同的诗歌风貌。由于竞技的意味，诗人不得不挖空心思以求独树一帜，既要合韵又要合意，还要展现才华。一次雅集就是一次诗歌创作的训练，在一次次的训练中，诗人的创作能力和技巧不断得到提升。

雅集宴饮促进了乾嘉诗歌的发展。频繁的雅集让诗歌创作日益日常化，各种题材都进入了诗歌。主宾们不断翻新花样，寻找诗歌创作的乐趣，于是诗歌的题材不断地被拓宽。在曾燠幕府内的雅集，已出现鸦片烟、西洋镜、日本人的裙子等题材。由于是公共场合的隐含竞赛性质的创作，诗人也更注重语言的锤炼，不作随意之诗，并不断求新求奇。不断地创新着诗歌的体裁，例如次韵赋诗就可以不受原韵的束缚，联句诗与和作可以增韵，并创作一些大型组诗等。乾嘉诗歌的繁荣离不开雅集宴饮，不仅留下数量可观的唱和诗歌，也在诗歌发展的进程中努力往前超越。

但应景、娱乐是雅集宴饮诗的基调。幕府的诗酒活动与日常生活融合，不免流于游戏娱乐，很多时候成为一种文字竞技活动，比如联句诗。诗歌在热闹的乃至欢快的氛围中完成，带有很强的应景或竞赛的意味，漂浮而缺少人生况味，只是这些创作场景的记录和再现。由于名利心，这类诗歌很少关心民生疾苦，很少反映社会问题；由于依附性，他们也很难将笔触伸向内心世界，各种生活场景都带着浮华世界的色彩。严迪昌《清诗史》曰："达官大僚以权势、才学、名望、财力等诸种因素综合而成的优势广揽人才，'结佩'相交，并非只是一种纯文学的风雅韵事。在具体历史条件下，他们所起的作用是使

---

① (清)归庄《归庄集》，上海：上海古籍出版社，1982年，页191。

‘务期于正’的指归得以贯彻于实践，从而净化着高层次人才圈的氛围。”[①]并认为“在清代，门户演化则明显反映出某种御用属性”。然而，就幕府内的雅集唱和来看，严先生的言论有些以偏概全。这些风雅韵事并不全是为了“使‘务期于正’的指归得以贯彻于实践，”在目的上也没有达到净化高层次人才圈氛围的目标。他们更多地是为了传播声名和精神上的愉悦。这些幕主也时时表达淡泊名利之心，而且有“热官冷做”的实践。漫长无聊的闲暇时光里，饮宴唱和给他们带来了不少乐趣，单调枯燥的时光因为诗歌的充溢而显得丰盈和雅致。这样说来，诗歌只是作为幕府内的装饰而存在。作为幕府内的文人，他们要赞颂幕主，又要抒发内心的苦闷；既要歌颂盛世的太平繁华，有时又忍不住对不公正的现象做出抨击。

虽然幕主和游幕文人“醉时同交欢”，和乐融融，但官僚等级制度和尊卑观念使他们无法平等地讨论文学和政治。以这些幕主的贤明和开化来看，学术上的探讨似乎很平等。但在清朝的文字狱和政治制度下，探讨政治却是不可能的。游幕文人的雅集宴饮也被笼罩在对盛世的歌颂与对幕主的赞扬中，虽也有黄景仁这样抒写自己心志的诗人，但终究无法逃脱身份的限制。

第二节　山水田园诗

文人一向有好游的传统，探奇览胜，登高赋诗，山水怡悦性情，也激发了诗情。《文心雕龙》曰：“若乃山林皋壤，实文思之奥府……然屈平所以能洞鉴风骚之情者，抑亦江山之助乎！”“登山则情满于山，观海则意溢于海。”游幕文人多游历，经历了形形色色的山水，山水便成为审美的对象。而长期游幕无暇躬耕田园，何来田园诗？游幕文人的田园诗不过是一种想象，一种隐居情怀的表达。

一、山水诗

（一）山水之游

文人聚居的幕府游览纪胜之作甚多，远则翻山涉水，近则亭台楼阁，在山水中游玩唱和。谢启昆《读全宋诗仿元遗山论诗绝句二百首·陈与义》曰：“谁言诗到苏黄尽，万里南行眼界宽。”[②]游历拓展了诗歌的表达领域。

《郎潜纪闻三笔》记载朱筠爱好山水：“朱竹君学士视闽学时，振拔单寒，

---

① 严迪昌《清诗史》，页595。

② (清)谢启昆《树经堂诗集》，页139。

如恐不及。每试一郡毕，辄游览山水，留翰墨而去，片楮寸笺，闽士至今宝之若球璧。学士又有爱蕉之癖，每至一处，必手植数本，闽士亦以甘棠视之。"①朱筠在北京为官时，经常组织幕宾在陶然亭雅集，关于陶然亭的诗歌在幕宾诗集中留存甚多。其幕宾洪亮吉、黄景仁、邵晋涵、章学诚等也同样嗜好山水。朱筠带领幕宾游采石山、青山、黄山、齐云山、九华山、天台山，留下了诸多诗歌。朱筠《游青山记》中记载道："天渐昏黑，烛至，雨声入耳，寂坐密听。余与同游张方海、邵二云、章实斋、洪稚存、黄仲则纵谈，念人生若浮，叹息此会之不易，他日当思青山今夕雨也。"②不仅冒雨出游，而且夜宿山上，寺庙、雨声、浮生若梦的感觉、聚散无凭的惆怅、此会不易的珍惜，催生了主宾的诗情。黄云眉《清邵二云先生晋涵年谱》载："四月，筠又与先生、洪亮吉等游黄山、齐云、九华诸胜。自慈光寺抵文殊院，看云海毕，即留宿山顶。夜半，亮吉曳杖独行，先陟天都之半，道梗塞不得上，复回从间道至莲花绝顶，久憩乃下。先生等不能待，已从文殊院下山，亮吉凡一日半夕不食，方追及于云谷寺，履已穿，衣为荆棘所刺尽裂。"③洪亮吉《平生游历图第五本末》一文也叙述了这件事情。洪亮吉以喜好山水而出名，《武进阳湖合志》载："（洪亮吉）每独往名山，经日不出。值大风雨，或瞑坐崖树下，见者以为异人。大兴朱筠督学安徽，延景仁于幕中。凡三年，尽观江山诸山水，诗益奇肆。及游京师，名益著。"④《吴会英才集》载：（洪亮吉）"素嗜山水，所游嵩、华、黄山，皆升绝壁题字乃反。"⑤《常州府志人物传》："亮吉性刚急，好古人偏奇之行，喜游，登黄山天都峰绝顶，入茅山石洞，持烛行数里，放舟上洞庭飘渺峰，大风浪吟啸自得。"⑥乾隆三十七年，洪亮吉追随朱筠游历，写诗二百余首。其《黄山白岳集》中载有《齐云山阻雨》《从焦邨入黄山至慈光寺宿》《自慈光寺下山二里浴硃砂泉》《文殊洞》《文殊台望天都峰》《夜宿文殊院》《莲华洞避雨》《冒雨登莲华峰》《自文殊院下云谷寺别休宁戴霖》《十九日游齐山偕同诸幕子》《发云谷寺》《天台》《东严》《九华道中》等诗。在浙江学使王杰幕府，《洪北江年谱》记载："学使一见先生如旧相识，遂偕往试台州、处州二府。中途历天台、雁荡诸胜，皆有诗纪事。"⑦黄景仁追随朱筠游历，写有《重游齐云山》《叶岭》《小溪》《山铿》《浴汤泉》《夜从慈光寺步至茅棚庵再浴汤泉》《慈光寺前明郑贵妃赐袈

---

① （清）陈康祺《郎潜纪闻初笔二笔三笔》，页 685。

② （清）朱筠《笥河文集》，页 513。

③ 黄云眉《清邵二云先生晋涵年谱》，台北：台湾商务印书馆，1982 年，页 30。

④ （清）黄葆树《黄仲则研究资料》，页 3。

⑤ （清）洪亮吉《洪亮吉集·附录》，页 2396。

⑥ 同上书，页 2353。

⑦ （清）洪亮吉《洪亮吉集·洪北江年谱》，页 2330，2332。

裟歌》《由慈光寺至老人峰》《文殊院》《天都峰》《黄山松歌》《遇雨止云谷寺》《铺海》《黄山寻益然和尚塔不得偕邵二云作》等诗歌。

毕沅的幕府在陕西，关中的名胜便是常游之地，自然也就进入诗歌之中。钱泳《履园丛话》曰：“余生懒惰，惮于行役。纪游之处，不过直隶、山东、河南、湖北、江西、安徽、浙江、福建诸省而已。”①在毕沅河南幕府期间，钱泳的《履园丛话》记载的名胜古迹有《相国寺》《梁王城》《艮岳》《吹台》《汴故宫》《夷门》《梅花堂 拱奎堂》等等。洪亮吉的文集与年谱中记载了他跟随幕主毕沅游玩的经历，《洪北江年谱》载：“日偕毕公筹兵画饷，暇即分韵赋诗，常至丙夜，间游牛头、香积诸寺，寻曲江及汉唐古迹。是年，道中怀古纪游及唱和诗共得二百首，杂文数十篇。”②卢见曾、曾燠的幕府在扬州，虹桥、平山堂、蜀冈、焦山等扬州景点便成为唱和诗的吟咏对象。曾燠在扬州时与幕宾多次登焦山、蒜山等胜地，在广州时多次游越秀山、七星岩等地，在京都则游西山，留存有《人日游焦山》《真州与客泛西溪作》《九日越秀山宴客醉歌》等唱和诗歌。

在游幕的奔波中，文人经历了途中的山水，也以诗纪之。黄景仁从京城去西安毕沅幕府，过卢沟桥经安肃、保定、定州、真定、井陉、固关、平定州、寿阳、榆次、关中，所至俱有诗纪之。《洪北江年谱》载：“七月，朱学使以阅卷乏人，复延先生偕试徽宁二府。九月，自徽州偕汪孝廉端光归里，由新安江遍游严陵、富春及钱塘山水诸胜，唱和几及百首。”③洪亮吉与汪端光一路唱和几近百首诗。焦循的诗歌创作也以游历为主线：“秋，复游浙。冬，归扬州。在浙，诗有《阮中丞得陶陵鼎送置焦山，邀同人以诗媵之，作五言一首》(《雕菰集》未见)，《杭州杂诗二十首》(卷五)。”“阮云台先生督学山左，招先生至东昌。正月，先生由东昌至临清；二月至济南，游佛谷龙洞，极登临奇峭之观；闰月，至青州；三月，至登州，登蓬莱阁，作《登州观海记》，四月，由莱州复回济南；五月，归扬州，有《山左诗钞》一卷。”“游齐鲁，半年得诗五十首。”“己卯冬，云台先生督学两浙，先生客杭州。风阻江口，遍游山薮。”“阮元督学于浙，复招君游浙东，有《浙江诗钞》一卷。十二月归里。”④山水一直和诗歌相伴随着，游历刺激着文人的诗歌创作，诗歌给游历生活增添了风雅的气味。

因为公务繁忙，幕主不可能带领幕宾常常远足旅游，便着意修建城市的山水，在近处的山水中享受游历的愉悦。卢见曾在扬州筑苏亭，又重修了四贤祠、竹西亭。钱泳《履园丛话》记载毕沅的灵岩山馆：

---

① (清)钱泳《履园丛话》，页467。

② (清)洪亮吉《洪亮吉集·洪北江年谱》，页2330。

③ 同上书，页2332。

④ 赖贵三《焦循年谱新编》，页106,108,110,125。

灵岩山馆在灵岩山之阳西施洞下，乾隆四十八九年间，毕秋帆先生所筑菟裘也。营造之工，亭台之胜，凡四五载而始成。至五十四年三月，始将扁额悬挂其门，曰灵岩山馆，先生自书，下有一联云："花草旧香溪，卜兆千年如待我；湖山新画障，卧游终古定何年。"二门曰钟秀灵峰，乃阿文成公书。又一联云："莲嶂千重，此日已成云出岫；松风十里，他年应待鹤归巢。"自此蟠曲而上，至御书楼，皆长松夹道，有一门甚宏敞，上题"丽烛层霄"四大字，是嵇文恭公书。楼上有楠木橱一具，中奉御笔扁额"福"字及所赐书籍、字画、法帖诸件，楼下刻纪恩诗及谢表稿，凡八石。由楼后折而东，有九曲廊，过廊为张太夫人祠，由祠而上，有小亭曰澄怀观，道左有三楹曰"画船云壑""三面石壁""一削千仞"。其上即西施洞也。前有一池水，甚清洌，游鱼出没可数，其中一联云："香水濯云根，奇石惯延采砚客；画廊垂月地，幽花曾照浣纱人。"池上有精舍曰砚石山房，则刘文清公书也。①

经过五年的修筑灵岩山馆才建成，亭台楼阁，营造精美，并富含人文气息，成为著名的游览之地。陈文述《灵岩山馆吊毕秋帆尚书》曰："金碧楼台泼翠重，阑干红出万花中。曾闻绿野开裴相，未许青山老谢公。筹笔路遥春色断，骑箕人去暮天空。读书当日留遗迹，满地斜阳送断鸿。"②从这些材料可以看出毕沅在为官期间怎样精心地营造着城市的山水园林。姚鼐《题谢蕴山方伯苏潭图》曰："先生小园堂数弓，聚书万卷花萼红。四方名士春秋同，举觞吟啸于其中。"③谢启昆结撰了美丽的园林，与宾客举觞吟啸其中。曾燠幕府的题襟馆山水之胜见于洪亮吉的《题襟馆记》："其地也，踞四达之冲，半尘不入；处三江之会，百舫咸通。稍离听事之廨，别构精思之轩；仿汉上之名，据邗水之胜。奇石三面，回廊四周。高栋接乎层云，危垣隐于修竹。无须馆僮，有候门之鹤；不莳杂木，留扫厅之松。"④吟诗作赋总离不开山水，正如谢灵运《游名山志》所说："夫衣食，人生之所资；山水，性分之所适。"⑤

（二）山水之胜

山水诗记录了幕府所在之地的风景名胜，毕沅幕府的《乐游联唱集》除了吟咏游玩中的风物之外，就是对华岳、龙门、华清宫、隋兴国寺塔的吟咏，从题

---

① （清）钱泳《履园丛话》，页 527—528。

② （清）陈文述《颐道堂诗选》，页 655。

③ （清）姚鼐《惜抱轩全集・诗集》，北京：中国书店影印本，1991 年，页 508。

④ （清）洪亮吉《洪亮吉集》，页 1093。

⑤ （南朝）谢灵运《谢灵运集校注》，郑州：中州古籍出版社，1987 年，页 272。

目就可以看出他们的游踪，联句诗则让我们了解到陕西的山水景致。曾燠幕府的《题襟馆联句诗》里除了咏物的题目外，最多的也是山水诗，如浮山禹庙、京口三山等。从诸多的文人诗集能看出游历所记下的山水之诗，对所游之地风景、风俗的记载。但只有与人文相结合的山水才充满魅力，卢见曾作《重建竹西亭记》曰：“余惟人世间一切盛衰隆替，如水容山态，朝夕殊形，其大者莫不然，何有于一亭之兴废哉？虽然地以人传，而非其地之盛则亦不足以传其人。兹地因樊川之句以为亭，因欧、苏留连于是亭而益重于世，彼易其名与迁其址者陋也……。”[①]山水转眼间就会易形，名胜也兴废难料，单纯的山水有何意义？所以山水诗是人文山水诗，总要挖掘名胜的历史文化意蕴。山水之游，总少不了咏古怀古。

在毕沅和幕宾游玩的联句集《乐游联唱集》里，上卷古体诗有华岳联句一百韵、龙门联句、昭陵石马联句、周忽鼎联句、集终南仙馆观董北苑潇湘图联句。下卷今体诗有开成石经联句、华清宫故址联句、上巳前五日同人观挑杜曲联句、重修灞桥纪事联句、同人集环香吟阁分赋联句诗、秦阿房宫镜、汉未央宫瓦、隋兴国寺塔、唐景龙观钟、石供轩小集赋得关中食品联句八首。乾隆三十七年(1772)春，洪亮吉、章学诚、黄景仁等随从幕主朱筠一起游九华山，途经采石矶和太白楼，传说李白在采石矶因酒醉赴水中捉月而淹死，这成为这次山水之游的重点，成为主宾写诗的契机。朱筠仿李白《将进酒》《蜀道难》《古风》等诗作《登太白楼怀古和东井》四首以缅怀李白。诗中有“夜月斟杯相送死，一生知己眼花眠”句，洪亮吉作《青山谒太白墓》以相唱和，其诗云：“笑谓先生安得死，明星在天月在水。直须痛饮齐悲欢，大地何似杯中宽。”[②]可以看出，洪亮吉当时的心情因朱筠的知遇而相当振奋，呈现在他面前的是一派如花似锦的远大前程。黄景仁紧接着作诗《笥河先生偕宴太白楼醉中作歌》：

红霞一片海上来，照我楼上华筵开。
倾觞绿酒忽复尽，楼中谪仙安在哉！
谪仙之楼楼百尺，笥河夫子文章伯。
风流仿佛楼中人，千一百年来此客。
是日江上同云开，天门淡扫双蛾眉。
江从慈母矶边转，潮到然犀亭下回。
青山对面客起舞，彼此青莲一抔土。

---

① (清)卢见曾《雅雨堂诗文遗集》，页 492。

② (清)洪亮吉《洪亮吉集》，页 1933。

若论七尺归蓬蒿，此楼作客山是主。
若论醉月来江滨，此楼作主山作宾。
长星动摇若无色，未必常作人间魂。
身后苍凉尽如此，俯仰悲歌亦徒尔。
杯底空余今古愁，眼前忽尽东南美。
高会题诗最上头，姓名未死重山丘。
请将诗卷掷江水，定不与江东向流。①

这是黄景仁很有名的诗歌，太白楼是城市中的一处风景，朱筠携幕宾在太白楼上饮酒赋诗，黄景仁一袭白衣，即兴而作。极尽铺排之手笔，将太白楼与周边的景色融为一体，充满哲理思辨的色彩。但这里的景色更多的是想象，而不是亲眼所见，是一种怀古的情调，融入了人生感慨。这首诗并非黄景仁成熟的诗，也非最好的诗，但给黄景仁带来巨大的名声，左辅《黄县丞状》曰："一时士大夫争购白袷少年《太白楼诗》，由是名益噪。"②江山美景，谪仙传说，白衣少年，提笔立就，一时洛阳纸贵。这种说法带着浪漫的情调，不乏夸张的成分，恰说明黄景仁在幕府中的优越感即来自于此种情境中的诗歌创作才华。

《人日游焦山诗并引》是曾燠和幕宾游焦山的唱和诗。焦山的得名源于东汉焦光隐居于山中，焦山山水天成，古朴幽雅，风景秀丽，系"京口三山"名胜之一。曾燠作序曰：

焦山去扬州半日程，人事匆匆，久不一至。乙卯正月六日，有渡江之役，黄子立之从焉。晤丹徒地友王梦楼、郭厚庵，忽动游兴。明日，邀从象山横流而渡，舟中望见自然庵梅花，春意已可喜，入庵小憩。亟求瘗鹤铭碑、古鼎二者，摩挲久之。遂披萝径，遍历诸峰。转至石壁庵，观张樗寮《金刚经》石刻及壁间题咏。晚钟忽报，返照入江矣。王、郭二公劝留宿，以事牵挽，不果。新月初上，打桨遂还。是日惠风和畅，澄江如练，有游山之乐而无涉波之恐。随意所得诗成六章，于兹山之佳，曾不足摹状万一，而和者踵至，皆江南北一时才人，不可谓不盛也。因汇而勒诸石。③

曾燠记叙了事情的起因和经过。偷得浮生半日闲，惠风和畅，澄江如练，主宾畅游，风景错落，入眼皆画，景色自然可喜，况有碑铭、古鼎、石刻可供摩

① (清)黄景仁《两当轩集》，页 107。
② (清)黄景仁《两当轩集·附录》，页 607。
③ (清)曾燠《邗上题襟集》，页 49b。(《赏雨茅屋诗集》中无此篇。)

挲，赏其景，考其事，抒思古之幽情。名人、名山、诗情三者能够相遇是千古难遇之事，焦山为这群名士提供了抒发诗情的契机。唱和的参与者有谢振定、张铭、王文治、胡翔云、陈夔、王嵩高、程元吉、胡森、詹肇堂、黄道开、郭堃、焦山寺僧借庵。曾燠第一个作诗：

（一）海潮浮不去，青积汉时烟。人物千秋姓，风涛四面天。
云含江气湿，日对寺门圆。此即蓬莱岛，焦公竟作仙。（世称焦先白焦仙）

（二）隔岁申约登，及此辰天开。天开沧海曙，风入大江春。
梅柳岩头活，蛟龙窟底驯。山灵相待好，怜我是劳人。

（三）佛屋起虹光，中多古物藏。鼎文兵气黑，碑字水痕苍。
鹤化随仙尉，龙归护法王。（鼎曾入严分宜家，后归山寺）
从来滋考辨，世次未能详。

（四）客有维摩诘（谓梦楼前辈），还逢天女来。（谓句曲女史）
看经寻石壁，题字扫莓苔。钟出虚堂静，泉生洞壑哀。
试参海云法，吾亦厌尘埃。[①]

曾燠先描绘了焦山的风景和文物，然后表达了对脱离尘埃的向往。在他们游山的时候，遇到了王梦楼的一个女弟子句曲女史，即女诗人骆琦兰。这也成为一个趣话，曾燠将它写进诗内。游幕文人的唱和基本上是围绕着曾燠定下来的这个主题而进行，可归结为：风景、考辨、雅事、禅意。张铭：“金焦咫尺望，共吸大江烟。片石卷何日，空中别有天。截流波欲涌，耸嶂势难圆。”“对佛生虔肃，闻钟息荡嚣。”“使君今玉局，再见此山清。”“放眸空万象，随意数层城。”[②]王文治：“老来身不系，万事尽云烟。离合原由命，登临亦任天。”“万里接江光，蜗庐一曲藏。深探多涧谷，遥望但青苍。鼎蚀仍传榴，碑残误认王。使君真博物，著论莫辞详。”“山压洪涛重，天浮打的轻。帆稀将到海，漏静为离城。”[③]他们在表达对佛家境界的向往的时候，不忘记恭维曾燠的雅趣与博学。谢振定“龙堂双翠壁，万古饱江烟。独羡焦公洞，孤撑海上天。潮痕开莽苍，树影助青圆。我忆经行处，浮生半日仙”[④]，显然并无禅意，但附和大家。王嵩高“尘外寻幽赏，公真澹荡人。斯文常不朽，览者复可哀。下视蜉

① （清）曾燠《邗上题襟集》，页 50a—50b。
② 同上书，页 51a。
③ 同上书，页 51b—52a。
④ 同上书，页 52a。

蛸侣，纷纷野马埃”[1]，诗句中流露出禅意，但更多的是对曾燠禅意的赞扬。这几位诗人的唱和基本如此，焦山风景、禅意、与句曲女史骆绮兰相逢的雅事，还有对曾燠博学、性情淡泊等各方面的赞颂。这样的游山诗不再是纯粹的山水诗，带有了太多修饰和有意为之的虚假情感。虽有对山水自然的描写，也不乏意境雄阔的诗句，但更多的是对游山情趣的张扬。与李白“相看两不厌，惟有敬亭山”的意境如何相比？与王维禅意的境界如何相比？幕主与游幕文人在热闹的唱和与游玩中，却着意表达对尘世的脱离与对幽深境界的向往，这本身就带着一丝悖谬。

山水游历也影响着文人自身的气质和诗歌的风格变化，人生游历的不同阶段有不同风格的诗歌。《听松庐诗话》说到洪亮吉诗风随游历而改变：“先生未达以前，名山胜游，诗多奇警。及登上第，持使节，所为诗转逊前。至万里荷戈，身历奇险，又复奇气喷溢，信乎山川能助人也。”[2]蒋寅先生提到清代诗歌内容的拓展时说：“当一切抒情题材都被写遍，一切感情经验变得不新鲜，变得日常化以后，反抗日常经验成了诗歌写作中一种最迫切的要求。清代诗人为此付出了种种努力，其中最引人注目的是大力开拓旅行和怀古题材，通过旅行接触新异景观，通过怀古想象历史情境，作家由此摆脱日常经验的包围，磨去日常感觉的厚茧，获得全新的感觉和体验。”[3]游幕文人的山水诗为清诗的发展做出了贡献，他们有意去潜心追求意境的深幽、气韵的流动和诗意的空灵，展现出淡淡的悲愁和郁郁的情绪，在他们的山水诗里可以看到对个人命运和情感的嗟叹，能看出他们思想情绪的变化，表现出文人超然世外的生活。然而游幕文人的山水诗多为幕主召集的集体群游，游览的又多是城市中的山水，这些诗歌总体上有着附庸风雅和为写诗而写诗的性质，虽不乏好的作品，更多的却是应景之作。在他们笔下，自然山水并无人格写照，追随幕主很多时候不能抒发真性情，对山水景观、楼台殿宇的描绘不及对幕主的赞叹多。抚今追昔，感慨一番，公式化地宣泄了一个诗人应有的怀古之情。为山水而写诗，为写诗而写诗，山水以调节他们的生活节奏而存在，缺乏对山水诗视野的拓展和审美的深入。相较于前人的山水诗，乾嘉游幕文人的视野和审美都停留在较浅的层次上。而相较于同时代的查慎行更是逊色，查慎行独自南行，深入一些无人所及的山水之地，写出了常人见不到的风光，做到了探奇寻胜。乾嘉时期的太平盛世，幕主又都是朝廷官员，游幕文人藉山水表达的是幕主为政的清明和高洁的品德。相互唱和之作甚多，发自肺腑地

---

① (清)曾燠《邗上题襟集》，页 52b。

② (清)洪亮吉《洪亮吉集·附录》，页 2397。

③ 蒋寅《清代文学论稿》，南京：凤凰出版社，2009 年，页 17。

陶醉于山水和寄情于山水的却少。感受多，描绘少，即便有观赏的诗句，最终的目的却总是对幕主的赞扬或者对自己人生的哀叹。

二、田园诗

陶渊明、王维的田园诗长期影响着后来的诗人。即便没有经历田园生活，中国的文人也能写出关于田园的诗歌来。游幕文人长期在幕府和游途中，无暇躬耕田园，尤其是幕主，过的是锦衣玉食的仕宦生活，何来的田园诗？章学诚《朱先生墓志铭》如此描述朱筠："天性恬退，威惕利疚，不翳于心。历官安徽、福建学政，轺车所至，遇丘壑佳胜，慨然有终老意。自云声华富贵，视之泊如。所不自解免者情耳。文章山水，诗酒宾客纵意所如，欣慨奇法，世士莫能测也。"①正因为身处热闹官场中，他们才会对田园充满想象与向往。

（一）图像题咏

在没有田园可以躬耕的情况下，他们借田园图画来表达对田园的感受。翻阅文人的诗集，会发现很多的图画题咏诗，而这些图画又大多是和田园、归隐有关。郭麟《灵芬馆诗话》曰："题画所作，别是一种笔墨。或超然高寄，霞想云思；或托物兴怀，山心水思。然工诗者未必知画，能画者未必工诗。"②自是对题画诗的赞誉。

幕主与幕宾几乎人手一图，或几图。在曾燠《赏雨茅屋诗集》中就可见到《平子归田图》《东湖草堂图》《西溪渔隐图》《赏雨茅屋图》《青芝山下卜邻图》《灵岩读书图》《莲隐图》《归渔图》《新田十忆图》《湘南种竹图》等种种田园隐居图。诗画是相通的，"诗中有画，画中有诗"是一种文学时尚。中国古代积累了大量的诗画关系理论，宗白华的《中国诗画中所表现出来的空间意识》、钱锺书的《中国诗与中国画》、启功的《谈诗书画的关系》都探讨了诗画关系，富于启发性。借助西方的结构理论、语言理论，当代学者从语图互文的角度对诗画关系的阐发有助于对题画诗的解读。赵宪章《文体与图像》一书论述文学和图像的核心在于语言和图像的关系，语图互仿有顺势和逆势，在语图互文中，"所谓文学和图像的'统觉共享'，实则是语言文本和图像一书之间'语象'和'物象'的相互唤起、相互联想和相互模仿"③。诗与画的互文阐发即诗画的相互参照，彼此牵连，形成开放性的文本。画面激发了诗歌的产生，诗歌将不同的时空结合起来，化静为动，赋予画面灵动的生命力。对他人画

① （清）章学诚《章学诚遗书》，页 491。

② （清）郭麟《灵芬馆诗话》，页 391。

③ 赵宪章《文体与图像》，北京：人民文学出版社，2014 年，页 151。

作的题诗有诠释，更有言外之意。李彦锋认为，“在对话中，交流的双方很快达到视野的交汇与融合，在融合中扩大眼界，使语图各自所表现的意境进入到更高的层次或者更新的领域，达到‘具有再生能力的和谐状态’”①。诗与画视野的交汇融合，增添了图像的内涵。

游幕文人的图像题咏多为画外意，加入了诗人自己的人生感悟和人生体验。借助于当代学者诗画关系的理论，可以更好地解读幕府内的田园图画，更好地理解幕主与幕宾的田园诗，或者说田园图画诗。图像与题咏表达的不只是画面的山水田园，这些图像产生的情境、游幕文人的处境、游幕文人与田园图像的关系也都包含在内了。

田园总是和隐居联系在一起。对陶渊明田园境界的向往是文人作诗的传统。乐钧《平子归田图为吴山尊学士（鼒）题》曰：“一官不得志，高咏四愁诗。学洞天文久，心伤火德衰。思元非作达，应间岂随时。后世谁同调，渊明归去辞。”②吴鼒郁郁不得志，乐钧劝慰他学陶渊明。在聚会的热闹喧嚣之中，游幕文人却常常表达对田园归隐的向往。

曾燠的《西溪渔隐图》在当时较为著名，题咏者也较多，当然与他的幕主地位及对幕宾的招揽有关，也与他刻意为之有关。《邗上题襟集》及《续集》中专门结集了幕宾对《西溪渔隐图》的题咏诗。

西溪渔隐本是杭州的一处名胜，曾燠晚年自号西溪渔隐，他将自己的一处别墅命名为西溪渔隐，表达的也是一种对归隐的向往。《西溪渔隐图》有两图，目前北京故宫博物院所藏是第二图，第一图已不存。但就目前所见幕宾诗文集及《邗上题襟集》中的题咏来看，游幕文人题咏的是《西溪渔隐图》第一图。

曾燠于乾隆五十五年（1790）请画者万之遴作《西溪渔隐图》，画面上有草堂、船只，装帧是卷子，并有曾燠的序文。嘉庆十一年（1806），曾燠在扬州做官，又请华冠作第二幅《西溪渔隐图》，画面比第一幅要抽象简洁得多，西溪渔隐执钓竿于陂陀之上，人物在画面中央，所占面积很小，掩映在树木水石之间。从装帧形式来看，卷子适合众人题诗其上，用于聚会题咏。立轴则适合更大空间的观看，公共空间有所扩大，适合用来社交，不需要题咏其上。第二图作于嘉庆十一年（1806），这一年曾燠离开了扬州，他的幕府也随之衰落。而保存了文人题咏的《邗上题襟集》《续集》刊刻于曾燠离开扬州之前。所以目前留存下来的题咏大多数针对的是第一图，而不是第二图。《西溪渔隐图》

① 李彦锋《中国绘画史中的语图关系研究》，上海大学博士学位论文，2010 年，页 96。

② （清）乐钧《青芝山馆诗集》，页 619。

第一图用来互动，第二图则更多的是展示，借画图与幕宾唱和，幕宾也都借这幅画表达对田园、山林的向往，展现自己不同凡俗的雅致。

詹肇堂《题宾谷先生西溪渔隐图》：

语我平生抱山癖，誓拟结茅河渚侧。
别后渔兄想未衰，梦里鸥群尚相识。
……
我忆武林三十年，寻诗兴落西溪烟。
他时果遂平泉愿，我亦相从买钓船。①

汪中《题宾谷先生西溪渔隐图》：

未遂归田计，应无下钓时。简书销壮岁，渔艇负前期。
良会陈官阁，遐心托画师。尚余裴迪在，追和辋川诗。②

乐钧《题宾谷先生西溪渔隐图》：

公写斯图作渔隐，公方吏隐何渔为。
少年已钓渭滨玉，钓竿闲挂珊瑚枝。
东华软红印马足，绿发不照清涟漪。
辟世金门道则大，身当富贵心难违。
几年拥节大江北，清梦犹落西溪西。
昔时双燕溪上飞，烟深水阔人不知。
苕花苇叶秋浩荡，银鸥雪鹭同忘机。
溪上渔人乱无数，其中隐者宁有谁？
鱼忘江湖不知乐，神龟垂首望天池。③

詹肇堂称曾燠为“渔兄”，表示愿意有朝一日追随曾燠在西溪归隐。汪中称赞曾燠的心境与王维相仿佛，而自己则像王维的朋友裴迪。隐居图画的两大典范便是王维的《辋川图》与卢照邻的《草堂十志图》。乐钧则恭维曾燠虽一心归隐，但政绩显赫，难辞富贵。这里幕宾表述的是对曾燠淡泊、归隐志向的赞扬和追随曾燠归隐的志向。乐钧《题青芝山下卜邻图，次韵宾谷都转韵二首（并引）》曰：“都转与余及万廉山明府，有卜居姑苏木渎之约，故为此图，廉山笔也。曾侯久仕隐，尝恋西溪云。监笑赖条制，烟水空氤氲。”④可见曾

---

① （清）曾燠《邗上题襟集》，页15a。
② 同上书，页16a。
③ 同上书，页16b—17a 。
④ （清）乐钧《青芝山馆诗集》，页532。

燠经常与幕宾讨论退出官场后的归隐问题,并在做官的同时已经与幕宾约好归隐的地方。洪亮吉《西溪渔隐歌为曾都转燠赋》曰:“君为西溪渔,意不在鲂鲤。绿蓑一领不肯穿,日日吟诗北窗里。万言落笔不得休,雕琢欲使前人愁。”①这里道出了曾燠作为西溪渔人的真实目的,不在山水,不在鲂鲤,而在于吟诗雕琢,通过对田园生活的模仿写出田园诗,这才是曾燠两次请人作《西溪渔隐图》的真实意图。吴照《题曾宾谷西溪草堂图》曰:“我知君性乐恬淡,未肯躁进迷归途。而我浪迹久云水,梦魂只爱居东吴。”②赞扬曾燠心性恬淡。詹肇堂《青芝山下卜邻图宾谷先生命赋,次原韵二首》:“官贵不能归,念念山林好。薄宦可自由,进退每草草。公方总外藩,岂获事幽讨。屡请不予告,隐居托画稿。出任天下事,斯民赖康保。身虽处脂膏,心益慕枯槁。”③在詹肇堂的诗句里,告老隐居是一种清高的美德,曾燠做官是不得已而为之,虽做官而心思愈加恬淡。曾燠作《题莲隐图送莲裳归里》《题兰雪新田十忆图》都表达了归隐倾向。画作的题材与写作情境决定了诗歌的书写内容,隐居题材的象征意义在画面中已经固定,梅兰竹菊背后隐含着文人品格和审美意趣,隐居图背后是对功名的淡漠,所以文人的题咏乃语图唱和,表达文人的审美趣味与情怀。这些题咏诗并没有开拓出诗歌的新境界,而是呈现出一种模式化,模式化背后蕴藏着历史、文化的积淀,隐含着文人的想象力量。书写是个人化的行为,却也代表了一个时代,大量的隐居图像的题咏展现出特属于乾嘉时期游幕文人的审美世界。

(二)真正的田园诗

游幕文人对田园的向往源于科举的失意,把田园作为最后的退路。游幕过程中的辛酸倦怠也让他们对久违的家园产生远距离的美感。自然无拘束的生活是每个人心底的向往。吴照多年游幕,但对田园生活心向往之,并亲身实践,但最终还是选择游幕。《闲居遣兴》写出了田园生活的闲适:“小园足春雨,菜甲夜来绿。朝餐煮作羹,味或胜粱肉。老母颜欣欣,起早及天旭。偶然谈先世,颇乏仓廪蓄。但喜吟诵声,达旦惊邻屋。勉毡继前修,不在科名续。清贫何用忧,久已安糜粥。起舞绕膝前,母言儿佩服。惟喜增寿龄,康宁即为福。”④黄景仁曾多次在诗歌中表达自己归隐的志向,《舟中咏怀》写道:“自笑出门无远志,五湖三亩是归人”,但这并不是他真实的心声。阮元一生仕途通达,但也向往自由自在的生活,《同人登岱至对松山日暮而返》:“已忘

① (清)洪亮吉《洪亮吉集》,页1272。

② (清)吴照《听雨斋诗集》,页25。

③ (清)詹肇堂《心安隐室诗集》,页633。

④ (清)吴照《听雨斋诗集》,页15。

世人情，羡彼飞鸟性。”①向往归隐田园的生活、羡慕飞鸟的自由来去，所以仕宦、游幕的途中见到田园，会有田园之思，写出田园诗歌。

洪亮吉《卷施阁诗》中存有《出都行涿州道中见芃麦遍野，慨然有田庐之思，因作田家诗二十首寄意，并寄芮光照、杨毓舒两布衣》一诗，见到满眼青青的庄稼，兴起有田庐之思，作田园诗二十首寄托心意。吴锡麒《述怀》就带有模仿陶渊明田园诗的浓重痕迹：

其二

少无适俗韵，懒受冠带束。长乃登仕籍，尘事苦碌碌。
青山同一梦，芒履俨在足。妻子亦欢颜，从予返初服。
亟呼床头酒，赏雨在茅屋。门外白鸥来，春波动新绿。

其三

有田而后归，得归知何时。东坡誓江水，诗人多托词。
我无一顷田，讵慕季女饥。守道意自得，任遇机无危。
平生藜藿肠，饮水能乐之。上堂勤定省，闭门课书诗。
有儿亦有女，笑语相依依。有弟复有妹，一室同怡怡。②

陶渊明的田园诗表达的淡泊、归隐情趣影响着一代又一代的文人，吴锡麒的诗正是对这种趣味的摹仿，他表达的是对清贫安闲、充满天伦之乐的田园生活的向往，然而只是“述怀”，诗人未必去实践。他也没有像陶渊明一样脱离官场走向真正的田园生活。因为他深切地知道，田园只能去向往，而不能去实践。曾燠作《扬子津边耕者》：“江上风雨来，声杂人语急。禾黍翻绿畴，参差露蓑笠。把锄决渠溜，今岁患潦溢。雨膏本至仁，多则不为德。天意未可知，为农尽吾力。有秋系群望，肯惜体沾湿。”③写出耕者在面对多雨天气时的辛劳与忧虑。很可贵的是，曾燠没有都停留在对田园美好生活的表面描绘上。吴照虽然对田园生活抱有美好幻想，但也知道耕稼的艰辛。《留别宾谷》：“拙性在耕作，感君知我心。麻源村口路，桑树屋边阴。但祝雨晴准，不辞寒暑侵。政成赋归去，石宝待联吟。”④既然田园生活是这样的，为什么幕主和幕宾一再地表达对田园的向往呢？

吴嵩梁《下第后用欧阳文忠公集中韵呈少农戴莲士师》：“才华冠古不经世，何异舞镜矜山鸡。遭逢纵快鲤烧尾，老大已笑杨生稊。香苏山下我所宅，

① （清）阮元《揅经室集》，页766。
② （清）吴锡麒《有正味斋诗集》，页1a—1b。
③ （清）曾燠《赏雨茅屋诗集》，页37。
④ （清）吴照《听雨斋诗集》，页121。

湖光十顷浮玻璃。……村居绝妙入图画，骑牛安稳胜骖骊。”[①]窘迫的人生中，田园是想象中最后的归路。幕主曾燠则是书生本色，《莲裳屡忆蜀冈梅花，用坡公少游唱酬诗慰之》：“我处繁华学枯槁，一官冰冷堪绝倒。”下注：“扬人于仆有热官冷做之称。”[②]曾燠显然知道自己的姿态及世人的评价，他也刻意保持自己的姿态。这种刻意的追求体现在诗集中大量的向往隐居、田园的诗歌上。

严迪昌《清诗史》说：“大吏诗最令人生厌者是伪饰山林气。”[③]李调元《雨村诗话》提及文人对田园的向往：“出仕人多忆田园，个个皆然，然太繁琐则厌矣。”[④]在曾燠《赏雨茅屋诗集》中，隐居、田园题材的诗歌便充斥其中，数量过于繁多，难免让人生厌。《夜梦与人赋冢墓诗，觉来都不记忆，补成一首》曰：“平生性癖是山林，死去栖神获我心。”[⑤]然而从曾燠做官的如履薄冰与谨小慎微的性格来看，他未必不是真想隐居田园。《再题简端寄兰雪》：“譬若中兴世，祸根每潜茁。”[⑥]官场的险恶与翻云覆雨让他向往田园的诗意与恬淡，但他终究没有离开官场。也许正是这种内心的纠缠与缺乏决绝的勇气让他对风雅唱和充满无比的眷恋。曾燠的诗歌中有一股衰飒之气，不知道是曾燠潜在的意识还是他明显地感觉到的时代的变化，他的诗歌中缺少馆阁的雍容与丰腴。《臂痛》一诗曰：“进不能挽弓射贼，退不能把锄种田。复不能炼丹换骨，求神仙听鼓应官。……为国曾无使指劳，负山惟愿息肩早。”[⑦]由日常小事发为诗歌，有对自己无能的自嘲，有对国家无功的羞愧，有对早早归隐山林的期盼，还有“百无一用是书生”的人生虚空感。正如严迪昌《清诗史》所说，“（曾燠）与其前辈相比较，已可感受到一点衰飒之音，这是一位临近封建末世终结点的风雅东道主人”[⑧]。曾燠《题图双峰观察〈湘南种竹图〉》一诗曰：“能令热官冷，爱他修竹林。色同湘水色，心是使君心。月映琴书静，烟笼花木深。时时一招我，来听凤鸾吟。”[⑨]借对他人的描述而阐明自己的心迹，热官冷做，虽然身处官场，但愿意与修竹琴月为伴，这也正是曾燠生活的写照。做官的大俗与写诗的大雅奇妙地结合在一起，身处复杂凶险之官场，而能在诗

---

① （清）吴嵩梁《香苏山馆全集·香苏山馆诗钞》，页6a。

② （清）曾燠《赏雨茅屋诗集》，页46。

③ 严迪昌《清诗史》，页638。

④ （清）李调元著，詹杭伦、沈时蓉校正《雨村诗话校正》，成都：巴蜀书社，2006年，页121。

⑤ （清）曾燠《赏雨茅屋诗集》，页173。

⑥ 同上书，页175。

⑦ 同上书，页34。

⑧ 严迪昌《清诗史》，页640。

⑨ （清）曾燠《赏雨茅屋诗集》，页82。

歌上抒一己之性灵，这是曾燠的过人之处。

隐居生活理想的表述是一个悠久的、陈旧的文学主题。游幕文人较多地从意象上接受了陶渊明所提供的一种现成的田园模式，往往通过创造类似的隐居环境以表现与陶渊明类似的心境，更多的是对田园生活的想象，通过城市的山水、隐居图、个人的园林、住处描摹自己想象的田园，表达一种隐居的想法。与陶渊明躬耕田野不同，因为没有田园生活的真实情形，也就缺乏陶渊明那样深刻的哲理思辨。同时代的袁枚则真正归隐田园，悠游山水，风流潇洒，对田园诗的境界有新的开拓，表达出与以往文人不同的情趣和率真的天性。游幕文人表达的隐居思想在中国诗歌隐居传统的延续之中，并非真正要隐居，而是借隐居表达自己恬淡超然的心境，或是借隐居标榜自己和幕主并非名利之徒。所以从游幕文人的田园诗能看出诗歌个人表达的非个人性，看到传统延续力量的强大。虽然有时很难分辨是他们人生体验的结果，还是对传统诗歌意境的模仿，但诗歌创作中文化的心理积淀绝对难以忽略。游幕文人在对隐居理想的表述中强化了他们面对现实世界无能为力时的群体感。幕主则借着隐居理想的表述塑造主持风雅者的淡泊形象，并成为诗歌创作的催生者。而图画与题咏除了自娱，大多用来社交投赠。《文心雕龙·情采》曰：“故有志深轩冕，而泛咏皋壤，心缠机务，而虚述人外。真宰弗存，翩其反矣。”[①]游幕文人的田园歌咏终究还是缺乏内在动力的支持，因而显得浮泛苍白。

第三节　交游赠答诗

诗文赠答是传统文人一种必不可少的交游媒介。幕主与幕宾、幕宾之间的交游与应酬，除了聚会宴饮时的唱和，还有平日的交游赠答。交游赠答诗是很富于中国民族特色的文化现象，用诗的形式作为应用文字，以审美的形式观照生活，体现了文人士大夫的人生态度。交游赠答诗是文人诗集的重要组成部分，也是文学史上的重要现象。交游赠答诗不仅具有应用功能，也是文人心灵世界的重要表征之一。交游赠答诗是游幕文人生存状态与人际网络的反映，也是乾嘉时期社会活生生的社交图谱，反映着文人之间、社会组织之间、文人与官员之间的社交关系。通过交游赠答诗能看到当时文人的交游圈。

---

① （南朝）刘勰《文心雕龙》，周振甫译注，页206。

一、幕宾与幕主的交游赠答

雅集宴饮以外，游幕文人与幕主在非公众场合交游赠答，也属于幕府内的创作。此处讨论的便是非聚会时刻的交游赠答诗。相比较于雅集唱和时的多人与幕主唱和而言，交游赠答诗大多时候是一对一的往来赠和。

主宾赠答的内容不过是日常琐事，从诗题中能看出曾燠与游幕文人交游的题材，《张南山以诗谢问耳疾，次韵酬之》《与题襟馆诸公品茶作歌》《和蒋师退食乌他》《送理堂学博》《香海以仆许为序诗，枉赠长句，次韵奉答》《喜兰雪至》《雨夕与恒斋、莲裳、芙初闲话，以诗纪之》《读马秋药诗集，奉简一篇》《诸君迟睡而仆早起，戏简以诗》《和墨卿寒食小饮》《闻兰雪庭前桃花盛开，戏简二绝》，表现出鲜明的日常化倾向，交游赠答的题材为疾病、饮食、闲话、迎来送往、睡眠等等的日常琐事。也有纳妾的，詹肇堂《心安隐室诗集》载有《偶得名香一饼，于座中试之，宾谷先生赋长歌见赠。今春有亡姬之戚，夏初复纳一婢，诗中因以为戏，谨用原韵仰酬一首，兼述悲怀》。在琐碎的日常生活中，主宾将平淡庸常转化为审美的观照。

与幕主赠答，虽流露真实的情感世界，但也多赞扬阿谀之词。郭麟遨游幕府间，以诗鸣江湖者二十余年。《寄蕴山方伯五首》是写给幕主谢启昆的："人材今渺然，爱才亦稀有。士贫日益贱，自待良莫厚。遂令诸贵人，驱使同马走。"①先从人材渺然、爱才更稀有写起，只是铺垫，要引出的是："惟公振起之，说士不容口。所以幕中宾，才士萃渊薮。"洪亮吉《寄大兴朱编修筠》："君不见，文公足戴北斗杓，我笔亦倾东海涛。"②不仅赞扬朱筠的才赋，也对自己的才华充满自信。史善长《呈弇山尚书》："又着尘衣拜节堂，谢公身在系民望。忧时自觉心如醉，报国常愁鬓有霜。南诏诸军仍络绎，西山群盗敢猖狂。何当畅展为霖手，一洗中天日月光。"③赞扬毕沅剿匪的功绩。吴照《奉呈弇山尚书长歌一首》："平生富贵无所求，愿得当世大贤从之游。蹇驴彳亍二十载，未敢谈笑干诸侯。岂无泛爱辱下问，当面欢笑背面羞。"④表达愿意追随毕沅的心情，接着便是歌颂毕沅的政绩和奖掖士人的名声："堂堂尚书起东海，侧耳清德三十秋。宦辙雍豫至荆楚，每逢奇士推奖心。""不将名位厌逢掖，直觉礼数如朋俦。倘令李白生并世，定然不慕韩荆州。杜陵枉用夸广厦，白传何须矜大裘。"吴照《留别弇山尚书二首》有赞颂恭维，也有留恋不舍："四

---

① （清）郭麟《灵芬馆诗集》，页 60。

② （清）洪亮吉《洪亮吉集》，页 1915。

③ （清）史善长《秋树读书楼遗集》，清道光十六年（1836）胜溪草堂刻本，页 8b。

④ （清）吴照《听雨斋诗集》，页 154。

朝文福人无二,五岳英灵坐镇三。天子累颁云锦制,儒生时在草茅谈。""铃阁瞻依恰半年,将归茅屋转茫然。得同斯世宁非幸,难久从游益自怜。知己恩深双泪落,汉江水满一帆悬。诸公莫更轻侯喜,名在韩门万口传。"[①]洪亮吉《灵岩读书图为毕侍郎》:"公才既大识亦先,一山读书曾十年。""乃知名世本蕴蓄,中外文武才皆兼。"[②]阮元进京见皇上,意味着阮元得到赏识与提拔,是对阮元政绩的肯定,端木国瑚作《寄送阮大中丞夫子入觐》:

昔人尝有言,愿得一知己。瑚得夫子知,鼓舞常夜起。
况知夫子者,一代圣天子。……
瑚也独何为,常为知己耻。行既未有成,才亦无可以。
致身固有时,所学乌能已。岂但事章句,得一即云喜。
夫子牧一方,不在此数纸。愿从夫子游,得闻天下是。[③]

端木国瑚先是感激阮元对自己的知遇之恩,因为阮元对自己的赏识而欢欣鼓舞,而对阮元有知遇之恩的是一代圣天子,进而歌颂阮元为官一方的政绩。郭麟《送云台少宗伯入都》:"清贫能养士,早达独怜才。只眼看千古,虚心待后来。"[④]乐钧《宾谷都转膺荐入觐,与同人送至秦邮,雨中登文游台酌别,归途成长短句却寄》:"由来富国先富民,如君真是封疆臣。""即今考绩朝京阙,夹道千人怅离别。"[⑤]赞扬曾燠的政绩,但诗中的描写显然有夸张之嫌。

幕主对幕宾也多流露深厚的友情,卢见曾《哭高二西园》,西园即高凤翰,"最风流处却如痴,颠米迂倪未是奇。再散千金随托钵,已残右腕更临池。"[⑥]卢见曾《出塞集》中有《承恩出塞留别扬州诸故人》:"多情应信扬州月,直送征轮到塞垣。"[⑦]《答扬州诸故人问近况》:"唯有扬州旧明月,关情不改曩时新。"[⑧]幕宾的情谊给幕主留下了美好的记忆,一旦离别,便倍加珍惜。毕沅《由襄阳之济南道中杂书寄别王太守蓬心兼示幕中诸友》:"羊工德政我何堪,行后难邀里巷叹。唯有耽书深入癖,生平不减杜征南。"[⑨]与幕宾的友情成为人生奔波路程上温暖的记忆。

---

① (清)吴照《听雨斋诗集》,页40。
② (清)洪亮吉《洪亮吉集》,页513。
③ (清)端木国瑚《太鹤山人集》,清道光二十年(1840)刻本,页15a—15b。
④ (清)郭麟《灵芬馆诗集》,页77。
⑤ (清)乐钧《青芝山馆诗集》,页557。
⑥ (清)卢见曾《雅雨堂诗遗集》,页430。
⑦ 同上书,页525。
⑧ 同上书,页534。
⑨ (清)毕沅《灵岩山人诗集》,页4b。

幕宾在诗中表达对幕主的思念之情，体现在怀人组诗中。史善长《怀人杂诗五十一首·镇洋毕尚书》："海内文章仰巨公，卢前王后尽腾空。如何一样池中物，才上龙门便不同。"①表达了对不公平现象的愤懑。洪亮吉《岁暮怀人二十四首·毕尚书师》："全湖南北节初移，圣主忧容俾近畿。五斗未能除薄俗，两旬闻已昧先機。右才每购千间厦，左宦仍被一品衣。此日汲公难卧治，九州分半入封圻。"②在怀人诗里赞扬幕主的功绩与荣名。吴嵩梁《怀人诗·中丞阮云台先生》：

日饮西湖水，书声幕府闲。勋名韩魏国，风味白香山。
文贵司衡早，诗成破贼还。饯春多旧侣，去住总相关。③

王芑孙《岁暮怀人·曾宾谷运使》："书来继粟心郑重，副以新篇佐吟讽。凛然诗有大家风，真气蟠伏如长虹。"④这是王芑孙收到曾燠的来信，信中有曾燠的新作，王芑孙赞扬曾燠诗作的气势和风范。下面四句便和诗作无关了："天下英雄困一饭，次第从公祝如愿。梦中明月旧扬州，不负此官须胜流。"天下的才士处境困窘，一一投奔到曾燠的幕府里，曾燠在扬州的政绩远胜于历代前贤。曾燠写有《秋花简幕中诸君》：

一半丹黄一半青，秋花有态只伶俜。
每因鸿雁惊人老，莫使芙蓉笑客醒。
裙屐湖山思往事，园林风露惜馀馨。
仙家若但餐甘菊，我辈谁能不驻龄。⑤

幕主曾燠表达的是时光飞逝、斯人老去的惊恐，而幕宾都有时不我再、功名难成的感觉，这种感情是相通的。幕宾感觉寄居于曾燠幕府，曾燠觉得自己在天地之间也是一个客旅，这种相同的人生感受，或者说文人气质、情怀在这样的时刻消除了主宾的差别，引起了他们的共鸣。在赋诗赠答的时刻，幕主和幕宾的人生差距缩小了，他们共同面对着时光、命运无情的摆弄。

最感动人心的是幕主死后幕宾的悼念之作，所赠对象仍是幕主，昔日恩情已远逝，但怀念、景仰之情难以忘怀，胡天游《梦溧阳公》：

天汉精神远，山丘怅望休。千年李膺去，中夕谢公留。

---

① （清）史善长《秋树读书楼遗集》，页10b。
② （清）洪亮吉《洪亮吉集》，页804。
③ （清）吴嵩梁《香苏山馆全集·香苏山馆诗钞》，页3b。
④ （清）王芑孙《渊雅堂全集》，页178。
⑤ （清）曾燠《赏雨茅屋诗集》，页121。

地下回青眼，人间恨白头。生平如不改，息息若为求。
太息登门日，虚怀忘履尊。异才长独许，世事细同论。
尚托昭灵俨，深知素臆存。十年除寝哭，更欲酒成痕。[①]

胡天游借梦到幕主任兰枝来表达自己的感激与思念之情，虽然幕主已在地下，但往日对自己的赏识、礼贤下士仍难以忘怀，过往的一切历历在目，唯有泪水能表达此时的悲伤。在毕沅死后，洪亮吉写过多首悼念的诗，《重哭尚书师》：“无泪哭公惟有血，此身阅世讵多时。平原宾客消沉尽，谁共筵前奠一卮。”[②]此种伤痛连泪水都不足以表达，唯有血水，而更可慨叹的是毕沅生前幕府诸多宾客，如今一一逝去，连一起祭奠毕沅的宾客都没有了。

主宾之间藉赠答讨论诗歌也很常见，吴嵩梁《书宾谷都转赏雨茅屋诗后》赞扬曾燠的诗集：“千首光芒烛绛霄，愿君及早付开雕。精神独造无今古，此集骚坛定不祧。”[③]詹肇堂《赏雨茅屋图为宾谷先生题》也称赞曾燠的诗作：

先生论诗旨，妙撷表圣最。择语务典雅，雄浑其体大。
读公所作诗，不越二者外。其余尽包举，非万漏一挂。[④]

吴鼒对曾燠的诗才赞誉有加，《客扬州，以素册十幅写宾谷先生集中诗意，自跋一首》曰：“题襟僻高馆，良会罗英耆。栌柚并有美，桃李鲜丑枝。”“公首倡元音，揖让旷与夔。积久篇什多，万象愁鞭箠。”“俾我研经余，不敢轻文词。”“读君五七言，可以疗我饥。”[⑤]曾燠作诗《向赠石琴一篇中有抑扬语，而其诗实无愧风雅之义，恐闻者不知而少之，复赠以此》，赠予詹肇堂：

诗不贵讥诃，亦无取噍杀。温柔与敦厚，至教莫能外。
关雎哀不伤，小雅怨而爱。言者可无罪，闻者足以戒。
后人论前人，容易律成败。局外谈局中，何由审利害。
彼之易其言，自省多昧昧。物不平则鸣，昌黎说本隘。
春禽何所愤，而比秋虫哕。荣悴无止观，知足则心泰。
如何鄙夫情，未肯一步退。玉作弹棋局，水舂连机碓。
人自矫揉之，在物非本态。杜苏不善学，恒足误流辈。
无病而呻吟，药石讵能瘥。和平感神听，喜起协赓拜。

---

① （清）胡天游《石笥山房集·诗集》，《清代诗文集汇编》279 册，页 208。
② （清）洪亮吉《洪亮吉集》，页 888。
③ （清）吴嵩梁《香苏山馆全集·香苏山馆诗钞》，页 5a。
④ （清）詹肇堂《心安隐室诗集》，页 620。
⑤ （清）吴鼒《吴山尊诗集》，《续修四库全书》1487 册，页 329。

斯旨惟君知，与君作诗话。①

詹肇堂《次韵奉酬宾谷先生再见赠之什》：

诗城坚壁垒，溃则方其杂。中在巧力间，音妙弦指外。
厥旨和且平，臣子表忠爱。风刺亦有为，取足示劝戒。
奈何无病呻，政恐见敌败。平生坚此心，惧物从而害。
学之三十年，稍稍豁蒙昧。公宏大誓愿，力扩九州隘。
亲聆长鲸铿，一破寒蝉哕。本无权褒诛，故顺境否泰。
心师佛精进，学慕儒敛退。公特奖借之，糠谷杀舂碓。
山膏恃善骂，狂奴逞故态。开口薄前人，流毒中时辈。
公论妙和缓，沉疴庶可瘥。请为座右铭，讵止床下拜。
罪言如指口，即事慎出话。②

曾燠写诗给詹肇堂，认为詹肇堂的诗有风雅之义。他在诗中表达了自己比较宽容的诗学主张，认为韩愈的“物不平则鸣”的说法过于狭隘，平和的心态一样能够写出好诗，而无病呻吟则不可救药。詹肇堂很赞同曾燠的主张，夸赞曾燠冲破了狭隘的诗学观念，感谢他对自己的奖掖，并批评了时下的流俗。作为次韵诗，詹肇堂不仅在韵脚上要和曾燠所赠诗相同，在内容上也要与曾燠的诗有回应，这种回应自然少不了对幕主的赞扬。曾燠的诗歌总体上浅白而流畅，清丽而不乏意境，有着浓郁的抒情。以曾燠《赏雨茅屋诗集》的整体来看，语言浅白流畅，大致的风格便是情景交融，意境清幽，意象空灵，而且充满浓郁的抒情色彩。不管是咏物还是交游，曾燠都能发一己之深情。清初陈恭尹《次韵答徐紫凝》已说过：“文章大道以为公，今昔何能强使同。只写性情流纸上，莫将唐宋滞胸中。”③到乾嘉后期，这几乎已成为诗坛的共识。诗坛经历了长时间的唐宋之争，乾嘉诗人能够跳出唐宋之争的圈子，对诗歌的创作有着较为理性、客观的认知，能够从诗歌的本质出发，做出公允的判断。在曾燠幕府内，主宾之间的活动无非是饮宴唱和，谈诗论学，对唐宋之争不可能没有讨论，曾燠及幕宾创作的路子可以说是广师唐宋，从他们的赠答中能看出这种诗学主张。

主宾之间的赠答诗显示出他们的交情之深超越了主宾关系而成为知己与朋友。曾燠《寄吴白庵》描绘出吴照洒脱而落魄的文人形象；《寄甘亭》则刻意刻画彭兆荪之懒散、穷困，曾燠对寒士窘境之理解与同情见于笔下；《赠章

---

① （清）曾燠《邗上题襟集》，页42a。（《赏雨茅屋诗集》中无此篇）

② （清）詹肇堂《心安隐室诗集》，页619。

③ （清）陈恭尹《独漉堂诗集》，《清代诗文集汇编》125册，页531。

实斋》刻画章学诚面目之丑陋、滑稽，全是游戏笔墨，笔端流露出二人的交情之深；《闻蒋山病狂四首》更是充满同情之理解；《袁浦遇郭频伽枉赠佳篇次韵奉答》描述郭麟之蹉跎、可怜：“白头相见尚佣书，落落知交涕泪馀。”[①]《〈松石把卷图〉歌为张南山作》写张维屏之清高、迂腐：“不知尘世有何事，终日手持一卷看。……傍人笑君饥且冻，君乃嚣嚣自吟讽。”[②]《长歌赠邓湘皋显鹤》怜惜邓显鹤之孤傲、与世寡合：“衡山朱凤声嗷嗷，独鸣千仞无其曹。”[③]曾燠以宽容与理解接纳了疏狂的文人。曾燠《九月十日宴客作》题目下注曰：“座中皆失意人。”[④]这些失意人多为科举不第、寄人篱下者，却得到曾燠的礼遇。《传得阆斋临终留诀之作，悲而成歌，并柬惕甫》：“闻君有二雏，皆为不凡子，我与铁夫当善视。”[⑤]阆斋即寒士徐嵩，他不仅生前得到曾燠资助，死后子嗣仍蒙其照顾。《邓湘皋至，有诗见贻，赋此奉答，并呈幕中诸友》曰：“吾侪道义交，馀事托词翰。”[⑥]曾燠与寒士交往的核心词汇是道义与词翰，不管是消寒消夏，还是游山逛水，抑或聚会别离，诗酒唱和是他们交往的主要方式，只要得着写诗的契机，就宾主酬唱。

从曾燠写给两个幕宾的诗能知晓他们之间亲密而轻松的关系，《寄吴白庵》：

广文先生今郑虔，有才三绝无一钱。
前年上书不得意，挂帆飞渡巴陵烟。
巴陵烟开庾楼月，庾公宴客笙歌发。（谓毕秋帆知府）
汉江一醉三百杯，落笔波澜与江阔。
却乘黄鹤还故乡，故乡妻子饥且僵。
劝君俯就升斗禄，需次从此居南昌，而君落拓犹故常。
闻君东湖之涘赁华屋，推与贫交同信宿。
堂中食客常百人，不计广文饭不足。
怀中安得余琅玕，盘里从来厌苜蓿。
吾侪豪气穷不衰，黄金到手辄尽之。
平生浪说买山隐，徒有空囊诚可哂。[⑦]

① （清）曾燠《赏雨茅屋诗集》，页157。
② 同上书，页129。
③ 同上书，页158。
④ 同上书，页111。
⑤ 同上书，页51。
⑥ 同上书，页175。
⑦ 同上书，页14—15。

《寄甘亭》：

不见彭生久，闻生益坎坷。其人其文章，种种与时左。
生平除读书，万事皆懒惰。金陵贡院门，咫尺足常裹。
矧乃贵人弟，掉头肯一过。兼金或为寿，无处不可货。
亦有劝治生，生闻必笑唾。无严于诸侯，未以一豪挫。
顾独媚其妇，刚强变柔懦。画眉助晨妆，熨体供夕卧。
虽然得妇欢，而忍使妇饿。打头屋三间，寒风吹土锉。
挥豪日吟哦，妇以饥肠和。当时所尚文，抵死不肯作。
慷慨或燕歌，幽悲或楚些。赋或同扬雄，诗或同李贺。
世皆笑弃之，生不惜劳瘅。誓与古作家，巍然参一座。
昔者尝谓予，知音子一个。朝暮题襟馆，以斯相切磋。
别来五六年，光景蚁旋磨。吾衰少精进，生学弥远大。
千里期不来，知难具鞍驮。生则固穷矣，吾愁何日破。①

第一首是曾燠写给幕宾吴照的，第二首是写给幕宾彭兆荪的。吴照与曾燠是江西南城的同乡，根据现有资料可以知道他在王昶和毕沅幕府待过，但更多时间待在曾燠的题襟馆，关于他的身世和别的情况，无从考证。然而从曾燠的这首诗里，我们可以了解到吴照的境况，有才无钱，仕途不得意，挂帆远行，在毕沅幕府诗酒唱和，才华惊人，而家里的妻子孩子“饥且僵”，至此我们已经能够了解到一个有血有肉的文人形象。曾燠说自己经常劝导吴照“俯就升斗禄”，即不要过于清高，也要为稻粱谋，暂且委屈自己去做官。而吴照不听劝导，“落拓如故常”，而且生性慷慨，一掷千金，门前食客极多。曾燠结尾说吴照别想归隐了，因为他根本没钱买地归隐。这首诗似贬实褒的口气看似批评吴照，却透露出对吴照的欣赏与同情。曾燠了解并同情幕宾的处境，也欣赏他们不为仕途束缚、甘为友朋付出的旷放性格。《寄甘亭》是彭兆荪离开曾燠幕府五六年后曾燠写的诗。彭兆荪嘉庆九年至十二年(1804—1807)客于曾燠幕府，之后漂泊辗转，多次客于胡克家江苏、淮安、江宁、安徽的幕府。诗一开头便说很久没有见到彭兆荪了，听说他更加坎坷，可见彭兆荪之前的境遇就不好。为什么境遇不好呢？从曾燠的叙述来看，彭兆荪做人、作文章都不合时宜，生平除了喜欢读书，别的事情一概不理。金陵的贡院距离彭兆荪咫尺之近，但他从不去干谒；也有贵人子弟要和他结交，他不屑为之，所以生计维艰。有人劝说他要为生计想一想，他一笑了之。面对诸侯贵人，

① (清)曾燠《赏雨茅屋诗集》，页94。

从不阿谀奉承。曾燠下面便和彭兆荪开玩笑，说他虽然傲骨铮铮，但是俯首甘为妻子画眉、侍奉。在这短暂的玩笑后，曾燠笔锋一转，“虽然得妇欢，而忍使妇饿”。虽然讨得妻子的欢心，却使妻子在贫困中忍饥挨饿。在寒风和饥饿中，夫妻二人诗歌唱和。即便如此，彭兆荪还是不屑于作时文，而力求在诗文创作方面直追古人。曾燠回忆起彭兆荪在题襟馆唱和的情景，彭兆荪认为只有曾燠一人是他的知音。分别五六年了，彭兆荪处境更加窘迫，但是学问日益精进。“千里期不来，知难具鞍驮。生则固穷矣，吾愁何日破。”彭兆荪并非不想去题襟馆和曾燠见面，只因为没有路费，无从相见。彭兆荪固然安于穷困的生活，但是曾燠的哀愁何日是止境呢？这里的哀愁不仅是与彭兆荪难以相见的惆怅，还有对彭兆荪境遇的哀叹，什么时候彭兆荪能够摆脱这样的处境呢？曾燠对幕宾的了解、理解、哀叹、哀怜从中体现出来。

从曾燠的诗可以看出，他了解幕宾的性格和处境，对他们有理解，有同情，有哀叹，有欣赏，也有宛转的相劝。以曾燠如此的爱才之心，也就难怪幕宾争相与之唱和了。王芑孙《将为扬州之游，自嘲寄曾宾谷运使、魏春松太守、吴谷人侍读》：“茫茫天壤此一身，有官无官皆累人。醉中欲上长安道，去无仆马居无薪。生平所仗友朋力，运使与我尤情亲。”①乐钧《重至题襟馆，雪中柬宾谷都转四首》之一：“别君事日异，见君情益亲。饮君一杯酒，胸膈开层云。”②贫困的幕宾与曾燠能够“尤情亲”“情益亲”，可见曾燠幕府的吸引力所在。陆继辂《呈曾都转燠》：“峨峨曾夫子，卓建大将旗。登坛意慷慨，复古任弗疑。我亦有志士，从公乞偏裨。”③吴照《和宾谷醉歌行》：“如君跌宕真无前，如君诗笔尤难敌。我是湖山放浪人，兴酣只解抒胸臆。子昂之琴不愿碎，五侯之鲭不愿食。怀中一刺久漫灭，非君念我谁相识。”④吴照告诉曾燠，自己生性疏宕高傲，不愿与贵人结交，所以也处处碰壁，如果没有曾燠的包容、提携，早就埋没在俗世中了。吴照《短歌弄曾户部宾谷》：“试于花下观能事，击节倾壶我共君。”⑤与曾燠一起观画吟诗。《赠宾谷都转》夸奖曾燠的功绩：“吾邦大雅要人扶，早岁期君是丈夫。万首诗歌编历代（先生刻《江西诗徵》九十四卷），十年坛坫主三吴。”⑥在离开题襟馆时，他很留恋，《留别宾谷运使》：“爱养贤者责，岂邀时俗称。我居已两月，归思方怦怦。妻孥寄庑下，一室愁

---

① （清）王芑孙《渊雅堂全集》，页 187。

② （清）乐钧《青芝山馆诗集》，页 537。

③ （清）陆继辂《崇百药斋文集・诗集》，页 11b。

④ （清）吴照《听雨斋诗集》，页 30。

⑤ 同上。

⑥ 同上书，页 116

经营。老矣怯风浪，将别涕泪并。从此伏乡井，坐守寒毡青。诸生时讲习，疑义商群经。良辰烂漫醉，胜地追随行。”①在对艰难生活的描述中表达着不想离开题襟馆的留恋。吴照《留别宾谷都转》：“行将归敝庐，感激屡回首。后会难预期，掣泪执双手。君子重有为，小人乐耕耦。”②吴鼒《寄呈都转宾谷先生十三用前韵》：“我至频倒屣，我醉履落帻。礼法容疏狂，此意古今泣。”③曾燠的宽容与礼待让幕宾非常感动。陆继辂《归舟寄题襟馆》：“士归知己如流水，月照空江起积烟。”④郭麟《呈曾宾谷都转二首》：“列戟门庭真似水，过江人士望如山。”⑤赞扬曾燠延揽人才。吴嵩梁《辛酉仲春四日过广陵晤曾宾谷运使留宿题襟馆，并招……赋谢》：

珠帘十里玉箫声，杜牧狂游已隔生。
阅事多应持定力，感知深岂在时名。
老依幕府终何用，才可名山贵早成。
佳句读过三百遍，酒边热泪更纵横。
……
薄粥寒灯二十年，一科潦倒似登天。
穷来骏骨高无价，老去峨眉画不妍。⑥

在对曾燠的感激中，却抒发了自己深深的愧疚之情。吴嵩梁于乾隆五十八年(1793)客于题襟馆，在嘉庆六年(1801)前后又客于曾燠幕府，回想当年在题襟馆的诗酒之会，有“杜牧狂游已隔生”的恍若隔世的感觉，感慨自己老依幕府，身无一用。回想这二十年的贫贱生活，源头在于“一科潦倒”，科举上的失利造成了终身的贫困。吴嵩梁的诗曾经轰动一时，在曾燠幕府也名噪一时，最终却是又老又穷，重回题襟馆，带着无限的惭愧之情。

不管是抒情言志，抑或是炫耀才华，选择用诗歌的形式交游唱和，可以说都是以审美的态度投入人生，以审美的方式来观照生活，随时随地对个人作全身心的审美表现，而这也正是乾嘉时期文人士大夫的一种人生态度。

---

① (清)吴照《听雨斋诗集》，页51。
② 同上书，页78。
③ (清)吴鼒《吴学士诗集》，页329。
④ (清)陆继辂《崇百药斋文集·诗集》，页12a。
⑤ (清)郭麟《灵芬馆诗集》，页137。
⑥ (清)吴嵩梁《香苏山馆全集·香苏山馆诗钞》，页6b。

二、幕宾之间的交游赠答

（一）交游与友情

幕府为志趣相投的文人提供了很好的交游场所。李斗《扬州画舫录》载：“以歙县凌仲子、吴县李锐尚之、歙县汪莱孝婴为论天三友。”①阮元《定香亭笔谈》：“焦里堂循，江都人，朴厚笃学，邃于经义，尤精于天文步算，与李尚之锐、凌次仲廷堪为谈天三友。”②二者提到的“三友”人名不尽相同，不管“三友”是哪几个人，在时人看来，“三友”的称呼总是美谈。在朱筠幕府时，章学诚向朱筠学习古文辞，邵晋涵同在朱筠幕府，便“出具前朝遗事”，朱筠与章学诚“各试为传记以质文心。其有设史事者，若表志、记注、世系、年月、地理、职官之属，凡非文义所关，覆勘皆无爽失”，章学诚由是与邵晋涵“论史契合隐微”③。乾隆二十二年(1757)，惠栋与戴震同时客于卢见曾幕府，二人在相处中，戴震受到惠栋深刻的影响，清代的学术发展也因二人的交往而发生了改变。惠栋已年过花甲，戴震才三十多岁，二人的相互交流带给戴震学术思想以极大的转变。没有与惠栋相处以前，戴震一直认为，“圣人之道在六经，汉儒得其制数，失其义理，宋儒得其义理，失其制数”。可以说是汉宋并举，无所轩轾。然而，与惠栋相处一段时间之后，他的论学发生了重要变化。原来所持的是汉儒、宋儒分说，义理、制数互有得失，之后他却将二者合并为一途，认为所得尽在汉，所失尽在宋，义理统于故训，而这正是惠栋的主张。钱穆《中国近三百年学术史》曰：“盖乾嘉以往诋宋之风自东原起而愈甚，而东原论学之尊汉抑宋实有闻于苏州惠氏之风而起也。”④幕府内也存在着诸多争端。洪亮吉《黄君行状》叙述黄景仁的遭遇：“居半岁，与同事者议不合，径出使院，质衣买轻舟访秀水郑先生文虎于徽州，越日追之，已不及矣，其标格如此。”⑤洪亮吉在朱筠幕府也曾与幕友意见不合而离开。孙星衍也因性格孤傲、怪异而被众人驱逐。幕宾之间有友情，也有争论、矛盾，有学术见解不同，也有意气之争，有门户之见，也有个性不合。

幕宾之间表达的感情无非是失意、孤独、知音之感，时光飞逝、思念之情。《清邵二云先生晋涵年谱》：“六月，亮吉归里，与先生于怀宁城下相别，各为诗八百字以赠。两诗皆以僻俗学之汩真，为自勖勖人之鹄，非寻常赠别语。先

---

① (清)李斗《扬州画舫录》，页108。
② (清)阮元《定香亭笔谈》，清光绪二十五年(1899)刻本，页20b。
③ (清)胡适《清章实斋先生学诚年谱》，页23。
④ 钱穆《中国近三百年学术史》，北京：中华书局，1986年，页322。
⑤ 黄葆树《黄仲则研究资料》，页213。

生旋亦归里，景仁以诗送之云：'去年红药翻阶时，诵君曲江新赋诗。文人海内手加额，我曹读书宜勉之。'"①这是邵晋涵、洪亮吉、黄景仁三人在朱筠幕府内分别，作诗表达依依惜别之情，也相互劝慰勉励。汪中序吴照的《听雨斋诗集》："余性刚寡合，略似白庵，故邂逅相遇，交相得也。朔风方劲，归人首路，山川修阻，相见无期，书在简端以志游好。"②性格孤傲的汪中在幕府中与吴照邂逅，惺惺相惜。吴照《答汪容甫赠别元韵》："独自成家编《述》学（容甫著《述学》内外编），无多同调感知音。岁残久识风霜味，游倦频生愧悔心。"③《汪容甫五十》："十年以长敢肩随，海内如君识面迟。孙楚在乡交口诋，扬雄后世有人知。亲操总赖闺中妇，夙慧频夸膝下儿。多少名山俯江外，待藏述作更无辞。"④表达的是对汪中的知音之情及对汪中著述成就的肯定。惠栋序沈大成《学福斋文集》："而求一殚见，洽闻同志相赏者，四十年未睹一人。最后得吾友云间沈君学子，大喜过望。"⑤因为知音难求，所以在幕府内遇到知音格外欣喜。方正澍《以诗代书招史清溪见过》："饱谙世故无如我，可与言人只有君。……擘笺写就相邀柬，迟汝来朝剧论文。"⑥史青溪即史善长，与方正澍同在毕沅幕府，二人写诗论文，相知甚深。刘嗣绾《读吴兰雪诗却寄》："倒尽行囊铸贾金，新诗一卷动清吟。苍凉燕筑云中调，幽咽湘弦水上音。尘海共倾知己泪，名山应识替人心。开编那不成惆怅，落叶萧萧坐拥衾。"⑦这是离别后寄给吴嵩梁的诗，读友人的诗，惆怅落寞。史善长《怀人杂诗五十一首》怀念吴照："胸包一切眼无人，遇我低头意转亲。风雨打窗灯火暗，淋漓醉墨扫寒筠。"⑧怀念王芑孙："最忆王郎磊落才，题名也到凤池来。词场一散春无主，浅碧桃休孟浪开。"⑨吴照目空一切，却对史善长很亲近，二人交游甚多。怀念王芑孙，更有悠远的情致，自从王芑孙离开后，再好的春光、再灿烂的桃花都白白地虚设了，因为才气纵横的知心朋友已不在身边。吴照《与宾谷追悼鲁厚畬先生，并念陶适斋先生尚未卜葬，为之恻然》："纸窗风雨思畴昔，同是醉翁门下客。翁今往矣三径荒，尚喜裴能择金石。"⑩（谓四子宾之

---

① 黄云眉编《清邵二云先生晋涵年谱》，页 30。

② （清）吴照《听雨斋诗集》，页 1。

③ 同上书，页 52。

④ 同上书，页 53。

⑤ （清）沈大成《学福斋文集》，《续修四库全书》1428 册，页 1。

⑥ （清）方正澍《子云诗集》，清刻本，页 37b。

⑦ （清）刘嗣绾《尚䌹堂诗集》，页 221。

⑧ （清）史善长《秋树读书楼遗集》，页 13b。

⑨ 同上。

⑩ （清）吴照《听雨斋诗集》，页 30。

也）这是悼念死去的幕友。乐钧《同白庵兰雪夜话》：“怀珠聊自媚，饰椟将安求。狂名竞远达，壮岁俱倦游。”[①]深夜乐钧、吴照、吴嵩梁三人聊天，述说相同的遭遇和心境，表达对奔波旅途的厌倦。史善长《怀人杂诗五十一首》怀念孙星衍：“孙郎才笔冠兰陵，年少高谈服李膺。努力嫏嬛细秘籍，头衔莫负一条冰。”[②]史善长盛赞孙渊如的才华与奇气。乐钧《将归临川，留别扬州诸公五首》：“飘零虽半世，吾道未为孤。”[③]有一种归属感。

洪亮吉在毕沅幕府呆过不短的时间，并与很多幕友结下深厚情谊。八年之后，一些幕友已经死去，洪亮吉在王复的官府里参加聚会时仍旧怀念着毕沅幕府的幕友们，并慨叹着时光的无情，充满怀旧之情，作有《王大令复以雪苑消寒集属题，因忆甲辰乙巳间与大令同客西安毕尚书师幕府亦有此集，预其会者吴舍人泰来、严侍读长明、贾上舍元模、庄通判炘、钱州倅坫、朱秀才熽、徐布衣坚、蒋县丞齐耀、王文学开沃、孙比部星衍凡十人，今甫八年，存没相间，不胜怀旧之情，爰作一篇跋大令集后并寄尚书师武昌》一诗：

忆昨三冬饮，谁如十客闲。严吴归地下，王贾散人间。

别有神仙侣，偏沦簿尉班。（谓钱、蒋）朱云称久疾，孙楚亦长鳏。

避债娲山侧（谓庄），逃禅胥水湾。（谓徐）襟期总霄汉，游戏偶尘寰。

醉每忘阶级，狂宁避谤讪。别来经岁月，遥隔万云山。

吾子官初达，高斋客乍还。一编沿故事，百首许重删。

惊坐名原振（陈明经燮诗最多），登楼赋早娴。胜游何洒落，逸兴与跻攀。

水碧围衣带，峰青斗髻鬟。呕心怜句好，握手恨缘悭。

我愧持双节，行将化百蛮。凌门欣咫尺（谓尚书师在武昌），沔水叹回环。

属有同堂谊（时方子云、孙香泉皆同在幕府），都愁会面艰。感恩情抑抑，怀旧泪潸潸。[④]

八年的时间，毕沅幕府经历着兴衰，毕沅也先后继任陕西巡抚、河南巡抚、湖广总督，幕府内的幕宾有避债的、逃禅的、死去的，还有不知去向的。洪亮吉怀念这些友人，回想起当初意气纵横的诗酒之会，表达思念与感激。

因为有才华的游幕文人多带有一股傲气，而这股傲气很容易被世俗社会

---

① （清）乐钧《青芝山馆诗集》，页474。

② （清）史善长《秋树读书楼遗集》，页12a。

③ （清）乐钧《青芝山馆诗集》，页586。

④ （清）洪亮吉《洪亮吉集》，页707。

所排斥，所以寻找知音更为艰难，也因此倍加珍惜知音之情。一旦在幕府遇到彼此赏识的朋友，便结下永久的情谊，诗歌也就成为赠答的最好媒介。

（二）汪中与黄景仁

汪中和黄景仁的交谊可以看作游幕文人中比较典型的幕宾之间的友情。二人年岁相当，寿命都不长，都性格狷介，都辗转于幕府之间，都失意落魄，都成名虽早，但艰于谋生，所以惺惺相惜。不同的是汪中早年沉溺于辞章，后专心于经史，而黄景仁以诗人终身。《黄仲则研究资料》："按容甫与先生处境及性格，多类似处。容甫少孤，事母至孝，家贫，奔走四方，以笔札供菽水，性狷峭，与众落落难合，于世沉郁无所遇。尝过鹦鹉洲，为文祭黄祖，以舒愤怼。与先生过湘潭酹酒招魂，吊屈原、贾谊，事同一辙。所不同者，先生以诗名世，而容甫三十后，决不复为诗，专攻经史耳。……又按吴鼒《问字外集》题词：一日，集容甫家，容甫称今之人能为汉、魏、六朝、唐人之诗者，武进黄仲则也。"①"时太守（沈业富）署中宾客有邵晋涵、高文照、汪中辈。是时先生与容甫唱和诗最多。"②汪中对黄景仁非常佩服："《与秦丈西岩书》云：武进黄景仁，字仲则。昨以事，客游于此。其人年二十有一，所作诗千有余篇，雄才逸气，与李太白、高青邱争胜毫厘，实非今世上所有。某虽负气，于诗自愧弗如也。"③乾隆三十四年（1769），汪中与黄景仁相识于沈业富幕府，后两人又同在朱筠幕府。

汪中赠给黄景仁的诗有三题八首，《赠黄仲则六首》《三月廿一日夜和仲则》《七夕采石登太白楼题壁留示仲则》。黄景仁写给汪中的诗现保存有十三题十八首，《偕容甫登绛雪亭》《春暮呈容甫》《七夕怀容甫游采石》（二首）《春日和容甫》《夜坐述怀呈思复》《和容甫》（三首）《金陵待稚存不至适容甫招饮》《月下登太白楼和思复壁间见怀韵》《闻思复来岁复馆姑孰》《将至芜湖忆文子容甫》《送容甫归里》（三首）《以所携剑赠容甫》《读容甫近诗过以哀怨为体诗以广之》。词二首：《念奴娇·清明偕容甫稚存访城东古院》与《前调·送容甫归真州》。从汪中的诗来看，《三月廿一日夜和仲则》表达的是"与汝相守能几时"的友情，《三月廿一日夜和仲则》：

> 丛薄风生窗淅淅，夜火欲尽作青色。
> 病客独坐毛发立，鬼适何来太相逼。
> 飒然雨落林鸟啼，空堂曳革行来迟。

---

① 黄葆树《黄仲则研究资料》，页 37。
② 同上书，页 38。
③ 同上书，页 7。

终夜作索心然疑，天明向壁块然卧。
与汝相守能几时？①

黄景仁《夜坐述怀呈思复》是与汪中相唱和的诗，思复即汪中。

密筱崇兰露气昏，草堂促膝倒深樽。
灯前各掩思亲泪，地下偏多知己恩。
似水才名难疗渴，投闲芳序易消魂。
沧州散发他年事，迟尔清江白石村。②

在深夜，浊酒一杯，促膝长谈，为命运哀叹，为思念家乡的亲人掉泪，感慨怀才不遇，二人的孤独落寞从"地下偏多知己恩"可以体悟到，正因为不被世人认可，才会把古人、地下人作为知己，也正因为知己在地下，活在当世才倍觉孤独。黄景仁诗笔一转便是对自己人生的感慨，"似水才名难疗渴"，虽有才名，但才名似水，而这水又难解饥渴。这是在感慨自己徒负才名，却落魄如此。汪中的诗散发着一股鬼气。风声渐起的夜晚，雨声淅沥，夜火欲尽，二人对坐，毛发耸立，鬼来相逼。雨声停止，鸟啼响起，寂静的屋子里响起脚步声，这是一夜未眠的人归来了。天亮后，才心事重重地面壁躺下，像这样相守的夜晚能到何时呢？这里汪中把二人称为"病客"，他的诗没有黄景仁对身世、人生的哀叹那样直白，但字里行间透露着一股抑郁与寂寥。就是这样一个阴气森森的夜晚，就是这样两个同病相怜的人，当曙光穿过黑暗照亮房间时，他们却要入眠去了。他们的人生岂不是像这样的黑夜，让他们惊惧并留恋。

汪中《赠黄仲则六首》把对黄仲则的感情表达得淋漓尽致，诗眼为"斯人不可求""落拓""相对一赏音""众中独见亲""不见所思人""邂逅愿终好"。③第一首叙述自己以前的好友逝去或离开，表达"常恐朝露期，斯人不可求"的孤独和对知己的期待。第二首写自己的落拓与得遇黄景仁的欣喜。第三首写二人身世的相同与由此引起的同病相怜，然而"相对一赏音"的知己之情让人生充满希望。第四首写二人艰难的境遇，虽是磊落人，但"高才世不容"，两个孤独的人"众中独见亲"，遗世独立，但汪中哀叹人生的艰难，"多难使人悲"。第四首写二人别后，虽与他人游处，但"宾客徒满堂，不见所思人"，没有知音，那些热闹与繁华只是增加落寞感，面对喧闹的宴席想起的却是和黄景仁深夜独坐到天亮的时刻。第六首表达的是"邂逅愿终好"的愿望，黄金、荣名都比不上知己之情重要，分手后不知是否后会有期，且珍惜眼前的光阴吧。

---

① (清)汪中《新编汪中集》，页511。
② (清)黄景仁《两当轩集》，页81。
③ (清)汪中《新编汪中集》，页509。

“愧予求友心，沉郁为尔老。”这里的“求友”已经超乎一般的朋友之情，而是深深相知的知己之情。

黄景仁《送容甫归里》(其二)曰：“羡君乐事故园新，问字谈经大有人。此日众中推折角，他年殿上待重茵。疗饥字少怜予陋，劝学温言鉴尔真。自忖不材终放弃，江潭瓠落寄吟身。”①从这首诗里可以看出汪中曾经劝说黄景仁学习经史，黄景仁也付出过行动，只是最终放弃了，“劝学温言鉴尔真”。正是汪中以自己放弃辞章钻研经史的经历来劝导黄景仁，可见乾嘉学术风气之浓，也可见朋友之间影响之大。黄景仁在汪中的劝说下应该是下了决心从事学术，从事考据的，从袁枚给黄景仁的信中可知，如果黄景仁只是说一说，袁枚不会如此苦口婆心地劝说他放弃考据的。袁枚《小仓山房尺牍·答黄生》：“近日海内考据之学，如云而起。足下弃平日之诗文，而从事于此，其果中心好之耶？抑亦为习气所移，震于博雅之名，而急急焉欲冒居之也？”②袁枚费了不少笔墨劝说黄景仁，可见黄景仁受汪中影响之大。

黄景仁《偕容甫登绛雪亭》是他和汪中二人在沈业富幕府时一起游玩的诗歌，登高的理由是“囊无一钱买君醉，聊复与尔登高台”③。二人穷困潦倒。“凭高眺远吾两人，心孤兴极牢忧并。”凭高远眺，悲从中来，虽然兴致极高，内心却有着深深的孤独。“著书充栋腹常饥，他年沟壑谁相贷。”是在哀叹汪中，也是在哀叹自己，才学何用？充栋的著作怎样慰藉辘辘的饥肠？《和容甫》把二人比喻成阮籍和嵇康：“三五读书策，结怀嵇阮俦。”④也为二人的遭遇自我安慰，“乃知天下士，定在风尘收”。二人显然是自知不为世容的。“修辞富华实，秉操逾圭璋。翻使一国中，抚掌嗤其狂。”这是赞扬汪中的才学，也是为世人嗤笑汪中的狂名抱不平。“众中独我亲，亦知我心伤。两小皆失怙，哀乐颇相当。贫贱易为感，况复齐孤芳。”还是在表达知己之情，“众中独我亲，亦知我心伤”。与汪中“众中独见亲”表达的是同一种感受，因为二人身世相同，境遇相同，性格相似，所以在茫茫众人中独见亲，而贫贱的处境又极易惹起感伤。《送容甫归里》：“聚本无端别可惊，寄书寄剑是生平。”⑤表达离别的悲伤，并以自己随身携带的剑赠送给汪中，黄景仁不会舞剑，剑只是一种身份的表达。“前途鸥鸟如相讯，为道忘机是旧盟。”表达的是共同归隐的志趣。然而二人都没有归隐，汪中来年继续客游，黄景仁作《闻思复来岁复馆姑孰》：

---

① (清)黄景仁《两当轩集》，页113。
② (清)袁枚《袁枚全集·小仓山房尺牍》，页289。
③ (清)黄景仁《两当轩集》，页73。
④ 同上书，页75。
⑤ 同上书，页113。

“官斋倘寥寂，书札慰吴侬。”[①]客游的寂寞不仅是时日的寂寥，更多的是缺乏友朋的孤独。《前调·送容甫归真州》：

思亲远梦，记连宵夜雨，一灯分作。羡尔思归归即得，飘若浮云先去。客本非家，聚原有散，但怪如斯遽。一鞭捎过，劳劳亭子边路。

今日世态波涛，才名瓦砾，无我疏狂处。待有五湖三亩宅，多恐萱帷迟暮。归既难归，客还送客。触起悲秋绪。一言堕泪，不知何地重遇？[②]

汪中离别幕府时，黄景仁写下这首词。上阙写离别的场景，既有“羡尔思归归即得”对汪中归家的羡慕，又有“飘若浮云先去”对浮云般漂泊生涯的感慨。既有“客本非家，聚原有散”对漂泊生涯、聚散无常的通达，又有对聚会时光过于短暂的遗憾，情绪在一种矛盾状态中沉浮。下阙便全是感慨了。现实生活波涛凶险，何处寻找立身之地呢？“才名瓦砾，无我疏狂处。”对于归隐也只是抱着渺茫的希望，“待有五湖三亩宅，劳劳亭子边路”。真的有归隐的地方时，恐怕也是迟暮时节了。这是黄景仁在表达自己的感慨。“归既难归，客还送客。触起悲秋绪。”触发悲伤情绪的不仅仅是送别汪中，更主要的是“客送客”的双重凄凉。“一言堕泪，不知何地重遇。”结尾倒是回归到送别的正题上，表达对相逢的期待和很难再相逢的悲哀。但通观全诗，黄景仁的大部分笔墨在对境遇的感慨上。

阮元《淮海英灵集·汪中小传》：“（汪中）生平多谐谑，凌轹时辈，人以故短之。然于嘉定钱詹事大昕、金坛段大令玉裁、高邮王给谏念孙、歙县程大令瑶田，未尝不极口推崇。”[③]为人诟病的汪中与以狂名著称的黄景仁却有着如此深厚的情谊。当他们以“狂”自居时，已经主动与主流社会隔离开，主流社会也以“狂”表示对他们的隔阂与不认同。狂名确实有二人恃才傲物的个性因素，他们对自我才华的体认使他们产生了深刻的文化自信与优越感，且自外于凡庸俗流，不屑于与庸众应酬交往。他们虽然被边缘化，虽然孤独落魄，却在彼此的精神世界中留下永恒的痕迹，这痕迹中是对彼此才华的欣赏与爱护，这欣赏爱护来自自身的才华与品格，来自对超越世俗的才情的认同。

三、交游赠答诗的得失

游幕文人应用诗歌交际，在日常生活中、人际交往中或者抒情言志，或者

---

① （清）黄景仁《两当轩集》，页102。

② 同上书，页445。

③ （清）阮元《淮海英灵集》，页22a。

炫耀才华，对人生持审美的态度，也用审美的形式来观照生活，对个人情感及体验以审美的形式表现出来，这也正是传统文人的一种人生态度。交游赠答诗在古人诗集中随处可见。从文学作为中介的手段来看，交游赠答诗正典型地体现了诗歌的这一文学属性。曹卫东《交往理性与诗学话语》说："文化现代性的角度来看，文学首先是个体之间的一种中介形式，它成了个体与个体、个体与他者、个体与共同体之间建立交往关系的一种行之有效的中介手段，也就是说，文学为个体建立起了一系列的主体间性关系，使得个体能够在这些关系当中确立自己的地位，并进而用这些关系构筑社会体系。"[①]诗歌在乾嘉时期本就是文人之间交往的一个工具。

游幕文人交游赠答促进了清诗的发展，因为阅历之广、阅人之多，促进了大型组诗、长篇诗歌的形成，出现了成组连篇的怀人绝句和大量的纪游组诗。史善长《秋树读书楼遗集》中有《送孙明经(星衍)还大梁兼呈毕秋帆中丞联句五十韵》《怀人杂诗五十一首》《澹宁轩席上作呈弇山先生十首》《中秋夜独酌对月，却忆弇山尚书远驻辰州，奉寄二十韵》，还有记载毕沅在襄阳的功绩《襄阳纪事十三首》。洪亮吉《太华凌门集》诗集中有《将赋南归呈毕侍郎六十韵》，《关岭冲寒集》诗歌中有《岁暮怀人二十四首》。郭麟有《病起怀人诗四十二首》。刘嗣绾《尚絅堂诗集》中有《云台中丞入觐南旋呈赠四十韵》。王芑孙《渊雅堂全集》中有《岁暮怀人六十四首》《题襟馆同课海棠木瓜三十韵》《送宾谷入觐六十韵》。杨伦《九柏山房诗集》中有《岁暮怀人绝句五十首》。詹肇堂的《心安隐室诗集》中有《宾谷先生座上观剧小乐府九首》《题襟馆种竹十二韵》。曾燠戒作诗，幕宾蒋知让作诗三百二十言劝其开戒，曾燠作《仆戒作诗，师退同年以诗诱谕，通篇用强韵，不获已取所未用者，成三百二十字报之》，吴鼒作《宾谷先生戒作诗，师退赋三百二十言请开戒，先生答诗亦三百二十言，多押强韵，所谓于艰难中出奇丽，诗中云"宾谷非鲁连，谁与解睚眦"。殆将起懦夫而教之战也。不揣不敏，并用两诗韵上先生兼师退》，胡森作《都转戒作诗，师退作诗以诱之，多用强韵，都转取其未用者，成三百二十字答之。仆客扬子，恐两诗城久暴师也，戏缀此篇请修好焉》，可见交游赠答给诗人带来的创作动力和技能训练，吴鼒所谓"艰难中出奇丽"，争奇斗胜带来了诗歌创作的创新。严迪昌说："(组诗是)清代诗人对诗体容量、诗形态改造的一种有效的实践。其于古典诗歌的体裁以至韵文结构渐趋老化时所进行的弹性新变尝试，实为诗体诗式研究提供了后期嬗变现象的参照。"[②]

---

① 曹卫东《交往理性与诗学话语》，天津：天津社会科学出版社，2001年，页133。

② 严迪昌《清诗史》，页11。

但交游赠答难逃应酬之嫌，也历来被人诟病。李慈铭评价彭兆荪的诗歌：“点阅《小谟觞馆诗》。甘亭一身坎廪，诗多郁抑慷慨之辞，采色亦足。《楼烦》一集，状塞上风景，尤多名篇，乾嘉以还，莫能及也。《佣书》两集，多落宋调，率尔之作，时见累句，于全集中最为下乘。盖依人结轖，滑手应酬，故以剌促减其性灵耶？（己卯 1879 十二月初七日）”①李慈铭固然受到“诗穷而后工”观念的影响，但也可见他对于赠答诗的成见，他认为彭兆荪乾嘉以还诗作不好是因为滑手应酬，干谒赠答泯灭了写诗的性灵。交游赠答有应酬之嫌，诗歌很难写好。然而袁枚对应酬赠答诗却很宽容，《随园诗话》曰：“后见粤西学使许竹人先生自序其《越吟》云：‘诗家以不登应酬作为高。’余曰不然。“三百篇”，行役之外，赠答半焉。逮自河梁，洎李、杜、王、孟，无集无之。己实不工，体于何有？万里之外，交生情，情生文；存其文，思其事，见其人，又可弃乎？今而可弃，昔可无赠；毋宁以不工规我。”②袁枚最初也以为应酬诗写得不好很正常，但卢见曾对于幕友的应酬诗大为不满，认为杜甫、韩愈、欧阳修、苏轼集中一多半是应酬诗，但照样写得很好。袁枚被卢见曾的话启发，发现《诗经》中有一半是赠答诗，唐代的李白、杜甫、王维、孟浩然等人的诗集中没有一本是没有酬答诗的。应酬赠答诗照样可以写好，原因在于来自五湖四海的人聚到一起，以真情结交为友，友情肯定会促使诗人写诗，发自真情的诗作为什么会不好呢？看见这些赠答诗，可以想见他们结交的情景，就像看见了作诗的人一样，所以应酬诗不应该被抛弃，也一定可以写好。如果诗作不好，不能以应酬诗为借口，而是诗人本身的写作能力有问题。

袁枚为应酬诗的辩护很有力量，在游幕文人的赠答应酬诗里好诗也层出不穷。通过这些诗作，我们能想象出这些文人游于幕府的情形，他们的哀乐、自怜、感激、愧疚都呈现出来，折射出他们隐秘的心灵光影。尤其是黄仲则与汪中的交往，让我们看到两个孤傲、不谐于众的文人怎样惺惺相惜，两个孤独的灵魂怎样在偶遇、相撞中发出惊喜的呼喊，又在彼此的轨道上各自孤独地滑行，却殊途同归，他们在深深的落寞中哀叹，又在孤独贫困中陨灭。然而，寄人篱下的生活与漂泊无定的状态让他们在哀叹、自怜的同时，不得不为生计筹划。幕主的养士、知遇之恩让游幕文人的诗作往往呈现出一种阿谀的色彩，在对幕主歌功颂德的时候，他们独立的人格、自由的精神被束缚住了，当感激与愧疚之情充满诗作时，我们又怎能苛求这些游幕文人表现那个时代的精神，表达个人自由的声音呢？

---

① （清）李慈铭《越缦堂读书记》，上海：上海书店出版社，2000 年，页 1101。

② （清）袁枚《随园诗话》，页 78。（笔者引用时，标点略有改动）

李贺的诗歌缺乏与外界的联系，在想象的世界里驰骋，笔下全是鬼域的阴冷恐怖，以及仙界的光怪陆离，可以说李贺是一个主观诗人。而游幕文人与外界联系过多，就很难深入到内心世界，所以很多诗歌缺乏打动人心的力量。在次韵的作品中，不少的诗歌成就是平庸的，这类命题写作受时间空间的限制，还要受到形式的限制，尤其是韵部的限制，因而对自由地表达情感会起到阻碍作用，近似于命题作文。没有思想、思绪的自由，哪里来好的文学作品？为应酬而写诗很难有精品。但应酬也是一个很好的创作契机，有时也会触动作者的情感，引发作者的思绪，创作出好的作品。

第四节　学人诗

张舜徽认为乾嘉学术："吴学最专，徽学最精，扬州之学最通。"[①]时代的学术、思想总是以各种方式进入文学领域。《随园诗话》记载："朱竹君学士督学皖江，任满，余问所得人才。公手书姓名，分为两种：朴学数人，才华数人。"[②]朱筠把幕宾分为朴学与才华，即学人与诗人。但学人也是从小就浸润在吟咏诗赋的氛围中的，诗歌创作本就是他们的生活内容之一。本节所谓的学人诗指的是幕府内典型学人的诗歌创作，这些诗歌又与幕府生活息息相关。

一、从辞章到经史之转向

乾嘉朴学的代表人物戴震在《与方希原书》中有儒学三分之说，曰："古今学问之作，其大致有三：或事于理义，或事于制数，或事于文章。事于文章者，等而末者也。"[③]理义、制数及经史，而文章即辞章。

如果对乾嘉学者的生平经历做出一番考察，会发现大多数学者都有从辞章转向经史的经历，这是一个有趣的现象。在二十岁之前，学者都酷爱辞章，而一旦步入成年，则弃辞章而事经史，对年少之诗作要么藏掖，要么不屑，要么羞惭，更有甚者烧毁诗稿，唯恐诗名在身后流传，于声誉有碍。辞章在经史面前被予以浅薄的面目，因而自惭形秽。而以戴震在当时学界及社会之影响，他用"等而末者"来形容辞章，那么乾嘉学人从辞章转向经史在当时不就是天经地义之事吗？然而考察经历会发现，在转向经史之前，游幕学人普遍都有过浸润于辞章的经历。

---

① 张舜徽《清代扬州学记》，上海：上海人民出版社，1962 年，页 2。

② （清）袁枚《随园诗话》，页 362。

③ （清）戴震《戴震文集》，页 143。

作为幕主，朱筠少年时便以诗才闻名，后来转向经史，还向朝廷奏请开四库馆。他的转向非常成功，他的性情也很适合做经史学者。钱大昕年轻时沉溺于辞章，在乾隆第一次南巡时，他还献赋一篇，并被选为一等一名，而后来钱大昕成为学者，却说“予不喜作诗”，“予持此论久矣”。前后的言论与实践判若两人。《潜研堂诗集序》对他人生历程的变化有所描述：

> 仆自成童时，喜吟咏，而父师方课以举业，不得肆力于诗。年二十以后，颇有志经史之学，不欲专为诗人。然是时客吴门，与礼堂、兰泉、来殷诸君子日唱和，所得诗亦渐多。既而遂以有韵之文通籍。及成进士，承乏词垣十有余年，恭遇天子右文，制作明备，每大典礼，辄有经进之作；其间扈从属车者再，赓和之作，往往盈帙。又尝奉命典试山东、楚南、浙西，轺车所至，纪天时，述土俗，山水之明秀，民物之繁庶，皆得寓之于诗。独恨才力绵弱，意有所及，笔不能至，又未尝不泚然汗下也。①

这种言论表明，钱大昕少年时非常热衷于诗词写作，只是因为举业的关系，而不能再花费太多力气在辞章方面；二十岁以后，他致力于经史之学，但是作诗并不少，和王昶等文人持续唱和吟咏，在做官之后，他还以诗歌记录了所见所闻。王鸣盛本来是才子，因与惠栋交往，才转向对《尚书》的研究。“才名藉甚”，“与王侍郎兰泉先生、钱少詹大昕、吴内翰企晋及曹仁虎、赵文哲、黄文莲相唱和，文悫以为不下嘉靖七子”。“又与惠松厓征君讲经义，知诂训必以汉儒为宗。精研《尚书》，久之，乃信东晋之古文固伪，而马郑所注，实孔壁之古文也。……知所从事矣。”②

赵翼是乾嘉时期的著名诗人，并兼有史学家的身份，在史学方面他颇有造诣。他自小沉迷于诗文词，但他父亲担心“他日不患不文，但诸经尚未全读，宜以读经为急”，“以兼营妨举业，每禁之”，“遂不令作文”③。在父亲看来，读经才是首要任务，但赵翼“辄私为之，衬书布下，杂稿常数十纸也”④。描述得很像今天的少年嗜好游戏、课外读物一般，不让父亲看见，偷偷地写诗吟诵。但二十岁过后，赵翼结识王鸣盛、钱大昕，便醉心于史学，《次韵王礼堂光禄木兰杆赠之作》：“戎帐一樽谈古学，两痴不觉到颜酡。”“自惭少作久应焚。”⑤“古学”即经史之学，并不是辞章。赵翼在交谈中认为自己的年少之作

① (清)钱大昕《嘉定钱大昕全集·潜研堂文集》，页3。

② (清)江藩《国朝汉学师承记》，页39。

③ 北京图书馆编《瓯北先生年谱》，《年谱丛刊》105册，北京：北京图书馆出版社，1999年，页328—329。

④ 北京图书馆编《瓯北先生年谱》，页329。

⑤ (清)赵翼《赵翼诗编年全集》，天津：天津古籍出版社，1996年，页190—191。

应该被焚烧掉。赵翼《晤钱竹汀宫詹话旧》曰："故交也得余光乞，一序《三都》价便珍"①，乃是钱大昕曾经为《瓯北集》作序，因为钱大昕的序而让《瓯北集》价值倍增。但是《瓯北集》乃是诗文集，钱大昕却是经史学者。这当中不乏赵翼故意吹捧、客套的因素，但也可以看出钱大昕作为经史大家，他的身份所具的权威地位。

有科举考试的影响，也有与戴震、惠栋等人交往的影响，乾嘉时期大量的士人抛弃年少时对辞章的喜好，转而专注于研究经史。至乾嘉朴学鼎盛时期，很多士人纷纷抛弃辞章，从事经史研究，这种转向与乾嘉朴学的兴盛可以说是互为因果。汪中、洪亮吉、章学诚、邵晋涵、孙星衍、段玉裁等人可以说是这一时期有代表性的学者。

孙星衍从辞章到经史的转变因为袁枚的参与而更为常人乐道。孙星衍《澄清堂稿自序》曰："余少与里中士洪稚存、黄仲则、杨西河、赵亿孙为诗歌，弱冠时，持谒袁简斋太史，颇蒙赏叹，已而潜心经史，涉猎百家，检视旧稿，嫌其浅薄，时时酬接，亦有所作，辄不存稿。"②他自述自己的诗歌得到了袁枚的赞赏，但在涉足经史之学后，觉得往日之诗作非常浅薄，虽然后来也因应酬而写诗，但并不留存。早年孙星衍以诗著名，与洪亮吉、黄景仁等被称为"毗陵七子"。袁枚赞扬孙星衍曰："天下清才多，奇才少。今渊如乃天下奇才也。"③但以诗歌闻名于世是孙星衍所不屑的，他愿意致力于训诂声音之学。《清史列传·孙星衍》："星衍不欲以诗名，深究经史、文学、音训，旁及诸子百家，皆心通其义。"④袁枚惋惜不已，认为他从事考据之学后"才不奇矣"。并写信贬斥考据之学，认为抒写性灵的诗歌才是形上之道，考据不过是摭拾故实的形下之器。孙星衍对袁枚的看法极力反对，并且详细地辩驳了考据学，还表达了一定从事考据的决心。孙星衍《澄清堂稿自序》曰："尝读《抱朴子自序》云：'洪年十五六，所作诗赋杂文，当时自谓可行。至于弱冠，更详省之，殊多不称意。天才未必为增也，直所览差广，而觉妍媸之别，于是大有所制，弃十不存一。'"⑤从葛洪的自序中，孙星衍再次确认了自己从辞章转向经史的正确性。

汪中早年致力于辞章，二十岁应乡试，以一篇《射雁赋》列扬州府第一。"时杭先生世骏主安定书院讲席，见先君文，深加叹赏，先君益肆力于诗、古

① （清）赵翼《赵翼诗编年全集》，页1251。
② （清）孙星衍《孙渊如先生全集》，页384。
③ （清）袁枚《随园诗话》，页218。
④ 王钟翰点校《清史列传》，北京：中华书局，1987年，页5553。
⑤ （清）孙星衍《孙渊如先生全集》，页384。

文。杭先生以经史相淬厉,先君得借读群经正义,学日益进。"①在杭世骏的欣赏与指引下,汪中转向了经史之学。他人生的一个转折点发生在三十岁,以三十岁为界限,汪中找到了治学的门径,并将全部精力用于经史之学,《容甫先生年谱》记载:"先君三十以前工诗善词赋,肆力于诸史,既乃专治经学。……然其时博览群经,尚无专门之业。既而由声音训诂之学兼通名物象数,由名物象数之学精研大义,故知新记多古字古义,而于先秦韵学论之尤详。"②刘台拱《容甫先生遗诗题辞》提到汪中:"早岁喜为诗,三十以后绝不复作。旧稿多散失。"③往日之诗作多丢失,年少时诗稿几乎没有保存。

段玉裁《寄戴东原书》曰:"自幼学为诗,即好声音文字之学。"④申明自己在文字音韵方面很有天赋,但他对于填词也很痴迷,"予少时慕为词,词不逮自珍之工。先君子诲之曰:'是有害于治经史之性情。为之愈工,去道且愈远。予谨受教,辍弗为。'"⑤他的父亲认为填词于治经史之学有害,他就放弃了填词。章学诚以史学成就著称,但少年时却"好为诗赋而不得其似"⑥。据《国朝汉学师承记》记载,学者汪元亮、王昶、程晋芳等也有这种转变。王昶"年十八……乃肆力于古文词"。"肄业紫阳书院,时从惠征君定宇游,于是潜心经术,讲求声音训诂之学。"⑦可见这种现象之普遍。

《焦理堂先生年谱》记载焦循:"十二三岁时好为诗",十七岁应试,遇见刘文清,"文清大悦,曰:'学经乎?'对曰:'未也。'文清曰:'不学经何以足用?盍以学赋者?学经,不学经无以为生员也。'先生归,乃屏它学而学经。尝曰:'余之学经公之教也。'"⑧刘文清对焦循的诗才很是赏识,有趣的是,他却劝焦循钻研经学,自此焦循走上经史之路。《国朝汉学师承记》记载凌廷堪:"偶在友人家,见词综、唐诗别裁集,携归,就灯下读之,即能诗及长短句。浙人张宝鹤见其诗词,大奇之……后游京师,受业于翁覃溪学士,乃究心经史之学。"⑨凌廷堪以诗词闻名,得到翁方纲指引后,走向探究经史之学。《江子屏先生年谱》江藩:"束发时即能为五七言诗",后从教于江声,江声乃治小学之

---

① (清)汪喜孙《容甫先生年谱》,页3。

② 同上书,页13。

③ (清)汪中《新编汪中集》,页489。

④ 北京图书馆编《段玉裁先生年谱》,《年谱丛刊》108册,页344。

⑤ 同上书,页346。

⑥ 胡适《清章实斋先生学诚年谱》,页6。

⑦ (清)江藩《国朝汉学师承记》,页53。

⑧ 北京图书馆编《焦理堂先生年谱》,《年谱丛刊》127册,页9。

⑨ (清)江藩《国朝汉学师承记》,页120。

名家,“江艮庭先生教之读七经三史及许氏说文,乃从艮庭受惠氏《易》”①。江藩在江声指导下从事经史治学之路。幕主阮元在致力于经史之前也醉心于辞章,《阮元年谱》记载:“十九岁。在家持服。因屏去旧作诗词时艺,始究心于经学,得歙凌次仲上舍为益友。”②阮元十九岁弃诗词而专心于经学,最终成为朴学集大成者。

这些游幕学人可以说基本上代表了乾嘉学者,他们的成功转向,为乾嘉朴学的兴盛创造了条件,而在乾嘉朴学的大潮中,不适合从事考据之学的文人也不由自主地被卷入了这种转向中。黄景仁“乾隆六十年间论诗者推为第一”③。他的诗歌是乾嘉诗坛的一朵奇葩,但被环境和氛围影响,他也一度要转向考据之学。袁枚、杨芳灿写信,极力反对他的选择,再加上黄景仁诗人的天性,不适合考据,最终不得不放弃。可他内心颇感不甘,《送容甫归里》一诗表达了对汪中从事经史之学的羡慕,还有自己作为诗人的惭愧。之所以惭愧,这其中暗含的价值判断,显然便是诗人身份不如经史学者。

游幕学人的转向,当然有社会风气的濡染,也少不了人生历程遭际的影响。

黄景仁要从事考据之学,袁枚《答黄生》一文劝阻他:“近日海内考据之学,如云而起。足下弃平日之诗文,而从事于此,其果中心所好之耶?抑亦为习气所移,震于博雅之名,而急急焉欲冒居之也?足下之意以为己之诗文业已足矣,词章之学不过尔尔,无可用力,故舍而之他。”④在袁枚的批评中,读者可以大致了解:黄仲则转向考据,并不是因为自己的兴趣爱好,而是因为被风气驱使,目的在取得一博雅之名。黄仲则所谓的“词章之学不过尔尔”,不正说出了乾嘉学人对辞章的看法吗?而黄仲则最后能够放弃考据学,主要原因在于家贫而无力购书。

与社会风气相联系的是乾嘉时期幕府内浓郁的学术氛围。这是促使文人从辞章转向经史的一个重要原因。朱筠幕府考据学人才济济,章学诚、洪亮吉、汪中等人就是在朱筠幕府改变了兴趣,确定了自己的学术方向。洪亮吉很有成就,江藩《国朝汉学师承记·洪亮吉》:“后谒安徽学使笥河先生,受业为弟子,先生延之校文。时幕下士多通儒,戴编修震、邵学士晋涵、王观察念孙、汪明经中皆通古义,乃立志穷经。家居与孙君星衍相观摩,学益进,时

---

① 北京图书馆编《江子屏先生年谱》,《年谱丛刊》122 册,页 592。

② (清)张鉴等《阮元年谱》,北京:中华书局,1995 年,页 6。

③ (清)包世臣《齐民四术》,北京:中华书局,2001 年,页 209。

④ (清)袁枚《袁枚全集·小仓山房尺牍》,页 204。

人又目为孙洪。"①

或者幕主影响幕宾，或者幕宾相互影响，幕府中学术氛围很浓郁，入幕文人则普遍从辞章转向经史。虽然幕主阮元引入幕府一些赏识的诗人，但在幕府内诗人只是作为闲暇之余的调剂，幕府内几乎是乾嘉之际以至道光初期所有的一流汉学家，有焦循、顾广圻、臧庸、陈寿祺、江藩、李锐、严杰等。阮元提倡经学，对当时学风产生了重大的影响。幕主是达官贵人，有的官至封疆大吏，影响力巨大，幕府内聚集了大量学者，也营造了从辞章转向经史的氛围。

二、学人诗的特色

游幕学人从辞章到经史的转向，在诗歌中最直接的表现便是经史与文词杂糅。刘师培《清儒得失论》曰："然阮元能建学，故所得多朴质士，犹愈于浮华者。毕氏之门，有汪中、孙星衍、洪亮吉，幼事词藻，兼治校勘、金石，以趋贵显之所好，及记诵渊雅，复用以肄经，由是经学与文词杂糅，而经生为世诟病自此始。"②对汉学赞扬有加，却贬斥辞章之士。非常鄙视乾嘉诗坛经学与文词的杂糅。刘师培揭示出了乾嘉时期的一个重要的现象，即学人与辞章的紧密关系。他认为原因在于"幼事词藻"。诗歌是士大夫文人生活中不可或缺的一部分精神内容，也是最能表现个人性情的一个领域。用葛兆光"三种话语"的说法，诗词属于"私人话语"，这个领域里，学术话语渗透了私人话语，私人话语的空间被挤压得越来越小，辞章与经史便相互杂糅，一言以蔽之即"诗中有学"。

学术研究与诗文创作更加密切地融合在一起便是最典型的表现，经史之学被引入诗歌创作，大量堆砌典故，以显示渊博的学问。彭兆荪与顾广圻嘉庆十三年至十四年(1808—1809)客于江苏布政使胡克家幕，一起校注宋代淳熙本李善注《文选》，顾广圻是乾嘉时期著名的汉学家，惠栋的再传弟子，被称为"清代校勘第一人"。彭兆荪作《古诗赠顾涧苹》：

中垒条九流，诸子继六籍。子衰别集兴，艺文志繁赜。
诗赋分五家，宗派传古昔。说亡目犹存，原委略能绎。
就中马与扬，摛辞乃极则。相如著凡将，诂训事诠释。
子云本经师，油素资四尺。宁惟才璘斌，要本学宏硕。
即如班论都，兰台擅史职。平子研京手，元象精究测。
文外各有事，往典俱可覆。源积流斯长，所吐视所食。

① (清)江藩《国朝汉学师承记》，页71。

② 刘师培《清儒得失论》，页265。

是以词章贵，足参经训席。①

从刘向、诸子讲起，梳理源头，到司马相如、扬雄、班固、张衡，追源数典，说明辞章之重要，可供经学参考。赞扬顾广圻的文章："罗络东、西京，挥斥潘、左格。"诗中多典故与学问。顾广圻作《和作》："洙、泗列四科，游、夏为文学。遥遥二千载，屡绝仍屡续。近叶生亭林，天使先知觉。疾呼扶微言，痛心悯末俗。吾道期起废，斯人免沉陆。"②追源溯流，从孔子讲学说起，讲到二人的相识。"客岁交彭君，耕野获结绿。潜心阅双鬓，《文选》理精熟。博赡涉《坟素》，武库便便腹。"这是两个学人之间的赠答，不乏友情，但更多的是学术色彩，对彼此的赞扬也是学问博赡，所用话语也较为艰涩。此赠答虽为私人话语，却被学术话语所掩盖。孙星衍《题胡孝廉(虔)〈说经图〉》是对汉学的推崇：

宋儒逞臆说，章句繁言词。汉儒各专门，学必宗其师。

遗经有渊源，在此不在彼。诸君力追古，上接七十子。

三人已为众，汇作列士图。我交陈太邱，二子识面初。(图中钱孝廉大昭、陈孝廉鳝)

生逢先达贤，连名荐公府。冰山有时摧，荣名夺华黼。(时相国和珅不肯举孝廉，大府多附和者。予为文呈朱抚部石君皖江，乃行其事)

嗟予愧民牧，掣肘避上游。铿铿守遗经，时恐罹其尤。

相期连茹升，朝纲正清肃。谔谔鼎足贤，容容折其角。③

胡虔入过翁方纲、毕沅、谢启昆、秦瀛等人的幕府，在谢启昆幕府时间达八年之久，纂修过《西魏书》《小学考》《经籍考》等书，对经学、史学、地理学、目录学都有很深研究。嘉庆三年(1798)，钱大昭、陈鳝、胡虔同在谢启昆幕府修《史籍考》，时人绘《三子说经图》，以为三人的学术成就鼎足而立。这幅图引发了孙星衍的诗兴，痴迷于经史学问的孙星衍藉《说经图》表达了自己的学术见解。他对汉学服膺，对宋学不屑，认为宋儒的学说是臆说，且语言烦琐冗赘，汉学则对学问钻研深入，所学都有师传，自己心交的是东汉的陈太邱陈实，并惭愧自己没有陈实那样牧民的功绩。《汉书·朱云传》被引用进来，"五鹿岳岳，朱云折其角"的典故想象了三子说经辩难、争论纷纭的场面，表达了对图中学者的崇敬、对浓郁学术氛围的向往。

喜欢在诗中论学也是学人诗的一个特色。孙星衍、邵晋涵都在毕沅幕

① (清)彭兆荪《小谟觞馆诗集》，页607。

② 同上书，页608。

③ (清)孙星衍《孙渊如先生全集》，页394。

府，孙星衍与邵晋涵分别，写下《中州送邵太史(晋涵)入都》：

平生慕两贤，非友而若师。束修好经籍，往往梦见之。
其一钱少詹，识我弱冠时。注书抉渊源，辨字求据依。
前贤谬称许，谓云戴可追。(辛楣先生初致札星衍，有东原替人之语)
东原真天人，我闻恧且疑。一为校礼君，时征入天扉。
点窜四部书，校录三通碑。(君著舆地、金石碑目)
我方走江介，离隔如云泥。长裾曳朱门，渐蒙孤陋讥。
遭逢得良友，与我斗识知。汪狂而钱倨，更有洪君奇。(谓容甫、献之、稚存)
其学乃精绝，独到一世希。孤蓬生于麻，白沙入以缁。
千年枕经籍，自以元朗期。欲撰《续释文》，此事茫无涯。
先抽《尔雅》篇，虫鸟苦究推。削其偏旁加，古是而今非。
广摭郭(舍人)樊孙，高(诱)郑(康成)乃其枝。
参军小龃龉，叔重吾纲维。蹉跎未终成，行役以自携。
侧闻校理君，著此二十祺。声音训诂间，质证书易诗。
经经自相勘，所矢无毫厘。①

孙星衍没有表达离别的伤感与留恋，反倒大谈诸学人的经史学问，认为钱大昕考据精工，是戴震的继承人，凌廷堪点校四部，校录石碑，学问功底颇深。汪中、钱坫狂傲，洪亮吉有奇气，但三人学问精绝，世所罕有，对自己期许也很高。孙星衍叙述了自己做学问的原则和方法，对《诗经》《尔雅》细加推究，据古而论今，以许慎为纲维，广泛吸收以往经史学家的成就。最后谈到凌廷堪的成就和治学方法：从声音训诂入手，以经书比勘经书，不让有丝毫差错，以汉魏的儒学家为征信对象，实事求是不自欺欺人。如果不看诗歌的题目，很难想象这是送别朋友的诗。这正是学人诗的一个特点，在诗歌中评价学问，申述做学问的原则和方法，也表达着对学问的痴迷。从辞章到经史的转向带来的是思维方式的变化。孙星衍本为诗人，有奇才之誉，成功地转向为经史学者，但在公务、著述之余仍坚持写诗。可是前后期诗作截然不同，前期诗歌有诗的特质，峭拔奇异，后期诗歌却受到考据学影响而充斥诸多史料。但诗歌最主要的价值不是史料，孙星衍正是牺牲了自己诗人的天赋而献身于经史之学。日常生活中的物品也往往激发学人的考据热情。孙星衍《弇山中

① (清)孙星衍《孙渊如先生全集》，页388。

丞见示木瓜诗四首，次韵奉和》是次韵幕主毕沅的《木瓜》诗，毕沅以《木瓜》诗四首赠孙星衍，孙星衍次韵和诗。现存的《灵岩山人诗集》中只录了毕沅的《木瓜》诗一首："气得中黄理，纱橱静好闻。仁心原有质，大雅自为群。金碗杏凝酒，琼帘粉作云。平生交谊重，投赠愧殷勤。"①其时孙星衍在毕沅陕西的幕府，北方不产木瓜，应是别人所赠，毕沅作诗留念。毕沅描述木瓜的色、香、味，使用比喻的手法，带有诗意，并在结尾表达主宾之谊。但孙星衍的次韵诗风格则大大不同。《弇山中丞见示木瓜诗四首，次韵奉和》：

其一

是谁投我伴堂空，永好情添一倍隆。秋实有人成独赏，岁寒知尔更坚中。

经时抱朴兼金价，他日调元上药功。恰称广平心似铁，不须梅惹赋才工。

其二

雕盘玉案荐相期，一摘寒林莫怨迟。心比和圆能不转，味如谏果有余思。

求曾若渴虚长夏，热岂因人独后时。定恐东陵名近似，细从香气辨差池。

其三

相于怀袖亦因缘，耐久交同竹柏坚。曾与提携休落手，不施雕饰竟朝天。

（宣州人种木瓜，镞纸作花以充上贡，见《本草图经》）

根留中土疑云上，山忆宣城隔雁边。金粟前身谁省识，好离形相认方圆。

其四

桢梨香让久还闻，桃李情同重不分。作报商量清比玉，相扶容易步凌云。

莫愁抱蔓随秋尽，须省伤根有客芸。（曾子芸瓜，误断其根，事见《家语》）

看取华堂存硕果，主人栽得十年勤。②

陌生的木瓜激发出了孙星衍的考据癖，对木瓜并不熟悉的他以一个学者的眼光将木瓜考究了一番。第一首，引用咏梅的典故，唐皮日休《桃花赋序》

---

① （清）毕沅《灵岩山人诗集》，页8a。

② （清）孙星衍《孙渊如先生全集》，页535—536。

曰:“余尝慕宋广平之为相,贞姿劲质,刚态毅状,疑其铁肠石心,不解吐婉媚辞。然睹其文而有《梅花赋》,清便富艳,得南朝徐、庾体,殊不类其为人也。”[①]用“广平风度”来说木瓜的朴素外形、很好的药效。第二首辨别木瓜的香味,和陕西东陵的瓜相比较,暗用了西汉邵平东陵卖瓜的典故。第三首引用《本草图经》来说木瓜作为贡品的荣耀,以木瓜的耐久来比喻自己与毕沅的情谊的缘分与坚定。第四首引用《孔子家语》中曾子芸瓜而误斩其根的典故来说明栽种木瓜的不易。与毕沅的原诗相比,毕沅的描述要诗化得多,虽有色香味,但并不坐实,而孙星衍以插入注释、引用文献来讲述木瓜的种植和特性不仅缺乏了诗意,更是以诗歌的形式来显示自己的博学了。

与之相似的有凌廷堪的《金莲花》:“塞上蕃草木,往往无名称。《本经》既失载,《尔雅》亦未登。第就形与色,厥号聊相仍。冉冉金莲花,太白精所凝。似荷而差小,七叶黄云蒸。当暑烂漫开,满地生金棱。传云自崞山,移种来宜兴。我游滦之阳,睹此喜不胜。折置几席间,一室宝气腾。璀璨照毛发,不啻光明灯。乃知天地广,目击始有征。戋戋闭户子,博物徒骄矜。小者尚如此,大者安可凭。”[②]先考证金莲花的名字记载,形状大小、属性,虽也有对金莲花盛开时璀璨耀眼的比喻,但总体上语言直白,缺少诗的味道。结尾是由金莲花所悟到的道理:天地间物种繁多,只是书本上的记载远远不够,不可以书本知识骄矜炫耀,一个小小的金莲花尚且在文献上没有记载,何况其他的大类东西呢?这仍旧是考据学者的思维,最后的结论恰恰是做学问应具备的态度。

学人诗的特色也与诗歌题目有关,比如关于金石器物的考证。阮元于嘉庆七年向焦山定慧寺赠送汉鼎,作《置西汉定陶鼎于焦山,媵之以诗》一首,先作序描述西汉定陶鼎的大小尺寸,铭文考证。此鼎乃西汉元帝之子、哀帝之父册封定陶共王刘康的家用器皿。阮元说:“予得此鼎,因思焦山只有周鼎,若以汉鼎配之,经史引征,可增诗事。爰以官牍达之镇江府丹徒县,付焦山寺僧永守之。并加册于椟,绘图,拓款,钤印,备录诸事。”[③]如此风雅之事,焦循、顾廷纶、洪亮吉、张鉴等人写诗记载此事。焦循《阮中丞得陶陵鼎送置焦山邀同人以诗媵之作五言一首》:“隃麋鼎之乡,陶陵鼎之国。自西而徂东,祝事荐鬼食。岁月既久远,深汩不得息。所历知几家,主人今始得。琅嬛仙馆中,摩挲辨古式。平湖朱孝廉,考古有特识。定陶亦称陶,泲水迳西北。将军大司马,送葬奉上敕。定陶共王陵,官厨器不啬。此鼎洴所供,有据匪私臆。

① (唐)皮日休《皮子文薮》,上海:上海古籍出版社,1981年,页9。

② (清)凌廷堪《校礼堂诗集》,《续修四库全书》1480册,页64。

③ (清)阮元《揅经室集》,页839。

佥曰鼎幸哉，得依主人侧。”①先考证定陶鼎的来历、用途，然后过渡到现在鼎的主人阮元。顾廷纶作《焦山旧有周鼎阮云台师以西汉陶陵鼎并置焦山，媵之以诗》：“隃麋汧供铜厨温，量容一斗重十斤。五十二字篆蚪文，刻画饕珍蒸回云。吾师宝此如瑶琨，汾阴好时不足论。肩随周鼎若弟昆，宝器不合传子孙。”②在赞扬阮元不将宝器传子孙的行为前，先将陶陵鼎的篆刻、属性给予介绍。洪亮吉作《西汉定陶鼎歌》，在序中引用《共王传》考订了此鼎的铸造时间、功用，诗曰：“古扶风县喻麋汧，铸此鼎献陶陵前。陶陵岁月二千载，此鼎亦已经三迁。渭河宝气三霄烛，丹鼎初成素灵哭。迢迢沛水留不得，庶压洪流镇坤轴。君不见，定陶共王元帝嗣，儿亦居然作天子。前殿熊倾帝戚家，后宫燕啄王孙矢。”③开篇叙述定陶鼎的出处、历史变迁，但接着是“陶陵何似延陵永，祸水惊同海水飞。遗闻轶事谁传此，空说鼎铛皆有耳。”的借史抒怀，并不停留在金石器皿的考据、说明上。洪亮吉虽为学人，诗中有学，但大多诗歌并没有受到“学”的伤害。汪中作《焦山鼎歌》描述鼎的形状：“四周一刻云雷形，光泽照人清耿耿。其上有耳下有足，古尺既亡不可省。古文款识九十三，下视孔悝非其等。王曰世惠惟女贤，锡女器服由史端。世惠作鼎享列祖，煌煌策命载天府。同时若有吉甫诵，岂异韩侯、召公虎？千年神物化不尽，遂使玄英陈大吕。朱霞照水日西落，闪映丹砂色喷薄。土花隐起晕青翠，石壁云岚静交气。”④对焦山鼎的来历作了一番考述。

阮元嗜好收藏名印，藏有古人名印百余方，并遴选出收藏的秦汉印章十枚，用铁匣贮存，作《秦汉十印记》。作为幕宾，自然能一睹这些名印的面目，阮元在展示名印的同时，也邀请大家为之赋诗。焦循作《司马迁铜印歌》，虽意在表达对司马迁“铁骑三万出高阙，何如百三十卷成史功”的景仰之情，但还是先对铜印的时间等细节问题加以考证：“太史公，何年摹印刳山铜？天汉至今二千载，蟠纽犊鼻青玲珑。吾闻汉武制印印五字，此印不关封爵丰。白茅夜立羽衣肃，天士地士烦雕工。大将军印锡塞上，银黄交错光熊熊。”⑤顾廷纶的《汉窦武铜印歌》《汉李广铜印歌阮芸台先生命作》《汉刘胜铜印歌》《薛长卿铜印歌》都是奉阮元命而作诗，赏其印，考其事，在赏玩中品味到器物的历史存在。学人的这类诗歌固然和题目、题材有关，但也与学者的学术习惯紧密相连。

---

① (清)焦循《焦循诗文集》，扬州：广陵书社，2009年，页49。

② (清)顾廷纶《玉笥山房要集》，《清代诗文集汇编》484册，页165。

③ (清)洪亮吉《洪亮吉集》，页1815。

④ (清)汪中《新编汪中集》，页502。

⑤ (清)焦循《焦循诗文集》，页500。

学人诗也多喜欢用序、用注释，这与“诗中有学”的特点相一致。孙星衍《再至东省，过河漫各县》十六句诗[①]，几乎全是注释，引经据典，考证河道的来历。《天津道中，鲫鱼入馔，口占》：“虚传八月还重出，郭璞神仙却未知。”下注：“郭氏注《尔雅》鮆鱴刀云。二月八日出，不知《尔雅》以类相从。言则今南中之吴鲚，小于鲫鱼，而味不及，非一种也。鱴音同蔑，鮆似鲫鱼而小者。蔑之义为小。”[②]看到饭菜中的鲫鱼，也要用郭璞《尔雅注》考证一番。洪亮吉的《西汉定陶鼎歌》、顾廷纶的《焦山旧有周鼎阮云台师以西汉陶陵鼎并置焦山，媵之以诗》前都有一段序描述汉鼎的尺寸、形状、放置焦山的缘由等，便于读者理解诗歌。因为所作诗歌较为艰涩，所以也经常加以注释，比如顾廷纶在阮元幕府所作的铜印歌中就多有注释，对所写诗句给予说明。汪中自己给诗集所用的纪年是：柔兆阉茂、旃蒙作噩、著雍困敦、上章摄提格、屠维赤奋若、重光单阏、阏逢敦牂、旃蒙蟹洽、柔兆涒滩、昭阳单阏、屠维大渊献、著雍涒滩、元默执徐、昭阳赤奋若。这正是学者的习惯，博学并愿意展示自己的博学，这种学人思维时时体现在诗歌创作中。

然而，综览乾嘉时期学人的诗集，会发现学人的诗歌创作更多的还是在抒情言志的轨道上前行，不管是情感的抒发还是意象的选择，学者都很注意诗歌创作与学术写作的差别，尽量不让学术妨碍诗歌创作。洪亮吉、凌廷堪、焦循、汪中都是很好的例子。他们的诗作仍保持了诗歌的特性。白镕序凌廷堪《校礼堂文集》曰：“余受而读之，时而浑涵汪洋，千汇万状，则少陵之为也；时而吐语高华，修词绮富，则钱刘温李为之也。因而怪汉儒之专治礼经者，多不能诗，君学其学者也，胡以又能诗也？是盖譬若水无心而为溪也，及其溢而流焉，遂不自知其浮花而荡藻也。山无心而为云也，及其蒸而上焉，遂不自知其穷态而极妍也。然则汉儒之淹贯君之所有也；君之华藻，汉儒之所无也。”[③]白镕认为汉儒多不能为诗，凌廷堪作为汉学经师却能在无心为诗的情况下写出姿态万千的诗歌。凌廷堪与幕主谢启昆次韵的《次谢蕴山先生湖上看红叶》曰：“一夜清霜秋满湖，枫林高下望模糊。衬来浅碧溪光静，界破微红塔影孤。落叶寒云翁卷句，晴峦萧寺李成图。春回好证重游约，坐待东风草木苏。”[④]这样的诗看不出学者的影子，而能体会到一个诗人细腻的情感与恬淡的心境。大多数学者的诗歌都具有这个特色。焦循的诗歌艺术上更接近乐府诗，语言明白流畅，全无学术性的晦涩。汪中赠予黄景仁的诗歌直触心

---

① （清）孙星衍《孙渊如先生全集》，页452。

② 同上书，页464。

③ （清）凌廷堪《校礼堂文集》，页1。

④ 同上书，页68—69。

灵深处。洪亮吉更有大量优秀的诗歌流存。从小所浸润的诗歌氛围让学人一样能写出很好的诗。而公众认为学者不能为诗，一方面是学人精力所限，才情不同，兴趣所移，专注经史而少作诗；另一方面也是因为学术上的声名掩盖住了诗作的光芒；还因为一些典型的学人诗造成的影响，数量虽不多，却让人误以为学者都是这样作诗。

"清水出芙蓉，天然去雕饰"的诗歌审美特征更容易获得认同，但学人诗也提供了一种不同的创作模式。杭世骏《沈沃田诗序》倡导诗人努力向学："或有诘余者曰：鸿儒硕学，代不乏人，汉之服、郑，唐之贾、孔，未闻有名章秀句流播儒林。度其初亦必执管而为之，蹇拙不悦于口耳，遂辍而不为。则学适足为诗之累，诗人之不尽由于学审矣。余应之曰：固也。自昌黎有于书无所不读专以为诗之讥，而卢殷在唐，传者十一，诗则子之说伸矣；少陵下笔有神而乃云'读书破万卷'，则子之所云非笃论也。自沧浪有'诗有别才，不关学问'之说。"[①]针对学与诗的矛盾，他引用杜甫"读书破万卷，下笔如有神"来回答，这样的反驳显然比较单薄，学与诗的矛盾直到今天也是一个无法解决的矛盾的存在。理性的思维方式与诗歌创作的非理性本质相冲突，不得不偏重诗的外形，而忽略诗的本质。汪中成为经史学者后，诗歌的风格随之发生改变。"早岁溯源汉晋，下逮唐人，于杜工部、韩昌黎用力尤邃。既乃专以气韵含蓄为宗，自以少作依傍门户，不欲存稿。"[②]一些学人虽然有意避免学术思维对诗歌创作的伤害，但终归无法完全避开。所以，即使朴学家并不主动谈论文学问题，考据学的思维方式也会不知不觉，潜移默化地扩展到文学的领域。

三、学人诗之理论渊源

焦循《与孙渊如论考据著作书》将经学与辞章贯通起来："惟经学可言性灵，无性灵不以言经学。……词章之有性灵者，必由于经学，而徒取词章者，不足以语此也。"[③]只有经学可以言性灵，辞章的性灵一定来自经学。虽然在说明经学与辞章相辅相成的道理，却明显把重心倾倒在经学上面。《词说一》：

> 人禀阴阳之气以生者也，性情中必有柔委之气寓之，有时感发，每不可遏，有词曲一途分泄之，则使清劲之气长流存于诗古文。且经学须深

---

① (清)杭世骏《道古堂文集》，《续修四库全书》1426册，页296。

② (清)汪喜孙《容甫先生年谱》，页2。

③ (清)焦循《焦循诗文集》，页246。

思冥会，或至抑塞沉困，机不可转，诗词足以移其情，而转豁其枢机，则有益于经学不浅。文武之道，一张一弛。古人一室潜修，不废弦歌，其旨深微，非得阴阳之理，未云与知也。①

性情中的抑塞困顿之气可以借诗词得以发泄，经学研究也可借此出现转机，所以诗词有益于经学。经学与诗词为一张一弛之道，但诗词最终还是为经学服务的。钱大昕《拜经楼诗集序》：“经有六，而诗居其一，舍经即无以为学，诗与学果有二道乎哉！”②将诗与学联系起来，高度评价“根柢厚而性情正”的“学人之诗而不诡于经者”。但将诗作为六经之一，将诗与学合为一道，则纯是乾嘉学者的想法。

在大多数乾嘉文人的视野里，诗文只能算作业余爱好，如果耽于诗词则分散人的精力，进而影响学术研究，所谓“为文亦玩物”，“玩物”则“丧志”。凌廷堪《与张生其锦书》提到：“近日学者风尚，多留心经学，于辞章则卑视之。”③可见当时学者对文章之轻视。在乾嘉文人眼里，文学艺术及其审美活动并无独特的地位和价值。“学者须学文”的前提是服务于道，受道支配。文学创作乃闲情逸致，诗歌词赋是小道，壮夫不为。戴震、惠栋等学者的诗作没有留存下来，乾嘉学者几乎把一生的心血融入经史研究中，经史之学才是他们引以为傲的学术研究。

钱大昕《续通志列传总叙》虽然承认韩愈某些文章写得不错，但仍从根柢上给予否定：“至韩愈《进学解》《平淮西碑》，柳宗元《贞符》《与许孟容书》之类，文虽工而无裨于政治，亦可从删。”④否定的原因在于无益于政治。显然是从儒教文章乃经国大事的观点出发。辞章华而不实，无裨于实用，汉学家对文章普遍持此种看法。钱大昕《与友人书》归纳文章之体：“夫古文之体，奇正、浓淡，本无定法，要其为文之旨有四，曰明道，曰经世，曰阐幽，曰正俗，有是四者，而后法律约之，夫然后可以羽翼经史，而传之天下后世。”⑤归结到一点即于世有用，文章乃名教之附庸，《题冯巽泉太守秋缸补灯图》曰：“文章须有裨名教，经史自可致治平。”⑥孙星衍《洪筠轩文钞序》从圣哲之论来看待文章：“八家中韩退之学识最高，无背圣哲之论；柳子厚则多出入，所见僻隘，略如其人；欧阳永叔不惑二氏之学，持论甚正，然濮议不合于经；苏子瞻经学典

① (清)焦循《焦循诗文集》，页185。

② 同上书，页201。

③ (清)凌廷堪《校礼堂文集》，页226—227。

④ (清)钱大昕《嘉定钱大昕全集·新辑佚文》，页203。

⑤ (清)钱大昕《嘉定钱大昕全集·潜研堂文集》，页545。

⑥ (清)钱大昕《嘉定钱大昕全集·潜研堂诗集》，页332。

礼甚疏,其文实天下之才也。"[①]以经学来衡量文章高低,已经与文章之学无太大关系。在乾嘉学者的观念里,对文学的认识很清晰单一,即儒家经学是最高权威,文章只是经学的一种工具,终极追求必须皈依天道、经典。文章是艺之一种,地位较低。也有杨芳灿一类文人提倡致力于诗词。杨芳灿《与黄仲则书》说:"悲夫!词赋小道,然非殚毕生之力不能工也,而好高者往往失之。子建既小辩破言,子云复老不晓事,强思画虎,故薄雕虫,愿足下勿为所误,幸甚!"[②]提倡的前提却是承认词赋乃小道。乾嘉朴学可溯源至顾炎武,对辞章的态度也来自顾炎武文章经世致用的看法。顾炎武提出,"诗不必人人皆作""文需有益于天下","人各有能有不能,不作诗何害","一号为文人,无足观矣"。"文之不可绝于天地间者,曰:明道也,纪政事也,察民隐也,乐道人之善也。"[③]因为视文艺为小道,对"立言"的追求自然不再是辞章。钱大昕《文箴》曰:"文以贯道,言以匡时。"[④]人生的挫折会让文人立言以追求不朽的欲望有所增强,但立言的内容必须是经史之学。钱大昕《与邱草心书》认为"儒者立言,当为万世生民虑"[⑤]。立言内容自是经世之学,非辞章。

钱大昕《春星草堂诗集序》曰:"昔人言史有三长,愚谓诗亦有四长,曰才、曰学、曰识、曰情。放笔千言,挥洒自如,诗之才也;含经咀史,无一字无来历,诗之学也;转益多师,涤淫哇而远鄙俗,诗之识也;境往神留,语近意深,诗之情也。……有才而无情,不可谓之真才;有才情而无学识,不可谓之大才。"[⑥]写诗应该具备才、学、识、情四方面,但其重点在突出学识对写诗的重要性。诗歌创作中学识具有一定的作用,但以钱大昕为代表,乾嘉学者却普遍将学识作为诗歌创作必须具备的一个因素,便不可避免地将经史与文词杂糅。诗人没有独立思考的精神,一味追求钱大昕所谓的"大才",却将诗歌本身的意义忽略掉了。万黍维《味余楼剩稿序》曰:"余尝谓今之为诗者,济之以考据之学,艳之以藻绘之华,才人学人之诗,屈指难悉,而诗人之诗,则千百中不得什一焉。仲则深韪余言。"[⑦]黄景仁与万黍维都认识到在乾嘉文坛缺乏诗人之诗,诗中大多杂糅金石考证。所谓的诗人之诗即符合诗歌的抒情本质、具有强烈感染力的诗歌。钱大昕《潜研堂诗集序》:"既专心于著书,故不常作诗,

---

① (清)孙星衍《孙渊如先生全集》,页322。

② 黄葆树《黄仲则研究资料》,页139。

③ (清)顾炎武《日知录集释》,长沙:岳麓书社,1994年,页674。

④ (清)钱大昕《嘉定钱大昕全集·潜研堂文集》,页259。

⑤ 同上书,页578。

⑥ 同上书,页406。

⑦ 黄葆树《黄仲则研究资料》,页162。

偶有所作，亦复不工。”①文人不再花费精力于诗文写作方面，仅以余力为之，也未必不出现好诗人，但概率却大为降低。诗歌创作最本质的特性是形象性、直接性，而考据学的思维则是理性的、抽象的。而文人将注意力大多放在学术上面，诗歌创作自然受到影响。梁章钜《退庵论文》曰：“王梦楼尝言：词章之学，见之易尽，搜之无穷。今聪明才学之士，往往薄视诗文，遁而穷经注史，不知彼所能者，皆词章之皮面耳。未吸神髓，故易于决合。如果深造有得，必愁日短心长，孜孜不及，焉有余力旁求考据乎！”②道出了文人对辞章之轻视带来的文坛的衰落。

乾嘉时期文学的附属价值大大降低，考据学的附属价值大大增加。此处所指附属价值，指的是将文学和考据学本身的价值抛除在外，文学和考据学所附属的社会功利性的世俗价值。乾嘉的科举考试，不再诗文取士，而以经学为主，考据学的内容就是经史，与科考内容极为相近，还成为一种身份的象征，不仅象征着渊博的学识与优雅的身份，并能融入一个考据学者的社交圈子。文学附属价值减弱，经史之学的附属价值随之增长，辞章带不来功名利禄，经史之学却附属着地位和名利。经史之学显然已不是纯粹的学术，而是成为衡量一个人价值大小的标准。

在考据学眼光的观照下，诗赋变得浅薄了。郑献甫《著书说》：“考据如画人也，小有参差，即不敢示人；词章如画意也，无论工拙，皆自谓过人而已矣。”③考据却能把渊博的学识显示出来，辞章的好坏却难以定性地衡量，考据自然成为衡量学问的标准。当一代文人把辞章作为小道而以余力从事而皓首穷经时，乾嘉文坛不可能有超唐迈宋之作者。

第五节　游幕经验之表述

游幕经验之表述可分为两方面：一是职业痛苦经验的情感表达，一是幕府见闻之实录。

一、职业经验之表达

清代两个师爷的书信集极为有名，即龚未斋的《雪鸿轩尺牍》、许葭村的《秋水轩尺牍》，游幕文人内心的苦闷从两位师爷的信件中可以真切地读出来。二人生于同一时期，且有深厚的交情。许葭村《复龚未斋》：“至于凄凉客

① (清)钱大昕《嘉定钱大昕全集·潜研堂文集》，页3。

② 王水照编《历代文话》，上海：复旦大学出版社，2007年，页5172。

③ (清)郑献甫《补学轩文集》，页672。

邸，原同寂寞禅关。如先生之百里而遥，尚庆团圞于岁序；若贱子之十年不返，空怜漂泊于天涯。所以王粲依人，登楼有感；纵使孟尝爱客，弹铗仍歌。”[①]这种弹铗而歌的依人感与游幕生涯的寂寞凄凉带有普遍性。胡天游一生辗转幕府间，萍踪无定，诗中有不少幕府生活的感受，其《幕府》一诗：

幕府时羁束，文墨杂纵横。朝兴恣偃蹇，束带懒将迎。
闲庭封冻色，斗鹤堕寒声。沧州一迢递，岁晚独伤情。[②]

表达的正是对幕府生活的意兴阑珊。游幕羁束着个人自由，在寒冬的庭院里，听见阵阵鹤声，勾起无限愁绪，年岁已晚，功名无成，悲伤在心底蔓延。其《孤馆》一诗：“孤馆独愁处，西风二片过。夜虚成响易，窗迥得听多。摇落竟何意，羁栖且浩歌。朝来问庭蕙，消息尔如何。”[③]这里的孤馆即在幕府中的住处。在凄凉的孤馆里独坐，西风从窗间呼啸而过，夜太静了，以至于风声格外清晰。在凄厉风声里思考自己的羁栖生活，想想第二天早上庭院里应是被寒风摧残的花草。如此凄凉的幕府生活，胡天游应该是厌倦的，然而毕竟是糊口之计，《出至旧馆(二)》曰：

已怜寒食过清明，未放穿沙贴水行。
今古暮鸦追晓雀，园林青李换朱樱。
绕廊暂觅闲中句，拂帽重来梦里情。
满把柳丝如练直，四愁何限对张衡。[④]

重新回到幕府，正是柳丝袅袅的好季节，看到庭院里鸦雀在嬉戏，满园的青李已变成了将熟的红樱桃。闲庭漫步，依稀是梦中，满眼春光勾起的却是愁绪。《出至旧馆(一)》：“不定飞丝悬客梦，相逢归燕说家乡。狂怀动地无由写，小院轻阴日正长。”[⑤]初来乍到，思绪万千，思念家乡，忧虑时日如此漫长。所以在游幕的旅途上，会思索人生的意义和自己存在的价值，《将赴幕府书怀题旅壁》：

人海王城著此身，破除残腊又经春。
前缘欲悟三生在，异地仍怜一寄尘。
送客关山双鬓影，无情天地两车轮。

---

① (清)许葭村《秋水轩尺牍》，长沙：湖南文艺出版社，1987年，页51。
② (清)胡天游《石笥山房集·诗集》，页328。
③ 同上书，页200。
④ 同上书，页228。
⑤ 同上。

劳生不值庄周笑，且向横流更问津。①

在时光无情的流逝中，自己也反复思考、求索，希望能够悟得前世今生的因缘，然而如今仍是天地间一粒在异乡他地漂泊寄居的微尘。无情的不只是时间，还有无情的天地，在这无情的时空交错中，劳碌的尘世生活不过赢得庄生的嘲笑罢了。

寂寞孤独、哀老嗟贫的穷愁之情在游幕诗歌中极为常见，陆继辂《〈定香亭笔谈〉题后即寄阮抚部》一诗表达出游幕文人的悲剧处境。

张郎远宦蒋生病，苦说离居减豪兴。
血泪惊看游子衣，穷愁竟短文人命。
死生离合剧关心，一日清霜满青镜。
阑干曲曲记经行，烟月何曾管送迎。
独把一编当话旧，可怜鸿爪太分明。②

为阮元督学浙江时随笔疏记近事之作，乃成《定香亭笔谈》。经史学者、诗文高手常住其内。以游记为线索，间有关于经史、天算、金石文字者数十篇，多以诗词歌赋抒发游兴，对江南名士之佳作多有选录，蒋征蔚与张鉴的诗便在其中。陆继辂看著作，怀念故人。定香亭在西园内，西园是阮元的留客之所，公事之暇，阮元与幕宾论学、吟诗，互相唱和。诗中的张郎和蒋生即蒋征蔚与张鉴，都是阮元的幕宾，与陆继辂一起都曾在阮元幕府诗酒唱和，而如今都已经离开幕府，天各一方。张远赴宦途，蒋疾病缠身，陆继辂发出游子漂泊的感叹，“血泪惊看游子衣，穷愁竟短文人命”，是穷愁的生活让文人生命短暂，窘迫的时日让文人一日之间满头白发。诗虽是写给阮元的，诉说的却是文人穷愁的境遇。

游幕精神上的痛苦还有为人作嫁衣的无奈。段玉裁后悔为阮元主定《十三经校勘记》而耽误了自己的著作，嘉庆九年(1804)写给王念孙的信说：“惟恨前此三年，为人作嫁衣裳而不自作，致此时拙作不能成矣。”③胡虔游谢启昆幕，殚精竭虑撰写《西魏书》《小学考》，方东树《先友记》记载：“自谢调浙藩以至巡抚广西，自是君皆相从，与之终始焉。谢所纂《西魏书》《小学考》《广西通志》，皆出君手。”“君平生撰述多他人主名，故己所私著罕卒业。尝刻《识学录》一卷，其余残稿散佚，尽为乡里小生窃取去。”④忙于为幕主修书，自己的

---

① (清)胡天游《石笥山房集·诗集》，页232。
② (清)陆继辂《崇百药斋文集·文集》，页19a。
③ 刘盼遂《段玉裁先生年谱》，民国二十五年(1936)北平来薰阁书店排印本，页76。
④ (清)方东树《仪卫轩集》，清同治七年(1868)刻本，页12b。

著作则一再延误，至于最终不能以著作传世。幕宾为糊口计而鬻文为活，随人俯仰、为人作嫁的痛苦自然不免。金兆燕羡慕程廷祚可以自由地撰著，而自己却要逢迎主人，不能自由写作，并后悔自己“不自知耻”。汪中、章学诚的诗文集中多有为幕主代作的文章。这种为人作嫁衣的痛苦并没有具体形之于诗歌，诗歌中痛苦情感之表达中自然也有这种精神上的折磨。

为稻粱谋，抑或心怀大志，不得不游幕，所以也不乏游幕中的自我认同感。乐钧作《宾谷都转勘灾海州寄示，酬兰雪病中论诗，留别之作，末章惠及，次韵却寄》：

其一

读书岂为注鱼虫，要入烟云变化中。
岁月匆匆皆旅客，乾坤落落几诗翁。
霜鸿得伴秋横水，铁马惊寒夜啸风。
吐尽肝肠应不悔，后人端自识扬雄。

其二

君怜病鹤写秋声，更念栖乌绕树鸣。
韩孟穷通能并世，王卢前后愧齐名。
才随瓜步江潮退，梦伤云台海月生。（云台山在海州）
苦为论诗相忆切，人间万事羽毛轻。①

不同于别的苦愁诗，这首诗表达的是甘于寂寞的情怀。在匆匆岁月中，诗人吐尽肝肠，后人总会记住那些好诗的。诗人生前穷困，死后却会有美名的。这里有对诗的沉迷，有一种为诗穷困而不悔的精神，这也是体验了寂寞之后对寂寞的甘于承担。乐钧送吴嵩梁归乡的《送兰雪归东乡四首》之一：“忧患疑有媒，别离竟无泪。漂泊为升斗，欲归几人遂。但能安里闾，宁论贱与贵。虽未换青衫，亲心已娱慰。”②在长期为功名奋斗后，乐钧还是甘心于落魄了，在为生计奔波中，有几人能够遂了归乡的心愿呢？只要能在家乡安居，贵与贱有何区别？虽然青衫未换，但足以慰藉亲人了。在《送秋竹赴楚南军幕》一诗中，乐钧表达出豪情壮志：“霜风肃肃卷征袍，送君上马心亦豪。投笔看取封侯印，借钱欲买兴国刀。君归倘有南征记，我亦从中采奇异。笛曲铙歌寓土风，他时略补《苗疆志》。”③并想象了军幕中的景象：“君去长揖军门前，军中击鼓张华筵。盾鼻俄飞羽檄出，旄头定堕牙旗边。楚山青落沅湘好，

① （清）乐钧《青芝山馆诗集》，页546。
② 同上书，页445。
③ 同上书，页474。

一路奇情寄香草。”对于入幕的生活充满美好的想象与诗情。胡天游在幕府内写下《故园》:“故园不归二十载,忆罢还怜成异乡。丘陇悲回几年扫,茨莱任拌连屋荒。早岁无意论出处,羁食何有长苍茫。自嗤事料一生错,倔强白头心转长。”[①]离开故园二十年,想起家乡便自怜独在异乡成异客。故园应该已经田园荒芜,房屋残破了。早年没有在科举上取得功名,便一生游幕,现在嘲笑自己,虽然早已料到会铸成一生的错误。而“倔强白头心转长”却是对自己游幕的认同感,虽然不得已为之,但除此还有更好的出路吗?不游幕就有更好的结局吗?相较于做塾师、弃文经商、农耕,也许游幕是文人能找到的最好的出路了。

长期游幕自然会有倦游的情绪,尤其是随着年岁的增长,幕宾们一般都会倦游思归思隐。许葭村《劝陈浩如回里》:“昔放翁有句云:及身强健早还乡。弟尝三复斯言,低徊不置。自知苦累未满,家食难安……。”[②]这是钱名师爷的信件,处于底层的师爷对游幕生涯的苦楚有更深的体会,不是不想归乡,只因一家的生计需要维持。乐钧《同白庵、兰雪夜话》:“二君少俶傥,意气塞九州。驱车向京国,长揖交王侯。何曾计毁誉,况复论恩仇。怀珠聊自媚,饰椟将安求。狂名竟远达,壮岁俱倦游。”[③]在长期的干谒、游幕生活中,怀才不遇,虽狂名远达,但终归倦游思家。《章实斋年谱》记载:“春,冯廷丞迁台湾道,宾客云散。先生亦倦游,返会稽,初与宗人春社。”[④]一生游幕的章学诚也困倦了。长期的游幕生涯中,思念家乡,思念亲人,思念安静平和的田园生活。

这种职业经验的表达往往来自壮志未酬,功业未就,来自科举的失利与宦途的坎坷。正如吴嵩梁《辛酉仲春四日过广陵晤曾宾谷运使留宿题襟馆,并招……赋谢》所言:“薄粥寒灯二十年,一科潦倒似登天。穷来骏骨高无价,老去峨眉画不妍。”[⑤]乐钧《九日呈霞轩王子二首》:“又是刘贲下第初,王孙相慰感何如”“烛花剪尽泪频倾,游子私心忍自明。慈母如天终谅我,十年低首向科名。”[⑥]在多年低首向科名而一无所成后,不得不忍受世俗的白眼。龚未斋《答周汜荇》:“仆尝谓愚民迫于饥寒,则流为盗贼;读书无成,迫于饥寒,则流为幕宾。语虽过激,实为确论。倘使家有负郭之田,则衡门之下,可以栖

① (清)胡天游《石笥山房集·诗集》,页232。
② (清)许葭村《秋水轩尺牍》,页275。
③ (清)乐钧《青芝山馆诗集》,页474。
④ 胡适《清章实斋先生学诚年谱》,页51。
⑤ (清)吴嵩梁《香苏山馆全集·香苏山馆诗钞》,页8b。
⑥ (清)乐钧《青芝山馆诗集》,页460。

迟，此中自有真乐，必不出而造福也明矣。”[1]这应是最真切的心声。在游幕中，他们以敏感的灵魂，感叹人生之漂泊，挫折之无常，追问生命的意义，思考人生的穷通之运和世间的不合理现象。对于科举制也充满怀疑，焦循、凌廷堪已经厌恶八股文而投身学术。

然而这种职业经验的表达有无过甚其辞？功名无成的文人会不会有意无意地夸张自己的感受？杨芳灿《寒夜有怀黄大仲则景仁》曰：“天涯倘得快心地，绝胜穷巷号寒饥。但愁干谒不乘意，坐受俗物相嘲讥。千金辟士置幕府，此风古有今则微。”[2]杨芳灿认为幕府千金养士在古代还有，但他们却很难遇见了。而今天回头去追看历史，杨芳灿、黄景仁的时代幕府极盛，幕主对幕宾的养护之心不比以往的任何时代差，但他们还是认为古代的幕府更好。

二、幕府见闻实录

焦循认真地记录下他在幕府的见闻。《焦循年谱新编》载：“毕抚军来阅案牍，知惠民县被杀一家，其女愬诸县者之冤，属继抚玉公廉之，得申冤情，国人快之！先生为作《惠民阿姊行》纪之。”“壬戌，在钱塘，馆阮抚军署中，见秀水章原姑死烈详文，作《书裔烈娥事》。”“六月，阮抚郎在浙，拒洋盗于松门，有神风、神火事。冬，先生到浙，寓居阮署中，阅诸文移手札，又论诸从至海上者，乃得其本末，作《神风荡寇记》。”[3]乐钧作《宾谷都转膺荐入觐，与同人送至秦邮，雨中登文游台酌别，归途成长短句却寄》赞扬曾燠鞠躬尽瘁的精神和经世致用的才干，呈现了一个清廉、有为、受民爱戴的好官形象，虽然“夹道千人怅离别”带有夸张的意味。王芑孙《送宾谷入觐六十韵》用六百字记述曾燠要进京的情况和对他的崇敬之情。

詹肇堂的诗集记录了在幕府内丰富多彩的生活。《心安隐室诗集》中作有《曾宾谷先生座上观剧小乐府九首》，记录他在曾燠幕府看戏班唱戏的情况。《筱园芍药有一茎三朵之瑞，宾谷先生有诗，命和二首》《题襟馆种竹十二韵》《同蒋师退各以宿本兰花一盎送宾谷，翌日以诗见酬，次韵为谢》是在幕府对花赋诗的唱和，《（宾谷）先生以龙井芽茶、洞庭碧萝春二器见贻，四叠前韵为谢》《偶得名香一饼，于座中试之，宾谷先生赋长歌见赠。今春有亡姬之戚，夏初复纳一婢，诗中因以为戏。谨用元韵仰酬一首，兼述悲怀》是对曾燠纳妾的谐谑之诗。《闰二月，宾谷先生招同诸公湖上泛舟看梅，是日风雨，晚饮于尺五楼》《将迎宾谷先生于邵伯镇，为雨雪所阻，中途而返，志感二首》是

---

① （清）龚未斋《雪鸿轩尺牍》，页10。

② 黄葆树《黄仲则研究资料》，页136。（杨芳灿《芙蓉山馆诗钞》中未见此首）

③ 赖贵三《焦循年谱新编》，页99。

游玩、聚会的诗。《宾谷先生入觐后，恩命重莅两淮，恭呈二首》：“惊传恩遇逾常格，为是词臣擢两司。”“官到名儒自不同，文章功业两俱崇。”“祝公重莅公来矣，我是私情百姓公。”是赞扬曾燠的功绩。《宾谷先生赈饥海州，途次有诗见寄，次韵奉酬》歌颂曾燠忧国忧民。

吴锡麒写有《聘鹤篇》，序曰：“陈古华太守家畜雌鹤一，因来扬州，于宾谷都转题襟馆中择其一牧者，请以为配。主人笑曰：‘吾今为鹤聘妇矣。’遂邀同人作《聘鹤篇》。”[①]吴锡麒记叙了幕府生活内的趣事，曾燠要聘雌鹤为题襟馆中公鹤的配偶。这一趣事又成为一次唱和的机缘。幕宾纷纷为此事写诗。

幕宾追随着幕主，以诗歌记录了幕府的活动。根据幕宾诗歌的记述，结合幕主的年谱、史书记载，我们可以考察一个幕主的功过得失。毕沅在河南的作为是一个很好的研究例子。

乾隆五十年(1785)，朝廷派江苏人毕沅到河南任巡抚一职。此时的河南已经三年未雨。毕沅是一个科举顺利、官运亨通的官员，到河南之前已在甘肃、陕西为官多年，据《清史稿》记载：“毕沅，字纕蘅，江南镇洋人。乾隆十八年举人，授内阁中书，充军机处章京。二十五年一甲一名进士，授修撰。再迁庶子。三十一年，授甘肃巩秦阶道。从总督名山出关勘屯田，调安肃道。擢陕西按察使。”[②]《清史稿》曰：(毕沅)“以文学起，爱才下士，职事修举；然不长于治军，又易为属吏所蔽，功名遂不终。”[③]科考功名顺利，结局却不佳。

毕沅为官的声名极不好。桐城派古文家姚鼐骂毕沅曰：“戮毕沅之尸，庶足以谢天下。” 湖北民谣曰：“毕不管，福要死，陈倒包”，又有说法：“毕如蝙蝠，身不动摇，惟吸所过虫蚁。”[④]史籍上对毕沅的记载也是“性畏懦”，政绩不佳是后人对他一致的评价。嘉庆二年(1797)，毕沅去世，嘉庆四年(1799)毕家被抄家，学者认为与和珅案有关。毕沅把当时著名的学者延致幕府，宏讲风流，编选、刊刻了不少学术著作，为清代学术文化的发展繁荣做出了不小贡献。这是后人认同并褒扬的毕沅的功绩。然而，通过幕主和游幕文人的诗歌记载看看毕沅在河南的作为，或许会让人感慨，在历史的盖棺定论中，非常复杂的人性被简单定性了，毕沅身后虽颇受争议，他生前却兢兢业业地为清王朝奔波效力。

乾隆五十年(1785)春天，毕沅已经五十六岁。他从陕西赶往京城，在乾清宫，乾隆召见了毕沅，随后让他前往河南。经过保定时，朝廷降旨，他的职

① (清)吴锡麒《有正味斋诗集》，页10a。
② 赵尔巽《清史稿》，页10976。
③ 同上书，页10978。
④ 裘毓麟《清代轶闻》，页35。

位乃河南巡抚。毕沅当然更愿意为官陕西，不仅因为此时他已在陕西做官大约十三年，还因为河南当时灾害的状况，没有官员愿意前往。当时的官员人人都知道，河南此时三年不雨，颗粒无收，黄河年年决口，民不聊生。史善长《弇山毕公年谱》记载曰："时以豫省河工连年漫溢，卫辉一带，屡被旱灾。"[①]有旱灾，还有涝灾。朝廷为河南忧虑不已，"中州数被河患，有恒旸告愆。八十郡县二麦俱无，民食草根木皮殆尽。皇上宵旰焦劳，轸恤之旨，插羽飞驰"。毕沅之前所在的陕西则歌舞升平。作为三代秦汉隋唐定都之地，西安留有历代的文物古迹，并有太华终南盛景，毕沅课士爱士，招揽文人考索经史，诗酒唱和，幕府云集了很多学者文人，声名极盛。或许乾隆顾虑到了毕沅的想法，在朱批里说："论恒情，则陕要于豫，论目前则豫要于陕，汝自知之，无俟多谕，一切勉之可也。"[②]考虑到目前的状况，乾隆才派毕沅去河南的，目的在于让他去收拾灾荒、饥馑的烂摊子。既然是圣旨，毕沅就无法拒绝。在去往河南的路上，毕沅屡次接到乾隆圣旨，他开始筹划赈灾的事宜，朝廷显然很焦虑中州的灾荒。乾隆之所以认为此时"豫要于陕"，原因在于如果处理不好灾荒，他的江山大业将会受到影响。

带着要治理好河南的决心，毕沅前往开封赴任，一路上经过章德和卫怀等地，他咨询当地官吏农民耕作的情形，以及每年冬天、春天的雨水情况。

到达开封，毕沅被眼前民不聊生的景象吓住了，《截漕粮》诗曰："豫州水旱余，闾阎惟壁立。""百万待哺人，枵腹但饮泣。四顾皆石田，生死悬呼吸。"[③]被旱灾、水灾反复折磨，中州已经没有任何中原文明的迹象。于是毕沅首先救济百姓，第一件事先是上奏截留二十万石漕粮，抑制住河南粮价的上升，其中的一部分被运往受灾县城的官仓，作为救急备用的粮食。连续多年的灾荒致使河南粮价奇高无比。接到毕沅的奏章后，乾隆下令划拨了三十万石粮食，对河南进行赈灾。毕沅此举也被大加赞赏："如此尽心，民瘼或邀天佑，朕为彼一方民慰幸也。"[④]此种赞赏实乃鼓励毕沅全力以赴救治灾荒。方正澍其时在毕沅幕府为幕宾，他写下了纪实性的诗歌《弇山中丞因河南旱灾，奏留漕粮，并奉特恩加赈，喜而有赋》。方正澍所作《河南新乐府》也说："良谋适与圣心符，称物平施帝曰都。丹书黄纸摛宸翰，廿万粮仍增十万。帖帖风帆来画船，村村版屋炊香饭。"[⑤]方正澍的赞扬虽然有阿谀之嫌，但这三

① （清）史善长《弇山毕公年谱》，页 30b。

② 同上书，页 31a。

③ （清）毕沅《灵岩山人诗集》，页 5a。

④ （清）史善长《弇山毕公年谱》，页 31a。

⑤ （清）方正澍《子云诗集》，页 12b。

十万石粮食确实在当时救了不少河南人的命。

为了解决河南的旱灾，毕沅疏浚了贾鲁河和惠济河。贾鲁河离开封有十几里远，在颍州流入淮河。贾鲁河在中牟处往西的一个分支就是惠济河，惠济河也流入淮河。两条河的长度都有四百多里。黄河泛滥导致河道淤泥堵塞，很多年都没有船只在河面上通行。又值干旱季节，老百姓的生活青黄不接，又无事可做，毕沅挑选壮劳力去做河工，发给口粮。将两条河挖通后，商贩的运输船只又开始通行，无事可做的老百姓也以做河工养家，毕沅此法以工代赈，一举两得。更重要的是，这两条河关系着旱涝的畜泄问题。乾隆五十二年(1787)四月，毕沅又命人将陶北河予以疏通。方正澍《河南新乐府六章》中如实记载了这些事件：“百姓熙熙皆色喜，百丈河工一日程。”毕沅还亲自前往桐柏山，寻找淮水的发源地，从桐柏山把淮水引到干旱的地方。

有趣的是，当时人大多相信风雨诸神，所以一到河南，毕沅就率领文武官员去大相国寺祷雨。设祭坛，毕沅率领众人虔诚祈祷。毕沅有诗歌记载祷雨的情形，《祷时雨》：“移市闭阳门，设坛率群僚。步祷烈日内，衣裳炙欲焦。”[①]从诗中能见出干旱多么严重，毕沅和官员们也表现出最大的诚心。祷雨之后，没过几天就大雨滂沱。在毕沅到达河南的两三个月后，各地大雨纷纷，雨水入土一两寸至六七寸。毕沅兴奋地写了好几首《喜雨》诗。洪亮吉《北江诗话》中赞扬毕沅的爱民之心，“至《河南使署喜雨诗》云：‘五更陡入清凉梦，万物平添欢喜心。’则又民物一体，不愧古大臣心事矣”。[②] 毕沅在《祷雨纪事》中也由衷地为老百姓感到欣喜：“半年不雨雨三日，世间快事无过此。河北三郡彰卫怀，灾余民穷到骨髓。”[③]虽是尽到官吏的责任，但也表现出仁爱之心。

毕沅能够设身处地为河南难民着想，承担起一个官员的责任，以良知和责任心爱护百姓。他紧接着奏请朝廷酌情蠲免河南的赋税。先奏请六府的蠲免，即开封、河南、章德、归德、怀庆、陈州，然后是许州、陕州所包括的四十八州县，奏请中提出缓至秋后开征所有本年及上年未完成的钱粮仓谷。对于受灾特别严重的卫辉府属，及附近灾区的武陟、修武、原武，需要再晚些时间缓征。祥符、陈留、兰阳、仪封、荥泽、内黄六县属于重灾区，则需要全行豁免赋税。蠲免赋税之外，毕沅在当地开设粥厂，用来救济难民。主要是用来救济在异地的漂泊乞讨者，以及鳏寡孤独、妇女、病废等弱势人群的。河南的冬天异常寒冷，寒风大雪，毕沅为这些人担心，害怕他们会被冻死饿死，所以开设了粥厂。救济的时间也很长，从冬天一直到来年三月麦子成熟的时候。方

① (清)毕沅《灵岩山馆诗集》，页5b。

② (清)洪亮吉《北江诗话》，页8。

③ (清)毕沅《灵岩山馆诗集》，页15a。

正澍有《设粥厂》一诗，描述了前来粥厂领粥的人们：“中丞悯民寒且饥，奏准九重开国帑。郡县选宽场，芦棚贮盆盎。曙色才分霜未融，炊烟白逗寒云上。男妇循循鱼贯来。”①难民一大早冒着严寒来领粥。毕沅确实在尽一个官吏的良知做着力所能及的事情。

毕沅到达河南的第一年的八月份，各地雨水充足，庄稼长势都不错。只靠救济，是不能从根本上救治灾荒的，毕沅深知这一点，所以他责令官吏督促老百姓种植。下令官府提供种子，凡是有雨水的地方，都必须马上领取种子耕种，只有这样才能度过灾荒，来年的丰收才能解决粮食问题。第二年的春天雨水充足，毕沅又号召老百姓种植番薯。毕沅为此作诗并有《种番薯序》，朝廷认为番薯耐旱耐涝，产自闽省，所以派人交给河南人一些幼苗和栽培的方法，希望河南能以番薯救灾荒。这里面自然有毕沅的功劳。毕沅写诗记载番薯，《种番薯》：“不择地肥饶，不忧时旱雨。恒副盈车望，免虑枵腹苦。从今河南北，永远为乐土。”②毕沅一厢情愿地希望黄河南北永远变为乐土，只是幻想而已，但在饥荒中番薯确实解决了一些老百姓果腹的问题。方正澍《种番薯》记载：“种番薯，岁荒苦乏防饥具。……田园不数日，已见青离离。……枵腹皆果然，齐民无菜色。”诗歌当然有夸张之嫌，但如实写出了种番薯的事件。

灾荒连年，老百姓不能糊口，有田地的人家只好纷纷卖地求温饱，但是所卖价格不到原价的十分之二三。有的农户被逼无奈，甚至在地里种的麦子快要成熟的时候以极贱的价格把地卖出去。山西与河南相邻，利用河南灾荒的时机，山西的豪强富户跑到河南来放高利贷。河南人还不起高利贷，只好出卖田地，折合成极低的价格，用来还债。看到这种情况，毕沅很是忧虑，《归售田》序曰：“若不代为区画，济以变通，将清时有失业之人，乐岁多断炊之室，势必颠沛流离。”③于是他下令：凡是在乾隆四十九年以后，以过低的价格贱卖出去的土地，都需要到地方政府那里做备案，可以三年之内赎回来。短时期内连麦子一起卖出去的农户，需要在半月之内向地方官报告，由卖主来收割麦子。如果买主已经收割了麦子，将收麦子的钱去掉，然后将麦子和田地一并退还给卖主。如果买主不肯执行这些条例，就依重利盘剥来治罪。豪强们的土地兼并计划在毕沅的打击下破产了，河南的老百姓也就不至于丢掉土地到处去流浪了。

乾隆五十三年(1788)是毕沅到达河南的第三年，这一年黄河决堤。此

---

① (清)方正澍《子云诗集》，页 14b。

② (清)毕沅《灵岩山人诗集》，页 10b。

③ 同上书，页 11b。

前，毕沅勘察过睢州大坝，修筑过沁河的河堤，赈济过黄河灾区的百姓。黄河水骤涨自三五尺到一丈二尺，睢州下汛十三堡堤工，东西漫口各有二十多丈。毕沅率领官员在上游抢护，下游水深浪猛，就圈堤筑坝。为了迅速合龙，毕沅率人在黄河分流处筑鸡觜挑坝，硬逼着洪水流到黄河里。这次惊险的经历，毕沅作《塞黄河决口六章》来记述，《筑圈堤》《集料》《筑挑水坝》《疏引河》《下扫》《合龙》，描述很细致。同时毕沅仔细勘察被淹的村庄，对睢州、宁陵、商丘、永城、鹿邑、柘城六地的百姓进行赈灾，酌情减免或者缓征赋税。八月份是农民秋收的季节，虽受灾害影响，但收成九分有余。毕沅为《塞黄河决口诗六章》作序，显示出良苦的用心：

> 河自己未后几十年，无岁弗决。天子发帑数千万，勿稍靳惜。吏胥乘机舞弄，横征掊克，豫民大困。沅痛惩积弊，尽革旧章，慎重公帑，力除民累。乡城远迩，晏然安堵，河复古道。归遘危病，残腊始苏。雪夜不寐，披衣剪烛，爰纪以诗章。事悉手裁，辞旨征实，聊备讽谕之旨。所云言者无罪，闻者足戒也。后来司河防者，庶谅予之苦衷焉。①

毕沅身在其位，革除旧制，减轻老百姓的负累，为救治黄河水灾全力以赴，他也希望后来的官员能够理解到他的苦衷，脚踏实地地治理黄河水灾，而不是应付百姓。

毕沅还亲赴柘城，歼灭了三百余盗贼。旱灾之后，蝗灾又出现了，毕沅带领百姓分别战胜了这些灾害。方正澍的《河南新乐府》中对这些都有诗歌记录。乾隆五十二年(1787)，湖北荆州的江水决堤，毕沅两次救赈荆楚，共发库银四十万两。毕沅的作为被朝廷认可，乾隆五十年(1785)，他被赐一把御扇，乾隆五十一年又被赐一件黄马褂，擢升为湖广总督。方正澍《锡诗扇》一诗也详细叙述了这些事情。但毕沅此时出现了失误。河南的盗贼秦国栋故意戕杀官员，毕沅没有捕捉到秦国栋，于是乾隆责令毕沅继续留在河南。乾隆五十三年(1788)，毕沅任湖广总督一职，即钱大昕《太子太保兵部尚书湖广总督世袭二等轻车都尉毕公墓志铭》中所谓的毕沅之遭遇“恩遇之隆，汉大臣莫及焉”②。

洪亮吉悼念毕沅作《祭毕尚书师文》，评述毕沅在河南的作为，“公之牧民，务培元气。旱潦凶荒，先时而计。畜牧屯田，河渠水利。雍豫遗民，思之不替”③。在河南的几年，毕沅积劳成疾，他撰《孙泰溶》一文提到自己在开封

---

① (清)毕沅《灵岩山人诗集》，页3a。

② (清)钱大昕《嘉定钱大昕全集·潜研堂文集》，页673。

③ (清)洪亮吉《洪亮吉集》，页395。

任职的状况："日夜创稿削牍，头绪如丝棼。河工赈务，文卷山积。"[①]这些情境从毕沅所作《新正病起遣怀》《又病起》《病起耳聋》诸诗中也可知晓。对于毕沅"故举政发令，民无不感泣者"[②]的赞扬应非虚言，毕沅的作为让河南的老百姓确实深怀感激。

毕沅在河南期间编有《中州金石记》五卷。诸多原因，只有少数幕宾经常在幕府，方正澍作为毕沅在河南任职的见证者用诗歌记录了他的功绩。救治灾荒耗费大量精力，好风雅的毕沅在河南的诗酒唱和及学术活动远远比不上在陕西时。

毕沅在乾隆五十三年(1788)离开河南，出任湖广总督，前往荆州。

洪亮吉曾客于毕沅幕府，《书毕宫保遗事》一文道出了毕沅的结局："公生平之学，其得力处，在能事事让人，然公遭际实亦半由此。""公军旅非所长，又易为属吏欺蔽，卒以是被累，身后田产资畜皆没入宫云。"[③]毕沅最终身败名裂，死后被抄家。钱泳也曾是毕沅的幕宾，《履园丛话》记载了毕沅身后的状况，"尚书殁后，家产荡然，家人辈拓之为糊口计，可怜也"[④]。毕沅死后，钱泳故地重游，到达毕沅生前所修筑的灵岩山馆，却发现园内一片荒芜，破败凄凉，他题下"眼前富贵总堪哀，世事无如酒一杯"的诗句，万般感慨。

毕沅一生做官，河南的三年半是所谓的"恩遇之隆"的一段时间，虽然并不长，却是极为辉煌的时光。毕沅在河南期间以良知和责任全力以赴救治灾荒，尽一个官吏最大的努力来保证了河南的民生安定。政局翻云覆雨，毕沅为官生涯中也难免会有污点，生前荣华富贵，死后却被抄家。但乾隆五十年至乾隆五十三年之间，毕沅为河南的百姓做出了自己的努力，他为清王朝奔波效力的功绩也被记载了下来。方正澍的《子云诗集》卷六有《五言述德抒情诗八十韵上毕弇山中丞》一诗，记录了毕沅一生的功绩。

---

① (清)李桓《国朝耆献类徵初编》，页 623。

② (清)史善长《弇山毕公年谱》，页 33b。

③ (清)洪亮吉《洪亮吉集》，页 1037。

④ (清)钱泳《履园丛话》，页 627。

第四章　文人游幕与清中期骈文复兴

清初，骈文在文坛的地位并不高，之前有唐宋八大家的古文运动，明代又有唐宋派，经过明人的复古运动，骈文几乎被排挤出文坛。但物极必反，文学、文体发展有其内在的规律。到清初，出现了一些杰出的骈文作家，毛奇龄、陈维崧等，到清中期，终于出现了骈文复兴的局面。

清中期的骈文复兴已经得到学界越来越多的认可。20 世纪 30 年代刘麟生著《中国骈文史》已经称清代骈文"俨然有中兴之势"[①]。诸多著作都明确提出了清代骈文复兴的观点，比如莫道才的文章《骈文史分期刍论》、尹恭弘的著作《骈文》、马积高的文章《清代骈体文的复兴与考据学》等。复兴的最直接表现是骈文作家多，作品多，质量上乘的作品也远远超唐迈宋。而骈文复兴的另一个重要方面是骈文这种文体得到了普遍性运用，与唐宋主要局限于应用文体不同，清代各种题材的骈文俯拾皆是，序跋、书信、游记、传记、碑记、集会、闲情等方面多有骈文。骈文复兴与乾嘉的学术风气分不开。骈文博学征典的特征适合当时浓郁的学术风气，而认为古文空疏的成见又促使学者们以骈文作为载体来表达其思想和精神。据张之洞《书目答问》所列"体格高而优"的清代骈文二十家中，乾嘉朴学学者几占一半，如孔广森、汪中、孙星衍、阮元、洪亮吉、凌廷堪等。乾嘉学者以自身的渊博轻视古文家的空疏，而骈文则需旁征博引，没有一定功力无从写起，因此学者多提倡并创作骈文，促成了乾嘉文坛骈文复兴的景观。然而桐城派姚鼐编撰《古文辞类纂》，以选本的文学样式来维护"文统"，摒弃骈文于古文之外，明确提出"古文不取六朝人，恶其靡也"[②]。这促使学者纷纷为骈文争取合法地位。

本章要探讨的是，在乾嘉考据学背景下的骈散之争、骈文复兴的格局中，游幕文人与幕府为骈文复兴提供了怎样的援助？他们对待骈文的态度如何？幕府怎样参与到了对桐城派的讨伐之中？在理论和创作上，游幕文人怎样践行了对骈文的看法？与清代骈文复兴关系最密切的是曾燠幕府和阮元幕府。

---

① 刘麟生《中国骈文史》，北京：东方出版社，1996 年，页 104。

② （清）姚鼐《古文辞类纂评注》，合肥：安徽教育出版社，2004 年，页 18。

第一节　曾燠幕府与清中期骈文复兴

曾燠创作了不少骈体文，张之洞在《书目答问》中将之列为骈文家。然而曾燠对骈文的贡献不只在于他的创作，由于他的提倡与影响，其幕府内的文人形成了创作骈文的群体，对骈文做出了革新，为清中期的骈文复兴做出了重大贡献。

宾客记录了在题襟馆内风雅唱和的情形，据王芑孙记载，“春秋佳日，杯觞流行，纸墨横飞，人人满其意以去。而君之学亦由是大进。”[①]吴鼒《题襟馆消寒联句诗后序》曰：“宾客之盛，不减聚星之堂；湖海之士，并有登龙之愿。”[②]又可见宾客之盛。除了诗酒唱和，曾燠幕府的骈文创作也形成了一个团体。幕宾中有不少骈文大家，彭兆荪、陆继辂、吴鼒、王芑孙、刘嗣绾、吴锡麒、吴嵩梁、乐钧等等，在清中期都是很重要的骈文家。曾燠对选学很有研究，吴鼒《西溪渔隐题辞》曰：“都转深于选学，所作擅六朝初唐文集之盛。”[③]很显然，曾燠是幕府内骈文创作的提倡者。

一、两部选集：确立文体意识

曾燠幕府的创作形成了团体。从两部骈文选集可以看出来幕府内骈文文体意识的确立。

《八家四六文钞》及《国朝骈体正宗》是清中期两部最重要的骈文选集。而这两部选集都由曾燠幕府刊刻流传。吴鼒 1797—1798 年客于曾燠幕府，他编纂的《八家四六文钞》于 1798 年刊刻。曾燠主持、彭兆荪协助编纂的《国朝骈体正宗》于 1806 年定稿刊刻。[④] 两部骈文选集基本上清晰地展示了清初期、清中期文坛上骈文的创作情况，两部选集有着相似的骈文观念，也有骈文观念演化的痕迹。

---

① (清)王芑孙《渊雅堂全集》，页 439。

② (清)吴鼒《吴学士文集》，页 445。

③ 同上书，页 485。

④ (清)彭兆荪嘉庆九年至十二年(1804—1807)客于曾燠幕府，协助曾燠编选《国朝骈体正宗》，陈起荣跋《南北朝文钞》曰：“娄东彭甘亭先生夙精骈俪之学，曾为曾宾谷都转选辑《国朝骈体正宗》，久已风行海内。”彭兆荪在《与姚春木书》(《小谟觞馆文集》卷三)中也提及此事：“尔近佐辑《骈体正宗》一书，欲以矫徘俗，式浮靡。中间进退权衡皆系所主裁断，仆虽观成，仅司校勘，且鄙文滥厕，尤不便置咏其间。然意旨所存，盖可略述：大要立准于元嘉、永明，而极才于咸亨、调露，文匪一格，以远俗为工；体无定程，以法古为尚。”可见参与了编选的过程。

《八家四六文钞》选了袁枚、曾燠、刘星炜、洪亮吉、孔广森、吴锡麒、孙星衍、邵齐焘八家的骈文，共有四册。吴锡麒入选篇目最多，有上下两册，五十四篇。其次是袁枚的二十五篇，洪亮吉入选十五篇。《国朝骈体正宗》范围要大得多，共选四十二家一百七十篇①，弥补了《八家四六文钞》只有八家的缺憾，从清初到清中期骈文家的作品都被囊括进来。洪亮吉入选十五篇，数量最多；吴锡麒的十二篇，袁枚入选十二篇，孔广森的十篇，胡天游和汪中的骈文在当时很有名气，分别入选了十一篇和三篇。诸多幕宾的骈文被选其中，彭兆荪被选十二篇，刘嗣绾的八篇，乐钧被选六篇，吴鼒的两篇，王芑孙入选一篇。以数量看，吴锡麒的骈文入选《国朝骈体正宗》虽非最多，但也仅次于洪亮吉，而与袁枚的数量一样。汪中是著名的骈文家，作品质量上乘，可是只入选了三篇。从地域的角度看，两部选集所选作家几乎都是江浙人。《八家四六文钞》八家中，六人为江浙人，只有孔广森是山东人，幕主曾燠是江西人。《国朝骈体正宗》选了四十二家，但只有孔广森、王太岳、朱珪三人是北方籍骈文家，其余的江苏二十一人，浙江十三人，安徽四人，江西一人。

在《八家四六文钞序》中，吴鼒说明了自己的编选原则及骈体文观念：

> 兹集局于四六一体，道则其贯，艺有独工。所录在此也。此数公者，通儒上材，或修述朴学，传薪贾郑，或㝢于乐府，嗣响骚雅，传世行远，不名一技。兹集发于生徒之请，综为骈俪之则，采片石于抵鹊之山，挂只鳞于游龙之渊，所业在此也。夫一奇一偶，数相生而相成，尚质尚文，道日衍而日盛。旸谷幽都之名，古史工于属对；觏闵受侮之句，葩经已有俪言。道其缘起，略见源流。盖琴无取乎偏弦之张，锦非倚乎独茧之剥。以多为贵，双词非骈拇也；沿饰得奇，偶语非重台也。要其挦扯虽富，不害性灵，开阖自如，善养吾气。敷陈士行，蔚宗以论史；钩抉文心，彦和以谈艺。而必左袒秦汉，右居韩欧，排齐梁为江河之下，指王杨为刀圭之误，不其过欤？②

吴鼒观点可大致归纳如下：第一，骈文奇偶相生相成乃是自然现象，并非人为；第二，追根溯源，骈文的源起在于史传；第三，骈文虽然形式上华丽繁复，但对性灵并无妨碍，而且“善养吾气”；第四，骈文理所应当占据一席之位，不应该贬斥齐梁、王杨。吴鼒显然是在为提升骈文的地位而努力，所以鼓吹骈体文的好处。但骈文的弱点很明显，自从唐代古文运动以来，文坛一直公

---

① 《国朝骈体正宗评本》中有四十三家一百七十三篇，增加了陈黄中一家一篇，另外，评本选王芑孙二篇，彭兆荪十三篇，各比原本多一篇。

② （清）吴鼒《八家四六文钞》，清嘉庆三年至光绪年间（1798—1908）较经堂刻本，页1a。

认骈文片面地追求形式的华靡。吴鼒当然知道这一点，所以在《问字堂外集题词》中他就骈体形式方面提出了一些要求作为弥补：

> 夫排比对偶，易伤于辞，惟叙次明净，锻炼精纯。俾名业志行，不掩于填缀，读者激发性情，与雅颂同。至于揽物起兴，似赠如答，风云月露，华而不缛，然后其体尊，其艺传。后生末学，入古不深，求工章句，乃日流于浅薄佻巧。于是体制遂卑，不足俪于古文词。矫之者务为险字僻义，又怪而不则矣。①

他对骈体文的形式有深刻的认识，过分注重对偶排比，有陷入形式主义泥沼的危险，徒工章句也会使文章变得浮躁浅薄，以致体格卑下。所以吴鼒强调，要消除形式上的华靡之气，复古去俗，叙述要明净简洁，华而不靡。骈文的内容同样具有激发读者性情的作用，这一点吴鼒也注意到了，并把它提到"与雅颂同"这样的高度。清中期骈文地位还较低，一些骈文家徒工章句，浅薄佻巧的风格导致人们对骈文的偏见。

吴鼒努力要使骈文成为尊贵的文体，着力提升骈文的地位。他认为偏离骈文的宗旨而以险字僻义来矫正浅薄是错误的，提出骈文是因为"真"和"雅"才尊贵。吴鼒称赞洪亮吉的骈文质朴，《卷施阁文乙集题词》曰："余读卷施阁乙集，朴质若中郎，遒宕若参军，肃穆若燕公，盖其素所蓄积，有以举其词。刘勰谓英华出于性情，信哉！"②刘勰华丽词句出于真性情的说法是他所认同的。足可见出，在吴鼒眼里，骈文是出自性情的高雅文体，绝非流于形式化的浅薄文体。吴鼒《小仓山房外集题词》交代了选取袁枚骈文的原则："凡先生文之稍涉俗调与近于伪体者，皆不录。雅音独奏，真面亦出，今世訾议先生之文者颇有人，余不能为干城，而犹欲存先生之真，以不负知己于地下也。"③袁枚被认为是"俗调"和"伪体"的骈文，吴鼒一概不录，只选取高雅的风格和纯净的文体。吴鼒的意图在于，摒弃骈文的弊病，依靠"雅"和"真"使骈文的地位有所提升。

在吴鼒骈文观念的基础上，曾燠往前推进了一步。曾燠抛弃"四六"的说法，直接以"骈文"为选集命名，此时骈文观念应该是已经被广泛地接受了。《国朝骈体正宗序》中，曾燠为骈文追溯发展的源流："有如骈体之文，以六朝为极则，乃一变于唐，再坏于宋。元明二代则等之自郐，吾无讥焉。原其流弊，盖可殚述。夫骈体者，齐梁之人学秦汉而变焉者也。后世与古文分而为

---

① (清)吴鼒《八家四六文钞》，页1a。

② 同上。

③ 同上。

二，固已误矣。岁历绵暖，条流遂纷。”[①]曾燠明确指出，骈文的鼎盛期在六朝，唐代是变体，至宋代则骈体大坏，元明时代更加的衰落。骈文与古文的观念该怎样理解，曾燠认为，把文章分为古文与骈文是错误的，齐梁骈文就是从秦汉古文发展而来的，没有古文骈文之分。如此提法观念上比吴鼒往前又走了一步。后来的李兆洛不能不说是受了吴鼒和曾燠的影响，他编《骈体文钞》时，观念中认为奇偶是自然的事情，《骈体文钞序》曰：“天地之道，阴阳而已。奇偶也，方圆也，皆是也。阴阳相并俱生，故奇偶不能相离，方圆必相为用。道奇而物偶，气奇而形偶，神奇而识偶。”[②]从天地之道讲起，观念却与吴鼒、曾燠一脉相承。

曾燠还进一步论述骈文的观念，《国朝骈体正宗序》又曰：

> 且也四字密而不促，六字格而非缓。变以三五，厥有定程。奚取于冗长乎？尔乃吃文为患，累句不恒。譬如屡舞而无缀兆之位，长啸而无抗坠之节，亦可谓不善变矣。夫画者谨发不可以易貌，射者仪毫不可以失墙。刻鹄类鹜，犹相近也；画虎类狗，则相远也。庾徐影徂而心在，任沈文胜而质存。其体约而不芜，其风清而不杂，盖有诗人之则。宁曰女工之蠹，乃染髭须而轻前辈，易刀圭以误后生，其骈体之罪乎？国朝云汉为章，壁奎应象，人称片玉，家有联珠，唯骈体别于古文。相沿既久，或以篆刻太工，为扬雄之小技；喻言最妙，类庄子之外篇。颛门之业不多，具体之贤遂少。岂知古文丧真，反逊骈体；骈体脱俗，即是古文。迹似两歧，道当一贯。[③]

曾燠对骈文的阐释，有三点值得称道：第一，用“四字密而不促，六字格而非缓”来概括骈文的形式，认为骈文的形式不但优美，而且合理。这种概括很准确，以至于成为后人论述骈文经常引用的经典说法。第二，在学习六朝的创作时，不能只学形式，要体会六朝骈文的真精神，如果不变通，流于形式，就有画虎类犬的嫌疑。第三，古文和骈文本质相同，并非两个源流。当时人将文章分为骈文和古文，骈文被轻视，但古文一旦失去真精神，就远不如骈体，骈体只要将俗气洗去就是古文。他在《有正味斋骈体文序》中也表达了一样的观点。“高语秦汉，次称韩柳，岂知秦汉传薪实在晋宋，韩柳树职，不薄庾徐。大抵骈体之兴，古文尚存。古文寝失，骈体亦亡。”[④]认为古文骈文并无

---

① (清)曾燠《国朝骈体正宗》，清光绪二十一年(1895)，湖南崇德书局刻本，卷首，页 1a。

② (清)李兆洛《骈体文钞》，上海：上海书店影印本，1988 年，卷首，页 1。

③ (清)曾燠《国朝骈体正宗》，页 1a。

④ (清)吴锡麒《有正味斋骈体文》，页 1a。

差别，秦汉古文和晋宋骈文一脉相承。

曾燠的用心被后来的学者体会到了，张寿荣《国朝骈体正宗评本序》曰："曾宾谷氏揭骈体流弊，宗六代正轨，选国朝文百七十二首，凡四十三家，所以示人者，殆轮扁之用心与？"[①]曾燠以六朝骈文为正宗的观念得到了认同，张寿荣还高度评价曾燠的选集："南城曾宾谷先生尝辑骈体正宗一书，颓波独振，峻轨遐企，芟薙浮艳，屏绝淫拽，取则于元嘉、永明，极才于咸亨、调露，钟釜齐奏，弗淆晋埜之聪；珉玉并耀，特具卞和之识。固已辟途径于文囿，而模楷于艺林矣。"[②]张寿荣赞扬这部选本，认为它为文坛提供了很好的骈文创作的参照标准。不管是"宗六代之正轨"，抑或"取则于元嘉、永明"，都将曾燠六朝骈文为正宗的观念表述了出来。

但很明显，两部选集也存在着一些缺陷，徐珂《清稗类钞》指出：

> 阅《国朝骈体正宗》，所取自毛西河至汪竹素（全德）凡四十二人，中多有仅取一篇者，乃至凌次仲亦止一首，汪容甫仅至三首，而吴谷人多至十六首[③]，袁子才亦十二首，而《辞随园临幸上尹制府启》及《吴桓王庙碑》二首，为子才杰作者，乃反不列焉。曾氏此选与吴山尊《八家四六》皆以当家操选事，并风行于代，而两公实未能深辨气体格韵之间，故雅俗杂登，菁华多落。山尊自为之文，稍胜宾谷，而又以声气为进退，此刘圃三与宾谷所以各占一家也。国朝此事，跨唐跋汉，论定之责，其在后人乎？其在后人乎？[④]
>
> 山尊为吴谷人弟子，恪守师说，不敢越雷池一步。其选骈文，藉阐宗风，故去取较隘，人比之为桐城派古文是也。国朝骈文，以山阴胡稚威天游为第一，而江都汪容甫中亦表表者，皆在吴谷人之前，而山尊选本，宁缺不录，又何疏耶？[⑤]

两部选集的选文数量和代表性都被质疑。李慈铭对《国朝骈体正宗》的选文数量有所批评，认为选凌廷堪一篇，汪中三篇，袁枚十二篇太少，选吴锡麒十六篇则太多。徐珂认为吴鼒对"八家"的选择有门户之见，选吴锡麒而不选胡天游、汪中，显得视野狭隘。这些批评确实指出了选集的弱点所在。不排除眼光和欣赏水平的不同，但入选的数量与吴锡麒等人在曾燠幕府作幕有

---

① （清）张寿荣《国朝骈体正宗评本序》，清光绪十年（1884）花雨楼刻本，页 1a。

② 同上书，页 1a。

③ 李慈铭提到选吴锡麒十六篇不确，实际上是十二篇，当是李慈铭误记。

④ （清）李慈铭《越缦堂读书记》，上海：上海书店出版社，2000 年，页 1208。

⑤ （清）徐珂《清稗类钞・文学》，页 3891。

关系。吴锡麒与曾燠私交甚好,乾隆五十八年(1793)之后一直客于题襟馆,追随曾燠诗酒唱和。从在文坛的名气来说,吴锡麒当然比不上袁枚、汪中、洪亮吉,但在曾燠幕府内,他名气甚高,作品也得到公认。吴锡麒的骈文入选篇数在《八家四六文钞》中占了四分之一,这与吴鼒的编选原则有关,吴鼒《八家四六文钞序》曰:"其以立言垂不朽者,不仅数公,兹就鼒师友之间赞仰所逮,或亲炙言论,或私淑诸人,所知在此也。"[①]申明所选作者为自己的师友。没有选彭兆荪、汪中、胡天游等人的骈文是因为"八家"篇幅的限制,而不是不懂骈文优劣。

《国朝骈体正宗》在篇目上对曾燠幕府的幕宾显然有偏向,比如选彭兆荪十二篇,刘嗣绾的八篇。李慈铭明确指出,"八家"中不该有曾燠,吴鼒"以声气为进退"。这种批评有些迂腐,吴鼒是曾燠幕府的幕宾,曾燠的骈文在当时颇有名气,并且资助骈文选集的刊刻,不选曾燠怎么说得过去?李慈铭指出曾燠和吴鼒的选集都是"皆以当家操选事",主观性太强,在选文代表性方面有欠缺。但总体看来,这两部选集不失为优秀的骈文选本。两部选集的刊刻及广为流传,当时的骈文创作及骈文观念都受到了一定影响。

吴鼒和曾燠在两部选集中有着相同的编选原则和骈体观念:第一,二人都有很强的文体意识,只收狭义的骈体文,不收赋体,确立了骈文的文体观念。清中期之后的骈文选本都用"骈文",不再使用"四六"的说法了,如李兆洛的《骈体文钞》、王先谦的《骈文类纂》等。第二,在选文方面,两部选集表现出共同的倾向:都选吴锡麒骈文数量较多,吴鼒与吴锡麒是师生关系,曾燠则与吴锡麒交情深,而且吴锡麒在幕府内影响很大。当然,也许二人确实欣赏吴锡麒的骈文。第三,在骈文观念上,他们都主张骈散合一,视野开阔,具有包容性。创作上主张复古宗六朝。清中期以后,文坛上骈文创作的倾向几乎都是骈散一体,句式丰富。第四,在创作风格上,他们都追求雅致,去除俗气。清中期文坛的骈文创作大多风格雅致,语言纯净,极少雕琢。第五,两人都意识到骈文潜在的形式主义危害,所以都提出了内容方面的"真",要抒发真性情,并且要追求骈文纯文学的审美。

时至乾嘉,骈文经历了从独霸文坛到被文坛排斥的大起大落,人们对骈文的认识变得更为理智、成熟。吴鼒与曾燠的观念具有代表性,他们都在努力提升骈文的地位。

二、幕府内的创作

在骈文观念上,曾燠幕府内的幕宾与曾燠是一致的,曾燠对幕宾具有极

---

① (清)吴鼒《八家四六文钞》,页1b。

大影响，与当时的文坛风气也有关系。

嘉庆三年(1798)，王芑孙客于曾燠幕，后来离开，嘉庆五年(1800)又回到题襟馆。王芑孙早年长于骈文，后来却崇尚古文，他认为文章不分骈散。《小谟觞馆文集序》是为彭兆荪的文集写的序言："镇洋彭子湘涵方今魁岸之士，而湛博绝丽之才之一也。为善有暇，笃耆文业，其为文专力排偶，夫文何有奇偶哉？九州四隅见于书，断壶叔苴咏于诗，其文奇欤偶欤？偶胜欤？莫得而轻重左右之也。盖奇偶之用不齐，而一直孤露吹万毕，发氤氲于意象之先，消息于单微之际；上者载道，下者载心，其要固一术尔。"①王芑孙的写法与其他作者的骈文序跋非常不同，他强调文章载道载心，不分奇偶骈散，古文与骈文本质没有差别。

嘉庆五年至六年(1800—1801)，陆继辂客于曾燠幕府，他主张骈散一体，《与赵青州书》曰："辱询骈散二体，大抵分作两集，惟柳州以骈体次散体中，今仿其例，究以何者为是？夫文者，说经明道抒写性情之具也，特文不工，则三者皆无所附丽……治古文者，往往薄四六为不屑为，甚者斥为俳优侏儒之技，入主出奴之见，亦犹考据辞章两家隐然如敌国，甚可笑也。"②陆继辂认为，说经、明道、抒写性情才是文章的功用，文章不工，怎么能达到作文的目的呢？不管是古文家还是骈文家，都不能偏废辞章。古文家如果瞧不起骈文，那就太可笑了。

嘉庆九年至十二年(1804—1807)，彭兆荪客于曾燠幕府，《骈体正宗》就是他协助曾燠编纂的，他同时还编纂了《南北朝文钞》，是一部骈文集。他的骈文观念主张以六朝为宗，雅致才是骈文的正宗，《南北朝文钞序》曰："攻选体者欲挽颓波而趋于正规，此编或药俗之昌阳乎？""六朝文为偶语之左海，习骈俪而不胎息于此。庸音俗体，于古人固而存之之义，何居焉？"③他编选文集的目的是"药俗"，选文的原则是文体"尤正"者。

马积高认为："以考据学家为主的学者们多做古骈，而文士们则多效唐四六体，只有少数能兼宗徐庾。由于宗尚的不同，在风格上形成了两种基本的派别：前一种人大抵文辞繁缛，后一种人大抵古雅清淡。"④从曾燠幕府的创作来看，多数作者以六朝为宗。曾燠幕府内文士多，学者少，但乾嘉时期的风气崇博尚学，认为作古文有空疏不学之嫌，所以文人的创作多以骈文来表达

---

① (清)彭兆荪《小谟觞馆文集》，《续修四库全书》1492 册，页 623。

② (清)陆继辂《崇百药斋文集·诗集》，页 22a。

③ (清)彭兆荪《南北朝文钞》，清光绪二年(1876)陈起荣刻本，页 1a。

④ 马积高《清代骈体文的复兴与考据学》，载于《湖南师范大学社会科学学报》，1993 年第 5 期，页 86。

思想和精神。观念上宗六朝,创作风格上,总体短小清丽,较少有作者会文辞繁缛。这是曾燠影响了幕府内的创作风气,他骈文的风格就逼似六朝文。

曾燠《赏雨茅屋外集》乃一骈文集,吴鼒为《赏雨茅屋外集序》曰:"余所识西江诗人甚多,而于四六之文则首推都转,以为其体正而诣深。知知言者之簿河汉,斯言也。"①吴鼒对曾燠的骈文的评价是体正意深。在《西溪渔隐外集题词》里,吴鼒再次重复上面的观点论述曾燠骈文的风格,《西溪渔隐外集题词》:

> 余不识方伯而从都转游最久,因并得读都转之文。都转之文亦有二种,掣鲸鱼于碧海,思力无两,如《扬州曾襄愍庙碑》《桐城张氏四世讲筵诗序》诸篇是也。戏翡翠于兰苕,触手生姿,如《跋徐嵩桃花夫人庙碑》诸篇是也。②

吴鼒提到的曾燠的骈文中,《扬州曾襄愍庙碑》又名《重修曾襄愍公祠碑文》,议论较多。"夫国家之安危常系于一二人之好恶;事功之成败,每争于一二言之主奴。无他,权势使然也。权在必争,则党同伐异之见出;势有相角,则挟私废公之事多。端起于大臣,而祸流于庶职;事坏于一代,而论待于千秋。"③从历史事件谈起,过渡到曾襄愍公请复河套,分析论证,剖析到严嵩迫害曾襄愍公的缘由,从而赞颂曾襄愍公的美德。《桐城张氏四世讲筵诗序》从历史上讲官写起,讲到桐城张氏及诗抄缘起,盛赞张氏功德。所谓"掣鲸鱼于碧海,思力无两"当指曾燠骈文思路开阔,风格雄浑,《书徐阆斋桃花夫人庙碑后》议论也颇多,曾燠认为春秋时期诲淫之风太盛,而桃花夫人可取之处在于"灭蔡以报息侯于九原,义亦有取尔"。但对息侯夫人还是有微词。"兴亡之际,其事难言。""夫人一节虽亏,盖千古之有心人也。何则?志在报人者,不以富贵移,不以欢娱解也。汉阳庙食,至今怜之。远自愧于湘灵曾少斑斑之竹,近犹贤于神女,不为暮暮之云。"④所谓"戏翡翠于兰苕",当是写得灵巧和自由,较少束缚,随手引事类比。曾燠的骈文都不长,短小流丽,《秋湖觞芰图序》:"去年此日,湖水入图;闰月今秋,莲花展节。踏芳草而旧径出,讯竹林而新雨来。芰荷深浅不减于昔游,朋友合离已殊于前度。感四时之代谢,惜二难之重并。嘉会不常,芳筵难再。于时晓凉犹嫩,残暑欲收,水涨茱萸之湾,

① (清)曾燠《赏雨茅屋外集》,《续修四库全书》1484册,页485。

② (清)吴鼒《八家四六文钞》,页1a。

③ (清)曾燠《赏雨茅屋外集》,页249。

④ 同上书,页254。

风清杨柳之郭。画舫预停于堤曲，寺钟响动于城阴。老僧来迎，群贤毕至……。”①写得清隽华美，很有六朝风格。《请施狱囚寒衣启》朴实诚挚，“漫言广厦蔽千间，争得大裘长万丈。必有受其寒者，伊谁取而褚之?”②很有杜甫“安得广厦千万间”的情怀。

吴锡麒的骈文，风格圆润清新，散句居多。《答沈梅村书》:“托归田之名，当思谋野之获。际此时风荐爽，芳浒延凉，秧马跃而农事兴，缫车鸣而蚕功毕，闲邀村叟，时掖溪童，流习晚花，亦赏新叶。无逾我里，踵樵步以烟寻;或负其糇，配渔餐而星酌。单衣出早，草履归迟，相与听田水之声，奏竹枝之曲，乐可言乎，乐可言乎!”③劝沈梅村在归隐田园后要适俗，清新委婉，后来的学者金秬香评价为“合汉魏、六朝、唐人为一炉” :

> 《有正味斋文续集》，修辞者咸以为北斗南车，盖谷人之文，各体皆工，而于骈体致力尤深，乃论者谓其委婉整洁，意主近人，圆美可诵，而古义稍失，岂知谷人所为，固合汉魏、六朝、唐人为一炉而冶之也。不矜奇，不恃博，词必达于经史，体必准乎古初。吴鼒所谓“胎息既深，神采自王”，洵不诬也。④

但吴锡麒的《星象赋》缺乏文学意味，排列很多星宿的名字，读来难免生厌。彭兆荪骈文也有一些七八字的句子，但四六句居多:“康祺弱冠学为骈体，于本朝则极喜谟觞、卷施、仪郑三家之文。谟觞诗学尤瑰奇孤秀，世之能文章者，无此兼长也。”⑤谟觞即彭兆荪。彭兆荪的骈文创作深受《文选》影响，谢无量《骈文指南》以为他的骈文颇伤繁复，为《文选》所累。刘嗣绾嘉庆八年至十年(1803—1805)客于曾燠幕府，骈文较工整短小，四六句居多，表达隐士情结，多有对田园的向往。《山中与鲍若洲书》《与王秋塍书》《颐园读书记》《陈季驯诗集序》诸篇是也。

嘉庆六年至九年(1801—1804)，乐钧客于曾燠幕府，曾燠作《乐元淑青芝山馆诗集序》时赞扬他的文章:“然君之所长，匪惟以诗，诸体之文，靡不奇丽。”⑥从《重修朝云墓碑》《白云寺读书记》《芳阴别业记》诸篇来看，乐钧的文章的确是“靡不奇丽”“烟墨横飞”。

---

① (清)曾燠《西溪渔隐外集》，载于《八家四六文注》，民国二十三年(1934)上海扫叶山房石印本，页 2a。按，《续修四库全书》版本《赏雨茅屋外集》不见此篇。

② (清)曾燠《西溪渔隐外集》，页 7a。

③ (清)吴锡麒《有正味斋骈体文》，页 8b。

④ 金秬香《骈文概论》，上海:商务印书馆，民国二十三年，页 131。

⑤ (清)陈康祺《郎潜纪闻初笔二笔三笔》，页 755。

⑥ (清)曾燠《赏雨茅屋外集》，页 231。

徐珂《清稗类钞》评价曾燠的骈文：“曾燠之味隽声永，别具会心，是皆遵循轨范，敷畅厥旨，堪为一代骈文之正宗。”①曾燠对幕宾的影响不可小觑。吴锡麒、王芑孙、吴鼒、乐钧、彭兆荪、刘嗣绾等人对骈文的看法大同小异，他们是曾燠幕府文酒之会的主要参与者，诗酒唱和，切磋学问，相互影响。所以创作上也有相似处，宗六朝，能看到曾燠的风格，格调清新，笔致轻丽。

孙星衍《仪郑堂遗稿叙》对当时的骈文家风格作出了概述，而且揭示了骈文崇尚六朝与初唐的原因：

> 今代为文，有六朝风格者，惟邵叔内、袁简斋两君，既有集行世，巽轩尤致力于此。尝见寄其甥朱沧循舍人书，畅论宗旨，略云：“骈体文以达意明事为主，不尔，则用之婚启不可用之书札；用之铭诔不可用之论辨，直为无用之物。六朝文无非骈体，但纵横开阖，一与散体文同也。”又云：“任徐庾三家必须熟读。此外，四杰即当择取，须避其平实之弊，至于玉溪，已不可宗尚。”又云：“第一取音节近古，庾文‘落花芝盖，杨柳春旗’一联，若删却‘与’、‘共’字，便成俗响。陈检讨句云：‘四围皆王母灵禽，一片悉姮峨宝树，此调殊恶。若在古人，宁以两“之”字易“灵”、“宝”二字也。’”又举杨炯《少姨庙碑》云：“蒋侯三妹，青溪之轨迹可寻；皮帝二妃，湘水之波澜未歇。”以为“未歇”二字，耐人玩读，今人必不能到。又云“不可用经典奥衍之字，又不可杂制举文柔滑之句”云云，盖其自得于古人，并期其甥如此。②

曾燠及幕宾的创作为何多有六朝的风格在此可以找到原因了。

三、对骈文复兴之推动

徐珂《清稗类钞》中提及的清代骈文家一大部分出自曾燠幕府。

桐城派当时已很有影响，标榜“学行继程朱之后，文章在韩欧之间”。然而，“清代作者蔚起，骈俪之文，临川则有乐钧，南城厥唯曾燠。燠以骈文既俗，即是古文，骈体之尊始此，一时风气，遂为之丕变。”③骈文复兴的局面已然形成，曾燠幕府对清中期的骈文复兴确实起到了改变风气的作用。

当时骈文的创作风气如何呢？张仁青认为，“以是六朝凝重之气，三唐蕴藉之风，两宋淡雅之致，乃又重现于文坛”④。曾燠之后，徐时栋论到道光时

---

① (清)徐珂《清稗类钞·文学》，页3888。

② (清)吴鼒《八家四六文钞》，页3a。

③ 金秬香《骈文概论》，页134。

④ 张仁青《骈文学》，台北：文史哲出版社，1984年，页89。

期的骈文风气："近世作骈体文者，专效六朝、初唐。自诩大家，而鄙夷宋四六，以为卑薄不屑效也。吾谓非不屑也，不能效也。"①作者专效六朝与初唐，走入了一个极端，但曾燠幕府最初提倡学习六朝促进了骈文的发展，曾燠幕府骈文创作对文坛影响之深远由此可见。

曾燠幕府怎样影响了清中期的骈文复兴呢？

首先，以曾燠为首，骈文作者们追求骈文纯文学的审美特色，文体意识很强，骈文一直被文坛排斥，处于颓废状态，曾燠及幕宾确立了骈文文体的独立地位。之前陈维崧、毛奇龄等人的骈文创作当然有影响，但没有曾燠幕府，骈文的独立地位就难以确立起来。与古文家争文学之正宗地位，曾燠幕府推波助澜，形成了清中期骈散之争的格局。第二，在骈文创作上，骈散结合是曾燠幕府的一贯主张，他们革新了骈体文，后来的骈文创作也深受曾燠等人的影响。鉴于清代之前骈文浅薄浮华的教训，这些作者认识到骈体文规范与格式对创作的束缚，提出创作要骈散结合，为骈文的发展提供了更广阔的空间。乾嘉之后，骈文家几乎都主张打通骈散。骈文发展中，骈散消长轮回，曾燠和幕宾顺应了这个大趋势。第三，曾燠及幕宾提倡性情、性灵，减少对形式的过分追求，给予内容极其重要的位置。他们提出并直面骈体文创作的难题，企图解决内容与形式的冲突，不损害骈体形式技巧之美，又要发挥出同散体文一样的表现力，这对戒律森严的骈体来说极其困难，但也是骈体创作的极致。骈文家都在努力实践这个极致，所以骈文在清中期获得了开阔的发展空间，驱遣典实、藻采绚烂，又言之有物，情真意切。第四，清中期之后的骈文观念受到曾燠幕府宗六朝提法的影响。文人推崇六朝骈文，对骈文家的赞扬也多是"得六朝品格"。在骈文家的观念里，六朝骈文是骈文的范本和经典。骈文应该学习六朝似成不刊之论。骈文家创作上也纷纷效仿六朝骈文，多有拟字体的题材，也有的骈文以六朝人、事为题材。第五，清中期骈体文的题材有所扩大，应用文体与非应用文体都大量使用骈，与曾燠幕府不无关系。曾燠与幕宾在序跋、游记等方面的创作成就突出，扩大了骈体文的写作范围，幕府内的公文写作用骈体，曾燠与幕宾的聚会、幕宾之间的交游等也用骈体记录下来。第六，曾燠幕府的骈文创作风格有相似性。虽各具特色，但总体上典雅轻倩，短小流丽，留下了不少佳作。曾燠幕府内悠游自在，文士闲散风流，骈文风格便雍容平和，追求流丽雅致。乾嘉及之后的文坛上，骈文创作反对空疏不学，追求古雅、高古，力求一洗八股文的萎弱，进行了文学的革新和创造，在复古的旗帜下完成了文学改造的任务。

---

① （清）徐时栋《烟屿楼笔记》，《续修四库全书》1162 册，页 642。

曾燠以两淮盐运使的身份主持文会，骈散之争的格局中，他的骈文家身份必然促使风向利于骈文的发展。曾燠结交了几乎所有乾嘉道时期著名的骈文家，他们创作了大量骈体文。乾嘉及之后的文坛上成长起来的一大批骈文作家，他们或多或少都受到了曾燠幕府骈文选本的影响。有诸多原因促成了清中期的骈文复兴，骈文文体发展过程中的内部原动力是最主要的原因，但曾燠幕府的提倡与创作实践不可被忽略，他们为骈文复兴的局面提供了援助。

曾燠幕府虽提倡骈文，但还没有旗帜鲜明地反对桐城派的古文，而且在对待古文的态度上很温和，基本上都认为是骈散不分，骈散一体，骈文和古文具有同等重要的地位。真正形成团体反对桐城派古文的是阮元幕府，他们不再模棱两可地说骈文和古文同等重要，而是釜底抽薪，直接将桐城派的古文驱逐出文的领域，也不再说骈散一体，而是独尊骈体。比曾燠幕府走得更远，也在文学观念上更彻底地拥护骈文，为五四时期新文学观念上的演变提供了理论上的动力，也是古典文学内在规律的演变。而曾燠幕府开了尊骈文的风气。

第二节　阮元幕府与骈散之争

阮元幕府对百余年来的汉学研究进行全面清理、总结，进一步推动了汉学的发展。对阮元来说，研究汉学的目的是通经致用，而考据只是手段。稽古不是为了复古，而是为了“鉴古以资治”，阮元办学，提倡经史实学，与当时专事举业的旧式书院分庭抗礼，培养通经致用的人才，转变学风。阮元还深受乾嘉之际求博、求通、求变学风的影响，一再提倡治经须精博，学问须博通。所以，对阮元幕府骈文理论、骈文创作的研究要放在汉学、宋学相争的背景下来探讨，要在乾嘉朴学的观照下才能看出阮元及幕宾的真正意图，也才能看出他们的贡献所在、缺陷所在。

一、批判古文派

“唐宋八大家”的称号是在明代茅坤编撰《唐宋八大家文钞》以后流传开来的。经过明代唐顺之、茅坤、归有光的推崇，唐宋八大家的地位得到了肯定。而以朴学为显学的乾嘉时代，唐宋八大家开始被批评和质疑。方东树《汉学商兑》提到阮元及其幕宾对八家古文的攻击：“汉学家论文，每曰‘土苴韩欧’‘俯视韩欧’，又曰‘骫矣韩欧’，真无目而唾天矣。及观其自为，及所推崇诸家，类如屠酤计账。扬州汪氏（中）谓文之衰自昌黎始，其后扬州学派皆主此论，力诋八家之文为伪体。阮氏著《文笔考》，以有韵者为文，其旨亦如此。江藩尝谓余曰：‘吾文无他过人，只是不带一毫八家气息。’又凌廷堪集中，亦诋退之文非正宗。”①可见以阮元为首的学者对唐宋八大家的批判有多么激烈。

凌廷堪《祀古辞人九歌》一文对于唐宋古文家大加批判：

> 降及韩柳，矫彼梁陈，漫云起八代之衰，实自成一家之学。然而《进学》名解，体仍沿于《客难》《释讥》；《贞符》命篇，源本出于《封禅》《典引》。方诸庐陵之高谈太史，眉山之轻诋德施，固有间焉。或谓车以任重，安用雕轮；钓以获鲜，奚须桂饵。于是训诂未辨，遽尔名家；古今未通，裒然成集。②

这里对韩愈的评价比较中肯，认为韩愈并非起八代之衰，他的《进学解》仍是沿袭了东方朔《答客难》、郤正《释讥》的体例。而柳宗元的《贞符》来自司马相如的《封禅文》、班固的《典引》。至于欧阳修高谈太史公、苏轼轻诋萧统的《文选》，凌廷堪认为他们不辨训诂，未通古今。“夫翦彩不如春华，而春华非朽株之谓也；瑑圭不如太璞，而太璞非顽石之比也。乃朽株且欲驾春华而上之，顽石竟欲浑太璞而同之，斯固陋夫藏拙之方，抑亦后来谈艺之谬也。故风会所趋，格随时变；见闻所囿，习与性成。论文之书日繁，为文之旨日晦。”③这里翦彩、瑑圭代表雕琢华丽，春华、太璞代表朴素、自然，但是春华、太璞并非朽株、顽石，这里朽株、顽石指向了古文家的理论。在凌廷堪看来，古文家的文章是朽株与顽石，缺乏功底，并非春华与太璞，只是打出古文的旗帜借以藏拙。在《书唐文粹后》一文中，凌廷堪针对古文的理论发展，廓清源流，指出韩、欧古文的流弊：

> 皮袭美《九讽》《反招魂》，楚骚类也，不当入诗。韩退之《进学解》，《答客难》类也，不当入古文，皆其短也。唯《平淮西碑》，取段文昌而不取昌黎，此真深知文体者。盖昌黎之文，化偶为奇，戛戛独造，以矫枉于一时耳，故好奇者皆尚之。然谓为文章之别派则可，谓为文章之正宗则不可也。宋初古学犹存，文章矩矱，人皆知之，故姚氏明于决择如此。熙宁而后，厌故喜新，末学习为固然。元明以来，久不复识源流之别矣。窃谓昌黎之论文，与考亭之论学，皆欲以一人之见，上掩千古，虽足以矫风尚之同，而实便于空疏之习，故韩、欧作而挚虞、刘勰之焰熸，洛、闽兴而冲

---

① (清)方东树《汉学商兑》，光绪二十六年(1900)刻本，页10b。

② (清)凌廷堪《校礼堂文集》，页44—45。

③ 同上书，页44。

> 远、叔明之势绌，废坠之所由来者渐矣。今一二有识者，知蹈虚言理不如名物训诂之实有可凭也，于是搜遗订佚，倡之于前，士从事于学者，皆以复古为志。而论文则贸贸焉但曰八家，是知二五而昧于十也，因读《文粹》感而书此。①

《唐文粹》是宋人姚铉之辑录的文编，凌廷堪认为诗类选入楚骚不当，古文里选入韩愈的文章也不恰当，而《平淮西碑》选的是段文昌而非韩愈，这是姚铉之懂得文体的地方。为什么凌廷堪对韩愈如此排斥呢？原因就在于韩愈文"化偶为奇"，造成了很不好的影响，后来古文作者都学习韩愈，韩愈的文章作为别派即可，作为文章正宗则万万不可。值得注意的是，凌廷堪在这里将文统与道统联合起来，认为韩愈的论文与朱熹的论学共同造成了空疏之习，韩、欧兴起，挚虞与刘勰便消歇，朱熹、程颐兴起，孔颖达与邢昺便不为人关注。挚虞是西晋人，他的学术本于经术，最终以致用为归依。挚虞首创文章流别论，将文章分门别类，精细地区分了文章的体裁。刘勰的《文心雕龙》辨别文章体类，探讨各体发展源流，便是受到他的影响。孔颖达继承了汉学的风格，编纂了《五经正义》，排除门户之见，将儒学内部不同风格和流派的争论予以解决，完成了中国经学史上从纷争到统一的演变过程。邢昺，北宋的经学家，字叔明，撰有《尔雅注疏》《论语正义》。凌廷堪在文体上不赞成韩、欧的古文理论，而赞成挚虞、刘勰的文体分类。在道统上，凌廷堪反对朱熹、程颐的理学，而主张以经学为学术根底，孔颖达、邢昺都是经学的代表人物。从文章学眼光来看，凌廷堪对文体分类的看法符合文学发展的规律，文体终归要走向独立。

阮元视古文家的义法为蹈空，多有对唐宋八大家古文的批判。《学海堂文集策问》辨明了古文称号的来由："男福谨拟对曰：自明人以唐宋八大家为古文，于是世人惟知有唐、宋古文之称，窃考之唐以前所称似不如此也。"②阮元不同意唐宋八大家的提法，以《文选》为文之正统，《书梁昭明太子文选序后》曰："至唐，而四六更卑。然文体不可谓之不卑，而文统不可谓之不正。自唐、宋韩、苏诸大家以奇偶之文为八代之衰而矫之，于是，昭明所不选者，凡皆为诸家所取。"③《扬州隋文选楼记》就是参照《照明文选》的标准，"元谓古人古文小学与词赋同源共流，汉之相如、子云，无不深通古文雅训。……唐人属文尚精选学，五代后乃废弃之。昭明选例以沉思翰藻为主，经、史、子三者为

① (清)凌廷堪《校礼堂文集》，页290。
② (清)阮元《揅经室集》，页709。
③ 同上书，页608。

本，然则韩昌黎诸人之所取，乃昭明之所不选，其例已明著于《文选序》者也”[①]。借韩愈与昭明的差异来批驳韩愈，认为韩愈抛弃了沉思翰藻。韩愈为古文的倡导者，又是唐宋八大家巨擘，因此被乾嘉学者批驳得最厉害。韩愈提倡的古文运动包含着复兴儒学、提倡古文两方面的内容，俨然以孔孟之后的道统、文统继承人自居。而乾嘉学者的批判直指唐宋古文文统之不正与道统之可疑，认为文既朴陋乏采，道又缺乏诚意与外在实践，在文章与经学方面便无甚价值。

阮元及凌廷堪批判唐宋八大家，表面上看是对“文”“道”的不同认识，而真实意图却在于攻击桐城古文派，既然桐城派所标举的唐宋八大家都是不堪一击的，那么桐城派也就不攻自败了。这是在为骈文争取正统的位置。

乾嘉之际，桐城派正处于兴盛时期，他们遵循的道统与文统乃“学行继程朱之后，文章介韩欧之间”，即程朱理学与韩、欧古文。姚鼐编纂《古文辞类纂》，以选本的文学样式来维护韩、柳、欧、苏、曾、王一派的文统，以古文正统派自诩，对于六朝骈文不但不选录，而且给予严厉的排挤，将骈文摒弃于古文之外。《古文辞类纂序》批评《文选》“分体碎杂，其立名多可笑者”[②]。《古文辞类纂·序目》曰：“古文不取六朝人，恶其靡也。独辞赋则晋宋人犹有古人韵格存焉。惟齐梁以下，则辞意俳而气益卑，故不录耳。”[③]认为齐梁文章辞俳气卑而不加选录。在《复汪进士辉祖书》中，姚鼐宣称文以载道：“夫古人之文，岂第文焉而已。明道义、维风俗以昭世者，君子之志；而辞足以尽其志者，君子之文也。”[④]《再复简斋书》曰：“且其人生平不能为程朱之行，乃欲与程朱争名，安得不为天之所恶，故毛大可、李刚主、程绵庄、戴东原率皆身灭嗣绝，殆未可以为偶然也。”[⑤]姚鼐的言论颇有骂街之嫌。在桐城派的影响下，当时的作者都不敢承认六朝文章的好处，觉得自己的文章无法和韩愈、班固相比，言外之意，也就是韩愈、班固的文章成了评判文章好坏的标准。在这样的语境下，阮元及其幕宾大力挞伐桐城派及其师从的唐宋古文具有现实意义。

凌廷堪与姚鼐有交情，《答姚姬传先生》曰：“皋比廿载拥各都，言行真为士楷模。谈艺不讥明七子，说经兼取宋诸儒。是非原有遗编在，同异何嫌立论殊。传得桐城耆旧学，直偕熙甫继欧苏。”后面作注曰：“先生论文以归熙甫

---

① (清)阮元《揅经室集》，页 388。

② (清)姚鼐《中华典藏·传世文选——古文辞类纂》，北京：西苑出版社，2003 年，页 18。

③ 同上。

④ (清)姚鼐《惜抱轩全集·文集》，北京：中国书店，1991 年，页 89。

⑤ 同上书，页 101。

上接欧苏，盖其乡方望溪、刘才甫之说。”[①]凌廷堪以非常强的理性克制自己的情绪写了这首诗，对于明代七子和宋学凌廷堪是反对的，但姚鼐“不讥明七子”，“兼取宋诸儒”，凌廷堪客观地写了出来，没有褒贬，可是后面两句“是非原有遗编在”，是说姚鼐是对是错自有后人评价，“同异何嫌立论殊”，是包容的姿态，要包容朋友与自己的不同。后面“直携熙甫继欧、苏”也不是赞扬，因为欧、苏在凌廷堪心目中文章方面的地位是不高的。而且后面的注释说明了这并非姚鼐的思想，而是方苞、刘大櫆的观点。在平静客观的外表下，凌廷堪还是表达出了对桐城派的看法。在《复姚姬传先生书》中他则直接批驳方苞：“又集中论诗假索伦、蒙古人之射为喻，以为非有定法。此诚不易之论。窃谓诗既如此，文亦宜然，故于方望溪义法之说，终不能无疑也。”[②]

幕宾陆继辂、段玉裁、焦循对桐城派也多有批评。陆继辂《删定望溪先生文序》曰：“虽然五家之文，方氏为首。其言庶几如孔子所云‘有序而有物’矣，然溺宋学而诋汉儒，至言訾謷程朱类多绝世不祀，甚哉，方氏之陋也。夫以程朱之贤，虚怀求道于生前，而伐异党同私有祸福于身后，吾恐方氏之诬罔较之訾謷者而获罪为尤甚也。且世之诋汉儒者，岂其情哉？汉儒实事求是，其学不能一蹴而至，惟空言性命则旦夕可以自命为圣人之徒，故畏难者群然趋之。”[③]对于方苞诅咒别人绝后的言论陆继辂深恶痛绝，并指明桐城派兴盛的原因：汉学需要功底，不易学，宋学空言性命，能够速成，正符合文人们避难趋易的心理。段玉裁为钱大昕作《潜研堂文集序》曰：“若先生于儒者应有之艺，无弗习，无弗精，其学一规于正，不参以老佛功利之言，其文尤非好古文以自雄坛坫者比也。中有所见，随意抒写，而皆经史之精液。其理明，故语无鹘突；其气和，故貌不矜张；其书味深，故条鬯而无好尽之失，法古而无摹仿之痕，辩论而无叫嚣攘袂之习。”[④]说清了清代学者之文得天独厚之处，并指向桐城文章，“叫嚣攘袂”直指桐城派当时的立论口号。与叫嚣攘袂相对立的是钱大昕文章的贯通经史，温和大气，深刻而明畅。今人周作人《谈方姚文》：“方姚之文继韩愈而起，风靡海内，直至今日，此种刻薄鄙陋的思想难免随之广博，深入人心，贻害非浅。”[⑤]焦循大力批判韩愈，对柳宗元情有独钟，《通儒扬州焦君传》曰：“君又善属文，最爱柳柳州文，习之不倦，谓唐宋以来，一人而

① （清）凌廷堪《校礼堂诗集》，页83—84。
② （清）凌廷堪《校礼堂文集》，页220。
③ （清）陆继辂《崇百药斋文集·诗集》，页10b。
④ （清）段玉裁《经韵楼集》，上海：上海古籍出版社，2008年，页187。
⑤ 周作人《秉烛谈》，石家庄：河北教育出版社，2002年，页153。

已。后人多斥柳州为王叔文党，君为雪之……"[①]为什么会喜欢柳宗元呢？孙梅对柳宗元骈文的解析可以作为答案，孙梅《四六丛话》云："及宋欧苏诸公，笔势一变，创为新逸，又或一道也。惟子厚晚而肆力古文，与昌黎角立起衰，垂法万世。推其少时，实以词章知名，词科起家。共熔铸烹炼，色色当行。盖其笔力已具，非复雕虫篆刻家数。……独子厚以古文之笔，而炉鞲于对仗声偶间，天生斯人，使骈体、古文合为一家，明源流之无二致。"[②]因为柳宗元能够将对仗声偶融于古文之笔，使骈体、古文合为一家。古文家从道的角度来看待柳宗元，而焦循从骈文的形式方面来评价柳宗元。

阮元及幕宾处处将矛头指向桐城派的虚弱之处，给以不遗余力的抨击。在阮元及幕宾的冲击下，桐城派面临着巨大的挑战。

二、阮元幕府的文章观念

解构了古文派的观念，阮元及其幕宾建构了骈文乃文章正统的理论。阮元在学术、文学观念方面深受幕宾凌廷堪的影响，骈文理论也多来自凌廷堪。凌廷堪认为骈文才是文章之正脉。

（一）凌廷堪的文章观念

凌廷堪长于骈文，喜作选体，江藩《国朝汉学师承记》称其"雅善属文，尤工骈体，得汉魏之醇粹，有六朝之流美，在胡稚威、孔巽轩之上，而世人不知也"[③]。《祀古辞人九歌》以骈偶文为文章正脉，重新梳理了"文"的历史。认为缺乏文采不能成为文，文需要有文采、声韵、情感。"离麴蘖而言酒，则水不可饮；舍黼黻而言文，则质将何辨。所以炳炳者其泽，琅琅者其响，渺渺者其情，蓬蓬者其气，不欲陋而欲华，不取奇而取偶。譬之虞廷庆云，色皆备五；丰城宝剑，光必成双。"要阐述的是最后一句"不取奇而取偶"，用色彩丰富、剑光成双来比喻作文时偶句之必然。并追溯了骈文的历史。"此屈宋鸿篇，为辞林之正轨；班张巨制，乃文苑之大宗也。用能垂日月而不刊，与天地而齐寿。渊源自古，光景常新。虽徐庾之绮才艳骨，燕许之佩玉垂绅，而老成之典型尚存，高曾之规矩未改。"[④]把骈文的历史追溯到屈原，认为屈原是骈文的始祖，盛赞徐庾、燕许的骈文没有改变屈宋的规矩。《上洗马翁覃溪师书》也申明自己喜欢《文选》："廷堪少好六朝辞赋，为文喜作选体。"[⑤]而当时桐城派如日中

① （清）阮元《揅经室集》，页480。

② （清）孙梅《四六丛话》，《续修四库全书》1715册，页588—589。

③ （清）江藩《国朝汉学师承记》，页121。

④ （清）凌廷堪《校礼堂文集》，页44。

⑤ 同上书，页195。

天，文章作者都不敢承认六朝文章的好处，觉得自己的文章无法和韩愈、班固相比，言外之意，也就是韩愈、班固的文章成了评判文章好坏的标准。“每见近代名家，以此为讳，于是起衰八代，既愧退之，酌雅六经，复惭子固，徒以结习已深，未能辄改。”凌廷堪显然认为是一种坏风气。和凌廷堪主张相同的还有汪中，汪中对古文的看法被凌廷堪记载了下来，《上洗马翁覃溪师书》：“今年在扬州，见汪君容甫，研经论古，偶及篇章。汪君则以为《周官》《左传》本是经典，马史、班书亦归记载，孟、荀之著述迥异于鸿篇，贾、孔之义疏不同于盛藻。所谓文者，屈宋之徒，爰肇其始，马扬崔蔡，实承其绪，建安而后，流风大畅，太清以前，正声未泯。是故萧统一序，已得其要领；刘勰数篇，尤征夫详备。唐之韩、柳，深谙斯理；降至修、轼，寖失其传。是说也同学或疑之，廷堪则深信焉。”①汪中也认为骈文的始祖是屈原和宋玉，唐宋以后，失去了传统。凌廷堪推崇这种说法，并进一步补充：“第云文艺，厥故难明，譬彼儒林，其则不远。夫灵均之高曾规矩，不犹汉晋之授受专门乎？昌黎之力排骈俪，不犹洛闽之高谈性命乎？北地之追秦汉，何异姚江之致良知也？震川之祖欧、苏，何异余干之主忠信也？虽门径岐趋，冰炭殊尚，而衡诸旧训，总属背驰。世儒言学则知尊两汉，而论文但解法八家，此则廷堪所滋惑者矣。”②仍把屈原作为文章的最高准则，认为韩愈排斥骈俪和朱熹、二程高谈性命的性质是一样的，而北方文必秦汉的做法和王阳明致良知的做法无异，归有光追摹欧、苏不异于胡居仁主忠信，王阳明的心学、胡居仁的理学显然都是被抨击的对象，真正的文章是从屈原开始的，秦汉文章只是延续而来。凌廷堪把文统与道统结合起来，把古文理论和理学派别一并批驳了一番。对于汪中，他也很有意见，“独是汪君，既以萧、刘作则，而又韩、柳是崇，良由识力未坚，以致游移莫定”③。对于汪中一面以萧统的文选学为准则，一面又推崇韩愈、柳宗元，凌廷堪认为是因为汪中辨识能力不够，以致有所游移。实际上是由于汪中并非独尊骈体，而具有骈散调和的趋向。

这封信是一篇很好的向古文以及程朱理学宣战的文章，此时阮元尚无声名，凌廷堪在信的结尾向翁方纲推荐阮元，“又有仪征阮君名元字梁伯者，年逾弱冠，尚未采芹，其学问识解，俱臻极诣，不独廷堪瞠乎其后，即方之容甫、郑堂，亦未易轩轻也”④。真正向古文派发难还要等到阮元的出场。

---

① （清）凌廷堪《校礼堂文集》，页195。

② 同上。

③ 同上书，页196。

④ 同上书，页195。

（二）阮元的文笔之辨

曾燠《国朝骈体正宗序》曰："齐梁之学秦，汉而变焉者也，后世与古文分而为二，固已误矣。"[①]曾燠与吴鼒尽管认为骈文优于古文，然而对古文的态度相当暧昧。真正向古文发难，敢于为骈文争正统的，则是阮元，阮元在凌廷堪的骈文为正脉的基础上进一步将骈文的地位提到独一无二的高度。

阮元深受选学影响，《文选》和《文心雕龙》是其骈文理论来源。《揅经室集自序》曰："余三十余年以来，说经记事，不能不笔之于书，然求其如《文选序》所谓'事出沉思，义归翰藻'者甚鲜，是不得称之为文也。"[②]《书昭明太子文选序后》："《文选》一书，总周秦汉魏晋宋梁齐八代之文而存之，世间除诸经、《史记》《汉书》之外，即以此书为重。"[③]阮元年轻时就精通选学，在《南宋淳熙贵池尤氏本文选序》中介绍了阮氏所藏尤刻本的情况，"惜是册缺第四十一、四十二两卷，近人即以正卿本补入，虽非完书，实亦稀世珍也"[④]。虽然是残缺本，但阮元仍视为稀世珍宝，做出了数十条校勘，并自称："元幼为文选学，而壮未能精熟其理，然讹文脱字，时时校及之。"[⑤]阮元嘉庆九年（1804）于扬州曹宪故居建楼五楹，题名"隋文选楼"，供奉曹宪、李善、李邕等选学家七人木主，以区别于原来的纪念萧统的文选楼，这个楼阁用来纪念曹宪、李善等讲授、创立文选学，同时此楼也是江南名士诗文聚会之所。并作有《扬州隋文选楼记》："元谓古人古文小学与词赋同源共流，汉之相如、子云，无不深通古文雅训。至隋时，曹宪在江淮间，其道大明。马、扬之学，传于《文选》，故曹宪既精雅训，又精选学，传于一郡。……唐人属文尚精选学，五代后乃废弃之。昭明选例以沉思翰藻为主，经、史、子三者为本，然则韩昌黎诸人之所取，乃昭明之所不选，其例已明著于《文选序》者也。……元幼时即为文选学，既而为《经籍籑诂》二百一十二卷，犹此志也。此元曩日之所考也。"[⑥]可见《文选》对阮元的深刻影响。

阮元赋予"文"新的含义。《文言说》对古文的概念提出批驳：

> 古人无笔砚纸墨之便，往往铸金刻石，始传久远。其著之简策者，亦有漆书刀削之劳，非如今人下笔千言，言事甚易也。许氏《说文》："直言曰言，论难曰语。"《左传》曰："言之无文，行之不远。"此何也？古人以简

---

① （清）曾燠《国朝骈体正宗》，页1a。

② （清）阮元《揅经室集》，页1。

③ 同上书，页608。

④ 同上书，页665。

⑤ 同上。

⑥ 同上书，页388。

策传事者少，以口舌传事者多，以目治事者少，以口耳治事者多，故同为一言，转相告语，必有愆误，是必寡其词，协其音，以文其言，使人易于记诵，无能增改，且无方言俗语杂于其间，始能达意，始能行远。此孔子于《易》所以著《文言》之篇也。古人歌诗、箴铭、谚语凡有韵之文，皆此道也。《尔雅·释训》主于训蒙，“子子孙孙”以下用韵者三十二条，亦此道也。孔子于乾、坤之言，自名曰文。此千古文章之祖也。为文章者，不务协音以成韵，修词以达远，使人易诵易记，而惟以单行之语，纵横恣肆，动辄千言万字，不知此乃古人所谓直言之言，论难之语，非言之有文者也，非孔子之所谓文也，《文言》数百字，几于句句用韵。孔子于此发明乾坤之蕴，诠释四德之名，几费修词之意，冀达意外之言。要使远近易诵，古今易传，公卿学士皆能记诵，以通天地万物，以警国家身心，不但多用韵，抑且多用偶。即如乐行、忧违，偶也；长人、合礼，偶也……凡偶皆文也。于物两色相偶而交错之，乃得名曰“文”。文即象其形也。然则千古之文，莫大于孔子之言《易》。孔子以用韵比偶之法，错综其言，而自名曰“文”。何后人之必欲反孔子之道；而自命曰“文”，且尊之曰“古”也？①

阮元用文字训诂的方法求证“文”的基本意义与特征，从经典中考寻“文”的本义，演绎出为文的两大要素：音韵相和和句式对偶。而纵横态肆、任意单行的古文，不是言之有文者，而是古人所讲的直言之言和论难之语。他不仅区分了言与文，而且认为“古文”的提法违反了孔子对“文”的理解。如此极端，他自己也有所省察，《书昭明太子文选序后》：“或问曰：子之所言，偏执己见，谬托古籍，此篇书后自居何等？曰：言之无文，子派杂家而已。”②虽被质疑，仍坚持己见，可见其为骈文争正统的彻底性。

阮元《书昭明太子文选序后》一文将古文驱逐出“文”的领域：

昭明所选，名之曰“文”。盖必文而后选也，非文则不选也。经也，子也，史也，皆不可专名之为文也，故《昭明文选序》后三段特明其不选之故。必沉思翰藻，始名之为文，始以入选也。……孔子《文言》实为万世文章之祖。此篇奇偶相生，音韵相和，如青白之成文，如咸韶之合节，非清言质说者比也，非振笔纵书者比也，非佶屈涩语者比也。是故昭明以为经也，子也，史也，非可专名之为文也，专名为文，必沉思翰藻而后可也。自齐、梁以后，溺于声律，彦和《雕龙》，渐开四六之体。至唐，而四六更卑。然文体不可谓之不卑，而文统不得谓之不正。自唐、宋韩、苏诸大

---

①　(清)阮元《揅经室集》，页605—606。

②　同上书，页608—609。

家以奇偶相生之文为八代之衰而矫之，于是昭明所不选者，反皆为诸家所取，故其所著者，非经即子，非子即史，求其合于《昭明序》所谓文者，鲜矣；合于班孟坚《两都赋序》所谓文章者，更鲜矣。其不合之处，盖分于奇、偶之间。经子史多奇而少偶，故唐、宋八家不尚偶；《文选》多偶而少奇，故昭明不尚奇。……

明人号唐、宋八家为古文者，为其别于《四书》文也，为其别于骈偶文也。然《四书》文之体皆以比偶成文，不比不行，是明人终日在偶中而不自觉也。且洪武、永乐时《四书》文甚短，两比四句，即宋四六之流派。弘治、正德以后，气机始畅，篇幅始长，笔近八家，便于摹取，是以茅坤等知其后而昧于前也。是《四书》排偶之文，真乃上接唐、宋四六为一脉，为文之正统也。然则今人所作之古文，当名之为何？曰：凡说经讲学皆经派也，传志记事皆史派也，立意为宗皆子派也，惟沉思翰藻乃可名之为文也。非文者尚不可名为文，况名之曰古文乎。①

阮元指出《昭明文选》的选取标准：经、史、子不能入选，沉思翰藻者才是文。经、史、子不在文的范围内，并把文的历史上推到孔子的《文言》，言贵有文，《文言》为万世文章之祖，在奇偶、音韵方面是文的典范。阮元也追溯了骈文的发展史，认为自《文心雕龙》开了骈体的先河，齐梁骈体兴盛，但到了唐代骈体地位低下，但文统很正，而唐宋八大家以经、史、子为文，与文选的传统背道而驰，关键的分歧之处就是文中奇与偶的运用，《文选》不尚奇，唐宋八大家不尚偶。而唐宋八大家不能称为古文家，真正的古文是以《文言》《两都赋序》为代表的文章，《文言》有四十八句偶句，三十五句韵语。班固《两都赋序》开启了明代八股文的八比格式，而明人以唐宋八大家的文章区别于《四书》文和骈偶文，而实际上《四书》文上接唐宋骈文的传统，为文章之正统。阮元重新界定"文"的范围，也就没有所谓的古文称谓了。那么对于当时人所作的古文该归到哪里呢？既不在经、史、子之列，更不在文之列。显然阮元把当时的古文派驱逐出了文章的领域。对于古文派的批判，阮元可谓釜底抽薪。他拈出了"文统"，他的文论也是围绕着文统展开的。骆鸿凯《文选学》曰："阮氏此篇推阐昭明沉思翰藻之旨，与不选经史之故，可谓明畅。"②沉思翰藻的骈文才是阮元所提倡的文体。阮元在《四六丛话序》中辨析了文与质的关系："载稽往古，统论斯文，日月以对待曜采，草木以错比成华。玉十毂而皆双，锦百两而名匹。明堂斧藻，视画绘以成文，阶扆笙镛，听铿鋐而应节。自周以来，体

① (清)阮元《揅经室集》，页608—609。

② 骆鸿凯《文选学》，北京：中华书局，1989年，页18。

格有殊，文章无异。”[①]辨析文与质，提倡骈文，认为唯有骈文是任何一种文学样式都难以替代的。

阮元及幕宾对唐宋古文的批判，把古文驱逐出文的领域，这是一种极端的理论，是为了争取骈文的正宗地位而做出的努力，不惜矫枉过正，牺牲公允。这种极端的理论影响了清代古文派的建构，桐城派后期作家刘开《与阮云台宫保论文书》一文认为韩、柳不反对骈文：“夫退之起八代之衰，非尽扫八代而去之也，但取其精而汰其粗，化其腐而出其奇。其实八代之美，退之未尝不备有也。”[②]对桐城义法的弊病也提出批评，而赞同了阮元对桐城派的一些指责。“本朝论文多宗望溪，数十年来未有疑议。先生独不取其宗派，非故为立异也，亦非有意薄望溪也，必有信其未然，而奋其独见也。夫震川熟于《史》《汉》矣，学欧曾而有得，卓乎可传，然不能进于古者，时艺太精之过也，且又其不能不囿于八家也。望溪之弊，与震川同。先生所不取者，其以此欤?”[③]桐城派在建立及发展的过程中，一直有乾嘉学者的批判相伴随，批判的言论影响着桐城古文家的创作，他们悄然地调整着古文的理论，以减少批判的声音。到后来也主张文章骈散兼行，刘开《与王子卿太守论骈文书》曰：“骈中无散，则气壅而难流；散中无骈，则辞孤而易瘠。两者但可相成，不能偏废。”[④]这其中不能忽视阮元及幕宾批判的力量。

从矫枉过正的角度来看，阮元等人对于唐宋八大家古文的批评有一定道理，这种批判影响了桐城古文派的理论建构，让立论以“偏”的古文派悄悄地调整自己的方向，清代文坛的格局因为乾嘉学者的参与而变得多样化。然而，在骈散之争的语境中，阮元同样不得不立论以“偏”，以夺得文统，维护骈文的正统地位。近代学者章太炎《文学总略》推翻了阮元文笔之分作为文章性质之分的成说，批评阮元说：“阮元之徒，猥谓俪语为文，单语为笔，任昉与徐陵所作，可云非俪语耶!”[⑤]严厉批评阮元的矫枉过正、唯骈独尊的倾向。阮元有心为骈文争正统地位，故宁可理论以“偏”，与桐城派针锋相对。他对自己的偏执已见有所察觉，但为达到目的，仍坚持如此。偏重翰藻，而忽略沉思。在极端的争论中，批判唐宋八大家只是乾嘉学者在骈散之争中的一个理论工具，其中有学识、性情造成的对唐宋古文的偏见，也有因学派之争而夹杂的意气用事的成分。清代文章学的发展由独尊古文与独尊骈文的争论到后

---

① （清）阮元《揅经室集》，页 738。

② （清）刘开《孟涂文集》，《续修四库全书》1510 册，上海：上海古籍出版社，2002 年，页 351。

③ 同上。

④ 同上书，页 425。

⑤ 章太炎著，庞俊疏《国故论衡疏证》，北京：中华书局，2008 年，页 261。

来的骈散合一论，骈散之争最终走向骈散合流，这本是文章学发展的正确方向，却因争夺文统而各执一方。经过双方极端的理论争论，又最终回归正途。而藉着唐宋八大家所引出的骈散之争不仅改变了乾嘉文坛的格局，也对后来的文学流派产生了影响。

从阮元的文笔之辨能够看出来，阮元论文极推重宗六朝。《山东粮道渊如孙君传》一文夸赞孙星衍："君雅不欲以诗名，深究经史文字音训之学，旁及诸子百家，皆心通其义。……其所为文，在汉魏、六朝之间，不欲似唐、宋八家，海内翕然称之。"①六朝作为骈文的极盛期在阮元心目中具有极高的地位，是骈文创作效仿的对象。

阮元将道统与文统分得很清楚。对于古文派的道统多处加以批驳，认为古文派混淆了道统与文统。郭明道《阮元评传》曰："阮元论文，重文笔之辨。认为用韵比偶者始可称文，无韵散行者只能称笔。其目的，是为骈文争正统地位。他主张诗文须根柢经史，特重《文选》之学。这是文笔论产生的思想基础。清代的骈文、散文之论争，实质上是汉宋之争在文学领域中的反映，而阮元的文笔论则是汉学家以骈文与古文家争文学之正宗的理论武器。"②这样的分析固然不错，然而没有看到在阮元心目中骈文的地位并不高。

在阮元心目中，文章诗赋的地位还是很低的，《四书文话序》曰："唐人以诗赋取士，何尝少正人？明以《四书》文取士，何尝无邪党？惟是人有三等，上等之人，无论为何艺所取，皆归于正；下等之人，无论为何艺所取，亦归于邪；中等之人最多，若以《四书》文囿之，则其聪明不暇旁涉，才力限于功令，平日所诵习惟程、朱之说，少壮所揣摩皆道理之文，所以笃谨自守，潜移默化，有补于世道人心者甚多，胜于诗赋远矣。"③阮元讲求经世致用，诗赋的作用是以有补于世道人心的附属地位而存在的。阮元《试浙江优行生员策问》曰："士之治经史者，或短于文词；工文词者，或疏于经史；专学艺者，或钝于时务；习时务者，或荒于学艺。当若何弃其短以得长，教以偏以求全欤？江浙为人才渊薮，被国家太平之治百余年矣，化专蒙以学业，荣草茅以科名，诸生他日苟有膺取士之任者，宜若何虚怀诚求，勿遗佳士，以酬圣人教养之恩于万一也。"④他很清楚地知道文词与经史是有冲突的，人不可能每方面都擅长，不管擅长哪方面，最终的目的是"酬圣人教养之恩"。阮元《试浙江优行生员策问》对"行谊"和"文艺"的看法："取士宜先行谊而后文艺，顾文则易知，行难骤

① （清）阮元《揅经室集》，页432。
② 郭明道《阮元评传》，北京：社会科学文献出版社，2005年，页387。
③ （清）阮元《揅经室集》，页1068—1069。
④ 同上书，页574。

考，当若何观察以得其实欤？”①当人伦日用与文艺发生冲突时，当然是先行谊，后文艺。如果不得不做出取舍，那么舍去的也只能是文艺了。幕宾陈文述讲述阮元的诗文之道，陈文述《颐道堂诗选自序》曰：“余之从伯元先生游也久，萧君之馆余者今亦八年，所得绪论为多。先生之论诗也，曰作文之道不尽自文出，作诗之道亦不尽自诗出，自古未有不求根柢于六经诸史而可以自立者。”②即便是文艺，也要以六经诸史为根柢。因此文学必须以对天道、圣人、经典的皈依为终极追求，儒家经学享有最高权威，除此之外，文学的存在是不必要甚至有害的。如此前提下，所有文本的最高本质一定要符合一元性的儒家终极理想。阮元对骈文的认识带有极大功利性。但他偏重于文章的形式特征，看重骈文的韵偶、声音之美，即《数说》所谓：“古人简策繁重，以口耳相传者多，以目相传者少，是以有韵有文之言，行之始远。”③这是对骈文本质最深刻的认识。

就创作实践来说，阮元及幕宾的骈文成就也得到世人的认可。李审言推崇阮元的骈文“简淡高古”“遂使东京一脉，坠绪复振”④。收入《揅经室四集》中的赋、铭等骈俪文章有四十余篇。清代骈文追求古雅、高古的格调，是为了反对文章的空疏，洗去时文的俗气和萎弱，在复古的旗帜下进行文学的革新和创造，完成文学改造的任务。凌廷堪也没有停留在理论上，而是积极创作骈体文，《校礼堂文集》中收有不少骈文。幕宾杨芳灿留下不少短小清丽的骈文，王文濡《清代骈文评注读本》评杨芳灿曰：“工诗词骈文，王述庵谓其上掩温、邵，下侪卢骆。”⑤《国朝先正事略》评价阮元：“一代之兴，必有耆宠魁垒之臣，若唐之燕许及崔文贞、权文公、李卫公。以经术文章主持风会，而其人又必聪明早达，扬历中外，兼享大年，其名位著述足以弁冕群才，其力足提倡后学，若仪征相国，真其人哉！”⑥阮元以自己的地位和影响力使文笔之辨广为流传，在当时的文坛上形成一股巨大的冲击力。《世载堂杂忆》载《清代之教学》：“自阮芸台总督两广，创建学海堂，课士人以经史百家之学，士人始知八股试帖之外，尚有朴学，非以时艺试帖取科名为学也。”⑦阮元的“文笔”理论与他的朴学功底息息相关。

---

① （清）阮元《揅经室集》，页574。
② （清）陈文述《颐道堂诗选》，页506。
③ （清）阮元《揅经室集》，页607。
④ （清）李审言《李审言文集》，南京：江苏古籍出版社，1989年，页1038。
⑤ 王文濡《清代骈文评注读本》，上海：中华书局，民国十六年（1927），页9a。
⑥ （清）李元度《国朝先正事略》，页1062。
⑦ （清）刘禺生《世载堂杂忆》，北京：中华书局，1997年，页14。

第三节　汪中与洪亮吉游幕骈文之比较

汪中、洪亮吉是清中期文坛上骈文创作的佼佼者，以“汪洪”著称，当时以至后来的学者都将二者相提并论。二人有很多相似点，都是著名学者，都是江苏人，汪中江都人，洪亮吉阳湖人，享有江南共同的文化氛围。二人都有长期游幕的经历，人生经验极为相似。汪中与洪亮吉多有交往，乾隆三十六年(1771)，汪中二十八岁，洪亮吉二十六岁，二人于安徽学政朱筠幕府中相识、定交，后来多次游玩唱和。乾隆五十三年(1788)，二人又同客于毕沅武昌幕府，期间诗酒唱和，谈经论道。洪亮吉《又书三友人遗事》不但记述了汪中的狂傲与落魄，还谈及汪中对自己治学的影响：“余弱冠后始识中，中频以有用之学相勖，余始愧励读书，今之有一知半解，未始非中所激成也。”①感激汪中在学问上的激励，二人之交谊于此可窥一斑。

陈方海《孟涂骈体文书后》曰：“骈体之文，至今日而极盛。若夫容甫、稚存，并辔于江表；而抝约亦抗音于海隅，岂惟振六代之飙流，实将据中华之坛坫矣。”②二人骈文的艺术形式与成就，学界论者已多，本节拟从与二人游幕生涯相关的骈文入手，探讨两人骈文的独特性，展现乾嘉文坛骈文复兴局面下游幕文人创作的风貌。

一、相似的游幕经历

清末骈文家李慈铭指出洪亮吉与汪中骈文都有学术与情感并重的特征：“予与近人最喜北江、汪容甫两家文字，不特考据精博，又善言情变，其处境亦多与同也。”③可谓独具慧眼，但也有可商榷之处，所谓二人处境多相同大致不错，细致考察就发现二人处境并不同。

虽然二人都游幕，人生经验有相似之处，但他们离开幕府之后的道路并不相同。即便他们处于相同的幕府里面，有着相似的处境，感受也因人而异。

汪中一生辗转于幕府之间，虽学识渊博，但性格狂傲，喜骂人，一生与功名无缘。汪中先后客于安徽太平知府沈业富幕、安徽学政朱筠幕、宁绍台道冯廷丞幕、湖广总督毕沅幕、两淮盐政戴全德幕等。凌廷堪《汪容甫墓志铭》曰：“少孤，性至孝，奉母以居。天资高迈，好谩骂，人多忌而恶之。为诸生十余年，屡试于乡，不售……乾隆五十九年，以捡校书籍往杭州，遘疾，卒于西湖

① (清)洪亮吉《洪亮吉集》，页1041。

② (清)刘开《孟涂文集》，页437。

③ (清)李慈铭《越缦堂读书记》，页1101。

旅次，吊之者仅三人，悲夫！"①记述了汪中人生的困顿与死后的凄凉。汪中独特的情感体验正是来自困顿的遭遇及狂傲的性格，因此他对人生与命运拥有不同于常人的体验，也因此他的骈文创作能够摆脱程式化，而臻于绚美。

与汪中相比，洪亮吉的人生和仕途相对来说就很顺利了。洪亮吉游幕生涯并不短，但离开幕府后就走向了仕途，他先后做过不少官职，翰林院编修、贵州学政、咸安宫官学总裁等。秦瀛《原任翰林院编修洪君墓表》简述了洪亮吉的生平："年二十四，补县学附生，旋中本省乡试副榜。年三十五，始中顺天乡试举人。又阅十年，为乾隆庚戌恩科成一甲第二名进士，授编修。"②虽然也困顿场屋，但最终在仕途发展，为官的声名也很好。做官之前，洪亮吉先后客于安徽学政朱筠幕、太平知府沈业富幕、常镇通道袁鉴幕、江宁太守陶易幕、浙江学政王杰幕、安徽学政刘权幕、常州太守黄泽定幕、陕西巡抚毕沅幕等。两位幕主朱筠与毕沅都对洪亮吉产生了重大影响。洪亮吉在朱筠幕府由辞章之学转向经史之学。离开朱筠幕府后，洪亮吉应毕沅之邀，游于毕沅幕府四年之久。毕沅"倒屣以迎，翌日遂延入节署"③。洪亮吉《书毕宫保遗事》一文颂赞毕沅："公爱士尤笃……余与孙兵备星衍留幕府最久，皆擢第后始散去。"④游幕生涯对洪亮吉影响很大，他写诗作文怀念幕主朱筠、毕沅，情感真挚感人。即便是毕沅死后，洪亮吉也多次写诗怀念，对毕沅的知遇之恩感激涕零。

汪中游于幕府中，郁郁不得志，生活困苦落魄，在幕府之间多次辗转，虽也有幕主赏识他，但终因性格孤傲，与幕府内诸人格格不入，他在诗中抒发的都是知音难遇的苦闷；洪亮吉在幕府内转变学术方向，出幕府后又走向仕途，在诗文中表达对幕主深深的感念之情。汪中一生游幕，深谙其中辛苦，觉得自己像娼妓一样，对游幕的漂泊、幕府的拘束，感觉无奈而痛苦；洪亮吉则以感激与怀念回想自己的游幕生涯。人生的际遇、性格的差异导致了这些不同感受，对人生的态度注定了二人走向不同的道路。同是骈文大家，表现出来的情感也有很大差异。

二、浓烈的自我表现色彩

尹恭弘曰："骈体文这种文体如何表现自我意识、自我认识、自我感情的

---

① (清)凌廷堪《校礼堂文集》，页319。

② (清)洪亮吉《洪亮吉集·附录》，页2373。

③ (清)洪亮吉《洪亮吉集·洪亮吉年谱》，页2335。

④ (清)洪亮吉《洪亮吉集》，页1037。

问题，清人也作了有益的探索。"①并论及一些个性高扬的骈文家，"到了清代中期，不少骈文家高扬自己的个性，袁枚、洪亮吉、汪中等皆是其中的佼佼者"②。骈文家对表达自我情感做出探索是清代骈文复兴的一个重要方面。张仁青《骈文学》从艺术形式方面指出了汪中、洪亮吉骈文的雅正与博学："夫清代骈文之有汪洪也，譬如六朝之有徐庾，三唐之有王杨，其气力之劲遒，才华之卓茂，均足以高视一代，尽掩诸家。容甫风骨岸异，吐属奇高，加以洗伐功深，遂称邓林魁父。俗调伪体，至是芟除净尽，得鱼忘筌，登真舍筏，是之谓软。北江则由涩得厚，涉笔多奇，往往有孤蓬自振，惊沙坐飞之意，篇章既富，郁为词综，旷世逸人，良非溢语。"③二者骈文被公认的特色：雅、学。

刘台拱《容甫先生遗诗题辞》云："（汪中）博闻强记，通知古今。才、学、识三者皆有以过人。为文钩贯经史，镕铸汉、唐，闳丽渊雅，卓然自成一家。"④在骈文复兴的清中期文坛上，钩贯经史、镕铸汉、唐并非汪中一人能做到，汪中的骈文能够自成一家，除了学问渊博之外，一定有属于他自己独特的东西。汪中骈文的独特性即"一家之言"。王引之为汪中作《行状》云："为文根柢经史，陶冶汉、魏，不袭欧、王、曾、苏之派，而取则于古，故卓然成一家言。"⑤王念孙《汪容甫述学叙》曰："而容甫淡雅之才，跨越近代。""至其为文，则合汉、魏、晋、宋作者而铸成一家之言，渊雅醇茂，无意摩放而神与之合。盖宋以后无此作手矣。"⑥

吴鼒用"英华出于性情"来概括洪亮吉骈文，金秬香极为赞成，认为是深知洪亮吉的文章特色，《骈文概论》曰："稚存于经通小学，于史通地理学，自叙所著书，与他人说经之书，多用偶语述其宗旨，吴鼒谓数典繁碎，初学效之，易伤气格，破体例。又云读《卷施阁乙集》，朴质若中郎，遒宕若参军，肃穆若燕公，盖其素所蓄积，有以举其词，并引刘彦和之言，谓英华出于性情，其深知稚存之文哉。"⑦和汪中一样，洪亮吉的骈文投入了浓烈的自我情感，正是"性情"造就了其骈文华美动人的效果。汪中的"一家之言"与洪亮吉的"英华出于性情"都是自我浓烈情感在骈文中的体现。

经过明朝妓女马守贞的故居，汪中有所触动，写下著名的《经旧苑吊马守贞文并序》一文。在开篇的第一段中有人生艰难之哀叹："人生实难，岂可责

---

① 尹恭弘《骈文》，北京：人民文学出版社，1994 年，页 141。
② 同上书，页 144。
③ 张仁青《骈文学》，页 543—544。
④ （清）汪中《新编汪中集》，页 489。
⑤ （清）汪中《新编汪中集・附录》，页 50。
⑥ 同上书，页 61。
⑦ 金秬香《骈文概论》，页 132。

之以死。婉娈倚门之笑，绸缪鼓瑟之娱，谅非得已。在昔婕妤悼伤，文姬悲愤，矧兹薄命，抑又下焉。嗟乎！天生此才，在于女子，百年千里，犹不可期。奈何钟美如斯，而摧辱之至于斯极哉！”[①]充满同情、理解与悲悯。汪中很能理解马守贞倚门卖笑的痛苦与无奈。马守贞如此聪慧、美丽，却被命运百般摧残。与苦命的班婕妤、蔡文姬相比，马守贞的命运岂不是更加可叹？作为经史学者，汪中恪守儒家人伦物理规范，而马守贞乃一妓女，毫无社会地位可言，甚至有违儒家伦理，汪中为何为马守贞作传，并如此宽容而富有深情？

第二段文字清楚地表明汪中在悲悯马守贞的同时，也是在哀怜自己，他在马守贞身上看到了自己的影子，对马守贞的哀叹，实际是对自己的怜悯，两种感情交织在一起。“余单家孤子，寸田尺宅，无以治生。老弱之命，悬于十指。一从操翰，数更府主。俯仰异趣，哀乐由人。”由马守贞转到自己，身为幕僚，辗转于幕府之间，生活中“俯仰异趣，哀乐由人”，和马守贞的遭遇是一样的。寥寥数语，当幕僚的苦闷之情尽显笔下。马守贞虽有美貌与聪慧，但迫不得已从事低贱的行业，汪中出身贫贱，穷困潦倒，二人同病相怜。基于“俯仰异趣，哀乐由人”这一点，汪中把当幕僚的生活和做妓女相比较，表达自己在游幕生涯中所经历与体验到的痛苦、无奈。汪中孤傲耿直、恃才傲物，处处锋芒毕露，他对做幕僚的生存境遇极为不满，辗转幕府的生活与不甘沦落的心境给予了汪中身同妓女的感受。由此他对马守贞生出由衷的理解与悲悯，同时也在自叹自怜，抒发心中之块垒。在文章最后的哀词中，汪中曰：“何坐席之未温兮，又改服而事人。顾七尺其不自由兮，倏风荡而波沦”，为马守贞的妓女生涯发出哀叹，也为自己妓女一般的生活哀叹，但最终还是把笔墨回归到自己的命运上，“哀吾生之鄙贱兮，又何矜乎才艺也”。通过汪中对马守贞的悼念，他游幕生涯中的情感体验我们便可猜测出来。

这种情感与《自序》一文对自身命运的哀叹正相一致。《自序》曰：“孝标倦游梁、楚。两事英王。作赋章华之宫，置酒睢阳之苑，白璧黄金，尊为上客。”[②]与刘孝标相比，汪中认为自己的境遇还不如刘孝标，甚至相差甚远。自己当幕僚，替人代笔撰文，“余簪笔佣书，倡优同畜，百里之长，再命之士，苞苴礼绝，问讯不通”。感觉与给人取乐的倡优无异。游幕与乞食有何差别？“余卑栖尘俗，降志辱身，乞食饿鸱之余，寄命东陵之上，生重义轻，望实交陨”。表达出对自身才华、学术的肯定，还有得不到他人肯定的落寞无奈，“余著书五车，数穷覆瓿。长卿恨不同时，子云见知后世”。当代找不到伯乐，难

① (清)汪中《新编汪中集》，页471。

② 同上书，页447。

遇知音。

李审言《汪容甫先生赞序》曰："容甫孤贫郁起，横绝当世。其文……旨高喻深，貌闲心戚。状难写之情，含不尽之意，可谓魏晋一贯，风骚两夹。"①在乾嘉浓厚的学术氛围中，骈文创作能够贯通经史、旁征博引、镕铸汉唐并不少见，但像汪中这样能够在贯通经史后投入独特的情感体验、诚挚的表达，却是极为珍贵的。《哀盐船文》是汪中的名篇，描写极为震撼人心。"一夕并命，郁为枯腊。烈烈厄运，可不悲邪！"②悲悯受难苍生，泪流不止，在写作中投入了强烈的情感体验。汪中的骈文做到了骈散结合，并善于学习晋宋体，并出以自然。但他的骈文能独树一帜，除了展示出学者的雅致、博学以外，独特的情感体验与浓郁的情感表达才是他骈文的独特性所在。正是具有了浓厚的自我表现色彩，他的骈文才能够成为一家之言，具有了鲜明的个性。

洪亮吉骈文的情感表达也很有个性，但与汪中相同又不同。

洪亮吉出关，离开毕沅幕府，给毕沅写信《出关与毕侍郎笺》，缘由则是为了好友黄景仁诗集的刊刻。洪亮吉和黄景仁年轻时以"洪黄"著称，乃多年同乡好友，同客于毕沅幕府内。黄景仁在京师时以《都门秋思》一诗引起了毕沅的关注。毕沅寄银五百两邀请他入自己的幕府。黄景仁在京城与西安间辗转，在毕沅幕府参与唱和，悠游山水。乾隆四十八年(1783)春，黄景仁抱病出都，前往西安。在解州病情加重，于山西运使沈业富署中死去。洪亮吉奔赴山西，为黄景仁料理丧事，将灵柩运至运城，在抵达潼关时，洪亮吉写了这封信给幕主毕沅，黄景仁客死异乡的凄凉他轻描淡写，对于料理丧事也一笔带过，《出关与毕侍郎笺》："见其遗棺七尺，枕书满箧。抚其吟案，则阿之遗笺尚存；披其穗帷，则城东之小史既去。"③洪亮吉要说的重点是黄景仁身后的遗著。斯人已去，悲痛自然难免，然身后"立言"的不朽之名才是最重要的，洪亮吉希望毕沅能为黄景仁刊刻遗著。"伏念命公，生则为营薄宦，死则为恤衰亲，复发德音，欲梓遗集。一士之身，玉成终始。闻之者动容，受之者沦髓。冀其游岱之魂，感恩而西顾；返洛之旐，衔酸而东指。"婉转相求，感念毕沅往昔的救助、知遇之恩，赞扬毕沅对文人玉成之功相终始，如果毕沅能顾全黄景仁的身后名，为他刻印遗著，黄景仁的在天之灵都要感激落泪。面对这样的赞扬与恳求，毕沅怎能不答应？何况毕沅一直欣赏黄景仁，也希望自己的美名流传下去。即洪亮吉文中所曰："他日传公风义，勉其遗孤，风兹来祀，亦盛事也。"洪亮吉描述出毕沅对黄景仁的帮助也可以为自己赢得好名声。一封

---

① (清)李审言《李审言文集》，页1038。

② (清)汪中《新编汪中集》，页469。

③ (清)洪亮吉《洪亮吉集》，页344。

求助信，声情并茂，除了满溢的才华，洪亮吉真诚的友情、对幕主毕沅深深的感激之情起了重要的作用，这种情感浓烈真诚，毕沅被打动了。

《灵岩山馆诗集序》中，洪亮吉歌颂幕主毕沅的三不朽，立功、立德、立言，有阿谀之辞，无甚特色。与汪中一样，他也自怜自叹。大病初愈后，怀念知己，洪亮吉作《伤知己赋并序》一文。怀念知己，但先哀叹自己：“无金石不流之质，有蒲柳始谢之姿。”①多年羁旅漂泊，回首往昔，得遇不少知己，于是作文表达思念。幕主朱筠是他写到的第一个也是最重要的一个知己。自己郁郁不得志，游于朱筠幕府，“昔者不乐，薄游江干”，下面有长长的注释，曰：“岁辛卯，朱先生视学安徽，一时人士会集最盛，如张布衣凤翔、王水部念孙、邵编修晋涵、章进士学诚、吴孝廉兰庭、高孝廉文照、庄大令炘、瞿上舍华，与余及黄君景仁，皆在幕府，而戴吉士震兄弟、汪明经中，亦时至。”这些注释为今人提供了很好的幕府研究的史料。并写到幕府内的谈经论道：“严徐枚马，适馆授餐。谈经则大戴，著史则仲援。隽勃海之博带，杜扶风之小冠。惟戴斗之硕望，汇人伦之伟观。”学者可以通过此文了解朱筠幕府当时的幕宾情况，以及幕宾在幕府内的学术氛围。在学术氛围浓厚的幕府内，洪亮吉经历了什么呢？“方千里而建节，历八郡而盘桓。前滩后滩，孤月濯影；上岭下岭，异花成团。”下面又有注释：“壬辰癸巳，两游黄山，外若齐云、九华、敬亭、采石、天门、龙眠诸山，靡不历焉。”描述游玩经历，“复飞笺于虎观，喻得士于龙泉”。下面的注释曰：“先生致钱詹事大昕、程编修晋芳书云：‘甫莅江南，晤洪黄二君。其才如龙泉太阿，皆万人敌’云云。”洪亮吉描写出朱筠让他感念不已的往事。对于朱筠的提携、青睐充满知遇之感。

朱筠去世后，余鹏飞为之作《椒花吟舫图》，图成后，朱筠的儿子恳请洪亮吉为此图作序。洪亮吉作《椒花吟舫图序》一文深情怀念朱筠。椒花吟舫乃朱筠故居中一聚会之地。众多幕宾曾聚居于此，诗酒唱和。怀着深深的知遇之感，洪亮吉写下了这篇情真意切的小序。序文共有三部分。第一部分赞扬朱筠爱才好士。“先生负盖代之才，具人伦之鉴。诱掖后进，奖许辈流。寝门未辟，束修之士纷来；夕漏欲沉，问字之车未返。”②第二部分对余鹏飞作图的背景简单叙述了一下。第三部分是全文的重点，洪亮吉的表达有节制，又很深沉，叙述自己在幕府所得到的青睐，“始预宾僚，继焉问业”。感激朱筠的欣赏。“窃以先生之门，著录弟子不下千人，咸负盛名，各官内外，而孝廉独授简于余者，岂非以受先生知最深，且与余君有同堂之雅乎？”在对游幕生涯的回

---

① （清）洪亮吉《洪亮吉集》，页287。

② 同上书，页370。

忆中，洪亮吉表达的是得遇知己的感激，以及失去知己的沉痛。这与汪中渴求知音、难遇伯乐的心境非常不同。朱筠及其幕府生活确实影响并改变了洪亮吉的研究兴趣，他的人生道路也受到了影响。

三、游幕经验表述之差异

在骈文风格上，汪中自言“仆早工选体，又尝好为歌行长句”。[①] 喜选体。《清史列传·洪亮吉传》载：“亮吉以古学教士，黔省僻远无书籍，为购经、史、《通典》《文选》等，散置各府书院。”[②]洪亮吉以《文选》课士，二人都深受《文选》的影响。二人都将经史之学作为人生大事，他们最显著的身份还是学者。骈文、诗赋在他们眼里乃是末技，浮华虚饰的文辞是他们所不屑的。他们都能以学为文，而不沾滞于学，写作中学术与情感并重。

二人出身相同，都是贫寒之家，经历相似，在幕府之间辗转。但在骈文中，两人表达的感受却差异甚大。作为幕僚，对知音、伯乐的渴望和对人生艰难的痛苦、无奈的体验是汪中表达的重点，骈文的华美与生命的痛苦被汪中融为一体，所描写的对象也和自己的人生交织在一起。在学问、感情、骈文形式上，汪中达到较高的境界，审美体验独特而深刻，有人生的失落，也有雅致的典故，情感与形式完美地相融合。洪亮吉的骈文有华美的形式，也有丰富的典实，情感与形式也融合得很好。在骈文中表达的情感也很深沉、很强烈，但更多的是感激、怀念，痛苦与辛酸则被过滤掉了。

洪亮吉没齿难忘的是幕主的知遇和救助之恩。《与朱笥河先生书》简短流丽，把孙星衍推荐给朱筠，行文不卑不亢，也催促朱筠为自己的母亲写一篇传记。洪亮吉与朱筠交情之亲密可见一斑，也可以想见洪亮吉在幕府内时日的从容，人际关系的融洽。

在毕沅死后，洪亮吉作多首诗歌哀悼他。又作《祭毕尚书师文》一文悼念毕沅。悼念对象是死去的恩人，本就很难理智地描述，骈文又本来就兼具夸张之气势，洪亮吉把喷薄的情感用夸张手法表达出来，极具煽动性。“公之生也，大海来潮，八月之望，氛霾始消，风车电马，集此崇朝。公之卒也，大星堕地，七月之朔，秋云阴翳，万灶无烟，千屯雪涕。”[③]毕沅的生死都以夸张的笔墨描述得意义重大，然后是对毕沅政绩的描述。全文以颂扬的笔调写毕沅“公之牧民”“公之驭吏”“公之涖师”“公之爱士”“公之诗文”五个方面的作为。可以理解洪亮吉对毕沅稍显夸张的颂扬，他的情感表达也非常诚挚。但是骈

---

① (清)汪中《新编汪中集》，页1。

② 王钟翰点校《清史列传》，页5558。

③ (清)洪亮吉《洪亮吉集》，页400。

文在洪亮吉这里的弊端显露无遗。虽有磅礴的气势，华美的辞章，但行文流于概括毕沅一生的功绩，没有事实的铺垫，没有生活细节的补充。整体看来，全文难以感动人心，流于颂扬的形式，却没有实质性的事件。洪亮吉在结尾表明自己所写并非虚拟，有着真实的缘由。“亮吉夙蒙国士之知，久处宾僚之位，狂瞽时陈，而公不怼。敢缘恩义，敬设几筵，以头抢地，以口呼天。”情感表达强烈而真诚，但读者感受不到这种真诚。很显然，骈文长于抒情，短于叙述，所以作者满腔真诚，读者只感受到叫嚣。

《清代轶闻》载汪中轶事：“毕秋帆抚陕西时，知先生名而未之见也。一日，先生忽以尺书报之，毕公拆视，乃笺纸一幅。上仅书四句：‘天下有中，公无不知之理；天下有公，中无穷乏之理。’毕公阅竟大笑，即以五百金驰送其家。先生之旷达，宫保之礼贤，时两称之。”[①]大概是传说，不足为据，但汪中的学识显然是得到公众认可的，也得到了幕主毕沅的欣赏。汪中《朱先生学政记叙》一文也赞扬幕主朱筠爱才，“以人材经术名义为急”[②]。但汪中在骈文中表达的却是另一种情感。

汪中《吊黄祖文并序》曰：“往寻祢生遗事，辄羡其荣遇，故北海忘年而下交，章陵跣足而请命。”“若夫孟德威震天下，屈意于狂夫之言；刘表坐谈西伯，忍耻于细人之谮。”[③]北海即孔融，章陵即黄祖的儿子黄射。祢衡的才学得到孔融、黄射的敬重。汪中表达的全是对祢衡的艳羡，虽然表面是在吊黄祖，“懿彼两贤，是云死友”，汪中羡慕他们这样的生死之交。汪中称赞曹操、刘表对祢衡的忍耐与宽容，誉为“旷世高举”。在汪中看来，就连杀掉祢衡的黄祖对祢衡都有知遇之恩，至少也是祢衡的知音。“夫杯酒失意，白刃相仇，人情所恒有。至于临文激发，动色相咨，解带写诚，欢若亲戚，其冲怀远识，岂可望之今世士大夫哉？虽枉天年，竟获知己。嗟乎祢生！可以不恨。”在汪中笔下，黄祖杀掉祢衡固然有白刃相仇的原因，但黄祖对祢衡却有欣赏与知己之情，这弥足珍贵。汪中有如此看法，正是因为自己不获知音赏识，异常苦闷，联系自己的经历，与祢衡相比。“余束发依人，蹉跎自效。逮于长大，几更十主。何尝不赋《鹦鹉》于广筵，识丰碑于道左？而醉饱过差，同其狷狭，飞辨骋辞，未闻心赏。其于黄祖，盖犹得其恶而遗其善焉。”祢衡在黄祖的宴席上赋《鹦鹉赋》得到黄祖欣赏，汪中在幕府中表现出来的才华、所赋之诗超过祢衡，但没有遇到欣赏自己的人，际遇远不如祢衡。汪中认为，当下的显贵遗弃了黄祖对文人有知遇之恩的一面，只延续了黄祖恶的一面。“世既莫吾知兮，将

---

① 裘毓麟《清代轶闻·文苑杂录》，页24。

② (清)汪中《新编汪中集》，页447。

③ 同上书，页470。

托于古之人。”“苟吾生得一遇兮，虽报以死而何辞？”于是感叹，在有生之年如果能遇到伯乐，就是死在他的刀下也在所不辞。这样的感慨有些偏激。在汪中“束发依人”“几更十主”的游幕生涯中，有朱筠、毕沅等幕主赏识他，提携他，但他还是认为自己的才华与学识被埋没了。在人才济济的幕府中，幕主的好恶与实际用途肯定会影响对幕宾的衡量，不可能所有的幕宾都能将才华显示出来。汪中自视甚高，即便被重视，也觉得郁郁不得志。后世文人心中，祢衡恃才傲物，是文人的典范，汪中从他身上看到了自己的影子。《吊黄祖文》作于汪中的晚年，回首游幕生涯，汪中选取的角度却是赞扬黄祖，虽然杀掉了祢衡，但是对祢衡却有知遇之恩。汪中认为他遇到的达官贵人连黄祖都不如，所以黄祖都是值得赞扬的。汪中选取的角度展示了他在生活中的困顿与辛酸的体验。

这种渴望知音、渴望知遇之恩的心态与汪中一生困顿考场的经历有关。汪中给孙星衍写信曰：“科名，身外之一物，以之荣亲则为实际。某每闻人致语云：‘一举登科日。’泊然无所动心也。继云：‘双亲未老时。’则闻而瞿然。况足下大母在堂，于君子三乐之一，且过之乎！又云：‘入世既深，必思所以自立。学术观其会通，行业归于平实，是所望也。’谨按：先君与孙粮储书，以道义相规，多切直之词，语多不载。”[①]从汪中的信来看，他重视学术之会通，而将科名视为身外之物，但乾嘉时代文人实现自我价值最重要的途径就是科考做官。汪中致力于学问会通，是绝意考场后而寻找到的出路。游幕生涯更是为人作嫁衣，无法施展才华。正如汪中《吾生》诗所描绘的：“吾生应有命，身世两相违。”“寄居时见迫，衰序早知寒。女手谋生拙，贫交仰食难。”[②]所以这种身世之感便夹杂在骈文之中。郭麐《题汪容甫（中）杂文》曰：“词多偏宕孔文举，意主悲哀庾子山。苍凉野哭行歌外，俯仰名倡剽盗闲。有怪何尝非物病，无官毕竟是天悭。河东激赞梁邱据，要使群公一汗颜。”[③]郭麐一生落魄飘荡，在幕府辗转，他能够领会汪中骈文里的苍凉与悲哀。这种情感体验正是在游幕生涯中产生的。汪中也给幕主毕沅写信，但与洪亮吉发自内心的感激不同，《与巡抚毕侍郎书》写得客套而疏远：“窃以为阁下之德量，古人未之有也。何者？古之人虽好士，必见其人而后好之，而阁下乃施之于其所不相识之人。推是心也，天下之士，其有一人不被公之泽哉？比公移节河南，岁事不登，荒政具举，饥而不害，维古有之，若大旱用作霖雨。又云‘百姓望君如

---

① （清）汪中《新编汪中集·容甫年谱》，页31。

② （清）汪中《新编汪中集》，页509。

③ （清）郭麐《灵芬馆诗集》，页175。

岁’，于公见之矣。”[①]虽然也大加赞赏毕沅，但没有真正的知音之感。

汪中《致端临书》曰：“所谓纠集文字，中亦素有此心。然中之志乃在《述学》一书，文艺又其末也。”[②]但汪中的志向又不在文艺，骈文不仅要表达情感，还是展露学识的领域。

汪中与洪亮吉在游幕中都有一些代作。汪中为幕主毕沅作、注明“代毕尚书作”的，有《汉上琴台之铭》《黄鹤楼铭》等；注明“代繁昌县知县叶一彪作”的《繁昌县学宫后碑传》。《亳州涡水堤铭》代亳州知州、时任凤阳府知府仪征江恂作。《江陵万城堤铁牛铭》注明“代”，但不知代何人。所代之作，洪亮吉代作不多，《江宁府知府题名碑记(代)》代江宁太守陶易作，陶易到达江宁的第二年，立石作题名碑，洪亮吉代作骈文，写下题记。既然是代作，都要设身处地，将自己置于所代之人的位置、心境中，汪中在显示自己学识渊博外，也偶尔流露出自己的一点情绪。洪亮吉则不动情感，《江宁府知府题名碑记(代)》先阐述江宁太守职位之重要，然后追溯自吴晋以来的历史变革，阐明管理上的缺陷，本朝频繁更换江宁太守，给治理带来困难：“知府贤，则事皆举；知府失，则事皆废乎！”[③]呈现出一位官员的仁民爱物之情怀，又显示了学者的眼界、学识，还无意中实现了游幕中参与社会治理的目的。

不管是自叹身世之作还是代幕主所作，两人都呈现出不同的心态与表达方式。洪亮吉体验过游幕中的悲凉，能够思考并理性地看待悲凉，最终超越悲凉而怀感激之心。汪中身处其中，不得自拔，将悲凉融入骈文之中，形成自我特色。尹恭弘的概括很准确：“洪亮吉则有‘尚气爱奇’的审美倾向，其骈体文对悲凉意识有深切的体验，他能以自己的遭遇为起点，从纵横两大坐标上思考万事万物令人悲凉的原因。汪中学问渊博，最善于博采众长，但又能戛戛独造，自成风格。其性格的‘狂’劲同样又表现在骈体文创造上，处处表现出独运的匠心。”[④]如果用“文质彬彬”来形容汪中的骈文，那么洪亮吉的骈文则“文胜于质”。两人的骈文中都投入了强烈的情感，形成了各自鲜明的个性。二人都在模拟的基础上创新，转益多师，博观约取，用他们的人生际遇与情感表达推进了清代的骈文复兴。清中期骈文复兴局面的形成，也正是来自不同作者不同的际遇，不同的感受，不同的表达方式。

在汪中与洪亮吉的骈文中，骈文写作的缺陷也显示出来。汪中的《自序》、洪亮吉的《祭毕尚书师文》多用典故，笼统概括，语言华美，典实优雅，却

---

① (清)汪中《新编汪中集》，页 428。

② 同上书，页 437—438。

③ (清)洪亮吉《洪亮吉集》，页 238。

④ 尹恭弘《骈文》，页 144—145。

没有生活的细节描写，也缺少历史事实的铺垫。虽然雅致而博学，却不生动活泼。没有细节的笔墨，让人无从感叹，更无法感动。只看到文中作者的感慨，却无从知晓到底遭遇了些什么，伟大的人物及意义又该从哪些事实上得以佐证？

清中期的骈文复兴带来了骈文创作的革新。其具体表现就是经过不少作者的努力，把过于刻板的骈文形式，引向较为实用的骈散结合的方向。曾燠与阮元两个幕府的努力功不可没。不少作者都程度不同地做到了"参义法于古文""以骈偶运散行之气"。胡天游、洪亮吉、汪中、孙星衍等代表作者在这方面起到了带头作用。骈文复兴还体现在体裁的运用上。以前的骈文，大都用于公私书牍、碑志墓铭、议论驳难、序跋祝颂之类，清代骈文由于向散体靠拢，应用范围比传统的范围要广泛。董祐诚的《五十家历术序》、洪亮吉的《钱献之九经通借字考序》甚至以骈文做考证。马积高《清代学术思想的变迁与文学》曰："清朝一些骈文家及有意与古文家争席乃至争文统，凡六朝人已用骈体来写的体裁固然用骈体来写；唐宋古文家所开拓的文章领域，他们也试图用骈文来写。"①汪中与洪亮吉富于个人特色的骈文创作尤为显著。

---

① 马积高《清代学术思想的变迁与文学》，长沙：湖南人民出版社，2002年，页108。

第五章　游幕文人与乾嘉诗坛流派

乾嘉诗坛上最活跃、影响最大的三大诗歌理论派别是格调派、肌理派与性灵派。游幕文人多是乾嘉诗坛锋芒毕露的诗人，不可能不受到这些诗歌理论的影响，他们有意无意地参与到了诗歌理论的探讨中。游幕文人对诗歌的看法因人而异，并不因为游幕而具有共性，但传统诗论尤其儒家诗教的影响又让他们对诗歌的看法具有某种普遍性。“性情”与“学问”是每个诗论共同的话题，本章从“性情”的角度入手，探讨游幕文人与乾嘉诗坛流派的互动，也从而辨明“性情”一词在不同诗歌理论派别中不同的意义和所指。旨在通过游幕文人对诗歌流派的参与探讨诗歌理论在时代氛围中的普遍性与有限性。

第一节　游幕文人与格调说之契合

沈德潜的格调说代表了中国儒家诗学的一种理想主义精神，是中国传统儒家诗学的一个典范。在儒家诗学价值系统里，政治伦理价值优先于审美价值。格调说的“性情”是儒家诗教的“性情”，契合了乾嘉盛世对治世之音的要求，也契合了游幕文人对诗歌普遍的理想主义精神，温柔敦厚的诗教传统再次彰显了深厚而持久的魅力。

所谓格调，即诗歌的体格声调。沈德潜的格调说，具体落实到唐诗，专门标举唐诗的格调，《说诗晬语・序》认为后世“今虽不能竟越三唐之格，然必优柔渐渍，仰溯风雅，诗道始尊”①。主张以唐诗为宗。沈德潜按照“格调”说的标准先后编选了《古诗源》和唐诗、明诗、清诗三种《别裁集》，广泛推行自己的诗学主张。虽也讲求诗歌的艺术形式，但重点在“格”，即儒家诗教的思想准则与感情规范。思想准则上，沈德潜特别强调诗歌的社会功用，讲究诗歌的政教功利原则。感情规范上极力宣扬“温柔敦厚”的传统诗教，《重订唐诗别裁集序》曰：“至于诗教之尊，可以和性情，厚人伦，匡政治，感神明，以及作诗之先审宗旨，继论体裁，继论神韵，而一归于中正和平。”②《国朝诗别裁・凡

---

①　（清）沈德潜《说诗晬语》，北京：人民文学出版社，1979 年，页 186。

②　（清）沈德潜《沈德潜诗文集・佚文》，潘务正、李言点校，北京：人民文学出版社，2011 年，页 1998。

例》曰："诗之为道，不外孔子教小子、教伯鱼数言，其立言一归于温柔敦厚，无古今一也。"①《七子诗选序》以宗旨、风格、神韵概括了格调说："予惟诗之道，古今作者不一，然揽其大端，始则审宗旨，继则标风格，终则辨神韵，如是而已矣……窃谓宗旨者，原乎性情者也；风格者，本乎气骨者也；神韵者，流于才思之余，虚与委蛇而莫寻其迹者也。"②宗旨是首要的，风格、神韵皆从属于宗旨。而宗旨又讲究性情之雅正，风格则要合乎温柔敦厚。

"性情"是格调说的一个重要概念，《清诗别裁集·凡例》曰："诗必原本性情，关乎人伦日用及古今成败兴坏之故者，方可为存，所谓其言有物也。若一无关系，徒办浮华，又或叫号撞搪以出之，非风人之指矣。"③他提出诗人的性情要与人伦日用相关，要与古今成败相关。批评陆机"所撰《文赋》'诗缘情而绮靡'。言志章教，惟资涂泽，先失诗人之旨"。④与性情雅正、温柔敦厚相联系的是将诗人的品格与诗歌的品格相挂钩，《说诗晬语》曰："有第一等襟抱，第一等学识，斯有第一等真诗。如太空之中，不着一点；如星宿之海，万源涌出；如土膏既厚，春雷一动，万物发生。古来可语此者，屈大夫以下数人而已。"⑤人品决定诗品。《李兰椎时文序》曰："文章诗歌本乎心术，著乎语言，表里洞然不可掩，故读之而性情之厚薄，品诣之邪正，遭遇之荣枯，年寿之修短，皆可豫决。"⑥这正是传统诗学的观念，诗如其人，诗即其人，评诗即评人，人品即诗品，诗品即人品。

晚清朱庭珍《筱园诗话》评论道："沈归愚先生持论极正，持法极严，便于初学。所为诗平正而乏精警，有规格法度而少真气，袭盛唐之面目，绝无出奇生新、略加变化处，殊无谓也。"⑦正道中了沈德潜的"性情"少真气的毛病。但这样的"性情"正符合统治者的需要，诗歌既要抒发真实的性情，又符合温柔敦厚的诗教传统，既表达自己的情感，又达到教化的作用。幕府内的幕主大都身居高位，虽然也有文坛盟主，但主要角色还是政府的官员，在诗论上总要提倡诗歌的教化作用，教化作用不能通过虚伪的情感来实现，格调说这种有特指的真"性情"便是最好的工具了。游幕文人虽然也有反对格调说者，但在提到诗歌的"性情"时和格调说的"性情"大致是不差的。

王鸣盛是沈德潜的学生，曾经游幕于黄建、蒋浦、秦蕙田的幕府，《凌祖锡

---

① (清)沈德潜《清诗别裁集》，北京：中华书局，1984年，页3。
② (清)沈德潜《沈德潜诗文集·归愚文钞》，潘务正、李言点校，页1360。
③ (清)沈德潜《清诗别裁集》，页3。
④ (清)沈德潜《说诗晬语》，页202。
⑤ 同上书，页187。
⑥ (清)沈德潜《沈德潜诗文集·归愚文钞余集》，潘务正、李言点校，页1838。
⑦ (清)朱庭珍《筱园诗话》，页29。

诗序》曰：“昔唐人选诗，惟殷潘氏《英灵》一集高于诸选，其品骘盛唐诸家，多以风骨为言。盖诗之为道，主于发挥志节，藻畅襟灵，类多出于孤立行意者之所为，假令龌龊小夫，其中未必有而强效昔人之章句，纵复葳蕤可观，有识者或从而薄之。无他，风骨不存焉。”①所谓的“发挥志节，藻畅襟灵”，正可看出沈德潜格调说的影响，“本之志节”与格调说中的“第一等襟抱”正相符。《张芸墅诗集序》将张芸墅的人品与诗品相联系起来：“芸墅衿趣超迈，即之温温，故其诗有逸气，翔视横拂，侧出于行墨之外而不可羁靮也。”②王昶也是沈德潜的学生，入过秦蕙田、卢见曾、梁诗正、阿桂、温福、阮元等人的幕府，自己为官时也招揽过不少幕宾，工于诗文，王昶《李味亭舍人诗序》认为：“诗人为义，风雅颂而已矣。”③《与顾上舍禄百书》赞扬顾诒禄的诗歌：“和而不靡，雅而不咽甚矣，有合于温柔敦厚之旨也。”④《〈索绰罗氏家集〉序》曰：“五公之诗，格律不必尽同，意趣不必相合。而从容敦厚、元气盎然，追风雅之遗，以鸣圣世升平之盛者，固可审其词而得之矣。”⑤王昶更是借着《湖海诗传》的编选宣扬格调说，不仅将沈德潜单独列为一卷，选诗七十九首，而且编选标准也是温柔敦厚，《潘榕皋〈三松堂诗集〉序》曰：“凡乐之作，由人心生，乐播于音，音著于诗。其心冲然粹然，合乎温柔敦厚之旨，然后著为咏歌，朱弦而疏越，一唱而三叹，自非守道之笃而养心之至者不能。”⑥“予年已八十，综揽古今，深有悟于温柔敦厚之旨。”⑦愈到老年，愈加领悟格调说的温柔敦厚之旨。李慈铭对于王昶选诗的标准大加挞伐：“阅王述庵司寇《湖海诗传》。此书去取颇为失当，予素厌之……惟过尊沈归愚，谓为一代宗主，虽师门之谊，然述庵于诗固无所解，宜其见嗤识者耳。”⑧李慈铭认为王昶过尊沈德潜，在诗歌上全无见识。十年后，李慈铭再读王昶的《湖海诗传》，仍然坚持之前的看法：

> 阅《湖海诗传》《蒲褐山房诗话》。此书于癸丑壬戌岁评点两过，一归劫火，一为周叔云携去。述庵生极盛之时，又享大年，交五寰中，国朝人物，是集已得大半。而拘守归愚诗法，短于鉴裁，故所选者往往肤庸平弱，腔拍徒存，求如明之青邱、二李、大复、大樽，国初牧斋、梅村，以及稍后之渔洋、愚山、伽陵、翁山，竟无一首。盖自海珊、樊榭、宝意外，无能成

---

① (清)王鸣盛《西庄始存稿》，《续修四库全书》1434册，页330。
② 同上书，页331。
③ (清)王昶《春融堂集》，上海：上海文化出版社，2013年，页715。
④ 同上书，页592。
⑤ 同上书，页710。
⑥ 同上书，页720。
⑦ 同上书，页721。
⑧ (清)李慈铭《越缦堂读书记》，页1208。

家，而自沃田、西庄、白华、兰雪、云伯外，并无堪节取。此固去取未精，而我朝诗学之衰，亦可概见矣。[同治辛未(1871)十一月二十六日][①]

李慈铭仍然诟病王昶拘守沈德潜的诗法，所选诗歌肤庸平弱，对于诗歌大家，明代的高启、李攀龙，清代的钱谦益、吴梅村、王渔洋、施闰章、屈大均等人一首不选，王昶所选诸人也只有厉鹗、沈大成等人还能入李慈铭的法眼，李慈铭认为不仅仅是王昶去取失当，还由此可见有清一代诗学之衰微。其实王昶不选李慈铭提到的诸位大家，正是在诗教传统的规范下所做的一次诗歌选拔。李慈铭认为王昶是被沈德潜的诗学诗法局限住了，却没有看到沈德潜诗学只是传统诗学的一个典范，王昶更多的是在传统诗教的规范下做的诗歌选拔。

格调说虽影响极大，游幕文人却未必受到沈德潜的影响，但格调说的性情、人品决定诗品等内涵却与大多数游幕文人看法极其一致。章学诚《与周永清论文》曰："仆尝谓功力可假，性灵必不可假。性灵苟可以假，则古今无愚智之分矣。"[②]此处的"性灵"与沈德潜的"性情"含义相同。沈大成以诸生屡就幕府征，由粤而闽而浙而皖，前后四十余年。曾助卢见曾纂辑《国朝山左诗钞》，沈大成《观香堂诗钞序》曰："诗之有所资者三，一曰性，二曰学，三曰游。非禀之性则扞格而难成；非绩之学则莽卤而不治；非助之游则见不广而言不肆，是二者，诗之本也。"[③]沈大成虽然也重视学，但把性放在了第一位，这个性里面当然有情，也是从属于性的情。《吴梅查诗集序》曰："诗必视乎其人。人心之感物，有哀乐喜怒敬爱之殊，而其声即有噍杀啴缓、发散粗粝、直廉和柔之异……音之道由性生，非作而致之也。作而致之，失其旨矣。"[④]以人观诗，人心不同，诗作不同。王芑孙从乾隆五十年(1785)至嘉庆五年(1800)先后客于董诰、睿亲王、梁文定、王文端、彭文清、曾燠、郑亲王等幕府，为诸公代写文稿，朝廷有大典礼制，文字大半出其手，与钱泳、汪端光等文人游处。《碑传全集·集补》记载王芑孙的文论和诗论：

论曰：先生尝语余为学或从汉学入，或从宋学入，但多读书，久之则古人争来饷我，其自得非可以言喻也。及以文请质，则曰：子能自骊其力，异日必大展其才。少年文尽意为主，柳子厚、苏老泉作论可法也。又曰：文以载道，平日修身饬行是其根本，空言经训尚非探源之论。又曰：

① (清)李慈铭《越缦堂读书记》，页1208。
② (清)章学诚《章氏遗书》，页86。
③ (清)沈大成《学福斋集》，页48。
④ 同上书，页47。

近世论古文者，无过姚姬传，然以学为主，故其传甚正而其才皆乏，古文虽非骋才之具，要当以才为主，而学为辅也。其论诗曰：诗中有人，诗外有事，是为妙境。①

在教导年轻人作文为诗时，他先是强调“少年文尽意为主”，但随即强调“文以载道”，把文品与人品联系起来，为文的根本之道是平日的修身饬行。对于姚鼐的文论，他认为把“学”强调得过分了，古文应该以才为主。对于诗歌创作，他直言“诗中有人，诗外有事”，仍是强调诗品的人格化。陈懿本序吴照的《听雨斋诗集》曰：“先生为诗不名一体，归于真切，绝去摹仿。尤长叙事，言人情物理，皆曲中窾要，合乎六义劝惩之旨。视争新斗奇修饰头面。读之荡心佚志，以为工者，殆不啻霄壤。”②吴照乾隆五十四年(1789)与史善长同客于江西布政使王昶幕，乾隆五十八年(1793)与邓石如客湖广总督毕沅幕，之后屡次游幕于两淮盐运使曾燠题襟馆，《邗上题襟集》中所录吴照的唱和诗尤其多。陈懿本认为吴照的诗言人情物理，曲中窾要，合乎诗教的六义劝惩之旨。

与性情、人品相关的另一个诗学命题是“诗穷而后工”。因为游幕经历的艰辛，大多数游幕文人都赞成欧阳修“诗穷而后工”这个诗学命题。法式善序吴嵩梁《诗钞》：“初余见君少作，以哀艳称之。君既以数奇落魄，纵游吴越间，名益噪，至有绣其诗以传者。”③数次落魄，吴嵩梁的诗得到大家的认可。曾燠序吴嵩梁《香苏山馆诗钞》：

嗟乎，兰雪诗岂类穷者乎？嗟乎，兰雪可不谓之穷乎。乃其穷如此，其诗如彼。是知楚逢岁宴，兰性不陨其芳；魏弃夜光，玉质讵忘其宝。犹忆仆昔官淮海，会集英彦，霞初星晚，花底尊前，诸公方惨淡经营。吾子惟谑浪笑傲，一篇忽就，四座咸惊。独探骊珠，余皆鳞爪。盖当其得志倏与神会，信由天假，不尽人工。契将往而必融，防未来而先制。嗟乎，兰雪穷而益工乃至此乎。④

曾燠认为吴嵩梁的诗穷而益工。《冷庐杂识》记载吴锡麒写给朋友的信：“‘两年羁绊，一步不移。大抵生平好作冷人，天故以冷待之。破帐纸窗，索索然若时有西风吹到，不自知砭肌消骨也。’读之可想见清寒风味。”⑤吴锡麒

---

① (清)钱仪吉等编《清代碑传全集·集补》，页1537。
② (清)吴照《听雨斋诗集》，清乾隆五十九年(1794)刊于南昌，页1a。
③ (清)吴嵩梁《香苏山馆全集·香苏山馆诗钞》，页2a。
④ 同上书，页3a。
⑤ (清)陆以湉《冷庐杂识》，页289。

《张渌卿露华词序》重申“穷而后工”：“昔欧阳公序圣俞诗，谓穷而后工，而吾谓唯词尤甚。盖其萧廖孤奇之旨，幽夐独造之音，必与尘事罕交，冷趣相洽，而后托幺弦而徐引，激寒吹以自鸣，天籁一通，奇弄乃发。若夫大酒肥鱼之社，眼花耳热之娱，又岂能习其铿锵，谐诸节奏？”①吴锡麒认为穷能让诗人远离尘世，专心于诗歌，而富贵荣华则消磨写诗的清气。吴锡麒序郭麟《灵芬馆二集》：

> 夫功名得失之故，原非人得而主之。故士有横翔捷出，动辄如意，而究其肥如瓠者，叩之枵然，乃或百赋千诗填塞胸臆，牢愁偃蹇，独位置于荒山穷谷之区，岂将老其材而后用耶？抑亦苍苍者之故为是颠倒耶？然而具是才者，断不以无所伸其志而遂自弃其才，必且益淬厉之，益磨砺之，而终使其才得以大显于天下。②

吴锡麒分析了诗穷而后工的原因，认为诗人在穷途末路中会想法伸展才志，于是展露才华，诗越写越好。

王芑孙针对曾燠的诗歌专门提出了“富贵而穷”。王芑孙序曾燠的《赏雨茅屋集》：“昔有议欧阳氏穷而后工之说为未足以尽诗人。余独不然。夫穷非必以贫贱也，有时富贵而穷，乃穷之弥甚者也。宾谷虽天性工诗，非必有藉乎穷，要凡所以往复磨砺成就之如此，何一非天之所为，并气积力以昌之。而宾谷诗亦遂行天下。其诗蓬勃也如风，弥漫也如云，澎湃也如泉。”③王文治序毕沅《灵岩山人诗集》：“今夫穷居岩穴之士，沉幽寂寞，日以撰述为事，有所感触辄寄诸篇什，于是啬其身以昌其诗，宽其诗以成其学，所谓穷而后工者，求之古今亦未数数然矣。”④幕主毕沅居然也是穷而后工，只是毕沅的“穷”是全力以赴写诗的过程中遭遇的写作困境。在“穷”的意义阐释上，他们偷换了概念。显然，游幕文人的“穷”与幕主的“穷”很不一样，游幕文人是真正遭遇了穷困与穷途，在人生的困境中绽放出诗才。而幕主则是富贵而穷，在荣华富贵中想寻求写诗的激情而遭遇的才气不足。

游幕文人在传统诗教的延续中存在，幕府作为诗歌的竞技场，催生了文人对诗歌的重视与对自身才华的爱惜。乾隆二十二年(1757)，科举考试推行试帖诗，鼓励了文人诗歌创作的热情。对诗歌价值的彰显也彰显出文人自身的价值。但就人才选拔的机制看，没有哪个文人因为诗歌创作出色而进入国

---

① (清)吴锡麒《有正味斋文集》，页 664。
② (清)郭麟《灵芬馆诗集》，页 52。
③ (清)曾燠《赏雨茅屋集》，页 2。
④ (清)毕沅《灵岩山人诗集》，页 3a。

家机构，诗歌不过是盛世太平的点缀而已。在幕府内，有大量的资料记载文人因诗歌才华而被幕主赏识，因诗歌才华在幕府内受到优待。儒家传统诗教对诗歌的政治功能非常重视，这与文人对诗歌地位的重视正相一致。也有对格调说反感、不屑的游幕文人，但反感的是沈德潜的褒衣大袑气象，并不否定诗歌的政教功能。诗歌能参与到政治建构中，能对整个社会起到教化作用，这是文人对诗歌处境的一种美好憧憬。

沈德潜的诗歌创作并没有践行自己的格调理论，与乾隆的唱和之作多是颂圣阿谀。沈德潜去世，格调说的影响渐趋消歇。袁枚《再答李少鹤书》云：“当归愚极盛时，宗之者止吴门七子耳，不过一时借以成名，而随后旋即叛去。此外偶有依草附木之人，称说一二，人多鄙之。此后如雪后寒蝉，声响俱寂。”①虽然沈德潜的去世让格调学说受到影响，但格调说的内涵已经深化于文人的内心。不管是否承认，文人开口所讲的诗论总是不经意地契合着格调说的内涵。这是游幕文人对古典诗论的一种因循，也是对诗歌地位理想主义的一种体现。

第二节　游幕文人与性灵说之疏离

一、性灵说的内涵

袁枚的性灵说，学界研究极多，并给予了高度的评价，此处毋庸重复，本节只就前人忽略的方面加以论述，以见袁枚性灵说与时代之关系。

学界对“性灵”二字样探讨很深入，但总脱离不了性情与灵机的内涵，性灵最重要的特征是“真”。就此而言，性灵说与圣贤经典的精神正契合。袁枚从小浸润于儒家经典文献中，他虽不喜经书琐屑之考证，但经典的精神却是深化于内心的。袁枚《山居绝句》云：“问我归心向何处，三分周孔二分庄。”②儒家经典《中庸》中反复阐述一个观念：“诚”。何为“诚”？“诚者天之道也；诚之者，人之道也。”“自诚明，谓之性；自明诚，谓之教。诚则明矣，明则诚矣。”“唯天下至诚，为能尽其性；能尽其性，则能尽人之性；能尽人之性，则能尽物之性；能尽物之性，则可以赞天地之化育；可以赞天地之化育，则可以与天地参矣。”诚即真实不伪。不仅要诚，而且要做到至诚，尽性的最高境界就是至诚。《大学》中对“诚”的理解如下：“如保赤子，心诚求之，虽不中不远矣。”主

① （清）袁枚《袁枚全集·小仓山房尺牍》，页206。
② （清）袁枚《小仓山房诗文集·诗集》，页188。

张以赤子之心追求中庸之道。袁枚反驳尊宋儒者，引用经典，《与程蕺园书》："《中庸》曰：'天地之大，人犹有所憾。'人憾天地，而子思许之。人憾宋儒，而足下不许，又何也？"①袁枚在《与从弟某论释服作乐书》一文中针对脱去丧服要设酒作乐的风俗进行针砭："夫衰麻苴绖，非先王以之苦人也，念孝子哀痛之心，诚于中，形于外，其服食起居有不至于是而不安者，故为之制，而又为之节。非若囚拘束缚，身受者，得早脱一日为快。故《礼》曰：'亲丧外除。'言外除者，明乎其内未除也。"②袁枚作《李孝子传》中的李孝子为养母弃诗书，一生践行孝道，袁枚论曰："《孝经》一书，圣人所以为人子训者至矣。然世人方读书以求孝，而李孝氏子独因孝以废书，何耶？《中庸》曰：'率性之谓道，修道之谓教。'古之人能率其性者，无俟于教也。不然，慈乌反哺，羔羊跪乳，使彼所读何书哉？"③袁枚认为圣人是根据人的情感设置了礼乐制度，这些制度并非为了拘禁人性，所以无须经书教化，古人多率性而符合礼仪。对自然人性的推崇与《中庸》"率性之谓道"正相一致。袁枚诗论追求的也是中庸的境界。《随园诗话》曰："诗不可不改，不可多改。不改，则心浮；多改，则机窒。要像初拓《黄庭》，刚到恰好处。孔子曰：'中庸不可能也。'此境最难。"④"夫诗为天地元音，有定而无定，到恰好处，自成音节，此中微妙，口不能言。"⑤即便是提倡个性的《续诗品·著我》，也写得极中和："不学古人，法无一可。竟似古人，何处著我？字字古有，言言古无。吐故吸新，其庶几乎！孟学孔子，孔学周公。三人文章，颇不相同。"⑥古人与我、故与新，要恰到好处。

袁枚的诗论呈现出爱综合，各方面都不偏废的辩证特点。性情与学问的统一，人工与天籁的统一，真与雅的统一，学古与创新的统一，浓淡巧朴之统一。性灵固然重要，后天的苦心更不可少。《续诗品三十二首序》："余爱司空表圣诗品，而惜其只标妙境，未写苦心，为若干首续之。"⑦说得非常清楚，要补充妙境之外的苦心。《续诗品·尚识》："学如弓弩，才如箭镞，识以领之，方能中鹄"。⑧《随园诗话》："求诗于书中，得诗于书外。"⑨《续诗品·勇改》："人

---

① (清)袁枚《小仓山房诗文集·诗集》，页1564。
② 同上书，页1446。
③ 同上书，页1738。
④ (清)袁枚《随园诗话》，页82。
⑤ 同上书，页122。
⑥ (清)袁枚《小仓山房诗文集·诗集》，页491。
⑦ 同上书，页483。
⑧ 同上书，页486。
⑨ (清)袁枚《随园诗话》，页88。

功不竭，天巧不传。”[①]《随园诗话》引用叶书山的话：“人功未极，则天籁亦无因而至。虽云天籁，亦须从人功求之。”[②]《随园诗话》与《续诗品》将诗学观念表达得非常清楚，前人多有讨论，笔者不用赘述。与袁枚多次聚会联句的前辈李重华也强调性情学问统一。“诗有性情，有学问。性情须静功涵养，学问须原本六经。”[③]性情与学问的统一本就是诗歌写作的正途。以诗歌“非关书也”“非关理也”著称的《沧浪诗话》早已经提出：“然非多读书，多穷理，则不能极其至。”[④]袁枚主张的正是诗歌写作的正途，诗歌要有诗歌的样子，《随园诗话补遗》：“不料今日之诗流，有三病焉：其一填书塞典，满纸死气，自矜淹博。其一全无蕴藉，矢口而道，自夸真率。近又有讲声调而圈平点仄以为谱者，戒蜂腰、鹤膝、叠韵、双声以为严者，栩栩然矜独得之秘。”[⑤]不只反对以考据学方法作诗，也反对俚俗之作、工匠之作，是在诗学领域里主张诗歌的中庸之道：诗要博观约取，诗要真诚独特，诗要成为诗。反观当时的格调说、肌理说却是偏离了诗歌的道路。

杨鸿烈认为袁枚“由情欲主义推到以人为本位的享乐主义”[⑥]，袁枚看重情，但只是“适情”，若称为情欲主义则太过，即便袁枚在生活中寻花问柳，在诗论上却是严肃的，对情欲的主张是“适”，而非“纵”。《随园诗话》曰：“以为诗写性情，惟吾所适……庄子曰：‘忘足，履之适也。’余亦曰：忘韵，诗之适也。” [⑦]所以袁枚主张不分唐宋，不立门户，对诗歌采取一种宽容的姿态。《随园诗话》曰：“诗如天生花卉，春兰秋菊，各有一时之秀，不容人为轩轾。音律风趣，能动人心目者，即为佳诗；无所为第一、第二也。”[⑧]诗歌各有风貌，没有高下。

以创作实践来看，袁枚的诗歌内容远不是人们认为的轻薄、俚俗，大部分内容是诗酒宴会，徜徉山水，友朋唱和，生活琐事，与清代诗人无甚差异。被后人大力称赞也被众人诟病的所谓男女之情的诗只占很少的一部分，当然这一少部分的诗将袁枚从众人中区别了出来。钱泳《履园丛话》曰：“沈归愚宗伯与袁简斋太史论诗判若水火，宗伯专讲格律，太史专取性灵。自宗伯三种

---

① （清）袁枚《小仓山房诗文集·诗集》，页 490。

② （清）袁枚《随园诗话》，页 149。

③ （清）李重华《贞一斋诗说》，《清诗话续编》（下册），上海：上海古籍出版社，1978 年，页 932。

④ （宋）严羽《沧浪诗话》，《历代诗话》（下册），北京：中华书局，1981 年，页 688。

⑤ （清）袁枚《随园诗话》，页 622。

⑥ 杨鸿烈《袁枚评传》，上海：商务印书馆，民国十六年（1927），页 160。

⑦ （清）袁枚《随园诗话》，页 3。

⑧ 同上书，页 70。

别裁诗出，诗人日渐日少；自太史《随园诗话》出，诗人日渐日多。然格律太严不可，性灵太露亦是病也。”[①]不管在袁枚生前还是死后，批判甚至谩骂性灵派的大有人在。江藩《国朝汉学师承记》记载《王兰泉先生》：“藩从先生游垂三十年，谈学论艺，多蒙鉴许。后先生因袁大令枚以诗鸣江浙间，从游者若鹜若蚁，乃痛诋简斋，隐然树敌，比之轻清魔。提唱风雅，以三唐为宗，而江浙李赤者流，以至吏胥之子，负贩之人，能用韵不失黏者，皆在门下。”[②]焦循《刻诗品序》：“诗道之弊也，用以充逢迎、供谄媚，或子女侏儒之间，导淫教乱。其人虽死，其害尚存。一二同学之士，愤而恨之，欲尽焚其书。余曰：‘是不必较。’”[③]江藩提到的王兰泉即王昶，有不短的游幕经历，自己做官后也招揽幕宾，他对袁枚的嫉恨不仅因为诗学观点的差异，还因为有争风头的想法。焦循是汉学家，在阮元幕府内，认为性灵派的诗学主张导淫教乱。游幕文人郭麟《灵芬馆诗话》曰：“国朝之诗，自乾隆三十年以来风会一变，于时所推为渠帅者，凡三家。其间利病可得而言。随园树骨高华，赋材雄骜，四时在其笔端，百家供其渔猎，而绝足奔放，往往不免，正如钟磬高悬，琴瑟迭奏，极其和雅，可以感动天人，协平志气。然鱼龙曼衍，黎靬眩人之戏亦杂出其间，恐难登于夔旷之侧。忠雅托足甚高，立言必雅，造次忠孝，赞颂风烈，而体骨应图，神采或乏。譬如丰容盛鬋，副笄六珈，重帘复帐，望若天人。欲其腾光曼睩，一顾倾城，亦不可得。”[④]郭麟作为一介寒士，在幕府的时间并不长，他盛赞袁枚的才华与诗情，但认为性情派的理论与创作存在着缺陷，在才气横溢的同时也失之放荡。

也有追随袁枚的游幕文人，黄景仁与袁枚结下了深厚友谊，对性灵派的学说是真正的服膺。按理说，以诗人自居的袁枚应该与以古文家自居的姚鼐是知音，都以辞章自守，但袁枚并不文以明道，文就是文，《答友人论文第二书》曰：“夫道若大路然，亦非待文章而后明者也。”[⑤]姚鼐却要文与道合。袁枚的性灵说与幕府内的学术氛围、伦理氛围显然不能调和，而沈德潜的格调说更契合游幕文人的诗歌创作。通过孙星衍、洪亮吉与袁枚的比较能更清楚地看到游幕文人所讲“性情”与性灵派所讲“性情”的差异。通过比较他们性情观的差异可以看出游幕文人与性灵派的疏离。

---

① (清)钱泳《履园丛话》，页 204。

② (清)江藩《国朝汉学师承记》，页 60。

③ (清)焦循《焦循诗文集》，页 271。

④ (清)郭麟《灵芬馆诗话》，页 389—390。

⑤ (清)袁枚《小仓山房诗文集·文集》，页 1540。

二、孙星衍与袁枚“性情”观之差异

孙星衍与袁枚是忘年交。年轻时曾向袁枚投诗，袁枚誉之为天下之奇才。但以能写诗词闻名于世是孙星衍所不屑的，他放弃辞章，致力于训诂声韵之学。袁枚对此惋惜不已，写信责备孙星衍从事考据之后“才不奇矣”；并对考据之学予以抨击，结果遭到了孙星衍的辩驳。孙星衍《答袁简斋前辈书》曰：

两奉手书，具承存注，侍生平知己之感，莫先于阁下。自束发知诗，阁下即许以奇才之目，揄扬于当道之前，一登龙门，得尽交海内傀异之士，何敢一日忘之。然阁下负天下之重名，后进奉其言以为法。阁下有为而言，闻者不察，或阻其进学之志，亦不得不献疑于左右也。

来书惜侍以惊采绝艳之才为考据之学，因言形上谓之道，著作是也；形下谓之器，考据是也。侍推阁下之意，盖以抄摭故实为考据，抒写性灵为著作耳，然非经之所谓道与器也。道者谓阴阳柔刚仁义之道，器者谓卦爻彖象载道之文，是著作亦器也。侍少读书，为训故之学，以为经义生于文字，文字本于六书，六书当求之篆籀古文，始知仓颉、《尔雅》之本旨。于是博稽钟鼎款识及汉人小学之书，而九经三史之疑义可得而释。及壮，稍通经术，又欲知圣人制作之意，以为儒者立身出政，皆则天法地，于是考周天日月之度，明堂井田之法，阴阳五行推十合一之数，而后知人之贵于万物，及儒者之学之所以贵于诸子百家。虽未遽能贯串，然心窃好之。此则侍因器以求道，由下而上达之学，阁下奈何分道与器为二也？

来书又以圣作为考据，明述为著作，侍亦未以为然。古人重考据甚于重著作，又不分为二……

至阁下谓考据者为趋风气，则又没人之善。汉廷诸儒，多以通经致高位，唐亦一射策取士。后世试士，第一场用四书文，试官之空疏者，或不以二、三场措意，然则从事于考据者，于古或有干禄欺世之学，于今必皆笃行好学之士，世人方笑其学成而无用，阁下又何以为趋风气乎？①

袁枚《附答书》：

日前劝足下弃考据者，总为从前奉赠“奇才”二字横据于胸中，近日见足下之诗之文，才竟不奇矣，不得不归咎于考据。盖昼长则夜短，天且

---

① （清）孙星衍《孙渊如先生全集》，页89—90。

不能兼也，而况于人乎？故敢陈其穴管。足下既不以为然，则语之而不知舍之可也，又何必费足下援儒入墨之心，必欲拉八十翁披腻颜帢，抱《左传》逐康成车后哉？今而后仆仍以二十年前之奇才视足下，足下亦以二十年前之知己待仆可也。如再有一字争考据者，请罚清酒三升，飞递于三千里之外，何如？①

孙星衍认为，袁枚以著作与考据来划分道与器是不恰当的，自己也并非趋从风气而钻入考据。所谓“道”，是指阴阳柔刚仁义之道，也即圣人之义；所谓“器”，指卦爻彖象载道之文。因此，不管是考据还是著作，其本身都是器，都是“道”的载体而已。而考据之学正是因器求道的体现，是下学上达的必由之路。六经是圣人之义的集中体现；学者学习六经，正是为了求得圣人之义即“道”。而圣人用以阐发“道”的，是语言，是句、词、字。“经义生于文字，文字本于六书，六书当求篆籀古文，始知仓颉、《尔雅》之本旨。”要理解六经的文本含义，只有通过从根本上掌握了文字的含义才能最终把握圣人之道。正是由于这种认识，孙星衍以识字为“通经本务”，很重视追踪古文字的原始含义；并将他的一部文集命名为《问字堂集》。孙星衍作《诂经精舍题名碑记》一文论述考据的历史。从三代至春秋开始，凡是贤臣名臣都很重视稽古考据，都能称述训典。汉代更为突出，经学与政治更加密切地联系起来。汉朝的人才多出于经术，诸儒通经，然后致高位，故政治文学为盛。孙星衍主张，训诂才能通经，人才出于经术，考据乃实用之学，有益于政治。孙星衍精通《周易》和《尚书》，对历算和金石也有很深的造诣。他主张儒生应该掌握经义，也要通晓律令，《李子法经序》曰：“乃知苏轼‘读书不读律’之言，非庄论也。”②袁枚虽然为孙星衍奇气消失而惋惜，但也无可奈何，找不出理由说服孙星衍，只能以之后不再争论考据问题作为二人争端的结束。孙星衍游随园，作诗七首，《游随园赠袁太史七首》曰：

其一

五年客梦此山中，重过名园话不穷。
惟有先生与开府(谓毕中丞)，相逢教吐气如虹。

其二

小隐金陵即谢墩，春游长日任红裙。
桃花十里人家种，欲拥诗仙上彩云。

① (清)袁枚《小仓山房诗文集·文集》，页93。
② (清)孙星衍《孙渊如先生全集》，页263。

其三

山泉流涨入方塘，三径新开竹数行。

孔雀窥人金络底，似知来客有文章。

其四

一重云影一重花，金粉成围住紫霞。

几代清凉输六代，又教山色弄繁华。

其五

等身诗卷著初成，绝地天通写性灵。

我愧千秋无第一，避公才笔去研经。

其六

赤城桃树倚云栽，越峤梅花逐蝶来。

天与游山人斗艳，宗之颜色谪仙才。

其七

爱士人犹似昔时，刘乂多谢世人嗤。

却怀知己生平语，无复才奇气尚奇。（先生始见予诗，有奇才之目，云天才、清才多，奇才少也。）①

孙星衍第一首就提到两个人对他的影响，“先生与开府”，先生即袁枚，开府即毕沅。年轻时写诗受到袁枚的奖掖，而后来入毕沅幕府真正改变了他的兴趣与学术方向。二、三、四首是对随园美景的描述与对袁枚生活的赞扬，第五首赞扬袁枚一生诗歌著述等身，写出了真性灵。“我愧千秋无第一，避公才笔去研经。”说明他深知吟诗与研经属于两种不同的思维形式，知道自己怎样写也比不上袁枚，所以避开袁枚的锋芒去研经。而这只是表面上的恭维之辞，孙星衍去研经的真正原因是不愿以诗歌终身，更愿意从事经史的学术研究。第六七首赞扬袁枚爱士好士，回忆了年轻时诗歌受袁枚奖掖的事情。七首小诗表面上看去是对随园及袁枚的赞扬，实际上却表达着一个经史学家对袁枚性灵诗因不屑而宽容的态度。因为孙星衍所主张的性灵与袁枚表达的性灵差异甚大。孙星衍《原性篇》曰：

天为阳，主性；地为阴，主情。天先成而地后定，故情欲后于性命。五六天地之中合，性有五常，情有六欲。五常者，仁义礼智信；六欲者，喜怒哀乐好恶也。阳者善，故性善；阴有欲，故情有不善。阳极生阴，故性之动为情；阴极胜阳，故情之动为欲。性动而之情，变而之欲。变者情

① （清）孙星衍《孙渊如先生全集》，页505—506。

也，情动而有欲，变而之不善，化而复迁于善。善者性也，性对情，则性为阳，情为阴。单言性，则性有阴阳，犹以天地言之，天为阳，地为阴。以天地分言之，天地各有阴阳，鬼区臾言“天有阴阳，地亦有阴阳”是也。以四时言之，春夏为阳，秋冬为阴。以孟仲季言之，一时又各有阴阳，鬼区臾言“阳中有阴，阴中有阳”也。以五行言之，木火为阳，土金水为阴。以八卦言之，阳木震，阴木巽；阳土艮，阴土坤；阳金乾，阴金兑；离火阳，含阴；坎水阴，含阳也。故言性兼阴阳者，性中五常皆属阳，五常分仁礼为阳，义智为阴，信为中。情亦有阴阳者，情中六欲皆属阴。六欲又分喜好乐为阳，怒恶哀为阴也。①

“性”在儒家经义中本就是一个古老的话题。孙星衍解释为天是阳，主性，地是阴，主情，以阴阳五行来说明性情。性有五常，即仁义礼智信，属善，情有六欲，即喜怒哀乐好恶，所以有不善。但因为性之动而后生情，情之动而后生欲。欲之所以会产生不善，乃因性情之变化而来；所以如果能下功夫将性、情予以变化，使阳战胜阴，欲、情自然就可以变化，能够复迁于善。至于化育之方，则须借助礼乐的学习。故其论性不循宋明理学之言，而特别尊崇汉代的许慎，又引《孝经钩命诀》、董仲舒的著作和《礼记》中论性的文字，说明情欲与人性之间的必然联系。孙星衍借助阴阳五行理论，运用西汉今文经学来探讨宋儒的性情话题。并主张：“古者性与天道通。不明阴阳五行，不可以言性。”他认为，人性是自然赋予的，阴阳五行是天地万物的运行法则，人是阴阳五行运动的结果。这种自然赋予的东西“在天曰命，在人曰性”。孙星衍《三教论》《释儒》等阐发义理之作，也都是运用阴阳五行之说进行议论，今文经学的色彩比较浓。他与阮元看法一致，阮元《性命古训》曰：“惟其味、色、声、臭、安佚为性，所以性必须节，不节则性中之情欲纵矣。”②要节制性中之情。而袁枚的性灵显然与今文经学无甚关系，而是没有美丑好恶的所有情欲。

三、洪亮吉与袁枚“性情”观之差异

乾嘉诗坛另一位重要的游幕文人洪亮吉，与袁枚保持了一生的友谊。

乾隆三十五年(1770)，袁枚五十五岁，是闻名遐迩的名士，洪亮吉二十五岁，属无名小辈，参加乡试落榜，与袁枚相识。乾隆三十八年(1773)，袁枚在物质上给洪亮吉以帮助。两人书信往来，争论一些历史、政治问题，比如关于明朝张居正与胡中行的问题。书信中洪亮吉能够坚持自己的观点，对自己敬

① (清)孙星衍《孙渊如先生全集》，页13—14。

② (清)阮元《揅经室集》，页212。

仰的先辈袁枚并不让步。乾隆五十一年(1786),洪亮吉《卷施阁文乙集》刻印问世,袁枚为之作序,《卷施阁文乙集序》赞扬洪亮吉的文章:“其文之渊雅,气质之深厚,世皆能知之。”①乾隆五十五年(1790),袁枚病重,作自挽诗,洪亮吉与之赠答,作《袁大令枚病中以自挽诗索和率赋一篇寄呈》。乾隆五十六年(1791),袁枚因为相信相士胡文炳的话,以为自己寿命已尽,但这年除夕还活着,于是作《告存》七绝七首,洪亮吉答之以《袁大令以辛亥除日复作告存诗七首索和,戏加二绝奉答》。乾隆六十年(1795),袁枚与洪亮吉书信往来,赞扬洪亮吉的诗作,《覆洪稚存学使》:“寄来《卷施阁诗》十四卷,虽未能读毕,而天风海涛之奇,云蒸霞蔚之彩,已照耀耳目。古之人欤?古之人也。”②洪亮吉此时任贵州学使,在结尾,袁枚开玩笑说:“似此老童,倘到黔中应童子试,学台大人其肯赏一枝芹菜否?”二人的友谊持续了一生,直至袁枚去世。

但不管是袁枚生前还是死后,在诗学观点上洪亮吉始终都是袁枚性灵说的反对者。严迪昌先生说:“洪亮吉的诗原以‘真’为本,讲性情,中年后学识渐富,诗转重‘学’。于是,与袁枚渐渐所见不合。”③认为洪亮吉和袁枚本来走的是同一条路,步入中年,学识增多,开始反对袁枚。以严先生的看法,洪亮吉和袁枚诗学观的分歧是由于洪亮吉从“性情”转向了“学”所导致的。但洪亮吉在诗作及诗话中一直在讲“性情”,晚年所作《北江诗话》多处谈论“性情”,把“性”与“情”摆在了诗学的首位:“诗文之可传者有五:一曰性,二曰情,三曰气,四曰趣,五曰格。”④按照严先生的说法,解释不了二人诗学观的分歧。都是“性情”,但二人的“性情”有很大差异。洪亮吉为什么会转变?转变何时开始的?关于袁枚的性灵说,前文已有论述,从观念异同方面来探讨二人“性”与“情”的不同,更能看到内在的分歧。通过洪亮吉与袁枚的例子,我们能够看到经史学家性情说的内涵,看到游幕生活对文人的影响。

综观二人交往的一生,会发现一个有趣的现象。洪亮吉对袁枚的诗歌几乎全是批评,袁枚对洪亮吉的诗作则不然,有奖掖,也有劝导。原因就在于洪亮吉与袁枚对诗歌创作中“性情”一词的认识非常不同。

洪亮吉写信给袁枚,坦言作诗与袁枚“取径”不同,《答随园前辈书》:“追惟阁下教以自成一家之言,实于亮吉有师友渊源之益。寻山识路,饮水知源。虽取径不同,洵瓣香之有在也。”⑤对袁枚的教诲充满感激,但承认二人写诗

① (清)洪亮吉《洪亮吉集》,页265。

② (清)袁枚《袁枚全集·小仓山房尺牍》,页192—193。

③ 严迪昌《清诗史》,页833。

④ (清)洪亮吉《北江诗话》,页22。

⑤ (清)袁枚《袁枚全集·续同人集·文类》,页353。

不同的路径。

袁枚对于洪亮吉却一直是奖掖、劝导。袁枚仿照元好问用绝句论诗的形式，作《仿元遗山论诗三十八首》，论述当代诗人，第二十七首论到常州诗人群：

> 常州星相聚文昌，洪、顾、孙、杨名擅场。
>
> 中有黄滔今李白，看潮七古冠钱塘。（稚存、立方、渊如、蓉裳、仲则）①

第一个提到的"洪"就是洪亮吉。袁枚赞扬洪亮吉诗中的才华与奇气，但反对作诗模仿古人。袁枚在《随园诗话》中介绍洪亮吉："洪君亮吉字稚存，诗学韩杜。俱秀出班行。"②在给张问陶的信中，他夸赞洪亮吉的才华与奇气，《答张船山太史书》："诗人洪稚存太史，旷代逸才，目无余子，而屡次信来，颂执事之才，为长安第一。"③但在诗歌写作方面，他对洪亮吉有所劝导，《答洪华峰书》：

> 足下才健气猛，抱万夫之禀，而又新学笥河学士之学，一点一画不从今书，驳驳落落，如得断简于苍崖石壁间，仆初不能识，徐测以意，考之书，方始得其音义。足下真古人欤？虽然，仆与足下皆今之人非古之人也。生今反古，圣人所戒！《上笥河学士一百韵》搜尽僻字，仆尤不以为然。诗重性情，不重该博，古之训也。然而如足下诗，不足以为博。何也？古无类书、志书、韵书，故三都、两京，各矜繁富。今三书备矣，登时阑入，无所不可；过后自读，亦不省识，即识之，亦复何用！④

《与稚存论诗书》：

> 古之学杜者，无虑数千百家，其传者皆其不似杜者也。唐之昌黎、义山、牧之、微之，宋之半山、山谷、后村、放翁，谁非学杜者？今观其诗，皆不类杜。稚存学杜，其类杜处，乃远出唐、宋诸公之上。此仆之所深忧也。足下前年学杜，今年又复学韩，鄙意以洪子之心思学力，何不为洪子之诗，而必为韩子、杜子之诗哉？⑤

袁枚极力反对写诗过程中多用僻字故意显示学问的做法。至于诗句过

---

① （清）袁枚《小仓山房诗文集·诗集》，页690。

② （清）袁枚《随园诗话》，页217。

③ （清）袁枚《袁枚全集·小仓山房尺牍》，页155。

④ （清）袁枚《小仓山房诗文集·文集》，页1567。

⑤ 同上书，页1848。

于“类杜”，袁枚劝导写出新意，而不要拘泥于古人。洪亮吉对袁枚的称赞很概括、很普泛，多是应酬性的话语，例如《岁暮怀人二十四首·袁大令枚》：

> 清福能消四十年，老来仍作地行仙。居然手笔空千古，随分头衔写一编。
>
> 名士竟须依作主，美人闻已放归禅。存之旧例都参破，生挽诗钞万口传。①

他羡慕随园先生的超脱、潇洒，《访随园先生》：“闲情偶作桃根咏，乡梦偏愁苏小同。戊榜诸贤名位盛，先生一笑付春风。”②赞扬随园先生的闲情逸致。

至于袁枚的诗，洪亮吉几乎就全是批评了，对袁枚诗的批评集中在《北江诗话》中，卷一批评袁枚的诗太巧：“袁大令枚诗，如通天神狐，醉即露尾。”“近湖北张明经本，有《题袁大令小仓山房集后》云：‘奄有众长缘笔妙，未臻高格恨才多。’”“诗固忌拙，然亦不可太巧。近日袁大令枚《随园诗集》，颇犯此病。”卷二批评袁枚的诗太轻佻：“商太守盘诗似胜于袁大令枚，以新警而不佻也。”卷三批评袁枚的诗失之淫艳：“袁大令枚诗，有失之淫艳者。”卷四认为袁枚胸次不高：“袁大令枚，自作《生挽》诗，虽极旷达，然尚不如豸青山人李锴二语，盖其胸次之高，悟道之早，又非大令所能及。”卷五认为袁枚的诗不如钱载等人的诗厚重，能够传之不朽：“乾隆中叶以后，士大夫之诗，世共推袁、王、蒋、赵矣。然其诗虽各有所长，亦各有流弊。好之者或谓突过前哲，而不满之者又皆退有后言。平心论之，四家之传，及传之久与否，亦均未可定。若不屑于传与不传，而决其必可不朽者，其为钱、施、钱、任乎！宗伯（载）之诗精深，太仆（朝干）之诗古茂，通副（澧）之诗高超，侍御（大春）之诗凄丽，其故当又求之于性情、学识、品格之间，非可以一篇一句之工拙定论也。今诗家俱在，试合袁、蒋等四家并观之，吾知必有以鄙言为然者矣。”

洪亮吉晚年对袁枚的诗歌一律否定，认为袁枚的诗缺乏高格与厚重，不能传之久远。洪亮吉的判断被历史证实是错误的，钱载等人的诗在历史长河中被淹没，袁枚的诗却被历史记住了。显然二人提倡的“性情”不是一回事。

洪亮吉遇见朱筠之后，由“词章”转向“学问”。受朱筠影响，洪亮吉由“工文辞”转为“敦向古学”。就是在这个时期，袁枚批评他写诗太像古人。幕府生活对洪亮吉影响极大。洪亮吉《有入都者偶占五篇寄友·章进士学诚》写自己受章学诚的影响：“自君居京华，令我懒作文。我前喜放笔，大致固不淳。

---

① （清）洪亮吉《洪亮吉集》，页803。

② （清）袁枚《袁枚全集·续同人集·文类》，页13。

君时陈六艺，为我斧与斤。不善辄削除，善者为我存。……别君居三年，作文无百幅。以此厚怨君，君闻当瞠目。”写孙星衍影响自己，“自君居京华，令我懒作诗。作诗与谁观，谁为定妍媸。一篇偶赏心，世论不免嗤。一篇牵率成，俗赏反在斯。我虽不敢言，得失我自知。唯我与子心，胶漆难喻之。……别君居三年，作诗少千首。以此厚怨君，君能识之否？”①交游圈发生变化带来了洪亮吉的观念、兴趣的变化。从对辞章的热爱转为对经史的痴迷，从诗人转变为学者，洪亮吉与袁枚的分歧越来越大。

洪亮吉由入幕走向仕途，推崇实学。洪亮吉作《邵学士家传》批评空疏之学，大力提倡实学。对惠栋、戴震、邵晋涵等人考据之学的功劳大加歌颂。这种变化在诗歌创作上必然有所反映。在文章与经术两方面，洪亮吉更专注于经术。洪亮吉作为经史研究的学者，他只能沿袭传统经史文献中的说法来理解“性情”。洪亮吉与袁枚提倡的“性情”差异在于“性”与“情”的差异。一个是学者，一个是诗人。洪亮吉要彰显儒家诗教，袁枚要挣脱儒家诗教。

袁枚与洪亮吉性格不同。袁枚科举功业顺利，性格风流潇洒，甚至放荡不羁。流连于诗酒歌姬，早早隐居随园。洪亮吉刻苦勤奋，性格诚挚。也有文人不羁的一面，但在根柢上恪守儒家道德观念，甚至性格中有一些迂腐的成分。他上书嘉庆，结果被发配伊犁，嘉庆朱批曰：“此等迂腐之人，不必与之计较。”②

性格如此，再加上后来作幕、出仕的经历，学者洪亮吉对诗人与辞章越来越轻视。洪亮吉《出关与毕侍郎笺》曰：“（黄景仁）尝戏谓亮吉曰：‘予不幸早死，集经君订定，必乖予之指趣矣。’”③成为学者之后，在诗歌旨趣上，学者洪亮吉与诗人黄景仁很不一样。洪亮吉认为文人不足观，《文采篇》曰：“人之有文采，犹草木之有华、鸟兽之有毛羽也。……盖古今来，气量之窄者莫如文人，虽以屈原之忠而衔愤以致自沉，贾谊之达治体而自伤以致夭折，皆其气量窄之故也。……为人计者，愿立德立功立言以致不朽乎？抑反愿以文采表见乎？吾固谓人不可自命为文人，不得已为文人，亦当鉴于草木之华、鸟兽之羽毛，而不自炫奇鬻异。”④立德、立功、立言才是三不朽，文采何以立身？自命为文人而处处炫耀才华，是浅薄之人。所以洪亮吉不喜炫耀文采的作品，而注重诗歌的内容。

虽然都强调表现真情实感，但洪亮吉的“性情”中，“性”优先，袁枚的“性

① （清）洪亮吉《洪亮吉集》，页632—633。

② （清）吕培等《洪亮吉年谱》，《洪亮吉集·附录》，页2346。

③ （清）洪亮吉《洪亮吉集》，页344。

④ 同上书，页27。

情”中，“情”优先，二者最根本的差异就在这里。

中国的文化传统中一直就存在“性”与“情”的差异。在魏晋以前，统治思想中主张的就是禁情扬性，承认的是“诗言志”，而不愿承认情的作用。许慎《说文解字》曰：“性，人之阳气，性善者也。”“情，人之阴气，有欲者。”两汉时期，对于性情，以阴阳作为对比，认为性属阳，情属阴，性是善，情是恶。《白虎通》谓：“性者阳之施，情者阴之化也。人禀阴阳气而生，故内怀五性六情。情者静也，性者生也，此人所禀六气以生者也。性生于阳，以理也。阳气者仁，阴气者贪，故情有利欲，性有仁也。”①将性情与天道联系起来论述，董仲舒《春秋繁露・深察名号》曰：“天两有阴阳之施，身亦两有贪仁之性。天有阴阳禁，身有情欲栣，与天道一也。是以阴之行不得干春夏，而月之魄常厌于日光。乍全乍伤，天之禁阴如此。安得不损其欲而辍其情以应天!”②

洪亮吉精通经史，沿袭的仍是这种思想。他把“性”和“情”分得很清楚，认为“情”是诗歌创作中的重要因素，但扬弃了“情恶”这一观念，但在“性”的前提下才可以言“情”，把它放在“性”的后面。“性”即儒家伦理中的本性，表现为诗歌体现出来的诗人高尚的人品。诗歌创作方面，真实情感的表达不能建立在“恶”的基础上，要在“善”的前提下表现真实情感。洪亮吉认为，凡是不符合儒家伦理道德的都是“恶”。袁枚的诗歌风流旖旎，违背了儒家诗教中的道德原则，虽然情真意切，但不在“善”的范围内。洪亮吉之所以对袁枚的诗歌一味批评，原因就在这里。

洪亮吉提倡的“性”与“情”是温柔敦厚，以诗言志，符合儒家的诗教。他写信给袁枚，《答随园前辈书》：“当今诗教大衰，一二名公，率以填砌故事、摭拾琐碎为能。而于虞舜‘诗言志’、孔子‘兴观群怨’之旨，全然抛撇。”③袁枚曰“言诗之必本乎性情也”④，却把正统载道的“诗言志”化解为情，对于“兴观群怨”之旨，强调“圣人称‘诗可以兴’，以其最易感人也”，而抛撇了“观群怨”。

关于真伪，两人也有不同的见解。袁枚倡导“真”，提出诗歌创作的情感真实性原则：“尝谓千古文章传真不传伪，故曰诗言志，又曰修辞立其诚。”⑤洪亮吉则不以为然，《真伪篇》曰：“总之上古之时真，圣人不欲过于率真，而必制为委曲繁重之礼以苦之；孩提襁褓之时真，圣人又以为真不可以径行，而必多方诱掖奖劝以挽之。则是礼兴之后，知识渐启之时，固已真伪参半矣，而必

---

① (清)陈立撰，吴则虞点校《白虎通疏证》，北京：中华书局，1994年，页381。

② (汉)董仲舒《董仲舒集・春秋繁露》，北京：学苑出版社，2003年，页229。

③ (清)袁枚《袁枚全集・续同人集・文类》，页353。

④ (清)袁枚《随园诗话》，页90。

⑤ (清)袁枚《小仓山房诗文集・文集》，页1754。

驄驄焉以真伪律人，是又有所不可行也。”①针锋相对地反驳袁枚，认为在圣人兴起礼教之后，真伪已经参半了，就是为了抑制过于率真，圣人才加入了“伪”。当然，洪亮吉所谓的“伪”并不是虚假。

袁枚提倡写诗是“著我”，要写出真性情，所以在创作诗歌时，对情感呈现不加掩饰，尤其是关于爱情的诗歌，将传统的含蓄委婉抛到脑后，思念姬妾、寻花问柳的内容，他也敢于写进诗歌里面。袁枚反对写诗像古人。“不学古人，法无一可。竟似古人，何处著我？字字古有，言言古无。吐故吸新，其庶几乎！孟学孔子，孔学周公。三人文章，颇不相同。”②也很反感考据之学。“考订数日，觉下笔无灵气。有所著作，惟捃摭是务，无能运深湛之思。”③认为考据与性灵相违背，“夫古人成名，各就其诣之所极，原不必兼众体”。但袁枚对学识、读书是提倡的，“作诗如作史也，才学识三者宜兼，而才为尤先”④。然而在性灵优先的前提之下才可以讲学识。“诗难其真也，有性情而后真，否则敷衍成文矣。诗难其雅也，有学问而后雅，否则俚鄙率意矣。”⑤真关涉性情，雅关涉学问。洪亮吉也不赞成以考据入诗，但他提倡学古，认为“三百篇”是诗歌的最高境界。《赵兵备翼以所撰唐宋金七家诗话见示率跋三首》：“只我更饶怀古癖，溯源先欲到周秦。”⑥

洪亮吉很重“性情”，《北江诗话》里提出：“写景易，写情难；写情犹易，写性最难。”⑦很是推崇“性”。他不满沈德潜“格调论”，因为沈德潜忽视性情，《读雪山房唐诗序例》曰：“王文简、沈文悫以名公巨卿，手操选政。文简则专主神韵而蹠实或所未及；文悫则专主体裁而性情反置不言，其病在于以己律人，又强人以就我。今观侍御之所选，一人有一人之面目，一人有一人之性情，各不相肖，始各极其工。”⑧对于翁方纲的“肌理说”，他极力批评，认为弊病在于缺乏性情。“最喜客谈金石例，略嫌公少性情诗。”⑨只是洪亮吉的性情内涵里，在真实性之上还高悬着一个高尚性，这个高尚性是经过儒家思想熏陶的并具有崇高的人格者所浸透着道德理性的性情。而袁枚所谓的性情更多地带着生命的原初性，有善有不善，有美有不美，是人之生命全部的流

① （清）洪亮吉《洪亮吉集》，页27。
② （清）袁枚《小仓山房诗文集·文集》，页491。
③ 同上书，页1504。
④ 同上书，页1757。
⑤ （清）袁枚《随园诗话》，页234。
⑥ （清）洪亮吉《洪亮吉集》，页1294。
⑦ （清）洪亮吉《北江诗话》，页32。
⑧ （清）郭绍虞编《清诗话续编》，上海：上海古籍出版社，1983年，页1540。
⑨ （清）洪亮吉《北江诗话》，页15。

露,不掩蔽,不选择,不提升,如其所是而显之,惟真是求,敞露全部的人性。洪亮吉不能接受这样的“性情”,这是缺乏了“性”的前提的“情”。洪亮吉的诗学观念对性情要求真与善相统一,统一于善。这就意味着对性情进行提升、澄汰,诗歌必然要表现符合道德的一部分,浸透着儒家诗学的伦理主义倾向。在真实性原则之上,洪亮吉还提出了一个道德性原则,而文人士大夫的思想里长期潜移默化地存在着这个道德性原则。

洪亮吉《北江诗话》曰:“诗虽小道,然实足以觇国家气运之衰旺。”①诗歌和江山社稷具有紧密联系。因为儒家诗学里面,诗歌本就具有政治道德功能,担负着重大的社会责任,所以和江山社稷有关。诗人作为创作主体,也要担负起重大的社会责任。洪亮吉的“性情”就是儒家诗教中的诗言志,浸透着士大夫的道德理性。袁枚则对“诗言志”有不同看法:“来札所讲‘诗言志’三字,历举李、杜、放翁之志,是矣。然亦不可太拘。诗人有终身之志,有一日之志,有诗外之志,有事外之志,有偶然兴到,流连光景,即事成诗之志。志字不可看杀也。谢傅之游山,韩熙载之纵伎,此其本志哉?多识于鸟兽草木之名,亦夫子余语及之,而夫子之志岂在是哉?”②袁枚更看重“诗缘情”。“诗缘情”与“诗言志”是中国诗歌的两大抒情传统,但“诗缘情”显然更倾向于抒发感性生命的一部分。

袁枚以诗人自居,文学是一生的事业,创作就是生命;洪亮吉以学者自居,凡事要经世致用,经术与文章才是一生追求的目标。袁枚则偏重于自我的“情”,洪亮吉注重儒家伦理的“性”。袁枚抛弃儒家的诗教人格陶养这一方面,洪亮吉则将诗歌与性情陶养紧密联系起来。袁枚的“性情”努力摆脱儒家诗学的伦理色彩,洪亮吉的“性情”则是对儒家诗教伦理主义的跟从、彰显,所彰显出来的性情被筛选过,抒情很有节制。

袁枚、洪亮吉对同一个诗学概念,有不同的理解及实践,可以看出学者洪亮吉与诗人袁枚在“性情”观念上的内在分歧。袁枚在诗学上注重自我,努力摆脱儒家诗教的束缚,洪亮吉在诗学上注重伦理,是清中叶儒家诗教的代表。然而,放在整个诗学发展史上来看,袁枚的“性情”说影响深远,洪亮吉的“性情”说则淹没在历史长河中。

第三节　游幕文人对肌理说之批判

袁枚《随园诗话》认为翁方纲以写诗卖弄学问:“人有满腔书卷,无处张

① (清)洪亮吉《北江诗话》,页106。

② (清)袁枚《袁枚全集·小仓山房尺牍》,页232。

皇，当为考据之学，自成一家。其次则骈体文，尽可铺排，何必借诗为卖弄！自'三百篇'以至今日，凡诗之传者，都是性灵，不关堆垛。"①针砭翁方纲的肌理说是堆垛，无关性灵。《清史列传》说翁方纲以学为诗，"所为诗多至六千余篇，自诸经注疏以及史传之考订，金石文学之爬梳，皆贯彻洋溢于其中，盖以学为诗者"②。朱庭珍《筱园诗话》谓翁方纲"以考据为诗，饾饤书卷，死气满纸，了无性情，最为可厌"③。当代学者赵杏根认为翁诗最大的失误在于缺乏性情。④

诸多的批评指向翁方纲的诗歌缺乏性情。但翁方纲《谢蕴山诗序》说："夫诗，合性情、卷轴而一之者也。"⑤翁方纲所谓的性情所指何在？

一、翁方纲的诗歌本体论

翁方纲的诗歌本体论，归纳为一句话：诗歌表达"理"。即他所谓的肌理。

何为理？翁方纲《理说驳戴震作》曰："夫理者，彻上彻下之谓。性道统挈之理即密查条析之理，无二义也。义理之理即文理，肌理、腠理之理，无二义也。事理之理即析理、整理之理，无二义也。"⑥在《志言集序》中，更是明确提出了自己的诗歌主张："为学必以考证为准，为诗必以肌理为准。"⑦《延晖阁集序》说道："诗必研诸肌理，而文必求实际。夫非反为空谈格韵者言也，持此足以定人品学问矣。"⑧"肌理"是翁方纲诗学主张的核心。翁方纲所谓的理是《六经》之理，而非人情物理。这与他学政的身份相关，《延晖阁集序》曰："《乐记》：声音之道与政通。则文章即政事也。泥于言法者，或为绳墨所窘，矜言才藻者，或外绳墨而驰。是皆不知文词与事境合而一者也。"⑨所以《诗法论》中论"法"："杜云：法自儒家有。此法之立本者也。"⑩诗法之本乃儒家伦理规则。法、性情都被翁方纲以理概言之。在作品中要表现符合儒家传统的思想及性情。

翁方纲同时是一个考据学者。钱载是翁方纲的好友，攻击戴震考据之学

---

① （清）袁枚《随园诗话》，页146。

② 王钟翰点校《清史列传》，页5496。

③ （清）朱庭珍《筱园诗话》，页29。

④ 赵杏根《翁方纲的肌理说及其诗歌创作》，《福州师专学报（社会科学版）》，2000年第4期，页36—39。

⑤ （清）翁方纲《复初斋文集》，《清代诗文集汇编》382册，页43。

⑥ 同上书，页80。

⑦ 同上书，页53。

⑧ 同上书，页52。

⑨ 同上。

⑩ （清）翁方纲《复初斋文集》，页82。

为破碎大道，翁方纲为考据学辩护，批评钱载不懂考据之学问，《与程鱼门平钱戴二君议论旧草》曰："萚石谓东原破碎大道，萚石盖不知考订之学，此不能折服东原也。训诂名物岂可目为破碎？学者正宜细究考订诂训，然后能讲义理也。"[①]所以"故吾劝同志者深以考订为务而考订必以义理为主"[②]。考订的前提与目的都是义理，《考订论上》："考订之学以衷于义理为主。考订者，对空谈义理之学而言之也。凡所为考订者，欲以资义理之求是也。"[③]把考据学和程朱理学相结合，考证经史运用汉儒的训诂考证方法，但目的在于阐发宋儒所说的义理。翁方纲提出："学者惟以读书切己为务，日从事探讨古人，考析古人。"而诗作者亦应"具真才实学以副之"[④]。

尊德性与道问学是儒学的两个方向，翁方纲正是要将二者统一起来。但他也知道诗的本质是言志缘情，所以主张性情与学问的统一，提出"由性情而合之学问"。合乎儒家道德规范的学问思想和博学通经昌明世教的诗学体系，这正是翁方纲所提倡的，即经籍、性情合一，昌明儒家之道。翁方纲《七言律诗钞凡例》曰："有诗人之诗，有才人之诗，有学人之诗。齐梁以降，才人诗也；初盛唐诸公，诗人诗也；杜则学人诗也。然诗至于杜，又未尝不包括诗人、才人矣。"[⑤]将诗人、才人之诗分别与某些时代联系起来。他以杜甫为学人诗，认为杜甫之诗包括了才人、诗人之诗。学人可以兼才人与诗人，但诗人与才人却不能兼学人。翁方纲将考订与辞章联系起来，三番五次地论说，《蛾术集序》曰："士生今日经学昌明之际，皆知以通经学古为本务，而考订训诂之事与词章之事未可判为二途。"[⑥]《志言集序》曰："士生今日，经籍之光盈溢于世宙，为学必以考证为准，为诗必以肌理为准。诗必精研杜韩苏黄以厚其根底，而后其词不囿于一偏。"[⑦]《粤东三子诗序》曰："士生今日，宜博精经史考订，而后其诗大醇。"[⑧]充满了"士生今日"的自豪感。

严迪昌《清诗史》认为："把诗与考据训诂并视为一，抹杀诗的抒情特质，也就是抽却抒情主体的个性精神，这并非汉学考据风气的产物，而恰恰是顺应试帖诗重行的孪生形态。"[⑨]诗歌有自己特殊的语言法则，儒家诗教与经史

---

① (清)翁方纲《复初斋文集》，页 81。

② 同上。

③ 同上书，页 74。

④ 同上书，页 53。

⑤ 转引自张健《清代诗学研究》，北京：北京大学出版社，1999 年，页 673。

⑥ (清)翁方纲《复初斋文集》，页 48。

⑦ 同上书，页 53。

⑧ (清)翁方纲《复初斋文集》，页 638。

⑨ 严迪昌《清诗史》，页 647。

考据的结合，导致了诗学本体的非诗化。

二、游幕文人的批评

多有饱学之士游于幕府，乾嘉朴学的领袖惠栋、戴震等也曾游幕，但诗歌作为不可或缺的一部分精神内容，毕竟是士大夫文人生活不可分割的一部分，即葛兆光所谓的文人的“私人话语”。当“私人话语”被迫与“学术话语”重叠时，意味着“私人话语”的消失，也意味着重要的精神生活遭遇到了危机。诗是文人精神生活不可或缺的一部分，也是最能表现个人性情的一个领域，而这个领域要被迫与学术话语等同，不管是学者还是诗人都不会完全认同。翁方纲的肌理说把以学问为诗发展到极端，抹杀了诗歌的抒情特色，游幕文人多持批判态度，表现出对诗歌言志抒情及形象思维本质的维护。

翁方纲是吴嵩梁的老师，但吴嵩梁在《石溪舫诗话》中如此评论翁方纲的作品：“覃溪师论诗以杜、韩、苏、黄及虞道园、元遗山六家为宗。全集多至五六千首，尝命予校定卒业。予请分编内外集，性情、风格、气味、音节，得诗人之正者曰内集；考据博雅，以文为诗者曰外集，吾师亦以为然。”[①]这里的正、外集之分类正表明了对“以考据入诗”的态度，性情、风格、气味与音节才是诗人应该用力的地方，以文为诗算不得“正”，所以编入外集。吴嵩梁主张写诗要从“悟境”中来，“所谓金翅擘海，香象渡河，与镜花水月，岂有异耶？”[②]“悟境”与翁方纲的以学问入诗背道而驰。

最典型的要数洪亮吉与翁方纲在黄景仁诗集上的分歧。黄景仁一生游幕，人生失意，穷困潦倒，中年放浪形骸，英年早逝。黄景仁生前诗歌已享誉诗坛，得到翁方纲等人的赏识，黄景仁在京城曾拜翁方纲为师。洪亮吉是黄景仁交往一生的挚友，在黄景仁逝世后，他向幕主毕沅求助，料理丧事，刻印黄景仁的诗集。黄景仁死后翁方纲率先将黄诗编订为《悔存诗钞》，并将诗集中涉及绮语的诗及饮酒诗全部删除。此举引起洪亮吉的极大不满。洪亮吉作诗《刘刺史大观为亡友黄二景仁刊悔存轩集》曰：“一瓣心香契独神，此公高邑出风尘。应怜少日齐名者，已作千秋传世人。检点溪山余笠屐，删除花月少精神。（诗为翁学士方纲所删，凡涉绮语及饮酒诗皆不录入）”[③]洪亮吉长期作幕，由词章转向经史学术，成为乾嘉著名的经史学者，但他对翁方纲的诗学理念提出了批判。翁方纲此举正是他肌理说内涵的体现。

翁方纲《黄仲则悔存诗钞序》曰：

---

① （清）吴嵩梁《香苏山馆全集·石溪舫诗话》，页3a。

② 同上。

③ （清）黄葆树《黄仲则研究资料》，页97。

予既惜其诗不尽抄，而于所抄乃从严删者，何哉？予初识仲则于吾里朱竹君学使座上，读其诗大奇之，自此仲则时以其诗来质，其信予之笃，出于中心之诚。予今日见是抄，如见仲则，亦相待以不欺而已。予最不服欧阳子穷而益工之语，若少陵之写乱离，眉山之托仙佛，其偶然耳。使彼二子者生于周召之际，有不能为雅颂者哉！世徒见才士多困踬不遇，因益以其诗坚之，而彼才士之自坚也益甚，于是怨尤之习生，而荡僻之志作矣。仲则天性高旷，而其读书心眼，穿穴古人，一归于正定不佻，故其为诗，能诣前人所未造之地，凌厉奇矫，不主故常。其有放浪酣嬉，自托于酒筵歌肆者，盖非其本怀也……

然而其诗尚沉郁清壮，铿锵出金石，试摘其一二语，可通风云而泣神鬼，何必读至五百首哉？所以兢兢致慎，删之又删，不敢以酒圣诗狂相位置者，欲使仲则平生抑塞磊落之真气，常自轩轩于天地间，江山相对，此人犹生，正不谓以长歌当痛哭也。①

翁方纲提出反对欧阳修“诗穷而后工”的说法，认为杜甫、苏轼在盛世顺境中一样写出好诗。世人对“诗穷而后工”的笃信深化了诗人对自身逆境的体认，加剧了诗人的怨尤之情，于是放荡之诗就产生了。黄景仁“读书心眼，穿穴古人，一归于正定不佻”，所以能写出好诗。而那些放浪酣嬉的诗并非出自本怀。翁方纲反对的不是抒发性情，而是抒发了不符合儒家伦理规范的性情。于是对诗集删之又删，自以为给黄仲则留下了美名，岂不知黄诗的精神就这样被他阉割掉了。《编次黄仲则诗偶述五首》重申自己删诗的理由：

（二）

君才似太白，同辈无其豪。辄想谪仙人，碧海宫锦袍。
其实非摹仿，清绝自滔滔。年虽昌谷逾，促比大复遭。
大复亦效李，别伪亲风骚。未知青素篆，谁悟长庚高。

（五）

细数十年来，君游长安道。朱死钱程去，知君渐已少。
我邻有张君，僻嗜富幽讨。巷南来吴子，秀韵出葩藻。
相对把君诗，空阔共怀抱。商待温与陈，醵金办梨枣。
但祝同心戒，放浪与枯槁。切莫金尊劝，时夸玉山倒。
酒圣诗之狂，虽才亦非宝。删此岂得已，请会于意表。②

---

① （清）翁方纲《复初斋文集》，页41。

② （清）翁方纲《复初斋诗集》，页243—244。

翁方纲认为黄景仁和李白一样，都是继承了风骚的传统。在黄景仁死后这样说当然是为了抬高黄景仁的位置，但不管是李白还是黄景仁，继承的都没有“风”的传统，而多“骚”的怨愤。第五首再次强调黄景仁的饮酒诗与放浪形骸的诗是不值得保存的，酒圣诗狂，即使有才华，也不值得珍惜。从对待黄景仁的例子中能够看出来，翁方纲以儒家伦理来规范诗歌内容，目的仍是维护教化，昌明盛世。他所强调的义理，正是注重诗歌的思想内容。所以他认为自己对黄景仁诗歌的删选，保全了黄景仁的美名，提高了黄诗的品质。

洪亮吉的看法正相反。他否定翁方纲的做法，认为删除了黄景仁诗集中的绮语及饮酒诗，黄景仁诗歌的整体面貌随之被抹杀，整部诗集也就没有生气和灵魂。洪亮吉《道中无事，偶作论诗截句二十首》最末一首云：“只觉时流好尚偏，并将考证入诗篇。美人香草都删却，长短皆摩击壤篇。”①显然在批评翁方纲。在《北江诗话》中洪亮吉直接批评翁方纲的诗说：“翁阁学方纲诗，如博士解经，苦无心得。”②“博士解经”正是对诗歌抒情特质的消解，诗不像诗。从洪亮吉与袁枚的争论中，能看出洪亮吉对儒家诗教的恪守。但作为一个诗人，他以通融的态度看待诗歌，理解诗歌特殊的语言规则与抒情本质，知道美人香草是诗歌的一部分，维护儒家诗教，也维护诗歌的抒情本质。翁方纲则抹杀掉诗歌的抒情精神，以儒家诗教净化诗歌内容，以伦理规则干预诗歌写作，对诗歌的认识狭隘而偏执。作为官方诗学的肌理说，只能让诗歌缺乏个性、生气而走向穷途末路。

三、清中期诗歌发展趋向

清中期的诗坛文苑热闹非凡，格调说、性灵说、肌理说在理论上各树营垒，也展现出了清人自身面临的诗歌写作问题。格调说从审美的角度阐述诗歌的伦理本质，性灵说阐述诗歌的根本，让诗歌回到诗歌的审美本质，肌理说则将诗歌作为儒家义理的工具，成为学问的附庸。诗学观点不同，与诗人的个性、精神修养有关，也与他们的人生经历、境遇有关。格调说与肌理说强调的性情都是合乎伦理的性情，性灵说的性情则近乎人的自然属性。每一种理论与创作实践结合，都带有先天的缺陷。在流派的论争消歇之后，外在的力量削弱，诗歌自身发展的规律会让诗歌回到诗歌的审美属性。从性灵派门徒之众多能看到诗歌发展的内在动力，诗歌在为儒家伦理束缚之后还是要回到抒情言志的正途。文人批判肌理派，与清中期诗坛的发展趋向相一致，文学

---

① (清)洪亮吉《洪亮吉集》，页1244。

② (清)洪亮吉《北江诗话》，页4。

发展的内在动力发挥作用,清中期的文人不由自主地顺从了文学发展的规律,诗坛努力摆脱经学思维,继承诗歌的抒情传统。

从游幕文人对几个流派诗学观念的评说能看出清中期诗学与儒家伦理道德体系的离合,可以看到清人为诗歌做出的努力与探索。

第六章　游幕地域分布与乾嘉诗坛生态

游幕对文人创作的影响，前人论述已多，而文人游幕带来的空间移动又怎样影响了地域文坛的构成呢？游幕文人怎样参与到当地文学传统的建设中？怎样通过文学创作对人文地理建设发挥重要作用？游幕文人怎样通过审美活动将外在的自然地理系统内化为自己创作的心灵空间？乾嘉文坛因文人游幕而呈现出文学史生态的多样性和区域特色。在地域与文学的关系之间，游幕产生了怎样的催化作用？

第一节　游幕的地域分布与文人流动

文学的发展、演变不是地域决定的，但每个地域都有自己历史的文化积淀，并有自身的稳固性。地域与文学之关系，学界研究繁多。一方面是静态的研究，不同的水土滋养不同的文学，刘师培《南北文学不同论》曰："大抵北方之地，土厚水深，民生其间，多尚实际。南方之地，水势浩洋，民生其际，多尚虚无。民崇实际，故所著之文，不外记事、析理二端。民尚虚无，故所作之文，或为言志、抒情之体。"①另一方面是动态的研究，空间移动带来新的文学变化，即刘勰《文心雕龙·物色》中所阐发的"江山之助"："若乃山林皋壤，实文思之奥府；略语则阙，详说则繁。然屈平所以能洞鉴风骚之情者，抑亦江山之助乎？"②文人游幕，诗歌创作既得"江山之助"，又反过来影响一地文学之发展。空间移动，既是游幕的客观历程，又是游幕经历中文人与客观环境交流的主观化过程。游幕文人会处于相同的幕府环境中，有相同的游幕经历、游幕心态，但每一个游幕文人又是独特的个体，彼此相互区别，行之于诗文，表述千差万别。但正是个体的独特性、特殊性展示了游幕群体普遍的创作特色。个体与群体的创造显示出文学生态的多样性。所谓诗歌的地域特色，乃地方风土与文人心绪相结合形成的文化积淀，具有自身的独特性。游幕文人的时空移动给地域文坛带来新的文化因素，空间移动体现在他们具体活动的

① 刘师培《刘申叔遗书》，南京：江苏古籍出版社，1997 年，页 549。

② 王利器校笺《文心雕龙校证》，页 279。

地域之中。

尚小明《清代士人游幕表》分析乾嘉年间的文人游幕：“乾隆前中期，士人游幕最主要地域是江苏，其次是浙江、安徽，再次是京师。乾隆后期，主要地域为湖北、河南和陕西，其次是江苏，再次是京师和浙江。嘉庆前中期，主要地域为浙江，其次江苏，再次湖北、山东、河南。嘉庆后期至道光年间，主要地域为江苏，其次浙江、广东，再次湖北、安徽。”①游幕地域集中在江浙与京师，主要由于文化发展的积累与惯性作用，京师与江南一直是文化、经济中心。地域变化的主要原因之一在于大幕府的形成及幕主官职变迁带来的地域流动，游幕群体随幕主流动而流动。例如，朱筠在京师做武英殿编修时的幕宾章学诚、武亿等随朱筠到安徽的幕府中。毕沅的幕宾孙星衍、严长明、钱坫、王复等追随毕沅从陕西到河南，洪亮吉则先后入毕沅陕西、河南、湖广总督幕府，方正澍、孙云桂入毕沅河南巡抚幕、湖广总督幕。胡虔追随谢启昆，先后客于谢启昆不同时期的幕府，如江南河库道幕、浙江按察使幕、浙江布政使幕、广西巡抚幕等。祁韵士入那彦成陕甘总督幕，那彦成署任直隶总督幕，便又随之入直隶总督幕。阮元在京城做翰林编修时的幕宾跟随他从北京到山东、浙江、广州等地，严杰追随阮元从浙江到北京，再到广州，焦循、朱文藻、钱大昭、孙韶追随阮元从山东到浙江。史善长先后客王昶陕西按察使、江西布政使幕府。曾燠两任两淮盐运使职，郭堃两次入曾燠幕数载。不少幕主曾任学政一职，易于提携、招揽文人。赵佑《万寿恩科江西乡试录序》说：“学政臣翁方纲精白矢忱，录送之公平如例。内外提调、监试各官，莫不朝夕有恪、小大具举，乃集试八千余人，分卷十四。”②翁方纲作为学政，通过科试、录遗、大收等方式，从全省的生员中选拔出来八千多人，这些生员都是他的学生，建立师生关系后，生员很容易进入其幕府中。乾嘉时期，政局稳定，外部社会环境没有大的变化，地缘因素便突出出来。京师是政治中心，江浙是经济、文化中心。文人个体的游幕地域有很多偶然因素，幕主的吸引力、亲友推荐、幕府藏书丰富等等，但总体上却是朝着京师、江浙游动。

根据现有的文学史研究，乾嘉诗坛有浙派、秀水派、格调派、性灵派、肌理派、桐城诗派、常州诗派、高密诗派。如果跳出诗歌流派的局限来观照乾嘉文坛，将诗人置于空间流动与时间变迁的纵横交错中，可以观察到更生动更丰富的文坛生态，看到人与地域因隔阂、相融而催生的文学景观，而避免停留于静态地研究文学与地域的关系。

---

① 尚小明《清代士人游幕表》，页27。

② （清）赵佑《清献堂集》，《清代诗文集汇编》360册，页667。

根据布迪厄的场域理论，社会空间由人的行动场域所组成。所谓场域，"一个场域可以被定义为在各种位置之间存在的客观关系的一个网络（network），或一个构型（configuration）"①。场域既是场所，也是主客观因素之间的一种力量关系。游幕文人便是活跃于场域中的行动者。在游幕过程中，文人面对三种场域：实际存在的场域；看到、体验到的场域；用语言表述的场域。将体验到的场域行之于文字，游幕便带来新的地域景观。诗歌创作具有超越性，书写个体经验，地域风物是客观的，但在游幕文人笔下有一种特别的创造性。在反映地方风尚的同时，也建构了地域的风物系统，丰富了地域景物的文化内涵。擅长用诗歌表达生存体验的文人展现出在各个场域中的心态结构及文化心理。

他们以流寓诗人的身份描述着他乡的景色。江阴人夏静渠表达风雪中过八达岭的新奇体验，《风雪中过八达岭》："居庸西去雪纵横，滚滚峰峦目未经。怪石林中穿一线，乱石堆里到三更。风吹面孔皮初剥，冷入心窝气不行。直待解鞍煨榾柮，僵魂活处觅余生。"②王昙《登良乡大防山》曰："冀北山河一雁长，黄花春影见牛羊。轩辕台冷风烟古，碣石宫墟草树荒。"③胡天游作《天津诗》："船舶连樯接粉堙，绮罗灯火照芳春。几年碣石沧沧海，千里黄河下析津。"④在当地人看来平常不过的风景，在游幕诗人眼里新奇而富历史气息。刘嗣绾《雨后泛舟平山堂有作》云："绿云化作泠泠水，一路蝉声唱出城。""湿萤乱落如红雨，中有雷塘一点愁。"⑤《夜泊瓜洲》："孤帆带星飞，影落瓜洲宿。沙痕寒吐白，野色暝团绿。"⑥异乡的景色给诗人带来强烈的视觉冲击，行之于诗歌，便是新奇的景观。吴嵩梁《康山草堂歌为江颉云作》："吴生年少来扬州，第一华筵开此楼。烛花万朵照狂醉，天河倒入银槎流。"⑦狂醉的少年，写来便是狂醉的景色。尹继善，旗人，先后做两江总督，幕府内人才兴盛。尹继善《消夏吟赠幕中诸友》："梦中犹似水淙潺，日日神游是摄山。那得扶筇呼伴侣，置身常在万松间。"⑧尹继善与幕宾多次到摄山游玩，写有《重阳日偕裘叔度少司农、钱玙沙掌科同游摄山，即用玙沙题松岩将军得鹿图韵》《和钱掌科

---

① 〔法〕皮埃尔·布迪厄、〔美〕华康德《实践与反思——反思社会学导引》，李猛、李康译，北京：中央编译出版社，1998年，页134。

② （清）夏静渠《浣玉轩集》，《清代诗文集汇编》304册，页54。

③ （清）王昙《烟霞万古楼诗选》，清道光间（1821—1850）刻本，页5a。

④ （清）胡天游《石笥山房集·诗集》，页300。

⑤ （清）刘嗣绾《尚絅堂诗集》，《清代诗文集汇编》469册，页243。

⑥ 同上书，页269。

⑦ （清）吴嵩梁《香苏山馆全集·香苏山馆诗钞》，页18a。

⑧ （清）尹继善《尹文端公诗集》，《清代诗文集汇编》279册，页560。

同游摄山韵》等，做梦还神游摄山。

异地风景在文人失意、落寞时就变为另一番模样。钱泳《京师卧病》：“梧叶惊风催节转，槐花杂雨打窗来。”①漂泊卧病时他乡风雨冰冷惊心。舒位《赵北口晓行》曰：“心知此地是燕赵，悲歌慷慨吾曾经。前年去时春尚早，去年来时秋已老。今年岁晚北风寒，行色匆匆失昏晓。”②虽然是多次经过的异地风景，却没有熟悉的味道，只感受到寒冷与苍茫。刘嗣绾《一昔》：“一昔芜城梦，孤舟病雨时。酒深灯易尽，寒重枕先知。”③孤舟病雨，身居他乡的寒冷与孤独便凸显出来。金兆燕《同蒋春农舍人登平山堂，时春农有修志之役，因用渔洋集中韵作长歌赠之》：“我亦对此感茫茫，欲归不得岁云暮，牛衣独宿悲王章。”④充满漂泊他乡的迷茫与悲凉。詹肇堂《宿迁道中述怀并寄幕府诸公，用留别韵二首》：“惊沙卷地昼长阴，回首南云一望深。霜风逼寒孤戍火，铃声摇碎五更心。”⑤写出客途中深夜难眠的心事。舒位离开都城南下，写下《良乡》《涿》《定兴》《安肃》《清苑》《定》《亲乐》《正定》《赵》《柏乡》《内邱》《邢台》《沙河》《邯郸》《磁》《安阳》《汤阴》《汲》《淇》《延津》《祥符》《兰阳》《济宁》《清河》《山阳》《宝应》《高邮》《江都》《丹徒》《丹阳》《武进》《天锡》《长洲》，一路走来，用诗歌记录了所有的地理位置。这在游幕文人诗集中是一种普遍现象，他们自觉不自觉地用诗歌把游历的地域记载下来。当然，这些诗歌是游幕文人感受到的人文地理，完全不同于客观存在的自然地理。

诗歌史中以籍贯定义的地域诗群大都处于流动中，而非活动于籍贯所在的地区。以常州诗派来说，洪亮吉、黄景仁、孙星衍、赵怀玉、杨伦、杨芳灿、杨缙都有过长期的游幕经历。毗陵七子中，只有吕星垣、徐书受没有游幕。以游幕区域来说，有江浙、河南、陕西、四川、京城、福建、贵州等地，而集中于江浙、京城、河南、陕西地区。他们的心态、创作题材与游幕经历息息相关。他们籍贯是江南，诗风形成、题材选取离不开江南文化、水土的滋养，诗文集中也多有对江南的思念，但诗文集中大多还是人生游历中的抒情言志。他们对异地风物的歌咏远远多于江南。黄景仁的诗名远播得益于在幕府中雅集宴会中所作《太白楼》，是幕主的提携与幕府内的氛围让游幕文人作品的流传具有一定的影响力。以洪亮吉、黄景仁成名前的文化势能而言，不借助幕主很难获得声名。毕沅幕府组织刊刻《吴会英才集》，专门收录江苏文人的诗集，

① (清)钱泳《梅花溪诗草》，《清代诗文集汇编》456册，页598。
② (清)舒位《瓶水斋诗集》，《清代诗文集汇编》479册，页55。
③ (清)刘嗣绾《尚䌹堂诗集》，页241。
④ (清)金兆燕《国子先生全集》，页230。
⑤ (清)詹肇堂《心安隐室诗集》，页611。

十二个诗人的诗歌被选录，其中方正澍、洪亮吉、黄景仁、王复、徐书受、杨芳灿、陈燮和孙星衍八人都是毕沅的幕宾。幕府内的褒扬传播了文人的声名，诗集的刊刻确立了文人的诗坛地位。常州诗派的确立与文人游幕的背景息息相关。而杨芳灿动辄五十韵、一百韵的长篇抒情，比如《空同山纪游一百韵》《哭洪稚存大兄五十韵》《忆旧陈情五十韵》《送吴谷人祭酒乞养旋里五十韵》等，与他的游幕经历、游幕心态有直接关系。方正澍为幕主毕沅画像题咏作《题弇山中丞小照一百韵》，游历中有《从白下至吴中一百韵》。金学莲作诗七百言抒发游幕中的情怀，《丙戌四月，南城先生奉旨还朝，莲从幕淮南，复经四载，抚今追昔，有动于中，虽祖席尚遥，而惘惘意不自释，述怀七百言，冀有采焉》。而乾嘉文人动辄几十首、上百首的怀人组诗也是他们游幕过程中与人交游的结果。例如，王芑孙作《岁暮怀人六十四首》、史善长《怀人杂诗五十一首》、顾宗泰《怀师友诗一百八十首》等。翁方纲的诗学离不开他与文人的往复讨论。翁方纲虽是京畿籍贯，但多次出任学政，招揽文人，与幕僚讨论诗学，积极倡导对偶声韵之学，《翁方纲年谱》记载："每与幕中二三同学隔船窗论诗，有所剖析，随手札小条相付，积日既久，汇合遂得五百余条。"[①]肌理说的形成与游幕文人的参与密不可分。

乾嘉文坛的多样性生态离不开游幕文人的参与。幕府形成的学术磁场吸引了文人，文人流动带来新的文坛风貌。流寓诗人参与到当地的文学传统中，丰富了地域的文学书写样式。

第二节　文人游幕与京畿诗坛

雍、乾之际的京畿诗坛，整体气象是衰飒的，天津水西庄的查为仁、查礼虽然吸引了不少江南文人，雅集也盛极一时，但在查为仁去世、查礼到南方做官之后，文人风流云散。乾嘉时期游幕文人流向京师，给京畿诗坛带来了新的活力。

乾隆年间，京师文化中心的功能得以强化。乾隆元年(1736)举博学鸿词科，大批文人入京。乾隆年间诏修《续通志》《清通志》《清通典》等书籍，尤其是乾隆三十八年(1773)诏修四库全书，开设四库全书馆，大批文人被吸引入京，京畿的幕府吸纳了大批人才。礼部尚书任兰枝、刑部尚书秦蕙田、刑部尚书刘统勋等显贵招募众多幕宾。京都的各个亲王也多招揽文人，诗酒唱和。例如胡天游在京城游幕十余年，先后馆于礼部尚书任兰枝幕、宗丞王晋川第、

① 沈津《翁方纲年谱》，台北："中研院"中国文哲研究所专刊2002年，页31，页44，页57。

礼部侍郎田懋幕、兵部侍郎裘日修幕。后又游幕于保定直隶总督方观承幕。赵翼、朱筠都曾馆于刑部尚书刘统勋邸中。戴震、钱大昕、王昶都曾馆于刑部尚书秦蕙田府中。章学诚、王念孙、武亿客武英殿编修朱筠邸。江藩两次客于大学士王杰幕。王芑孙客于大学士董诰邸六年,都城的亲王、大学士任用他为幕宾。京畿的直隶总督幕府人才兴盛,吸纳了大批游幕文人。夏静渠客于直隶总督孙嘉淦幕,祁韵士入直隶总督那彦成幕,于鹏翀入直隶总督杨景素幕。方观承有《莲花池紫藤盛开,同宾从往观,归而幄宴酴醾下,因出恽南田画藤相评赏,追次张少仪司马藤花旧韵,诸君并先有作》一诗,同幕宾赏花、评画、和诗,可以看出,诗酒唱和是直隶总督幕府内的日常行为。方观承《次答幕僚》曰:“宾僚歌共好,幽思触梅繁。”[①]下雪后,幕僚纷纷咏雪与方观承酬赠,方观承应和赠答。游幕文人聚集于京畿,雅集唱和不断,文人交游圈子得以拓宽,京畿诗坛又变得热闹起来。

一、诗坛满、汉、蒙交融

《随园诗话补遗》卷七曰:“近日满洲风雅,远胜汉人,虽司军旅,无不能诗。”[②]乾隆时期,满人汉化,尤其是上层官员及文人,好风雅,和汉族文人交往多,京畿诗坛呈现出满汉蒙交融的局面。

京都的亲王府邸吸纳了不少汉族文人。王芑孙馆睿亲王府邸六年,馆郑亲王府邸一年。《清朝野史大观》记载:“王惕甫芑孙短小精悍,善诗古文。乾隆戊申召试举人,屡试未售,终于江阴教谕,曾馆睿恭王邸,王甚重之。尝随王之滦阳木兰等处,诗逾遒劲。王稍有过,惕甫辄厉色呵之,使冠带谢过乃已。谓法时帆云:‘君有诗识无诗才,汪端光有诗笔无诗胆,其兼之者故有人在。’”[③]王芑孙游幕于王府,恃才傲物,对诗坛名人多有褒贬。舒梦兰客怡亲王府邸八年,期间完成《白香词谱》。钱泳客郑亲王府邸三月。舒位曾客于礼亲王昭梿府邸。尤荫客和硕亲王邸,乾隆三十年(1765)随王出塞,著《出塞诗钞》,又尝客于礼亲王邸。满族诗人英廉多次在天津做官,在京为大学士,吸纳汉族文人为幕宾。礼亲王昭梿好风雅,喜与文人交接。韩是升曾任昭梿的老师,昭梿为韩是升的《听钟楼诗集》题词。韩是升去世,昭梿作《吊旭亭师》曰:“目断吴门树,心伤江上枫。神交追往昔,恻怛泪盈胸。”[④]昭梿《蕙荪堂集》中有《腊日招谢芗泉祠部,吴兰雪博士、邹宁轩吉士、蒋香杜孝廉、吴山尊

---

① (清)方观承《述本堂诗集》,《清代诗文集汇编》287册,页254。

② (清)袁枚《随园诗话》,页742。

③ 《清朝艺苑》,载于《清朝野史大观》,页88。

④ (清)昭梿《蕙荪堂集》,《清代诗文集汇编》517册,页60。

学士不期蓦至，诗以纪之》曰："神交千里尚驰结，何况群贤啸傲同。"[①]同汉族文人广泛交往，并自诩为"神交千里"。王芑孙《惕夫未定稿》中存有《睿亲王诗序》《信恪郡王诗序》《铁制府诗集序》《诗龛会饮记》，为两位亲王及铁保、法式善的诗集作序。铁保乃满族大臣，有满洲才子之誉，法式善是京师蒙古族著名诗人。王芑孙与铁保、法式善多有唱和，写有《奉酬铁冶亭侍郎铁保见赠二首》。还为睿亲王的太福晋诗集题诗，写下《读睿邸太福晋诗集题后四首》。与满人阿林保交游，《榜发下第，将谋归计于雨窗运使(阿林保)，遂为津淀之游，小住衙斋，流连三日，出所藏书画观之，会运使所构适园落成，属作新诗，杂成十首》[②]，足见关系之亲密。祁韵士与德保、阿桂交游，学习满文，六十四岁随那彦成到保定任莲池书院山长。钱泳在京师随郑亲王游玩，作《己未三月望日，郑亲王招游惠园，因登雏凤楼，即席赋诗应教二首》曰："自笑梁园客，深惭赋子虚。"[③]流露出作为幕宾的心态。

据研究者统计，法式善乾嘉年间作怀人组诗十三组，四百零七首，[④]足见交游之广。法式善的诗龛、梧门书屋是著名的文学沙龙，招揽文人，诗酒唱和。在京师游幕的文人几乎都与法式善有过交往，参与过法式善组织的雅集唱和。铁保主其事，法式善具体董理编成的《熙朝雅颂集》，游幕文人吴鼒在参编之列。嘉庆六年法式善为韩是升《听钟楼诗集》作序，转述韩是升的话："京师名士大夫，吾所往来酬接者不少矣，而心所拳拳者，君与味辛两人尔。"[⑤]韩是升游幕京城，自认为最眷爱的是法式善与赵怀玉，见出与法式善交情之深。钱泳作《京师冬日八咏》，题下注曰："国子祭酒法梧门先生课题。"他经常参与诗龛的聚会唱和，八咏是凿冰、采煤、糊窗、烧炕、腌菜、调粥、薰花、梦树，写出了京师的冬日风俗。蒋寅先生认为，法式善诗学修正了袁枚的性灵说，记录了当代的诗歌史，并多有对女性诗歌的观照，代表着乾隆诗学向嘉道诗学过渡和转型的一个典型个案，法式善本人作为乾嘉之际京师有影响的批评家，在清代诗学的重要转折中，有意无意地发挥了举足轻重的作用。[⑥]法式善之所以能有如此作用，与他交游广泛有关系。乾隆五十二年(1787)铁保官礼部侍郎，嘉庆三年(1798)先后充九次乡试、会试考官，阮元等均出其门下，与汉族文人多有酬赠唱和。

---

① (清)昭梿《蕙荪堂集》，页14。

② (清)王芑孙《渊雅堂全集》，页159。

③ (清)钱泳《梅花溪诗草》，页610。

④ 李淑岩《法式善怀人组诗与乾嘉文坛生态》，《社会科学辑刊》2013年第4期，页174—179。

⑤ (清)韩是升《听钟楼诗集》，《清代诗文集汇编》389册，页273。

⑥ 蒋寅《法式善：乾嘉之际诗学转型的典型个案》，《江汉论坛》2013年第8期，页39—43。

游幕文人活跃于京畿地区，与满蒙官员、诗人交游唱和，切磋诗艺，自然促进了诗坛的满汉蒙交融。满蒙诗人与汉族诗人在诗歌创作上互相启发，各自的诗艺也得到提高。诗人之间的相互影响很难说清楚，但从他们交游酬赠的诗歌中能看到交游带来的对诗歌技艺的促进作用。

二、江南文人在京畿的交游酬赠

科举成名的江南士子在京畿地区做官，科举失意的江南士子在京畿游幕。这些经由科举进入缙绅行列的江南士子以及游幕文人形成了一个共同的交游圈，能够相互联络、帮衬。而相同的地域文化形成的身份认同，自然会构成一定范围的社交圈子，营造出异乡的同乡氛围。能看出他们对京畿文化的认同及对京畿诗坛的参与。

顺天府的学政大多由南方的科考成功者担任。乾嘉年间，江苏的庄存与、金士松、钱陈群及吴省钦、吴省兰兄弟，浙江的金德瑛、童凤三等都曾任顺天学政。汪由敦、钱陈群、沈德潜在乾隆七年到十年之间都分别做会试的副考官。学政与考官的职位都有助于结交士子。藉着科举考试，文人与学政、考官建立起交游关系。因为科考等原因游幕于京师的文人数量也极为庞大，较为著名的洪亮吉、乐钧、王昙、陈文述、俞正燮、端木国瑚等都曾游于京畿幕府中。在清代所修《承德府志》中存有汪由敦、钱陈群、秦蕙田、钱大昕、庄存与、钱载、查慎行、赵翼、吴锡麒等江南士子的诗歌，他们以流寓文人、著名诗人被地方志所记载。这些诗歌描述了承德的风土人情，也记载了他们在承德的活动及情感表达。

从胡天游、蔡寅斗的例子可以更好地看到江南游幕文人在京畿的交游酬赠。二人均为江南士子，乾隆元年均因应博学鸿词科入都，均落第，均游于幕府中。阮葵生《茶馀客话》云：“辛未，各省荐举经学深粹之士……集议之初，浙江胡天游、江南蔡寅斗亦在选中，而胡名尤重。举主凡七人。宣城梅大锴奏，二人久居京师，声气广播恐非真才。遂不被恩命。然胡为词章之雄，蔡不过时文著名而已。”①认为胡天游为词章之才，蔡寅斗不过是八股文写得好。以词章来说，胡天游当时在京师名声显赫，蔡寅斗的确籍籍无名。但他们的交游、经历从不同的侧面反映出江南游幕文人对京畿文化的参与。

朱仕琇为胡天游作传曰：“主任尚书兰枝家，时四方文士云集，每稠人广座，天游辄出数千言，落纸如飞。文成博奥，见者嗟服。一日赫然名振京

---

① (清)阮葵生《茶馀客话》，北京：中华书局，1959年，页235。

师。”[①]幕主任兰枝官至礼部尚书，江苏溧阳人，为落魄的胡天游提供了挥洒才华的舞台。齐召南为《石笥山房集》作序曰：“初入都，与余共馆座主任宗伯邸第，晨夕商榷读书，未尝挟一刺干公卿。公卿第慕其名思一见，亦不可得。其为诗文多在友朋聚会时即席挥毫，甫脱草，人辄持去，无所惜。久之遂传诵遍人口。”[②]胡天游《都门上巳同人夜集云龙轩》云：“知心二三子，磊落皆豪雄。”“尔辈细碎人，其趣如虾虫。焉知蛟龙姿，属虎超迷濛。莫将鹓鸰猜，犹道栖蒿蓬。”[③]对庸碌的世人充满不屑，只与他认为的豪雄交游。在京师胡天游与齐召南、杭世骏、沈廷芳、万光泰、周长发、张鹏翀等江南文人交游，聚会唱和。在齐召南的推荐下，作《一统志表》。杭世骏在京师的松吹草堂成为文人聚会的场所，胡天游与杭世骏往来酬唱甚多。考察胡天游在京师游幕的交友圈，大多还是江南同乡。杭世骏在《词科掌录》中夸胡天游：“藻耀高翔，才名为词科中第一……皆天下奇作，使李文饶权载之执笔，不能过也。”[④]胡天游在京师的声名与同乡显贵的提携分不开。

蔡寅斗则参与到畿辅方志的撰修中。蔡寅斗，字芳三，号九宾，生卒年不详，江苏江阴人。地方官员修方志以记载自己为官一方的政绩，也保存地方文献，同时能够青史留名。河北省地方志乾隆十年(1745)版《宝坻县志》是自宝坻修志以来内容最翔实、体例最完备的县志，由当时的县令洪肇楙主持纂修。蔡寅斗在后跋中说：“东阆洪先生修宝坻志成，授斗逐卷校阅。”[⑤]蔡寅斗说在《宝坻县志》修成之后，洪肇楙让蔡寅斗参与审核校阅。在自序中，洪肇楙叙述了宝坻的历史沿革及之前的县志纂修情况，也叙述了自己纂修县志的过程：“会同学蔡子芳三，今博雅君子也，延之至。时以鄙见相质，芳三辄以为然。且由春及秋，阅八月而竣。计此八月中，或月朗风清，或雷轰电掣，夜漏频催，晨钟欲动，而予与芳三往复流连，方颠倒而不厌。拊掌拍案，忽喜忽惊，欲歌欲泣，初不知其所以然，而事乃如在掌上，而人乃如在目前。琐琐云乎哉。平平云乎哉。每竣一卷，必集邑缙绅耆旧传示之，皆曰信善哉。”[⑥]这段描写颇为动情，能看出他投入的心血与情感。很显然，蔡寅斗也不只是校阅，而是参与了其中的编纂，他所谓的校阅只是谦虚的说法。他们共同投注了巨大的精力来编修县志，备尝其中的艰苦与欢欣。蔡寅斗在后跋中补充道：“先

---

① (清)胡天游《石笥山房集》，页8。

② 同上书，页5。

③ (清)胡天游《石笥山房集・诗集》，页147。

④ (清)杭世骏《词科掌录》，台北：台湾学生书局，1976年，页43。

⑤ 《中国地方志丛书・宝坻县志》，乾隆十年(1745)修民国六年(1917)石印本影印，台北：成文出版社，1969年，页175。

⑥ 《中国地方志丛书.宝坻县志》，页88—89。

生结构经营五年于兹，诹故老，访遗迹，购藏书。听政偶暇，手翻口吟，至辍寝食而忘寒暑。间者奉使载途，披星戴月，犹惟志事，为惓惓不欲有毫发之未尽。”①不仅求诸书籍，而且遍访故老，寻找遗迹，不愿有一丝一毫的差错。《宝坻县志》修成后，自然要找名人、权贵来作序。作序者有汪由敦、沈德潜、蒋炳、方观承、严瑞龙、钱陈群、那苏图。汪由敦时任刑部尚书，沈德潜任日讲起居注官，蒋炳为顺天府尹，方观承为直隶布政使，钱陈群为刑部侍郎。那苏图是满洲镶黄旗人，时任直隶总督、兵部尚书。以地域来说，作序者除了那苏图和严瑞龙，其他皆为江南人。汪由敦和方观承为安徽人，沈德潜、蒋炳为江苏人，钱陈群是浙江人。钱陈群与沈德潜被称为“东南二老”，汪由敦与钱陈群相互赠答，交情极好。可以看出，这些作序者都处于一个小范围的社交圈内。同是江南人又同时在京畿做官。沈德潜是江苏长洲人，洪肇楙是江苏仪征人，蔡寅斗是江苏江阴人，三人算得上是老乡。洪肇楙与沈德潜同是江南人又同时在京畿做官。但考之沈德潜的交游，他与洪肇楙似乎并无交情。但作为洪肇楙幕僚的蔡寅斗与沈德潜却交情不浅。在沈德潜中进士之前，蔡寅斗与沈德潜同是奔波于科场而不得志的士子。而乾隆十年的沈德潜已是被帝王宠幸的名人，蔡寅斗却科举无名，辗转于幕府中。可以从现有的材料推测，洪肇楙结识沈德潜，极有可能是蔡寅斗牵线搭桥，邀请沈德潜为《宝坻县志》作序。沈德潜时任日讲起居注官，深得乾隆宠幸，又是文坛名人，有这样的权贵之人来作序，自然会让《宝坻县志》增色不少。而这些归功于幕僚蔡寅斗从中周旋。

赵翼曾游幕于汪由敦幕中，《座主休宁汪公枉招下榻敬呈》曰：“束发早耽韩愈集，出身幸及醉翁门。”“那得对公无感激，津梁亲为指遥源。”②汪由敦去世后，赵翼作千字诗《汪文端师殁已数月，每欲一述哀情，卒卒未暇也。辍直枢曹闲居无事，甫得和泪渍墨，以诗哭之，凡一千字》，深情追述他与汪由敦的情谊。翁方纲在京都的苏斋也是他与游幕文人聚会的地点，黄景仁、钱泳等都是常客。王芑孙乃江苏长洲人，在京师与翁方纲、王昶交往，多有书信往来。王芑孙《移居诗》序曰：“榜发不第，谋欲去京，日下相知多劝留者。同年何工部(道生)割宅见处，其地在宣南坊之灿面街衢，以五月初四日移具入居，作诗示何，并柬时帆庶子(法式善)。”③王芑孙落第，何道生虽非同乡，但以同年的情谊割宅见处，见出情谊。王芑孙作《岁暮怀人诗六十四首》表达怀念感激之情，六十四人多为游幕时所结识的文人与幕主。

---

① 《中国地方志丛书·宝坻县志》，页1176。

② (清)赵翼《瓯北集》，《清代诗文集汇编》362册，页25。

③ (清)王芑孙《渊雅堂全集》，页135。

当然，江南士子在京畿的交友圈也充满交恶，胡天游与全祖望是最著名的一例。二人交恶之始即在京师，全祖望对于胡天游夸张的诗风文风很是不满，认为胡天游故弄玄虚，以此来吸引众人。全祖望曰："方余在京师时，力为人言其谬，故妄男子最恨余。及余归，妄男子始猖狂，而吾友中好奇者亦多为所蛊，莫之正。"[①]认为胡天游狂妄无知。柴德赓作《全谢山与胡稚威》曰："生则并时，地则同省，乾隆丙辰又同举博学鸿词。"[②]二人同龄同乡又同年。雷斌慧《全祖望与胡天游交恶论》一文指出二人交恶的原因有个性的冲突、文体认知的分歧、文学理念的差异、文学风格的不同。[③] 胡天游的文风及个性都让全祖望反感，这是事实。但这些只是表面原因。除了个性及文学理念等原因外，最主要的原因还是各为其主。柴德赓考述二人交恶的始终及缘由，论及李绂、方苞对全祖望的知遇之恩。全祖望雍正十一年至乾隆元年(1733—1736)客于八旗志书纂修官李绂紫藤轩三载，而胡天游讥讽李绂、方苞。[④] 陆以湉《冷庐杂识》载："征君自言为古文学韩昌黎，涩险处时似唐刘蜕、元元明善。前人如王阮亭、朱竹垞诗文，遍摭其疵病。时桐城方望溪为古文有重名，天游力诋之，以故忌之者众。全谢山太史至诋为'夫己氏'。"[⑤]胡天游游于任兰枝幕中，任兰枝与方苞、李绂不睦。游于不同的幕府，幕主之间的政治斗争、政治帮派影响到游幕文人的政治立场，乃至行诸诗文。我们今天看到的是全祖望与胡天游文学理念不同，实际上这些只是游幕生涯的衍生物。

游幕文人身处京师，创作倾向自然受到京师文化的影响。谭献《复堂日记》称清代十五篇骈文"不愧八代高文，唐以后所不能为者"，[⑥]胡天游的《拟一统志表》就在其中。但阅读胡天游的《拟一统志表》与《恭进圣驾谒陵礼成颂》，纵横铺排，雄伟瑰丽，没有了诗歌中的愤懑之气，反倒是盛世气象与帝国宏图跃然纸上。胡天游睥睨世人，自比管仲、乐毅，但游幕之作也不得不随人俯仰，歌颂盛世太平。游幕文人在京师的创作不局限于官府，京城的风物、郊野的风景也都进入笔下。他们写帝京气象，也抒发隐逸情结；写官僚的生活，也写诗酒的世界。诗酒、隐居、自然的风光、日常生活的趣味是主要的表达内容。申涵光《畿辅先贤诗序》概括畿辅地区的诗风说："盖燕赵山川雄广，士生

---

① (清)全祖望著，朱铸禹汇校《全祖望集汇校集注》，上海：上海古籍出版社，2000年，页366。

② 柴德赓《史学丛考》，北京：中华书局，1982年，页247。

③ 雷斌慧《全祖望与胡天游交恶论》，《宁波大学学报(人文科学版)》2017年第1期。

④ 详见柴德赓《全谢山与胡稚威》一文，《史学丛考》，页247。

⑤ (清) 陆以湉《冷庐杂识》，页234。

⑥ (清)谭献《复堂日记》，范旭仑、牟晓朋整理，石家庄：河北教育出版社，2001年，页142。

其间，多伉爽明大义，无幽滞纤秾之习，故其音闳以肆，沉郁而悲凉，气使然也。”①然而，随着大一统局面的形成，遗民情怀的远逝，乾嘉时期京畿之地的诗风越来越趋向纤弱闲逸。诗歌中也有对现实的关注和救世济民的抱负，但更多的则是失意士人难酬意愿的痛苦之情与诗酒唱和的闲情逸致。

第三节　文人游幕与江南诗坛的兴盛

乾隆后期到嘉庆时期，江南的文化优势日益凸显出来。扬州、常州、苏州、杭州乃游幕文人聚集之地，江南诗坛极为兴盛。

一、大型诗文集的刊刻与地域诗群的形成

江南诗坛的兴盛，与大型诗文集的刊刻不无关系。幕主为官一方，刊刻大型诗文集不仅是风雅之举，还能青史留名。诗文集的收集、编纂当然是幕宾所为，署名为幕主而已。

毕沅幕府刊刻的《吴会英才集》，对于江苏地域诗群的建构起到巨大作用。乾隆五十年(1785)，《吴会英才集》刊刻流传，在毕沅任陕西巡抚时组织幕宾完成了编选。毕沅是江苏镇洋人，而编选吴会地区诗集，有乡邦意识在里面，还因为他陕西幕府内幕宾多有江苏地区文人。所以诗集所选当代江苏诗人，多为他的幕宾。毗陵七子中录入五人，吕星垣、赵怀玉不曾游于毕沅幕府，应是不被录入的原因之一。学者认为毕沅利用编选诗集表达了时代的和个人的诗歌理念与风尚②，但更重要的应该是对地域诗歌流派的建构，以及对地方诗群的大力宣扬。洪亮吉、黄景仁、孙星衍等人的诗坛声誉及诗歌成就因《吴会英才集》的流传而日益声名远播，常州诗派得以确立、被认可。《吴会英才集》也为吴中地区在诗坛谋得了一席之位。

阮元幕府刊刻的《淮海英灵集》与《两浙輶轩录》突出了扬州、江南的地域文学传统，一定程度上影响着当地的创作风气和批评趣味。如果说《淮海英灵集》是对清朝前期扬州诗歌传统的追溯，建构了扬州本地文学成就的谱系，那么《两浙輶轩录》则是对当代江浙诗歌传统的确立。完成《淮海英灵集》之后，阮元在《广陵诗事序》中云：“余辑《淮海英灵集》既成，得以读广陵耆旧之诗，且得知广陵耆旧之事，随笔疏记，辄成卷帙，博览别集，所获日多，遂名之曰《广陵诗事》。其间有因诗以见事者，有因事以记诗者，有事不涉诗而连类

---

① (清)申涵光《聪山集》，《清代诗文集汇编》70册，页71。

② 倪慧颖《从〈吴会英才集〉的选编看乾隆中后期的诗史景观》，《苏州大学学报(哲学社会科学版)》2009年第4期，页54—58。

及之者，大指以吾郡百余年来名卿贤士、嘉言懿行，综而著之。”[①]将扬州地区的诗歌传统以文字的形式流传下去。《两浙辅轩录》《两浙辅轩录补遗》将江南地域文学的传统清晰地揭示出来。对闺秀诗歌的辑录，对文学家族代际关系的介绍，对文学世家姻亲关系的梳理，充分彰显了江浙地区诗风之盛和地方风气。在保存清代两浙诗歌成就的同时，阮元及幕宾的诗学观念融汇其中，为当地的诗歌创作隐然树立了传统及标杆。

曾燠幕府嘉庆十一年(1806)刊刻的《国朝骈体正宗》，看似没有地域性，但所选四十二家除了大兴朱珪、曲阜孔广森、临川乐钧之外，其余皆为江南人，且多为曾燠的幕宾及朋友，如王芑孙、吴锡麒、刘嗣绾、吴慈鹤、郭麟等。幕宾吴鼒、彭兆荪等协助完成了《国朝骈体正宗》，而吴鼒嘉庆三年编成《八家四六文钞》，所选八家，只是江苏、安徽、江西三个地域的作者。在表达骈文观念的同时，两部骈文集确立了江南骈文名家的地位。吴锡麒是吴鼒的老师，在《八家四六文钞》中是一家，在《国朝骈体正宗》中占一卷，他骈文名家的地位不能不说借助了两部骈文集的力量。也正是在诗文集的刊刻传播中，江南骈文作者的影响日益扩大。

严迪昌先生在《清诗史》中说过清代诗坛和官员的关系："风雅每被大吏总持，官位与诗名、政界与诗坛一而二、二而一地被打通。”[②]严先生所论固然是负面的影响，但从地域文学的形成、经典作家作品的建构来看，地方风雅大吏起到了正面的揄扬作用，政界的力量推动了诗坛的繁荣。幕主不仅以官位为自己谋诗名，也建构了地域文学流派，培养了地域文学观念。游幕文人借着幕府内的文化活动建构自己的诗名，并推动了地域文坛的兴盛。幕府内所纂大型诗文集不仅注意保存先贤的文献，也突出当代性。幕主除了乡邦意识，也注意当地的文学遗产。在几部大型诗文集中能清晰地看到对地域传统的彰显。

二、游幕群体与扬州地域文学的建构

薛寿《读画舫录后》曰："吾乡素称沃壤，国朝以来，翠华六幸，江淮繁富为天下冠，士有负宏才硕学者，不远千里百里，往来于其间。巨商大族，每以宾客争至为宠荣。兼有师儒之爱才，提倡风雅，以至人文汇萃，甲于他乡。”[③]经过清初至清中期的恢复、发展，气象乃逐渐复苏。马氏小玲珑山馆、汪氏藏书、大盐商的附庸风雅等提升了扬州的文化，也吸引着文人聚居于扬州，乾嘉

---

① （清）阮元《广陵诗事》，北京：商务印书馆，1936 年，页 1。

② 严迪昌《清诗史》，页 639。

③ （清）薛寿《学诂斋文集》，清光绪十五年(1889)广雅书局刻本，页 24a—24b。

时期四方学者咸愿聚集于此。扬州有着繁华的经济，又有主政者卢见曾、曾燠等人提倡风雅，扬州的人文日益兴盛。扬州地域文学传统的形成，不仅借助于当地的文人及文化传统，也与游幕文人的参与息息相关。

清代扬州的文学小传统，从王士禛的秋柳诗开始。之后的扬州文学传统总要追溯到王士禛的《秋柳诗》。但作为六朝繁华地，唐宋以来扬州已经成为一个意象。文人自觉不自觉地在诗歌中回应扬州的文学传统。徐嵩《扬州柳枝词》曰：“明月箫声廿四桥，虹桥一带水迢迢。十年弹指樊川梦，攀折长条又短条。”[①]徐鸣珂《广陵曲》曰：“廿四桥头歌小杜，十三楼外忆南唐。珠帘画阁插晴空，后有髯苏前醉翁。”[②]表现出面对历史文化的焦虑。在面对地域传统时，文人有焦虑，也有突破的企图。

乾嘉时期游幕文人将扬州这一意象进一步强化。对扬州山水的记载不再仅仅是“扬州好”的模糊意象，而是进入具体细致的描绘。关注的不只是蜀冈、曲江亭、平山堂、虹桥等著名的风景名胜，而是将更多的景物纳入笔下。除了作为历史文化符号，扬州还作为具体的物质实体呈现出来，充满了生活气息。康山草堂，琼花观，观音山，冶山，邗沟庙，夫差庙，三贤祠，香阜寺，天宁寺，上方寺，铁佛寺，绣女祠，双忠祠等等都出现在诗歌中。刘嗣绾等人所作《淮海神弦曲》就包括十二个地方，邗沟大王庙，后土祠，东陵圣母祠，蒋侯庙，五司徒庙，萧梁公主祠，二郎行祠，露筋祠，仙女庙，张仙庙，绣女祠，英烈夫人祠。詹肇堂作《扬州咏古小乐府》二十首，吟咏扬州的风物。各种花草也进入文人笔下，梅花，牡丹，芍药，桂子，菊花，呈现出更立体更生动的扬州，生活化的气息极为浓郁。关于扬州的组诗在乾嘉时期进一步增多，将扬州的面貌更细致地呈现出来，对扬州风景名胜的描绘也细致而具体。卢见曾《虹桥修禊》先从具体的景致写起：“绿油春水木兰舟，步步亭台邀逗留。十里生香新阆苑，二分明月旧扬州。”“雕阑曲曲迷幽径，嫩柳纷纷拂画船。二十景中谁最胜，熙春台上月初圆。”“月度重阑香细细，烟笼远树雨濛濛。莲歌渔唱舟横处，俨在明湖碧涨中。”“迤逦平冈艳雪明，朱楼小市卖花声。红桃水暖春偏好，绿稻香寒秋最清。”“蜀冈高倚碧霄寒”“江气混茫遥向海，山光低亚近平阑。”[③]游幕文人与之酬唱，更加注重细节的描绘。金兆燕《又次卢雅雨都转虹桥修禊韵四首》曰：“花光夹岸拥仙舟，觞咏良辰竞逗留。”[④]郑板桥《和雅雨山人虹桥修禊》曰：“一线莎堤一叶舟，柳浓莺翠恣淹留。雨晴芍药弥江县，水

① (清)曾燠《邗上题襟续集》，页5a。

② 李坦编《扬州历代诗词》，北京：人民文学出版社，1998年，页690。

③ (清)卢见曾《雅雨堂诗文遗集》，页438。

④ (清)金兆燕《国子先生全集》，页216。

长秦淮似蒋州。”“迥起楼台回水曲，直铺金翠到山巅。花因露重留蝴蝶，笛怕春归恋画船。”“逶迤碧草长杨道，静悄朱帘上苑风。天净有云皆锦绣，树深无雨亦溟濛。”“草头初日露华明，已有游船歌板声。”“青山骏马旌旗队，翠袖香车绣画城。”[①]扬州的楼台亭榭、画船朱帘、花草虫蝶、春风雨露等尽显笔下。在吴锡麒笔下，扬州的风俗也有很好的展现，《蚕词十首》：“上巳晴明去踏青，要看桑上挂银瓶。马头庙里烧香便，预乞今朝瓦卦灵。”“麦要轻寒蚕要温，曲房笼火近黄昏。吴监聘了狸奴到，生客须防早闭门。”“女儿女儿娇可怜，欲眠未眠谷雨前。豆荚一肩新入市，起蚕时候忌雷天。”（《蚕经》，俗谓蚕为女儿）“村舍儿童散学回，蚕忙过了插秧催。家家烛蛹传方法，谁读河东郭注来。”[②]描绘出一幅暮春时节扬州民间养蚕的风俗画卷，养蚕过后初夏的农忙情景也历历在目。

游幕文人参与建构了关于扬州的意象，“扬州客”与“扬州梦”扩充了扬州的意象内涵，将人文内涵融进扬州风景中。吴嵩梁《七月七日宾谷运使招集康山草堂，时吴谷人锡麒编修将入都，徐阆斋嵩之武昌，余由金陵归里，题留客图后，兼示同馆诸君》最具典型性：“扬州无数好园林，跌宕此中须我辈。露珠凉透天孙裳，二十四桥秋月光。楼头星斗照华宴，楼下雾树连高樯。琵琶声断林鸦起，倒卷银河泻杯底。红烛千条艳夺花，绿云一片吹成水。吴生狂醉笑仰天，世无此乐三百年。眼中七子已尘土，骚坛拔帜公其先。”[③]扬州只有园林美景是不够的，还需要“我辈”跌宕此中，方才有意蕴，方有人文景观，“我辈”的参与才让扬州的风景有了灵魂。游幕文人建构了关于扬州的共同记忆，扬州是繁华处，是极乐地，是人生当中的好光景。吴锡麒在扬州曾燠幕府期间作有《扬州春游绝句二首》：“十年重觅玉人箫，九曲阑前一舻摇。花底灯船花上月，泥人光景是虹桥。”“衣香人影动相思，司李扬州绝句诗。莫向明湖赋秋柳，人生最好冶春时。”[④]又作《扬州四首》：“落日邗沟系客篷，繁华世界画图中。春留歌吹江城艳，天富鱼盐海国丰。”[⑤]黄慎《维扬竹枝词》曰：“人生只爱扬州住，夹岸垂杨春气薰。”[⑥]金兆燕《丁丑夏，自都门南归，舟过邗江，独游湖上，见壁间雅雨都转春日修禊唱和诗，漫步原韵，即用奉呈四首》：“此间极乐真成国，何处闲愁尚有城。悔向长安淹岁月，听残春雨凤楼更。”[⑦]希

① （清）郑板桥《郑板桥集》，页241—242。

② （清）吴锡麒《有正味斋诗集》，页6a—6b。

③ （清）吴嵩梁《香苏山馆全集·香苏山馆诗钞》，页7b。

④ （清）吴锡麒《有正味斋诗集》，页2b。

⑤ 同上书，页8b。

⑥ （清）黄慎《蛟湖诗钞》，载《扬州八怪诗文集》，页67。

⑦ （清）金兆燕《国子先生全集》，页216。

望来生还作扬州客,金兆燕《看续芳园芍药》:"风前私语向花盟,来生还作扬州客。"[①]徐鸣珂《芍药词》:"留春只合扬州住,芍圃年年作胜游。"[②]黄承吉《春日杂兴》:"只索春情如梦里,一年人是一年游。"[③]刘嗣绾《扬州梦》:"扬州一梦成迷楼,十年梦觉堪千秋,白江州与刘随州。"[④]身为扬州客,王粲登楼的典故也会进入笔下,在扬州梦里也会有漂泊无依的苦楚。金兆燕《三贤祠看桂》:"爱客郑庄频置驿,离家王粲且登楼。"[⑤]用王粲登楼的典故,隐隐表达出壮志难酬的抑郁。盐商与官员聚集的扬州,奢靡之风兴盛。惺庵居士《望江南百调》曰:"扬州好,侨寓半官场,购买园亭宾亦主,经营盐典仕而商,富贵不还乡。"[⑥]经济的繁荣带来市民俗文化的兴盛,雅俗文化交融。与之前文人刻意追求雅致、与俗众相区分不同,此时期的文人大多愿意接纳俗文化。《随园诗话》载有郑板桥写扬州的诗:"扬州为盐贾所居,风尚侈靡。崔尚书《应阶诗》云:'青山也厌扬州俗,多少峰峦不过江。'郑板桥诗云:'千家生女先教曲,十里栽花当种田。'"[⑦]但赵怀玉《平山堂记游》曰:"魂疑与蝶化,芳欲惹蜂窃。翻嫌邓尉山,离俗太高洁。"[⑧]因为对扬州俗文化的接纳,反倒觉得离俗之处缺乏生活的烟火气。虽然文人还有精英阶级的优越感,但是对雅文化逐渐大众化的趋势持包容之态度。从游幕文人的诗集中能一窥乾嘉时期扬州经济力的提升带来的雅俗文化的交融,雅文化被庶民共享。

扬州在文人笔下有了故乡的意蕴。卢见曾被罢官后离开扬州,作《告休得请留别扬州故人》对扬州无比留恋:"祖道长筵舟满河,绿杨城外动骊歌。""十里亭台通画舫,一年箫鼓到深秋。""长河一曲绕柴门,荒径遥怜松菊存。"[⑨]刘嗣绾《重过题襟馆感赋》:"旧游曾此画图开,清宴堂中蜡泪堆。吟社已成流水逝,酒垆何苦朔风吹。新黄月写天离恨,古绿烟飞树劫灰。听到竹西歌吹歇,小回廊角一人来。"[⑩]扬州的意象不仅意味着繁华,还蕴含着美好的记忆。詹肇堂《扬州柳枝词》:"软学腰肢浅画眉,两船相遇镇相随。生来愿作虹桥树,不识人间有别离。"[⑪]胡森《扬州柳枝词》:"楼台十里接平山,十里

① (清)金兆燕《国子先生全集》,页 275。
② 李坦编《扬州历代诗词》,页 691。
③ 同上书,页 757。
④ (清)刘嗣绾《尚䌹堂诗集》,页 263。
⑤ (清)金兆燕《国子先生全集》,页 249。
⑥ 陈恒和编刻《扬州丛刻》,"中国方志丛书"本,华中地方第 3 号第 3 册,页 1048。
⑦ (清)袁枚《随园诗话》,页 155。
⑧ (清)赵怀玉《亦有生斋集》,《清代诗文集汇编》419 册,页 181。
⑨ (清)卢见曾《雅雨堂诗文遗集》,页 441。
⑩ (清)刘嗣绾《尚䌹堂诗集》,页 348。
⑪ (清)曾燠《邗上题襟续集》,页 5b。

笙歌不得闲。水上画船堤上马，总教系住绿杨湾。”[①]顾麟瑞《扬州柳枝词》：“大雷塘接小雷塘，不种垂杨种白杨。风雨满天听不得，空留燕子说兴亡。”[②]蒋征蔚《扬州柳枝词》：“邗水清流映画桡，冶游遍识玉骢骄。东风吹绿垂杨树，只在隋堤廿四桥。”[③]扬州承载着他们对过往美好时光的记忆。对于幕主曾燠来说，扬州更是意义非凡。曾燠《阮宫保寄贶西洋新制灯檠，赋谢》一诗下注：“仆为外吏三十余载，而在扬十八年。”曾燠在扬州前后有长达十八年的宦游生涯，这是他一生宦途最为得意的时期，也是其交游诗创作的高峰时期。严迪昌先生在《清诗史》中说：“曾宾谷是清代扬州最后一个影响广被东南的风雅使节”[④]，这一时期曾燠交游的人物众多，几乎涵盖了乾隆后期到嘉道之际的社会名流。在扬州曾燠举行了多次的盛会雅集，“题襟馆雅集”“九峰园秋禊”“消寒会分咏”等等，诗酒唱和，盛极一时。曾燠《扬州柳枝词》曰：“春来何处无杨柳，不似扬州最可怜。”[⑤]对扬州情有独钟。这是曾燠最为人称道的时期。他在扬州为官时间最长，又是幕府极盛时期，在扬州一系列的文学活动、文学创作让曾燠在扬州留下美名，曾燠也成为扬州为政者的一个文化典范。扬州的人文氛围在曾燠主政时期得以加强，竹西亭、虹桥、九峰园、焦山、平山堂等景点，作为扬州的标志性建筑，存留于历史中。曾燠人生美好的记忆离不开扬州的风月，离开扬州后，曾燠屡次回忆扬州，作《忆扬州题襟馆鹤》《寄扬州故旧》等诗怀旧。《人日寄江淮故人》：“扬州梅花满蜀冈，二分明月寒有香。……游宦本来无定迹，却望江南如故国。”曾燠心中，扬州已成为故乡。在《江石生白圭堂诗钞序》一文中，曾燠提及离开扬州后孤独寂寞，知音难觅。曾燠作为官阁诗人群体中的一员，具有特殊的凝聚力，曾燠及其幕宾大大提升了扬州的文化意蕴。在扬州的文化历史中，曾燠也成为扬州一个标志性人物。

与清初文人扬州书写中哀伤惆怅的情调不同，乾嘉时期的游幕文人则多有对盛世的歌颂。金兆燕《又次卢雅雨都转〈虹桥修禊韵〉四首》：“此日太平传盛事，人人身到五云中。”[⑥]詹肇堂《邗沟庙》：“开拓东吴财赋地，君王终竟是雄才。”[⑦]胡森《留别宾谷都转》：“只因公亮在扬州，能引诗人作唱酬。名卉

① (清)曾燠《邗上题襟续集》，页6b。
② 同上书，页7b。
③ (清)曾燠《邗上题襟续集》，页8a—8b。
④ 严迪昌《清诗史》，页638。
⑤ (清)曾燠《邗上题襟续集》，页4a。
⑥ (清)金兆燕《国子先生全集》，页216。
⑦ (清)詹肇堂《心安隐室诗集》，页656。

一齐归药笼，野航三度傍仙舟。”[①]将扬州的魅力与曾燠提倡风雅的吸引力融合在一起。

正如梅尔清《清初扬州文化》中所说：“在17世纪晚期，扬州的文人及官宦精英人物通过诗歌和传说的习惯表达他们自身及其活动。对他们而言，地方的重要性源自本地以外的那些卓越的价值观。19世纪初，这些活动似乎与由地方背景决定的精英身份认同越来越紧密地联系起来。”“在整个19世纪，这种以地方为基础的精英共同体和身份认同的形式扮演着越来越重要的作用。”[②]在乾嘉时期，扬州的幕主与游幕文人对扬州的文化认同以及对扬州的书写建构了扬州的地域文学传统。文化认同感让他们的诗歌带有优越感，而他们的书写又扩充了扬州意象的内涵。

三、江南游幕诗歌的欧、苏情结

与游幕于京畿的文人用诗歌描写帝都气象不同，江南游幕文人的诗歌中普遍充满了欧、苏情结。后世每个文人心中都有对欧、苏的渴慕、效仿情结，游幕文人诗歌中的对欧、苏的情结不是将自己与欧、苏并置，而是对幕主的赞扬。欧阳修和苏轼在后世文人的心目中代表着理想人格，是为政与风雅的典范。二人都曾到各地做官，不仅有很好的声誉，并且以诗文传世。苏辙《欧阳文忠公神道碑》评价欧阳修的美政：“其政察而不苛，宽而不弛，吏民安之，滁、扬之人至为立生祠。”[③]更重要的一点，欧、苏都曾到江南做官，有相同的地域文化。在扬州做官时，欧阳修修建了无双亭和平山堂。欧阳修对自己守扬州的政绩就颇为得意，《与韩忠献王(琦)书八》曰：“广陵尝得明公镇抚，民俗去思未远，幸遵遗矩，莫敢有逾。独平山堂占胜蜀冈，江南诸山一目千里，以至大明井、琼花二亭，此三者，拾公之遗以继盛美尔。(大明井曰美泉亭。琼花曰无双亭)”[④]可见，修建平山堂、无双亭、美泉亭都含蕴着昭示政通人和的意味。苏轼在地方任上恪尽职守，和老百姓休戚与共。二人都召集文人雅士形成了唱和的群体。欧阳修在平山堂专门邀集宾客宴游，而苏轼兄弟、苏门六君子文酒之会从不曾间断，以诗文切磋相酬唱。张叔椿记载苏轼门下的酬唱：“诗人酬唱，盛于元祐间。自鲁直、后山宗主二苏，旁与秦少游、晁无咎、张文潜、李方叔驰骛相先后，萃一时名流，悉出苏公门下。噫，其盛欤！”[⑤]乾嘉

---

① (清)曾燠《邗上题襟续集》，页10a。
② 〔美〕梅尔清《清初扬州文化》，朱修春译，上海：复旦大学出版社，2004年，页145。
③ 郭预衡主编《唐宋八大家文——苏辙文》，北京：人民日报出版社，1997年，页346。
④ (宋)欧阳修《欧阳修散文全集》，北京：今日中国出版社，1996年，页228。
⑤ (宋)张叔椿《坡门酬唱集序》，影印文渊阁《四库全书》本，页1。

时期的幕主们，具有一定的政治地位，能够主持风会，与欧、苏处于相同的地域，经历着相似的唱和，门下有一样的风雅文士，这些很容易就激起了幕主和幕宾的共鸣。能像欧、苏一样与文人雅士诗酒唱和并留下美名。遍览诗文集，会发现幕主们对欧阳修、苏轼有着相同的渴慕与效仿，游幕文人诗歌中的一个显著特点也是浓郁的欧、苏情结。

幕主在诗文与实践中表达着对欧、苏的渴慕。洪亮吉所谓的"览乎遗文，嗟不并世；求其宦历，又近在兹"[①]。幕府中最常见的一个活动便是祭祀欧、苏，借着欧、苏的生日、忌辰，聚会唱和，表达对欧、苏的崇仰。因为欧、苏驻足，扬州竹西亭被世人看重。苏轼路经扬州，作《归宜兴留题竹西寺三首》，后在扬州为官半年，而欧阳修在扬州做官一年多，题咏过竹西亭。卢见曾为官扬州，重修竹西亭，《重建竹西亭记》曰："余惟人世间一切盛衰隆替，如水容山态，朝夕殊形，其大者莫不然，何有于一亭之兴废哉？虽然地以人传，而非其地之盛则亦不足以传其人。兹地因樊川之句以为亭，因欧、苏留连于是亭而益重于世，彼易其名与迁其址者陋也……余抱修亭之愿以去，落成而来，亭不因余成，而余之来适与亭会。余之文不足重斯亭，而亭若有待焉，因不辞而为之记。"[②]充满得遇竹西亭的愉悦与珍惜之情。在重修欧、苏的祠堂时，他有着学习欧、苏的决心。"夫读公之书，抚公之遗民，而不以公之治为治，非学也；以公之治为治，而不列公于祀典，尤非崇德报功之道。"[③]在被流放塞外期间，苏轼成为卢见曾精神上的知音，《答扬州诸故人问近况》："无碍筵朱点《周易》，有时把酒读《离骚》。惠州苏轼潮州愈，荒岛何曾减旧豪。"[④]

阮元提倡骈文，为骈文争正宗，对唐宋八大家的文章很是不满："至唐，而四六更卑。然文体不可谓之不卑，而文统不可谓之不正。自唐、宋韩、苏诸大家以奇偶之文为八代之衰而矫之，于是，昭明所不选者，凡皆为诸家所取。"[⑤]但对苏东坡却有很高的评价，称其"袖中有东海""英灵助真宰"[⑥]。并主持修建了苏东坡祠，写了不少纪念诗文。对苏东坡的一生，充满了同情：

苏公一生凡九迁，笠屐两到西湖前。
十六年中梦游遍，况今寥落七百年。
西湖之景甲天下，惟公能识西湖全。

① （清）洪亮吉《洪亮吉集》，页343。
② （清）卢见曾《雅雨堂诗文遗集》，页492。
③ 同上。
④ （清）卢见曾《雅雨山人出塞集》，《续修四库全书》1423册，页534。
⑤ （清）阮元《揅经室集》，页508。
⑥ 同上书，页812。

公才若用及四海，德寿不驻湖山边。①

不同意苏轼对文章的看法并不妨碍阮元对苏轼的欣赏。

幕宾们表达对幕主的赞誉和感激，更加普遍地把幕主比作欧、苏以褒扬幕主。汤先甲跋卢见曾《出塞集》曰：“雅雨夫子《出塞集》既成，命甲缮写以付剞劂。甲受而读之，远而不忘，思而不困，若欧阳文忠之于夷陵、苏文忠之于儋耳。其遇同，其才同，俱以写其惓惓望阙之沈，非夫骚人谪宦悒郁无悰者之所托，固宜忠勤远届，宸眷维新。”②突出卢见曾与欧、苏遭遇相同，才气相当。

最突出的当数幕宾对曾燠的赞扬。曾燠在扬州为官，是欧、苏为政的地方，这成为一个被比作欧、苏最好的契机。

詹肇堂在曾燠主持的祭祀苏轼的唱和中把曾燠与欧、苏并列，《十二月十九日致祭坡公作》：

苏公守维扬，其年五十七。
先生今年三十四，转运淮南持玉节。
后先相去七百年，适来与公作生日。
先生南丰之子孙，与苏同出欧公门。
欧苏昔皆宦兹土，平山三过遗踪存。③

孙星衍序《邗上题襟集选》，比较欧阳修赏识人才与曾燠对人才的搜罗，汪中序《邗上题襟集选》，则直言曾燠的政绩超过了欧阳修。吴锡麒作《赏雨茅屋诗集序》曰：“独宾谷挟其纵横跌宕之才，以雄视乎当世，令人爱之慕之，比于香山、六一、玉局诸老，不其伟与？”④在诗中也赞扬曾燠像欧、苏一样与民同乐，“欧苏一例同民乐，莫负东风避绮罗”⑤。认为曾燠就是当代的东坡，“都转曾公，南丰后人，东坡今日，志冲谊美，政平人和”⑥。吴照把曾燠比为“醉翁”：“今日醉翁年更少，江山重见咏歌新。”⑦《宾谷运使将以十二月十九日为坡公设祀，照适有邓尉探梅之约，先赋此诗应教》曰：“欧公门下苏曾贤，更七百载留因缘。扬州平山记三过，苏于欧也政后先。南丰此地缺典故，喜有后裔来今年。今年腊月十九日，苏公生日设祀虔。通家自昔称子弟，使君

① (清)阮元《揅经室集》，页785。
② (清)卢见曾《雅雨堂诗文遗集》，页537。
③ (清)詹肇堂作，载《邗上题襟集》中，清嘉庆间(1796—1820)刻本，页8b。按，《心安隐室诗集》中未见。
④ (清)曾燠《赏雨茅屋诗集》，页1。
⑤ (清)吴锡麒《有正味斋诗集》，页1b。
⑥ 同上书，页9a。
⑦ (清)吴照《听雨斋诗集》，页52。

再拜情殷然。""精神如依醉翁前，当时文章共师友。"[1]邓显鹤称赞曾燠是当代韩、苏，"惟先生主持风雅，为当代韩、苏，海内人士稍负异于众者，靡不思携业就正，思得一言以为荣"[2]。方正澍《苏文忠公生日，宾谷都转设祀，以梅花作供，有诗纪事，余亦继组》称："先生六月寿欧公，手供莲花百朵红。嘉平之月日十九，供梅又为苏公寿。师弟两文忠，文章道谊同。先后托箕尾，俎豆稀尊崇。七百余岁遇同调，替人今代曾南丰。招宾共集题襟馆，画像称觞致诚款。"[3]方正澍说曾燠是苏东坡七百年后的知音，他也这样赞扬过毕沅，显然把幕主比作欧、苏是很高的赞誉。詹肇堂《将迎宾谷先生于邵伯镇，为雨雪所阻，中途而返，志感二首》感谢曾燠的宽容和谅解，"心驰玉节远相迎，泥沼沿途阻此行。赖是欧公性宽易，不将苛礼责门生。"[4]洪亮吉没有在曾燠府作幕，但对曾燠也称誉有加："虽然文章节义谥并同，配食六一庶得眉山翁。"[5]曾燠幕府刊刻的《邗上题襟集》中，有不少唱和之作是祭祀苏公、欧公，《宾谷前辈寄示六月二十一日为宋欧阳文忠公生日设祀诗，因赋和一篇寄正，并柬王少林太守陈澧堂博士、史册厓文学》，洪亮吉作；《十二月十九日致祭坡公作》有曾燠、吴照、汪中、喻宗泰、胡森、詹肇堂作诗；《宾谷先生以六月二十一日集平山堂为欧阳文忠公生日，宾谷都转设祀于扬州官阁，以诗奉简》，阮元作。詹肇堂的诗集《心安隐室诗集》中记载了不少祭祀欧、苏之作，如《醉翁吟·欧公生日，宾谷先生偕同人设祭清燕堂，作醉翁吟》《坡公生日，宾谷先生以异石作供，同用公集中仇池石韵》《坡公生日，题襟馆以梅花为供作歌》《先生复用坡公端午小集石塔寺韵作诗见示，盖续扬州故事也，次韵奉酬》等。吴嵩梁《宾谷先生七十诞辰，先期避客往游西山归，约置酒净业湖，观荷花为寿》："十丈花为九仙骨，诗老诞生同六月。曾公兄事黄欧阳，却比荷花先一日。醉翁诗在太白昌黎间，翁兀傲能追攀。平生大节植忠孝，身世所涉多波澜。公之遭遇乃出二公上，济时业就容宽闲。即论诗格亦鼎立，广博彭蠡高庐山。"[6]并有注解："文节公十二日生，文忠公廿一日生，廿四日为荷花生辰，公则二十三日。"吴嵩梁笔下，出生的月份相同，更主要是人生遭际、忠孝大节、文学才华能够与欧阳修、黄庭坚相鼎立。

很显然，不管是政治成就还是文学地位，抑或在后世的名声，幕主都无法

① (清)吴照《听雨斋诗集》，页53。
② (清)邓显鹤《南村草堂文钞》，清咸丰元年(1851)刻本，页14a。
③ (清)方正澍《子云诗集》，页19b。
④ (清)詹肇堂《心安隐室诗集》，页649。
⑤ (清)洪亮吉《洪亮吉集》，页887。
⑥ (清)吴嵩梁《香苏山馆全集·香苏山馆诗钞》，页15b。

与欧、苏相比。以欧、苏为代表的文人集团，参与到了文统的建设中，在宋代的文化中扮演了重要的角色。而乾嘉时期幕主与幕宾的欧、苏情结更多的是无意识中一种在野的姿态，对欧、苏的崇仰在理想人格与文学才华上，而不在政绩上。在道统、文统均被朝廷掌握的乾嘉时期，雅集唱和多为闲情逸致，对欧、苏的情结有真诚的赞扬，也有流于形式的符号化抒情。

乾隆六次南巡，卢见曾修建的扬州园林本就是为了迎接圣上，诗歌中多有对太平盛世的歌颂，但到曾燠以“热官冷做”的姿态塑造自我形象时，已经带有了与朝廷保持离心力的意味。江南游幕诗歌中太平盛世与落魄客、扬州梦与兴亡之叹、群贤毕至的优越感与个体的孤独形成了一种张力，江南的地域特色与文人的情感表现塑造了江南文坛的诗风。

结语

乾嘉之后，清朝走向衰落，各地起义不断，还有外来的入侵，幕府中政事繁多，无暇进行学术研究和文学创作，幕府中较多地提倡经世致用的事功。乾嘉乃升平盛世，游幕文人与学术、文学的关系自然更为紧密。

《左传》说："太上有立德，其次有立功，其次有立言，虽久不废。此之谓不朽。"①立德、立功是文人价值取向的主要方面。孙星衍《诗三章》曰："中天白日若不光，我浮其生让千古。吟诗作赋岂足论，后世知我勿以文。朝狂暮狂胸磊磊，复去醇醴自昏秽。朝愁暮愁衰色侵，只借粉蠹耗雄心。渊骞以后尽章句，入传莫复求儒林。"②游幕文人大都是抱着"一身虽不赀，事有大于此"的信念，期望建立功业，致君尧舜，不以文人自命，也不希望世人以文士来看待他们。然而，乾嘉时期的游幕并非文人的晋身之阶，对于志在兼济的文人来说，只能在著书立言方面寻求发展。游幕文人都有科考的经历，又长期浸润于书本中，具备诗文写作的能力和考据的学术能力。游幕文人的自我优越感和在幕府中的知名度，与他们的诗文之才和学术能力相关。幕府较为浓厚的文化氛围，让诗文写作成了显示才能的自由竞技场。洪亮吉、黄景仁、吴锡麒、吴嵩梁等游幕文人都是由于诗才而被留在幕府，又因诗才在幕府内名声大震。还有一些游幕文人利用幕府丰富的藏书完成了自己的学术著作。做出济世功业只是他们走上游幕之途时最初的理想与期待，诗文与学术才是乾嘉时期游幕最显著的成果。

用哈贝马斯的公共领域理论来看，幕府正是为游幕文人提供了一个公共领域，一个平等交谈的机会，当然，这个平等只限于文学才华与学术水平的展示。也正是在这个平台上，乾嘉时期的游幕文人为乾嘉文坛的兴盛做出了贡献。

从诗歌与骈文中都能窥见游幕文人心灵深处的隐秘光影。当他们在各个幕府间漂泊的时候，有多少意识能被自己主宰？在交游唱和中，诗人的灵性泯灭在对幕主的歌颂中，又怎样表达个体自由的声音？他们的文会唱和诗

---

① 杨伯峻《春秋左传注》，北京：中华书局，1990年，页1088。

② （清）孙星衍《孙渊如先生全集》，页527。

再现了当时热闹欢快的游乐情景，却带着浮华世界的色彩。在追随幕主的游历中，他们又将山水田园诗开拓到哪个境界呢？他们借山水、田园表达的却是幕主为政的清明与高洁的品德。他们的人生苦闷、孤独情感也体现在诗文中，但他们对人生的穷通之运和世间的不合理现象有无思考？在繁华热闹的聚会游玩中，诗歌怎样深入到内心世界？如果不能，又怎样具备打动人心的力量？而当愧疚与感激充满诗作时，我们又该怎样苛求在漂泊中谋生计的游幕文人？在文人汇聚的幕府，也常常有孤独的灵魂在偶遇、相撞中发出惊喜的呼喊，但他们又只能在彼此的轨道上孤独地滑行，在深深的落寞中哀叹，又在孤独贫困中陨灭，留下的是狂怪的声名和寂寞的诗篇，这些诗篇真正地震撼了我们的内心世界。

每一个游幕文人都是独特的个体，彼此相互区别，行之于诗文，表述千差万别。但正是个体的独特性、特殊性展示了游幕群体普遍的创作特色。个体与群体的创造显示出乾嘉文学生态的多样性。同为游幕文人，深受幕府生活影响、朝夕相处的洪亮吉与黄景仁却结局不同，黄景仁以诗人终身，英年早逝，洪亮吉却从辞章之学转向经史之学，而最终走向仕途。同处幕府之中，汪中在骈文中哀叹自己像娼妓一样辗转于幕府之间，对游幕的漂泊与拘束充满无奈和痛苦，洪亮吉则对游幕生涯充满感激与怀念。在骈文中，汪中着重表达的是对知音的渴望以及人生体验的痛苦辛酸，很难分清是在描写他自己还是在描写对象，游幕痛苦体验与骈文的华美形式完美地融和，有人生的失落感，有雅致的典故，骈文在学问、情感和形式上都达到了较高的境界。洪亮吉也有相似的游幕经验，但在骈文中表达的重点是对幕主的感激，对游幕生活的留恋，情感也很深沉，他的骈文有着华美的形式和丰富的典实。同在一个幕府中，遭遇因人而异，体现在诗文中是不同的情感和形式。而乾嘉文坛又怎能缺少了他们的人生际遇与情感表达？

时代的思想、学术总会进入文学领域，考据学作为乾嘉时期的主流话语，向文学领域延伸、渗透。游幕文人中多有乾嘉学者，不以学术擅长的文人也被吸引到乾嘉考据学的大潮中。从游幕文人与格调说、肌理说、性灵说的认同与疏离，可以看出他们对乾嘉朴学的态度和对儒家诗教的自觉认同，又与他们的游幕生涯息息相关。诗歌有自身发展的规律和内在动力，在为儒家伦理束缚之后还是要回到抒情言志的正途。文人批判肌理派，与清中期诗坛的发展趋向相一致，文学发展内在动力发挥作用，清中期的文人不由自主地顺从了文学发展的规律，诗坛努力摆脱经学思维，继承诗歌的抒情传统。

跳出诗歌流派的局限来观照乾嘉文坛，将诗人置于空间流动与时间变迁的纵横交错中，可以观察到更生动更丰富的文坛生态，看到人与地域因隔阂、相融而催生的文学景观，而避免停留于静态地研究文学与地域的关系。游幕文人通过审美活动将外在的自然地理系统内化为自己创作的心灵空间，参与到当地的文学传统中，丰富了地域的文学书写样式。乾嘉文坛因文人游幕而呈现出文学史生态的多样性和区域特色。

随着乾嘉盛世的逝去，幕府内的学术与文学活动日益减少，游幕文人投入到事功当中。鸦片战争之后的幕府中成长的一批游幕文人不仅对社会现实有深刻体验，而且具有强烈的忧患意识，他们成为当时影响中国政治、学术风气的人物。这是乾嘉时期的游幕文人羡慕而不可得到的，生逢乾嘉盛世，他们的游幕更多地与学术、文坛相关，这是他们的幸运还是不幸？

参考文献

一、诗文集

(清)包世臣:《齐民四术》,北京:中华书局,2001 年

(清)毕沅:《乐游联唱集》,清乾隆四十七年(1782)刻本,经训堂丛书

(清)毕沅:《灵岩山人诗集》,清嘉庆四年(1799)经训堂刻本

(清)毕沅辑:《吴会英才集》,清道光(1821—1850)间刻本

(清)边寿民:《巢林集》,《扬州八怪诗文集》,南京:江苏美术出版社,1985 年

(清)曹振镛:《曹文正公诗集》,《清代诗文集汇编》443 册,上海:上海古籍出版社,2010 年

(清)陈焯:《国朝湖州诗录》,清道光十年(1830)刻本

(清)陈焯:《盐官唱和集》,清刻本

(清)陈奉滋:《敦拙堂诗集》,《清代诗文集汇编》359 册,上海:上海古籍出版社,2010 年

(清)陈文述:《碧城仙馆诗钞》,上海:国学扶轮社,清宣统三年(1911)铅印本

(清)陈文述:《颐道堂诗选》,《续修四库全书》1506 册,上海:上海古籍出版社,2002 年

(清)陈文述:《颐道堂文钞》,《续修四库全书》1506 册,上海:上海古籍出版社,2002 年

(清)陈燮:《忆园诗钞》,《清代诗文集汇编》491 册,上海:上海古籍出版社,2010 年

(清)陈撰:《玉几山房吟卷》,四明丛书第四集,民国二十五年(1936)刻本

(清)程晋芳:《勉行堂诗集》,清嘉庆二十三年 (1818)程瀚刻本

(清)程晋芳:《勉行堂文集》,清嘉庆二十五年 (1820)程瀚刻本

(清)程廷祚:《青溪文集》,民国二十五年(1936)北京大学铅印本

(清)戴名世:《戴名世集》,北京:中华书局,1986 年

(清)戴震:《戴震全集》,北京:清华大学出版社,1991 年

(清)邓显鹤:《南村草堂文钞》,清咸丰元年(1851)刻本

(清)邓显鹤:《沅湘耆旧集》,清道光二十四年(1844)新化邓氏小九华山楼刻本

(清)杜贵墀:《桐华阁文集》,清光绪二十六年(1900)刻本

(清)端木国瑚:《太鹤山人集》,清道光二十年(1840)瑞安洪坤刻本

(清)法式善:《存素堂诗初集录存》,清嘉庆十二年(1807)刻本

(清)法式善:《存素堂文集》,《清代诗文集汇编》435 册,上海:上海古籍出版社,2010 年

(清)方苞:《方苞集》,上海:上海古籍出版社,2008 年

(清)方东树:《汉学商兑》,上海:商务印书馆,1937 年

(清)方观承:《述本堂诗集》,《清代诗文集汇编》287 册,上海:上海古籍出版社,2010 年

(清)方正澍:《子云诗集》,清刻本

(清)高凤翰:《高凤翰诗集》,青岛:青岛出版社,1989 年

(清)高凤翰:《南阜山人斅文存稿》,台北:文海出版社,1985年
(清)龚未斋:《雪鸿轩尺牍》,长沙:湖南文艺出版社,1987年
(清)龚自珍:《龚自珍全集》,上海:上海人民出版社,1975年
(清)顾日新:《寸心楼诗集》,《清代诗文集汇编》473册,上海:上海古籍出版社,2010年
(清)顾仙根:《藕怡诗钞》,《清代诗文集汇编》367册,上海:上海古籍出版社,2010年
(清)郭麟:《灵芬馆集》,《清代诗文集汇编》485册,上海:上海古籍出版社,2010年
(清)郭麟辑:《唐文萃补遗》,清光绪十六年(1890)杭州许氏榆园刻本
(清)韩是升:《听钟楼诗集》,《清代诗文集汇编》389册,上海:上海古籍出版社,2010年
(清)杭世骏:《道古堂诗文集》,清乾隆间(1736—1795)刊本
(清)杭世骏:《道古堂文集》,《续修四库全书》1626—1627册,上海:上海古籍出版社,2002年
(清)何道生:《双藤书屋诗集》,《清代诗文集汇编》481册,上海:上海古籍出版社,2010年
(清)洪亮吉:《洪亮吉集》,北京:中华书局,2001年
(清)胡虔:《晋砖酬唱诗》,清嘉庆二年(1797)刻本
(清)胡天游:《石笥山房集》,《清代诗文集汇编》279册,上海:上海古籍出版社,2010年
(清)黄景仁:《两当轩集》,上海:上海古籍出版社,1983年
(清)黄慎:《蛟湖诗钞》,《扬州八怪诗文集》,南京:江苏美术出版社,1985年
(清)江藩:《国朝汉学师承记》,北京:中华书局,1983年
(清)江之纪:《白圭堂诗钞》,《清代诗文集汇编》514册,上海:上海古籍出版社,2010年
(清)蒋因培:《乌目山房诗存》,《清代诗文集汇编》489册,上海:上海古籍出版社,2010年
(清)焦循:《焦循诗文集》,扬州:广陵书社,2009年
(清)金安清:《水窗春呓》,北京:中华书局,1984年
(清)金农:《冬心先生集》,台北:台湾学生书局,1979年影印本
(清)金学莲:《三李堂集》,《清代诗文集汇编》508册,上海:上海古籍出版社,2010年
(清)金学莲:《竹溪客隐草堂集》,《清代诗文集汇编》508册,上海:上海古籍出版社,2010年
(清)金兆燕:《国子先生全集》,《清代诗文集汇编》344册,上海:上海古籍出版社,2010年
(清)乐钧:《青芝山馆骈体文集》,清嘉庆九年(1804)刻本
(清)乐钧:《青芝山馆诗集》,《续修四库全书》1490册,上海:上海古籍出版社,2002年
(清)李慈铭:《越缦堂读书记》,上海:上海书店出版社,2000年
(清)李慈铭:《越缦堂日记》,北京:北京燕山出版社,1988年
(清)李葂:《啸村近体诗选》,《扬州八怪诗文集》,南京:江苏美术出版社,1985年
(清)李审言:《李审言文集》,南京:江苏古籍出版社,1989年
李坦编:《扬州历代诗词》,北京:人民文学出版社,1998年
(清)李因笃:《续刻受祺堂文集》,清道光十年(1830)刻本
(清)厉鹗:《樊榭山房集》,上海:上海古籍出版社,1992年
(清)梁玉绳:《清白士集》,清道光六年(1826)钱塘梁氏刻本
(清)凌廷堪:《校礼堂诗集》,《续修四库全书》1480册,上海:上海古籍出版社,2002年

(清)凌廷堪:《校礼堂文集》,北京:中华书局,1998 年
(清)刘大观:《玉磬山房诗集文集》,《清代诗文集汇编》438 册,上海:上海古籍出版社,2010 年
刘师培:《刘申叔遗书》,南京:江苏古籍出版社,1997 年
(清)刘嗣绾:《尚䌹堂骈体文》,《清代诗文集汇编》469 册,上海:上海古籍出版社,2010 年
(清)刘嗣绾:《尚䌹堂诗集》,《清代诗文集汇编》469 册,上海:上海古籍出版社,2010 年
(清)刘嗣绾:《筝船词》,清同治九年(1870)刻本
(清)刘锡五:《随俟书屋诗集》,《清代诗文集汇编》453 册,上海:上海古籍出版社,2010 年
(南朝)刘勰:《文心雕龙》,南京:江苏教育出版社,2006 年
(清)卢见曾:《雅雨堂诗文遗集》附《出塞集》,《续修四库全书》1423 册,上海:上海古籍出版社,2002 年
(清)卢见曾补:《感旧集》,民国年间(1912—1949)铅印本
(清)卢见曾辑:《国朝山左诗钞》,清乾隆三十三年(1768)德州雅雨堂刻本
(清)陆继辂:《崇百药斋文集》,清光绪四年(1878)湖北兴国州署刻本
(清)陆元辅:《陆菊隐先生文集》,清刻本
(清)马曰琯:《沙河逸老小稿》,北京:中华书局,1985 年
(清)毛岳生:《休复居诗文集》,《清代诗文集汇编》570 册,上海:上海古籍出版社,2010 年
(清)彭兆荪:《南北朝文钞》,清光绪二年(1876)陈起荣刻本
(清)彭兆荪:《小谟觞馆诗文集》,《续修四库全书》1492 册,上海:上海古籍出版社,2002 年
(清)钱大昕:《嘉定钱大昕全集》(增订本),南京:凤凰出版社,2016 年
(清)钱泳:《梅花溪诗草》,《清代诗文集汇编》456 册,上海:上海古籍出版社,2010 年
(清)钱载:《萚石斋诗集》,清光绪四年(1878)秀水钱卿鉌刻本
(清)钱载:《萚石斋文集》,清光绪四年(1878)苏州府署刻本
(清)秦瀛:《小岘山人文集》,清嘉庆二十二年(1817)城西草堂刻本
(清)全祖望:《全祖望集汇校集注》,上海:上海古籍出版社,2000 年
(清)阮元:《畴人传汇编》,扬州:广陵书社,2006 年
(清)阮元:《小沧浪笔谈》,清嘉庆间 (1796—1820)刻本
(清)阮元:《揅经室集》,北京:中华书局,1993 年
(清)阮元辑:《淮海英灵集》,清嘉庆三年(1798)小琅嬛仙馆刻本
(清)阮元辑:《两浙輶轩录》,清光绪十六年(1890)浙江书局刻本
(清)邵晋涵:《南江诗文钞》,清道光十二年(1832)仁和胡敬刻本
(清)邵晋涵:《南江文钞》,《续修四库全书》1463 册,上海:上海古籍出版社,2002 年
(清)申涵光:《聪山集》,《清代诗文集汇编》70 册,上海:上海古籍出版社,2010 年
(清)沈大成:《学福斋集》,《续修四库全书》1428 册,上海:上海古籍出版社,2002 年
(清)沈德潜:《古诗源》,北京:中华书局,2006 年
(清)沈德潜:《历代诗别裁集》,杭州:浙江古籍出版社,1998 年
(清)沈德潜:《说诗晬语》,北京:人民文学出版社,1979 年

(清)沈德潜:《沈德潜诗文集》,北京:人民文学出版社,2011年
(清)沈起元:《敬亭文稿》,清乾隆间(1736—1795)刻本
(清)沈廷芳:《隐拙斋集》,清乾隆二十二年(1757)则经堂刻本
(清)沈廷芳:《隐拙斋续集》,清乾隆四十四年(1779)则经堂刻本
(清)史善长:《秋树读书楼遗集》,清道光六年(1826)胜溪草堂刻本
(清)舒位:《瓶水斋诗集》,《清代诗文集汇编》479册,上海:上海古籍出版社,2010年
(清)孙梅:《四六丛话》,台北:世界书局,1984年
(清)孙星衍:《八家四六文注》,清光绪二十四年 (1898)石印本
(清)孙星衍:《孙渊如先生全集》,上海:商务印书馆,民国二十四年 (1935)
(清)谭献:《复堂日记》,石家庄:河北教育出版社,2001年
(清)铁保辑,赵志辉校点:《熙朝雅颂集》,沈阳:辽宁大学出版社,1992年
(清)屠倬:《是程堂诗集》,《清代诗文集汇编》535册,上海:上海古籍出版社,2010年
(清)汪辉祖:《病榻梦痕录》,台北:广文书局,1971年影印本
(清)汪辉祖:《佐治药言》,北京:中华书局,1985年
(清)汪中:《新编汪中集》,扬州:广陵书社,2005年
(清)王昶:《春融堂集》,清嘉庆十二年(1807)刻本
(清)王昶:《国朝词综》,清光绪二十八年(1902)金匮浦氏刻本
(清)王昶:《湖海诗传》,清同治四年(1865)苏州绿荫堂刻本
(清)王昶:《湖海文传》,清道光十七年(1837)经训堂原刻,清同治五年(1866)重刻本
(清)王昶:《明词综》,上海:商务印书馆,民国二十八年(1939)
(清)王复:《晚晴轩词》,清刻本
(清)王复:《晚晴轩稿》,清刻本
(清)王鸣盛:《西庄始存稿》,《续修四库全书》1434册,上海:上海古籍出版社,2002年
(清)王芑孙:《渊雅堂全集》,《清代诗文集汇编》442册,上海:上海古籍出版社,2010年
(清)王昙:《烟霞万古楼诗选》,清道光间(1821—1850)刻本
(清)王文濡:《骈文评注读本》,上海:中华书局,民国十六年(1927)影印本
(清)王文治:《梦楼先生唱和诗》,清光绪三十二年(1906)上海抱经庐影印本
(清)王文治:《梦楼诗钞》,《清代诗文集汇编》370册,上海:上海古籍出版社,2010年
(清)王文治:《王文治杂著》,清嘉庆四年至七年(1799—1802)稿本
(清)王先谦:《骈文类纂》,杭州:浙江古籍出版社,1998年
(清)王衍梅:《绿雪堂遗集》,清道光二十年(1840)吴郡汪云任刻本
(清)王又曾:《丁辛老屋集》,清乾隆五十二年(1787)刻本
(清)翁方纲:《复初斋诗集》,《清代诗文集汇编》382册,上海:上海古籍出版社,2010年
(清)翁方纲:《复初斋文集》,《清代诗文集汇编》382册,上海:上海古籍出版社,2010年
(清)吴慈鹤:《吴侍读全集》,《清代诗文集汇编》524册,上海:上海古籍出版社,2010年
(清)吴兰庭:《胥石诗文存》,民国十年(1921)吴兴嘉业堂刻本
(清)吴嵩梁:《石溪舫诗话》,清道光二十三年(1843)刻本
(清)吴嵩梁:《香苏山馆全集》,清道光二十三年(1843)刻本

(清)吴锡麒:《有正味斋词集》,清嘉庆间(1796—1820)刻本
(清)吴锡麒:《有正味斋骈体文》,清嘉庆十三年(1808)刻本
(清)吴锡麒:《有正味斋诗集》,清嘉庆十三年(1808)刻本
(清)吴煊:《菜香书屋诗钞》,《清代诗文集汇编》799册,上海:上海古籍出版社,2010年
(清)吴照:《听雨斋诗集》,清乾隆五十九年(1794)南昌刻本
(清)吴鼒:《吴学士诗集》,清光绪八年 (1882)江宁藩署刻本
(清)吴鼒:《吴学士文集》,清光绪八年 (1882)江宁藩署刻本
(清)吴鼒辑:《八家四六文钞》,清嘉庆三年至光绪年间(1798—1908)较经堂刻本
(清)吴鼒辑:《八家四六文注》,民国二十三年(1934)扫叶山堂石印本
(清)武亿:《授堂遗书》,清道光二十三年(1843)偃师武氏刻本
(清)夏静渠:《浣玉轩集》,《清代诗文集汇编》304册,上海:上海古籍出版社,2010年
(南朝)萧统:《文选》,北京:中华书局,1977年
(清)谢启昆:《树经堂诗集》,《续修四库全书》1458册,上海:上海古籍出版社,2002年
(清)谢启昆:《树经堂文集》,《续修四库全书》1458册,上海:上海古籍出版社,2002年
(清)许葭村:《秋水轩尺牍》,长沙:湖南文艺出版社, 1987年
(明)徐渭:《徐文长全集》,上海:广益书局,民国二十五年(1936)
(清)薛寿:《学诂斋文集》,清光绪十五年(1889)广雅书局刻本
(清)严长明:《官阁消寒集》,北京:中国书店,1982年影印本
(清)严长明:《归求草堂诗集》,民国元年(1912)叶德辉辑,民国八年(1919)重修
(清)严观:《湖北金石诗》,北京:中华书局,1985年
(清)杨伦:《九柏山房诗集》,《清代诗文集汇编》417册,上海:上海古籍出版社,2010年
(清)姚鼐:《惜抱轩全集》,北京:中国书店影印本,1991年
(清)叶燮著,蒋寅校注:《〈原诗〉笺注》,上海:上海古籍出版社,2014年
(清)伊秉绶:《留春草堂诗钞》,《清代诗文集汇编》439册,上海:上海古籍出版社,2010年
(清)尹继善:《尹文端公诗集》,《清代诗文集汇编》279册,上海:上海古籍出版社,2010年
(明)袁宏道:《袁宏道集笺校》,上海:上海古籍出版社,1981年
(清)袁枚:《袁枚全集》,南京:江苏古籍出版社,1993年
(清)袁枚:《小仓山房诗文集》,上海:上海古籍出版社,1988年
(清)曾燠、邓显鹤:《东湖酬唱诗略》,清刻本
(清)曾燠:《赏雨茅屋外集》,《续修四库全书》1484册,上海:上海古籍出版社,2002年
(清)曾燠:《赏雨茅屋诗集》,《续修四库全书》1484册,上海:上海古籍出版社,2002年
(清)曾燠等:《邗上题襟集》,清嘉庆间(1796—1820)刻本
(清)曾燠等:《邗上题襟集选》,清嘉庆六年(1801)两淮官署刻本
(清)曾燠等:《题襟馆联句诗》,清嘉庆间(1796—1820)刻本
(清)曾燠辑:《国朝江右八家诗》,清刻本
(清)曾燠辑:《国朝骈体正宗》,清光绪二十一年(1895)湖南崇德书局刻本
(清)曾燠辑:《江西诗徵》,清嘉庆九年(1804)赏雨茅屋刻本
(清)曾燠辑:《朋旧遗诗合钞》,清嘉庆十年(1805)刻本

(清)詹肇堂:《心安隐室诗集》,《清代诗文集汇编》379册,上海:上海古籍出版社,2010年
(清)张鸣珂:《国朝骈体正宗续编》,清光绪十四年(1888)寒松阁刻本
(清)张维屏:《听松庐诗钞》,《清代诗文集汇编》533册,上海:上海古籍出版社,2010年
(清)张问陶:《船山诗草》,北京:中华书局,1986年
张寅彭:《清诗话三编》,上海:上海古籍出版社,2014年
(清)张应昌编:《清诗铎》,北京:中华书局,1960年
(清)章太炎:《国故论衡疏证》,北京:中华书局,2008年
(清)章太炎:《菿汉三言》,沈阳:辽宁教育出版社,2000年
(清)章学诚:《文史通义》,上海:上海古籍出版社,1993年
(清)章学诚:《校雠通义》,北京:古籍出版社,1956年
(清)章学诚:《章氏遗书》,上海:商务印书馆,民国二十五年(1936)
(清)昭梿:《蕙荪堂集》,《清代诗文集汇编》517册,上海:上海古籍出版社,2010年
(清)赵怀玉:《亦有生斋集》,《清代诗文集汇编》419册,上海:上海古籍出版社,2010年
(清)赵翼:《瓯北诗集》,上海:上海古籍出版社,1997年
(清)赵佑:《清献堂集》,《清代诗文集汇编》360册,上海:上海古籍出版社,2010年
(清)郑燮:《郑板桥全集》,北京:中国书店,1985年
(清)朱筠:《笥河诗集》,《清代诗文集汇编》366册,上海:上海古籍出版社,2010年
(清)朱筠:《笥河文集》,《清代诗文集汇编》366册,上海:上海古籍出版社,2010年

二、笔记、诗话、传记、年谱、工具书

(清)包世臣:《艺舟双楫》,北京:北京图书馆出版社,2004年
《北京图书馆藏珍本年谱丛刊》,北京:北京图书馆出版社,1999年
北平故宫博物院文献馆编:《清代文字狱档》,上海:上海书店,1986年
卞孝萱主编:《扬州八怪年谱》,南京:江苏美术出版社,1990年
蔡冠洛:《清代七百名人传》,北京:中国书店, 1984年
(清)陈康祺:《郎潜纪闻初笔二笔三笔》,北京:中华书局,1984年
(清)法式善:《陶庐杂录》,北京:中华书局,1984年
(清)法式善:《梧门诗话》,乌鲁木齐:新疆大学出版社,2006年
傅毓衡:《袁枚年谱》,合肥:安徽教育出版社,1986年
郭麟:《灵芬馆诗话》,《续修四库全书》1705册,上海:上海古籍出版社,2002年
郭绍虞:《清诗话续编》,上海:上海古籍出版社,1983年
郭味蕖编:《宋元明清书画家年表》,北京:人民美术出版社,1982年
(清)杭世骏:《词科掌录》,台北:台湾学生书局,1976年
(清)洪亮吉:《北江诗话》,北京:人民文学出版社,1981年
胡适:《章实斋年谱》,合肥:安徽教育出版社,2006年
(清)胡元琢:《先考稚威府君年谱纪略》,附于《石笥山房集》,清咸丰二年(1852)刻本
黄文相:《清王西庄先生鸣盛年谱》,台北:台湾商务印书馆,1986年
黄秀文主编:《中国年谱辞典》,上海:百家出版社,1997年

(清)黄逸之:《黄仲则年谱》,附于《黄仲则研究资料》,上海:上海古籍出版社,1986年
黄云眉:《清邵二云先生晋涵年谱》,台北:台湾商务印书馆,1982年
来新夏:《近三百年人物年谱知见录》,上海:上海人民出版社,1983年
赖贵三:《焦循年谱新编》,台北:里仁书局,1994年
(清)李斗:《扬州画舫录》,北京:中华书局,1960年
(清)李桓:《国朝耆献类徵初编》,台北:明文书局,1985年
(清)李元度:《国朝先正事略》,台北:文海出版社,1967年
(清)梁恭辰:《安乐康平室随笔》,北京:中华书局,1982年
(清)梁章钜:《浪迹丛谈》,北京:中华书局,1981年
(清)梁章钜:《退庵自订年谱》,北京:中华书局,1981年
林逸:《清洪北江先生亮吉年谱》,台北:台湾商务印书馆,1981年
(清)刘成禺:《世载堂杂忆》,北京:中华书局,1960年
(清)陆以湉:《冷庐杂识》,北京:中华书局,1984年
(清)吕培等:《洪亮吉年谱》,附于《洪亮吉集》,北京:中华书局,2001年
(清)钱庆曾:《钱辛楣先生年谱》,清咸丰十年(1860)刻本
钱实甫:《清代职官年表》,北京:中华书局,1980年
(清)钱仪吉、缪荃孙、闵尔昌、汪兆镛:《清代碑传全集》,上海:上海古籍出版社,1987年
(清)钱泳:《履园丛话》,北京:中华书局,1979年
钱仲联:《清诗纪事》,南京:江苏古籍出版社,1987年
《清代野史》第三辑,成都:巴蜀书社,1987年
《清高宗实录》,北京:中华书局,1986年影印本
清史编委会:《清代人物传稿》,北京:中华书局、沈阳:辽宁人民出版社,1984—1995年
裘毓麟:《清代轶闻》,北京:中华书局、上海:上海书店,1989年
(清)阮亨:《瀛舟笔谈》,清嘉庆二十五年(1820)扬州阮氏刻本
(清)阮葵生:《茶馀客话》,北京:中华书局,1959年
(清)阮元:《定香亭笔谈》,上海:商务印书馆,民国二十五年(1936)
(清)阮元:《广陵诗事》,上海:商务印书馆,民国二十五年(1936)
沈津:《翁方纲年谱》,台北:“中研院”中国文哲研究所,2002年
(清)史善长:《弇山毕公年谱》,清同治十一年(1872)镇洋毕长庆重刊本
(清)舒位:《乾嘉诗坛点将录》,《清代野史》第五辑,成都:巴蜀书社,1988年
孙雄:《道咸同光四朝诗史》,上海:上海古籍出版社,2013年
(清)谭献:《复堂日记》,石家庄:河北教育出版社,2001年
(清)陶元藻:《全浙诗话》,北京:中华书局,2013年
(清)汪辉祖:《病榻梦痕录》,台北:台湾商务印书馆,1980年
(清)汪辉祖:《双节堂庸训》,天津:天津古籍出版社,1995年
(清)汪辉祖:《佐治药言》,北京:中华书局,1985年
(清)汪喜孙:《容甫先生年谱》,附于《新编汪中集》,扬州:广陵书社,2005年
(清)王昶:《蒲褐山房诗话新编》,济南:齐鲁书社,1988年

王尔敏:《淮军志》,台北:“中研院”近代史研究所专刊,1981 年
(清)王培荀:《乡园忆旧录》,济南:齐鲁书社,1993 年
王水照:《历代文话》,上海:复旦大学出版社,2007 年
王永祥:《焦里堂先生年谱》,南京:江苏古籍出版社,2001 年
王佑夫:《清代满族诗学精华》,北京:中央民族大学出版社,1994 年
王章涛:《阮元年谱》,合肥:黄山书社,2003 年
王章涛:《阮元评传》,扬州:广陵书社,2004 年
王钟翰点校:《清史列传》,北京:中华书局,1987 年
王重民:《清人文集篇目分类索引》,北京:北京图书馆出版社,2003 年
萧一山:《清代学者生卒及著述表》,北平文史政治学院讲稿,民国二十年(1931)
(清)徐珂:《清稗类钞》,北京:中华书局,1984—1986 年
徐时栋:《烟屿楼笔记》,鄞县徐氏蘧学斋,民国十七年 (1928)
杨廷福、杨同甫:《清人室名别称字号索引》,上海:上海古籍出版社,2001 年
姚名达:《朱筠年谱》,上海:商务印书馆,民国二十二年(1933)
(清)姚元之:《竹叶亭杂记》,北京:中华书局,1982 年
(清)叶衍兰:《清代学者像传》,上海:商务印书馆,民国十九年(1930)影印本
(清)袁枚:《随园诗话》,北京:人民文学出版社,1982 年
张慧剑:《明清江苏文人年表》,上海:上海古籍出版社,1986 年
(清)张鉴等:《阮元年谱》,北京:中华书局,1995 年
(清)张其锦:《凌次仲先生年谱》,清道光六年(1826)刻本
(清)张绍南:《孙渊如先生年谱》,清光绪间(1875—1908)刻本
张舜徽:《清人文集别录》,北京:中华书局,1963 年
张舜徽:《清儒学记》,济南:齐鲁书社,1991 年
(清)张维屏:《国朝诗人征略》,广州:中山大学出版社,2006 年
张寅彭:《清诗话三编》,上海:上海古籍出版社,2014 年
(清)张之洞、范希增:《书目答问补正》,上海:上海古籍出版社,2001 年
赵尔巽:《清史稿》,北京:中华书局,1977 年
郑幸:《袁枚年谱新编》,上海:上海古籍出版社,2011 年
《中国地方志集成·江苏府县志辑》,南京:江苏古籍出版社,1991 年
中国地方志丛书,《宝坻县志》,清乾隆十年(1745)修民国六年(1917)石印本影印,台北:成文出版社,1969 年
(清)朱克敬:《雨窗消意录·儒林琐记》,长沙:岳麓书社,1983 年
(清)朱庭珍:《筱园诗话》,《续修四库全书》1708 册,上海:上海古籍出版社,2002 年

三、研究著作

〔美〕艾尔曼:《从理学到朴学》,赵刚译,南京:江苏人民出版社, 1997 年
〔澳〕安东篱:《说扬州——1550—1850 年的一座中国城市》,李霞译,北京:中华书局,2007 年

鲍永军:《绍兴师爷汪辉祖研究》,北京:人民出版社,2006 年
〔法〕皮埃尔·布迪厄、〔美〕华康德:《实践与反思——反思社会学导引》,李猛、李康译,北京:中央编译出版社,1998 年
〔法〕皮埃尔·布迪厄:《艺术的法则——文学场的生成和结构》,刘晖译,北京:中央编译出版社,2001 年
曹虹:《阳湖文派研究》,北京:中华书局, 1996 年
曹卫东:《曹卫东讲哈贝马斯》,北京:北京大学出版社,2005 年
曹卫东:《交往理性与诗学话语》,天津:天津社会科学院出版社,2001 年
柴德赓:《清代学术史讲义》,北京:商务印书馆,2013 年
柴德赓:《史学丛考》,北京:中华书局,1982 年
陈金陵:《洪亮吉评传》,北京:中国人民大学出版社, 1995 年
陈金陵:《乾嘉文人与文化》,北京:人民教育出版社,2001 年
陈居渊:《清代朴学与中国文学》,南昌:百花洲文艺出版社,2000 年
陈平原:《从文人之文到学者之文》,北京:生活·读书·新知 三联书店,2004 年
陈玉兰:《清代嘉道时期江南寒士诗群与闺阁诗侣研究》,北京:人民文学出版社,2004 年
陈致平:《中华通史》,广州:花城出版社,1996 年
陈祖武:《乾嘉学术编年》,石家庄:河北人民出版社,2005 年
戴伟华:《唐代使府与文学研究》,桂林:广西师范大学出版社,1998 年
丁成泉:《山水田园诗集成》,武汉:湖北教育出版社,2003 年
范金民、胡阿祥主编:《江南地域文化的历史演进文集》,北京:生活·读书·新知 三联书店,2013 年
〔美〕费正清、〔美〕赖肖尔:《中国:传统与变革》,陈仲丹、潘兴明、庞朝阳译,南京:江苏人民出版社,1992 年
〔美〕K. E. 福尔索姆:《朋友·客人·同事——晚清的幕府制度》,刘悦斌、刘兰芝译,北京:中国社会科学出版社,2002 年
〔法〕福柯:《知识考古学》,谢强、马月译,北京:生活·读书·新知 三联书店,1998 年
傅刚:《昭明文选研究》,北京:中国社会科学出版社,2000 年
〔日〕冈村繁:《文选之研究》,华东师范大学东方文化研究中心编译,上海:上海古籍出版社,2002 年
高宣扬:《布迪厄的社会理论》,上海:同济大学出版社,2004 年
葛兆光:《中国思想史》,上海:复旦大学出版社,2002 年
龚鹏程:《游的精神文化史论》,石家庄:河北教育出版社,2001 年
龚鹏程:《中国文人阶层史论》,兰州:兰州大学出版社,2004 年
关晓红:《从幕府到职官——清季外官制的转型与困扰》,北京:生活·读书·新知 三联书店,2014 年
郭建:《绍兴师爷》,上海:上海古籍出版社,1995 年
郭润涛:《官府、幕友与书生——“绍兴师爷” 研究》,北京:中国社会科学出版社,1996 年
郭英德:《中国古代文人集团与文学风貌》,北京:北京师范大学出版社,1998 年

郭预衡:《中国散文史》,上海:上海古籍出版社,2000 年
〔德〕哈贝马斯:《公共领域的结构转型》,曹卫东等译,上海:学林出版社,1999 年
韩经太:《理学文化与理学思潮》,北京:中华书局,1997 年
衡志义:《清代直隶总督研究》,北京:中国文联出版社,1999 年
胡楚生:《清代学术史研究》,台北:台湾学生书局,1988 年
胡晓明:《诗与文化心灵》,北京:中华书局,2006 年
黄葆树:《黄仲则研究资料》,上海:上海古籍出版社,1986 年
黄亚平:《典籍符号与权力话语》,北京:中国社会科学出版社,2004 年
〔美〕姜斐德:《宋代诗画中的政治隐情》,北京:中华书局,2009 年
姜书阁:《骈文史论》,北京:人民文学出版社,1986 年
蒋华:《汪士慎》,上海:人民美术出版社,1980 年
蒋寅:《清代诗学史》,北京:中国社会科学出版社,2012 年
蒋寅:《清诗话考》,北京:中华书局,2005 年
蒋寅:《清代文学论稿》,南京:凤凰出版社,2009 年
蒋寅:《王渔洋与康熙诗坛》,北京:中国社会科学出版社,2001 年
金秬香:《骈文概论》,上海:商务印书馆,1934 年
柯愈春:《清人诗文集总目提要》,北京:北京古籍出版社,2002 年
李成良:《阮元思想研究》,成都:四川人民出版社,1997 年
李鼎芳:《曾国藩及其幕府人物》,长沙:岳麓书社, 1985 年
李既匋:《高凤翰》,上海:人民美术出版社,1963 年
李灵年、杨忠主编:《清人别集总目》,合肥:安徽教育出版社,2008 年
李乔:《中国的师爷》,北京:商务印书馆国际有限公司,1995 年
李世英、陈水云:《清代诗学》,长沙:湖南人民出版社,2000 年
李文初:《中国山水诗史》,广州:广东高等教育出版社,1991 年
李遇春:《权力 主体 话语》,武汉:华中师范大学出版社,2007 年
李志茗:《晚清四大幕府》,上海:上海人民出版社,2002 年
梁启超:《清代学术概论》,上海:上海古籍出版社,2005 年
林存阳:《乾嘉四大幕府研究》,北京:中国社会科学出版社,2016 年
刘瑾辉:《焦循评传》,扬州:广陵书社,2005 年
刘俊文主编:《日本学者研究中国史论著选译》第六卷,栾成显、南炳文译,北京:中华书局,1993 年
刘麟生:《中国骈文史》,北京:东方出版社,1996 年
刘墨:《乾嘉学术十论》,北京:生活·读书·新知 三联书店,2006 年
刘师培:《清儒得失论》,北京:中国人民大学出版社,2009 年
刘师培:《中国近三百年学术史论》,上海:上海古籍出版社,2006 年
刘世南:《清诗流派史》,北京:人民文学出版社, 2004 年
刘奕:《乾嘉经学家文学思想研究》,上海:上海古籍出版社,2012 年
龙榆生:《中国韵文史》,上海:上海古籍出版社,2002 年

鲁枢元:《生态文艺学》,西安:陕西人民教育出版社,2000年
吕靖波:《明代文人游幕与文学研究》,北京:中国社会科学出版社,2015年
吕双伟:《清代骈文理论研究》,北京:人民出版社,2011年
骆鸿凯:《文选学》,北京:中华书局,1989年
马积高:《清代学术思想的变迁与文学》,长沙:湖南出版社,1996年
马睿:《从经学到美学》,成都:四川民族出版社,2002年
〔美〕梅尔清:《清初扬州文化》,朱修春译,上海:复旦大学出版社,2004年
孟森:《清史讲义》,北京:中华书局,2006年
钱穆:《晚学盲言》,桂林:广西师范大学出版社,2004年
钱穆:《中国近三百年学术史》,北京:商务印书馆,1997年
钱钟书:《管锥编》,北京:中华书局,1999年
丘幼宣:《一代画圣黄慎研究》,福州:福建教育出版社,2002年
商衍鎏:《清代科举考试述录》,北京:生活·读书·新知 三联书店,1958年
尚小明:《清代士人游幕表》,北京:中华书局,2005年
尚小明:《学人游幕与清代学术》,北京:社会科学文献出版社,1999年
石玲、王小舒:《清诗与传统:以山左与江南为个案》,齐鲁书社,2008年
孙殿起:《贩书偶记》,上海:上海古籍出版社,1999年
汪晖主编:《文化与公共性》,北京:生活·读书·新知 三联书店,1998年
王兵:《清人选清诗与清代诗学》,北京:中国社会科学出版社,2011年
王澄:《扬州刻书考》,扬州:广陵书社,2006年
王汎森:《权力的毛细管作用——清代的思想、学术与心态》,北京:北京大学出版社,2015年
王汎森:《执拗的低音——一些历史思考方式的反思》,北京:生活·读书·新知 三联书店,2014年
王同书:《郑燮评传》,南京:南京大学出版社,2002年
王戎笙编:《台港清史研究文摘》,沈阳:辽宁人民出版社,1988年
王薇生:《俄国形式主义文论选》,郑州:郑州大学出版社,2005年
王英志:《袁枚评传》,南京:南京大学出版社,2002年
王镇远:《桐城派》,上海:上海古籍出版社,1990年
王重民:《清人文集篇目分类索引》,北京:中华书局,1960年
翁礼明:《礼乐文化与诗学话语》,成都:巴蜀书社,2007年
邬国平:《清代文学批评史》,上海:上海古籍出版社,1995年
吴小林编:《唐宋八大家汇评》,济南:齐鲁书社,1991年
吴永哲:《唐宋八大家》,天津:天津人民出版社,2001年
谭其骧主编:《清人文集地理类汇编》,杭州:浙江人民出版社,1986年
奚彤云:《中国骈文批评史稿》,上海:华东师范大学出版社,2006年
夏忠宪:《巴赫金狂欢化诗学研究——俄国形式主义研究》,北京:北京师范大学出版社,2000年

严迪昌:《清词史》,南京:江苏古籍出版社, 1999 年
严迪昌:《清诗史》,南京:江苏古籍出版社,2002 年
严志雄:《秋柳的世界——王士禛与清初诗坛侧议》,香港:香港大学出版社,2013 年
颜建华:《清代乾嘉骈文研究》,北京:光明日报出版社,2011 年
杨旭辉:《清代骈文史》,北京:人民出版社,2014 年
尹恭弘:《骈文》,北京:人民文学出版社,1994 年
余英时:《戴震与章学诚》,北京:生活・读书・新知三联书店,2000 年
张冰:《陌生化诗学——俄国形式主义研究》,北京:北京师范大学出版社,2000 年
张健:《清代诗学研究》,北京:北京大学出版社, 1999 年
张立敏:《冯溥与康熙京师诗坛》,北京:中国社会科学出版社,2011 年
张仁青:《骈文学》,台北:文史哲出版社,1984 年
张少康等:《文心雕龙研究史》,北京:北京大学出版社,2001 年
张寿安:《以礼代理》,石家庄:河北教育出版社,2001 年
张寿安:《以礼代理——凌廷堪与清中叶儒学思想之转变》,石家庄:河北教育出版社,2001 年
张寿安:《十八世纪礼学考证的思想活力:礼教论争与礼秩重省》,北京:北京大学出版社,2005 年
张仲谋:《清代文化与浙派诗》,北京:东方出版社,1997 年
章尚正:《中国山水文学研究》,上海:学林出版社,1997 年
章钰主编:《清史稿艺文志及补编》,北京:中华书局,1982 年
赵昌智:《扬州学派人物评传》,扬州:广陵书社,2007 年
赵宪章:《文体与图像》,北京:人民文学出版社,2014 年
赵园:《言论・制度・心态》,北京:北京大学出版社,2006 年
《浙江府州县志》,海口:海南出版社,2001 年
周作人:《秉烛谈》,石家庄:河北教育出版社,2002 年
朱则杰:《清诗代表作家研究》,济南:齐鲁书社,1995 年
朱则杰:《清诗史》,南京:江苏古籍出版社,1992 年
庄素娥 :《高凤翰绘画研究》,台北:艺术家出版社,1996 年

四、期刊论文、硕博论文

安介生:《略论明清淮海文化圈的形成及其地理环境——以阮元〈淮海英灵集〉及〈续集〉为核心的初步分析》,《人类学与江河文明》,人类学高级论坛 2013 年卷
鲍开恺:《扬州卢见曾幕府戏曲活动研究》,南京师范大学硕士论文,2007 年
鲍永军:《汪辉祖研究》,浙江大学博士论文,2004 年
暴鸿昌:《朱筠与乾嘉学术风气》,《北方论丛》1997 年第 6 期
陈志扬:《四六丛话:乾嘉骈散之争格局下的骈文研究》,《文学评论》2006 年第 2 期
戴振辉:《五代的游幕》,《大公报・史地周刊》1936 年第 107 期
杜衡:《中国历史上之幕职》,《再生》1948 年第 216、217 期

方盛良:《扬州“二马”与扬州八怪交游考略》,《文献》2003 年第 4 期
郭明道:《阮元的学术渊源和治学宗旨》,《扬州大学学报(人文社会科学版)》2005 年第 5 期
郭润涛:《清代幕府的类型和特点》,《贵州社会科学》1992 年第 11 期
韩先艳:《生前幕府三千士,死后名山万卷书——毕沅幕府及其学术成就》,兰州大学硕士论文,2007 年
胡晓云:《卢见曾年谱》,兰州大学硕士论文,2006 年
蒋寅:《法式善:乾嘉之际诗学转型的典型个案》,《江汉论坛》2013 年第 8 期
蒋寅:《清代诗学与地域文学传统的建构》,《中国社会科学》2003 年第 5 期
雷斌慧:《全祖望与胡天游交恶论》,《宁波大学学报(人文科学版)》,2017 年 1 月
李冬香:《舒位诗歌研究》,暨南大学硕士论文,2010 年 5 月
李淑岩:《法式善怀人组诗与乾嘉文坛生态》,《社会科学辑刊》2013 年第 4 期
李晚成:《中国幕僚制度考论》,《上海师范大学学报》,1988 年第 1 期
李彦锋:《中国绘画史中的语图关系研究》,上海大学博士学位论文,2010 年
刘樊:《五代的幕府》,《食货》第五卷第六期,1937 年
刘磊:《北宋洛阳钱幕文人集团与诗文革新》,陕西师范大学硕士论文,2000 年
刘奕:《清代中期的“文笔说”:产生、发展与演变》,《天津社会科学》2006 年第 4 期
骆鸿凯:《如何理解文选编选的标准》,《文史哲》1963 年第 1 期
马积高:《清代骈体文的复兴与考据学》,《湖南师范大学社会科学学报》1993 年第 5 期
马卫中、刘和文:《清人辑选清诗总集评点考论》,《复旦学报(社会科学版)》2013 年第 1 期
缪全吉:《清代幕府人事制度》,中国人事行政月刊社,台北,1971 年
倪惠颖:《从〈吴会英才集〉的选编看乾隆中后期的诗史景观》,《苏州大学学报(哲学社会科学版)》2009 年第 4 期
倪惠颖:《论清以前幕府演变和游幕文人》,《东疆学刊》2007 年第 1 期
钱竞:《乾嘉时期文艺学的格局》,《文学评论》1999 年第 3 期
钱仲联:《顺康雍诗坛点将录》,《苏州大学学报(哲学社会科学版)》1991 年第 1 期
丘良任:《卢见曾及其〈出塞图〉》,《故宫博物院院刊》1983 年第 2 期
渠晓云:《言文矛盾:中国古代散文发展的内在动力》,《苏州大学学报(哲学社会科学版)》2004 年第 1 期
全增佑:《清代幕僚制度论》,《思想与时代》1944 年第 31、32 期
沈讱:《幕府制的检讨》,《国专月刊》第三卷第四号,1936 年
田汉云:《论汪中的骈文和散文》,《扬州大学学报(人文社会科学版)》2004 年第 6 期
吴爱明、夏宏图:《清代幕友制度与文书档案工作》,《历史档案》1993 年第 4 期
夏侯轩:《树经堂文集校注》,广西大学硕士论文,2006 年
咸晓婷:《元稹浙东幕府文学研究》,浙江大学硕士论文,2007 年
萧瑟:《布尔特曼和哈贝马斯》,《读书》1996 年第 10 期
徐雁平:《论清代写照性手卷及其文学史意义》,《文学遗产》2017 年第 3 期
〔新加坡〕衣若芬:《不系之舟——吴镇及其渔父图卷题辞》,《思与言》第 45 卷 2007 年第

3期
〔新加坡〕衣若芬:《骷髅幻戏——中国文学与图像的生命意识》,《中国文哲研究集刊》2005年第26期
袁晓薇:《渔父图像的诗意呈现及其文化功能》,《学术界》2017年第3期
岳娟娟:《唐代唱和诗研究》,复旦大学博士论文,2004年
曾志东:《树经堂咏史诗校注》,广西大学硕士论文,2005年
张纯明:《清代的幕制》,《岭南学报》第九卷1949年第2期
张荫麟、李鼎芳:《曾国藩与其幕府人物》,《大公报·史地周刊》1935年第63期
赵杏根:《翁方纲的肌理说及其诗歌创作》,《福州师专学报(社会科学版)》2000年第4期
郑天挺:《清代的幕府》,《中国社会科学》1980年第6期
郑天挺:《清代幕府制度的变迁》,《学术研究》1980年第6期
朱万曙:《明清时期商人的文学创作》,《文学评论》2008年第3期

后　记

本书是我的博士论文修改稿，列入国家社科基金后期资助项目。毕业十年，一再拖延，终于面世。

博士期间选择"乾嘉时期文人游幕与文学"的题目，是想把目光转向清代的诗文研究。论文的内容也是以诗文为研究对象展开的，没有涉及小说和戏曲。毕业后断断续续地在修改，当初写作时使用的诸多清刻本诗文集都已整理出版，清代文人游幕与文学的选题也已不再新鲜，一些课题与博士论文已经出版了相关的专著。我在修改的过程中也充满惶恐感，乾嘉时期史料之多、文人游幕之兴盛、人物交游关系之错综复杂，我写出来的只是冰山一角，还有诸多应该展开详细论述的地方被我一掠而过。

若本书还有可取之处，是因为我的导师于天池先生对我的指导。于先生是我的硕士、博士导师，他给予我的帮助、教导，难以用语言表达谢意。先生温厚和善，豁达通脱，以宽容的胸襟、淡然的处世态度、平和的心态启示着我如何处世。书稿写作过程中，北京师范大学的李真瑜、郭英德、李山教授给了我很多建议与帮助，即便在毕业之后，也经常向他们请教，继续得到他们的教导与支持，每每想起，便觉温暖。2015 年我在中国社会科学院跟随蒋寅先生访学一年，得以请教清代诗文研究的诸多问题，得到蒋先生学术上的点拨和启发。在本书出版之际，蒋先生又慨然赐序，我由衷地感谢蒋先生对我学术上的帮助与关心。

我还要感谢北师大的刘锡庆先生。2003 年 4 月，我敲响先生家的门，先生看了看我的简历，问答了几句，便答应让我入职北师大珠海分校。以我之平庸驽钝，先生绝非伯乐，只是人与人之间的缘分罢了。在珠海跟随先生一起教授写作课的三年，先生以宽阔的胸襟接纳我、提携我，以严谨细致的态度教导我，以正直、坦荡的为人影响我。先生大度磊落，不屑蝇营狗苟，不计私利，犀利直率，有着知识分子对教育的良知与责任感。正是在先生的鼓励与帮助下，我才考取博士，走上学术研究的道路。先生已驾鹤西去两年了，每每于恍惚中见到先生笑眯眯的面容，让我忘却生死无端。

来到河北师范大学工作后，王长华、郑振峰、阎福玲等师长给了我多方面的照护，文学院的胡景敏、阎东利、曾智安、易卫华诸位领导给予了我工作与生活上的关心与帮助，一并致谢！很幸运遇到古代文学教研室的各位同仁，沙龙上激烈的争辩激发了我学术研究的兴趣，日常的关心帮助让我感受到温暖美好。

回首博士期间的生活，与诸位同窗一起读书、漫游、畅谈，青春时光忽忽而过，不觉写博士论文的辛苦，反倒生出无限的怀念与留恋。

感谢北京大学出版社的责编王长民先生、陈军燕女士，高效、专业、耐心，纠正了文中诸多错误。

感谢所有的家人，你们是我前行的坚强后盾，我唯有以努力回报你们的支持与理解。

2019 年 3 月 31 日于石家庄